COLLECTION FOLIO

Pierre Assouline

Henri
Cartier-Bresson

L'œil du siècle

Gallimard

Pierre Assouline est journaliste et écrivain. Il est l'auteur d'une vingtaine de livres, dont trois romans ainsi que des biographies, notamment du marchand des cubistes D.-H. Kahnweiler, du collectionneur Moïse Camondo et du photographe Henri Cartier-Bresson.

À Stephan Assouline,
mon grand petit frère.

... Mais c'est de l'homme qu'il s'agit! Et de l'homme lui-même quand donc sera-t-il question? Quelqu'un au monde élèvera-t-il la voix?

Car c'est de l'homme qu'il s'agit, dans sa présence humaine; et d'un agrandissement de l'œil aux plus hautes mers intérieures.

Se hâter! se hâter! témoignage pour l'homme!

SAINT-JOHN PERSE
Vents, 1946

Où le héros devient un ami

En amitié, comme en amour et en toutes choses qui aident à vivre, on n'oublie jamais les premières fois. Du moins le voudrait-on.

La première fois que j'ai rencontré Henri Cartier-Bresson, c'était en 1994. Ce jour-là, le journaliste, et non l'écrivain, frappait à la porte du studio, proche de la place des Victoires à Paris, où il s'isole régulièrement pour dessiner. Il avait enfin accepté le principe d'une interview, à une condition toutefois : qu'elle n'en fût pas une. Déjà affranchi sur son goût du paradoxe, je m'étais résolu à la perspective d'une conversation. M'aurait-il simplement proposé de prendre le thé que j'aurais pareillement accouru, tant mon admiration est profonde, ma fascination ancienne et ma curiosité sans limite.

Nous passâmes plus de cinq heures à bavarder, remontant le cours sinueux de sa mémoire sans autre discipline que celle du cœur, de digressions en coq-à-l'âne. Rien ne fut moins historique que ce voyage dans le temps. J'en ressortis fourbu et traversé d'un sentiment chaotique, à l'image de cette époque désordonnée qu'il avait vécue jour après jour comme de l'histoire immédiate.

Nous avions convoqué le siècle dans tous ses

états, les hommes qui l'avaient façonné et les lieux qui le symbolisaient. Mais moins les événements que les instants, comme si la preuve importait déjà moins que la trace. Pas de dates, surtout pas de dates! Que des impressions et des silhouettes évoquées avec une rare intensité et, au moment où je m'y attendais le moins, un récit d'une incroyable précision.

Le jour déclinait. La lumière du dehors s'insinuait de plus en plus faiblement dans son atelier sans qu'il songeât pour autant à allumer la lampe. Ça n'avait pas d'importance. Alors qu'il préparait le thé, j'inspectai les lieux. Un mobilier réduit à sa plus simple expression, une bibliothèque regorgeant de livres d'art et de catalogues d'exposition aux reliures épuisées d'avoir été trop manipulées. Au mur, sous verre mais sans plus de soin, des dessins de son père, des gouaches de son oncle et deux photographies qui n'étaient pas de lui: l'une prise par le Hongrois Martin Munkacsi vers 1929, trois garçons noirs de dos à contre-jour s'élançant dans les vagues du lac Tanganyika; l'autre, conservée au Musée de la Révolution à Mexico, due au Mexicain Agustin Casasola représentant le faux-monnayeur Fortino Samano en 1913, le dos au mur face au peloton d'exécution, les mains dans les poches et la cigarette aux lèvres, arborant un sourire de défi et adoptant une pose insolente pour mieux narguer cette mort-là. La première exprime la joie de vivre dans ce qu'elle a de plus intense et spontané; la seconde, la liberté absolue appréhendée à l'instant fatidique où elle franchit le point de non-retour.

Pas d'autres images, surtout pas les siennes.

Quand nous revînmes nous asseoir, la conversation reprit de plus belle à condition que je lui donne

quelque chose en échange de ce qu'il m'avait donné.
En l'occurrence, mes réponses à ses questions. Soudain, alors que je portais la tasse à mes lèvres, il
laissa le silence s'installer et me fixa un instant. Puis
il esquissa un sourire :

« Tout à l'heure, vous m'avez bien demandé si je
continuais à prendre des photos ?

— En effet...

— Eh bien, je viens juste d'en prendre une de
vous, mais sans boîtier, c'est aussi bien... La barre
de vos lunettes exactement parallèle à la partie supérieure du cadre derrière vous, c'était saisissant... je
ne pouvais pas laisser passer cette admirable symétrie... voilà, c'est fait !... De quoi parlait-on déjà ? Ah
oui, Gandhi... Vous avez connu Lord Mountbatten ? »

Nous réembarquâmes pour l'Inde de la décolonisation, laquelle nous mena tout naturellement à la
Chine libérée du Guomindang par les communistes,
donc très vite à l'Union soviétique, c'est-à-dire à
Aragon et à son journal au temps du Front populaire, par conséquent aux films de Jean Renoir, et
bien sûr à l'influence de la peinture et...

À la fin de la journée, j'avais la conviction d'avoir
recueilli une parole des plus précieuses. J'étais sous
le charme. Mais ce n'était pas un sentiment inédit, ce
métier accordant parfois le privilège de côtoyer des
hommes remarquables, de ces grands témoins qui
ont traversé leur siècle de bout en bout sans jamais
trahir leur vision du monde.

Si nous en étions restés là, cet après-midi n'aurait
eu d'autre conséquence que son reflet dans le journal. Mais il se trouve que, mû par quelque chose
d'ineffable à l'instant même de le quitter, je me sentis frustré par sa discrétion dans l'évocation de sa
guerre. Au risque de faire violence à sa pudeur, je le

questionnai à nouveau sur ses années de captivité en Allemagne, la promiscuité, les évasions ratées... Il resta un long moment songeur, les yeux perdus dans le vague, puis se remit à parler. Plus il avançait dans son récit, plus j'étais convaincu que les confidences les moins mensongères s'adressent plus facilement à des inconnus. Ne m'avait-il pas raconté qu'un jour dans un taxi parisien, nouant la conversation avec le chauffeur, il lui avait dévoilé des secrets qu'il n'avait jamais confiés à personne, tant il était sûr de ne plus jamais le revoir ?

Quand les noms de ses camarades dénoncés, torturés ou fusillés lui vinrent à l'esprit, il eut un voile dans la gorge. Quand il murmura leurs prénoms, le voile s'étendit au regard. Puis il détourna la tête, incapable de réprimer ses larmes.

Dès lors, en quittant Henri Cartier-Bresson, je savais qu'un jour je lui consacrerais non plus un article mais un livre. Pas seulement au plus-grand-photographe-vivant, au dessinateur ressuscité, au reporter au long cours, à l'aventurier tranquille, au voyageur d'un autre temps, au contemporain capital, à l'évadé permanent, au géomètre obsessionnel, au bouddhiste agité, à l'anarchiste puritain, au surréaliste non repenti, au symbole du siècle de l'image, à l'œil qui écoute, mais surtout à l'homme derrière eux, celui qui les réunit tous, un Français dans son siècle. Car, le poète l'a dit, c'est de l'homme qu'il s'agit.

Depuis cette première rencontre, les années ont passé. Nous nous sommes beaucoup vus, parlé, écoutés, observés. Combien de fois ? On ne compte pas. Cela ne voudrait rien dire. Quand une conversation permanente s'installe dans la durée, qu'elle s'autorise de longues absences, avant de reprendre comme si elle avait été interrompue la veille, qu'elle rebondit à toute heure au gré des échanges téléphoniques, lettres et fax, et qu'elle s'inscrit tout naturellement dans le cours du temps, elle ne peut s'achever que par la disparition de l'un des interlocuteurs.

Longtemps, Henri Cartier-Bresson n'a pas même voulu entendre parler de biographie. Le seul énoncé du mot lui fait horreur. D'ailleurs, il assure ne jamais en lire, sa bibliothèque en témoigne. Lui consacrer un livre de ce genre reviendrait à lui tirer le portrait. Ou pire encore : à l'éblouir d'un coup de flash. Face à un objectif nécessairement inquisiteur, qui ne l'a jamais vu laisser éclater sa colère, brandir son Opinel et menacer le fâcheux ? Il n'a jamais supporté qu'on lui fasse ce qu'il fait aux autres.

De même qu'il vit les rétrospectives de son œuvre photographique comme des obsèques légèrement prématurées, il envisage la perspective d'une biographie comme la pose d'une pierre tombale. Vivre l'instant présent, il n'y a que cela de valable. La vie est immédiate et fulgurante. L'actualité appartient déjà au passé. Tel est l'enseignement de son Leica.

Ce n'est pas un faux prétexte pour mieux se réserver le morceau de choix de l'autobiographie. Lui non plus, il n'a jamais voulu écrire ses mémoires, n'ayant rien à cacher... Quoi qu'il en soit, l'essentiel se dit toujours mieux de biais.

Le cas échéant, il s'abrite derrière les bons auteurs pour justifier avec des livres son hostilité à la naissance de ce livre-ci. Proust, bien sûr, qui entendait distinguer l'artiste de son œuvre, celle-ci étant le produit d'un autre moi que le moi manifesté en société, évoqué par des lettres, trahi par des habitudes ou révélé par des confidences. Léautaud, aussi, qui invi-

tait à écrire des fausses biographies puisque de toute
façon, à ses yeux, le genre relevait de la fiction. Et le
vieux Degas, maugréant contre des littérateurs
dénoncés comme des industriels de l'anecdote :
mmmmm... non, non... les dessous ça ne regarde
personne... il faut un certain mystère aux œuvres...
Cioran, enfin, jusqu'à un certain point seulement.
Car si terrible fût-elle, la perspective d'avoir un jour
un biographe n'aurait jamais fait renoncer Cartier-
Bresson à avoir une vie.

Son attitude m'est apparue des plus respectables.
Mais plus je suis entré dans ses contradictions, plus
je me suis enfoncé dans un monde où la quête de
l'harmonie l'a sans cesse disputé à la tyrannie du
chaos. De l'issue de cette lutte dépend sa paix intérieure. Je ne me suis pas senti le droit de troubler
l'épilogue de son histoire personnelle. Jusqu'au jour
où j'ai eu conscience que la vie d'Henri Cartier-
Bresson était une école de désobéissance.

Alors j'ai pris modèle sur le maître et lui ai désobéi.

C'est une bien étrange sensation que celle d'écrire
sur un contemporain. L'atout peut se transformer en
handicap. Entre ces deux extrêmes, il faut conserver
sa fascination intacte sans qu'elle ne cesse jamais
d'être critique, et trouver la bonne distance entre la
curiosité et l'indiscrétion. C'est la condition *sine
qua non* pour réussir un portrait décisif qui ne soit
pas une biographie à la sauvette. Sartre scrutant
Flaubert disait qu'on entre dans un mort comme
dans un moulin. Mais comment entre-t-on dans un
vivant ?

D'un côté, on jouit de la secrète volupté de solliciter sa mémoire à la moindre occasion. De l'autre, on
a la curieuse impression qu'il regarde par-dessus
notre épaule pendant qu'on écrit. Stefan Zweig aurait

rêvé de téléphoner à Marie-Antoinette en pleine nuit pour vérifier si elle avait été aussi «enchantée» qu'elle l'avait dit d'être mise en cause au banquet offert au régiment de Flandre le 1er octobre 1789. Mais comment aurait réagi André Maurois si Benjamin Disraeli avait méticuleusement critiqué chacune des pages du manuscrit qu'il lui consacrait au fur et à mesure de son avancement? Quant à moi, il m'est arrivé une aventure inédite: mon héros est devenu mon ami.

Curieux de taper dans le dos d'un mythe, bizarre de contredire une légende, étrange d'interpeller une institution, risqué de critiquer un classique, audacieux de corriger un monument... Au Japon, on dirait que c'est un trésor national vivant. Un haussement d'épaules, un revers de main et Henri Cartier-Bresson liquide ce faux problème. Quant à ces mots-là, il les tient pour des gros mots. Même le doux nom d'«artiste» l'exaspère, tant il y voit une notion bourgeoise héritée du siècle précédent.

Soit. Mais comment retracer la destinée exceptionnelle de quelqu'un que l'on tutoie malgré un petit demi-siècle de différence d'âge, quelqu'un qui se confie intimement après qu'on en a fait autant? On se dit que de toute façon il compte beaucoup d'amis, qu'il ignore le voussoiement avec ses semblables et qu'il a facilement le cœur sur la main. Et, si cela ne suffit pas, on songe à ce que Joseph Kessel écrivait dans la préface du livre qu'il consacra à son ami Mermoz: «Ai-je le droit de me servir de mes découvertes, de tes confessions? Où passe la ligne de partage entre l'exigence du vrai et l'indiscrétion inutile? Je pense que rien n'est à cacher des mouvements d'un sang qui est profond et pur...»

Pour ceux qui ont des yeux pour voir un peu partout sur cette planète, il est Cartier-Bresson. Les gens de la profession l'évoquent par le sigle HCB. Les initiés préfèrent le clin d'œil surréaliste de ses dédicaces les plus complices « En rit Ca-Bré ». Les autres l'appellent Henri comme s'il n'y en avait qu'un.

Ils ont tous leur idée du personnage. Elle rend un peu moins indéchiffrable son grain de folie, son génie, sa part d'ombre. À chacun sa vérité puisque chacun s'est approprié une part de l'homme dont il est l'ami. La mienne est la mosaïque de toutes. Biographes ou portraitistes, nous n'en demeurons pas moins des *go-between*, dérisoires messagers qui se condamnent eux-mêmes à faire la navette entre l'homme et le reste du monde pour assouvir leur légitime curiosité.

Ce vivant que d'aucuns jugent invivable, la plupart des gens le croient mort parce que, malgré son statut dans l'imaginaire collectif, il n'en abuse pas dans l'exercice de son empire. On ne le voit presque jamais à la télévision, on ne l'entend guère à la radio et il n'intervient pas dans la presse de manière intempestive. Ils le croient mort et lui ne s'empresse pas de démentir, tout heureux de se soustraire aux importuns que la notoriété attire immanquablement.

Il est l'impatience faite homme, mais aussi la curiosité, l'indignation, l'enthousiasme et la colère. Ce méditatif frénétique ne tient pas en place, incapable de dominer son tempérament, comme si la vraie vie était nécessairement dans le mouvement. Son intranquillité finit par déranger le paysage. Il est de ceux qui ont donné ses lettres de noblesse à l'excentricité. Rien ne le met secrètement en joie comme d'user à dessein du plaisir aristocratique de déplaire. Quand on songe à tout ce que ses yeux ont vu, on est pris de vertige.

Bref, un artiste. Retracer sa vie, revisiter son œuvre, c'est raconter l'histoire d'un regard.

Une vie est comme une ville : pour la connaître, il faut s'y perdre. C'est ainsi que j'ai procédé : je me suis perdu dans son univers intérieur sans souci de la chronologie. Pendant des jours et des nuits, j'ai lu le moindre de ses écrits et analysé toute la littérature qui lui avait été consacrée. Je me suis immergé dans ses archives avec le secret espoir de ne pas en sortir. J'ai questionné ses amis non sans songer parfois à un mot de Max Jacob : « On prend toujours un sourire en parlant du "grand homme" que l'on connaît, parce que le contraste s'établit entre la réputation et la robe de chambre. » J'ai revu ses photographies pour la énième fois comme si je les découvrais chacune pour la première fois. J'ai, encore et encore, dévisagé ses personnages pour tenter de comprendre comment ils avaient pu résister ainsi au temps. Et lui, je l'ai écouté raconter tout et rien dans le fabuleux capharnaüm de ses souvenirs.

On ne sait rien de ce que nous réserve le passé. Il y a des choses sur sa vie qu'un homme est seul à savoir. Certaines vérités échapperont toujours aux documents et aux témoignages, et c'est heureux. Si tout était réductible à leur logique, ce serait à désespérer du mystère. Les faits qu'on enfile comme des perles sont faux car, comme elles, ils obéissent à un implacable ordonnancement au mépris de toute poésie. À quoi bon tout savoir si on ne sait rien de plus ? Souvent, dans l'intelligence que nous avons d'une œuvre, l'ineffable l'emporte sur les démonstrations les mieux argumentées. Il s'inscrit en transparence dans ce que l'image ne montre pas, ce hors-champ qui est le non-dit du photographe. Cette évidence s'impose avec un regardeur tel que Cartier-Bresson, lequel s'est toujours moins intéressé aux perles qu'au fil qui les retient.

La vérité n'est pas dans l'exhaustivité mais dans les interstices. À quoi bon rappeler la litanie des pays où il a vécu puisqu'il est allé presque partout ? À quoi bon dresser la liste des personnalités dont il a fait le portrait puisqu'il les a presque toutes fixées pour l'éternité ? On gagnerait du temps en pointant ce qui lui a échappé. Et après ? Rien. On ne demande pas à un poète d'être complet dans sa recension du monde, surtout quand on découvre que Proust et Cézanne sont ses seuls « photographes » de chevet. Car ses vraies références sont culturelles.

Si on veut comprendre Henri Cartier-Bresson, il faut se défaire de la conception traditionnelle du temps et en intégrer une autre, parfois anachronique, où le calendrier des faits ne coïncide pas nécessairement avec celui des émotions. Il faut encore imaginer que les jours de l'horloge ne sont pas ceux de l'homme, que chacun a sa musique intérieure et que raconter les événements de sa vie au mépris de sa propre logique serait aussi vain que d'évoquer un opéra par son livret. Proust a dit tout cela, et aussi : « Il y a des jours montueux et malaisés qu'on met un temps infini à gravir et des jours en pente qui se laissent descendre à fond de train, en chantant. »

Cartier-Bresson a passé sa vie ainsi. Il n'a pas voyagé, il a vécu à l'étranger sans se demander quand il rentrerait. Plus qu'une nuance, c'est une autre appréhension du monde. Son œuvre s'en ressent. Elle doit aussi à Rodin, quand il disait : « Ce qu'on fait avec le temps, le temps le respecte. » Voilà pourquoi l'inventaire rigoureux des jours d'un tel homme nous importera toujours moins que l'ombre portée de certains d'entre eux sur sa mémoire et sur la nôtre.

Un soir, comme je lui demandais s'il était sensible à la vision du monde de Nicolas de Staël, il bondit brusquement de son fauteuil, se dressa sur la pointe des pieds, me regarda de très haut et, aggravant considérablement sa voix, adopta un ton caverneux :

« Stâââl, Staâââl... »

Je croyais presque tout savoir du peintre, mais j'ignorais ce qu'il en avait retenu, à savoir qu'il était immense et que sa voix de bronze avait marqué tous ses interlocuteurs. C'est important, le timbre. Un enregistrement ancien peut en traduire la couleur, en restituer les contours, en préciser la silhouette mais il n'en rendra jamais l'âme. Il en va de même de l'intensité de la poignée de main, ce paume-à-paume qui permet de capturer chez l'autre le grain de la peau et d'en conserver l'intime mémoire.

Une intonation, une pression en disent parfois plus sur un homme que ses aveux. Cartier-Bresson a une manière bien à lui de serrer fermement la main, avec une vigueur qui reflète son caractère entier, et de prononcer délicatement les mots, avec une distinction sur le bout de la langue qui trahit son éducation plus qu'il ne le voudrait.

S'il gagne à être connu, il aimerait autant y gagner en mystère. Il veut bien être célèbre, à condition toutefois de rester inconnu. Il a manifestement conçu le projet de mourir jeune, mais le plus tard possible. Insaisissable, celui qui, lorsqu'on l'arrête pour lui demander s'il est bien Henri Cartier-Bresson, répond :

« Éventuellement... »

L'histoire de son regard, c'est celle d'un homme qui s'est posé toute sa vie la même question : « De quoi s'agit-il ? », et qui n'a jamais trouvé de réponse, parce qu'il n y en a pas

1

Le fils à fils
1908-1927

«D'où vient l'argent?» C'est le titre d'un article, consciencieusement découpé dans *L'Écho de Paris*. Quand on entre dans la chambre d'Henri, onze ans, on ne peut l'éviter du regard. Il est collé tel un défi sur le miroir en bois doré. Nous sommes chez les Cartier-Bresson au lendemain de la Grande Guerre, dans un immeuble haussmannien au 31 de la rue de Lisbonne, en lisière du parc Monceau, à la limite entre le VIIIᵉ et la meilleure partie du XVIIᵉ arrondissement de Paris.

«D'où vient l'argent?» La question le hantera sa vie durant. À croire qu'il y a quelque chose d'intrinsèquement sale, impur, immoral dans l'argent. Une voiture de grand luxe aperçue dans la rue, une femme parée des bijoux les plus rares croisée à une réception, un important sonnant à grand bruit sa domesticité, il ne lui en faut guère plus pour être taraudé par l'origine de cette puissance. Encore la richesse n'a-t-elle pas besoin d'être spectaculaire pour l'embarrasser. Discrète, elle n'en est que plus intrigante. C'est ainsi, l'argent gêne.

À force d'entendre ses parents se plaindre de la cherté de la vie, de l'inciter à la prudence en toutes dépenses et veiller à la frugalité de la nourriture,

Henri est sincèrement convaincu de leur ruine. Et pour cause : pas d'excès dans le train de vie, pas d'argent de poche, pas de cadeaux, sinon à Noël et aux anniversaires, pas de vacances, à l'exception des visites aux grands-parents... Tout ce qui pourrait paraître ostentatoire est banni dans cette société où l'on élève les enfants dans le culte de la valeur des choses. Au château, on prend toujours soin de tirer les rideaux afin que rien ne se voie de la route nationale. En vérité, l'adolescent n'a aucune idée de la fortune des siens. C'est que chez ces républicains bon teint, considérés comme des catholiques de gauche, « ça » ne se dit pas. De la honte qu'ils éprouvent pour leurs moyens, leur fils concevra longtemps une sourde culpabilité vis-à-vis des classes défavorisées. Toute une vie ne suffira pas à la dissiper.

En Cartier-Bresson, il y a le côté des Cartier et celui des Bresson. Rien de tel qu'un patronyme à tiroir pour refléter la double origine de toute famille. L'état civil n'a officialisé celui-ci qu'en 1901. Mais les uns et les autres n'avaient pas attendu le sacrement administratif pour ne faire qu'un.

Le premier des Cartier est un cultivateur de Silly-le-Long, dans l'Oise. Il est issu d'une très ancienne famille d'agriculteurs qui possédaient de bonnes terres au nord de Roissy. Les siens venaient de Noyers-sur-Serein, du nord de la Bourgogne, du côté d'Avallon. Il semble que la chance de sa vie fut de fournir régulièrement du foin destiné aux chevaux de commerçants parisiens, les Bresson...

Antoine, le premier des Bresson, vendait déjà des brins de coton tordus et filés à Paris sous la Révolution. C'est par lui que la tradition familiale est cousue de fil blanc. D'un marché l'autre, il finit par s'installer dans celui de Saint-Germain. À sa mort, la mercerie est reprise par sa veuve puis développée par ses enfants. D'un déménagement l'autre, elle prospère rue Saint-Denis.

Les Bresson et les Cartier ont véritablement commencé à nouer des liens quand les premiers ont mis leurs enfants en nourrice chez les seconds. Il est alors courant que la ville se décharge ainsi sur la campagne de l'élevage des bébés. Mais il est plus rare que ce transfert de responsabilité soit l'objet d'un échange de bons procédés. C'est le cas en l'occurrence puisque le père Cartier ne tarde pas à placer ses deux fils en apprentissage à la mercerie Bresson au milieu du XIXe siècle, alors qu'elle lance sur le marché des bobines de fil à coudre. Ils épousent tous deux des filles de leur patron et ne se font pas prier pour que leur dignité de gendre soit élevée au rang d'associé. Cette perspective est également dans l'esprit du vieux père Bresson puisque, lorsque Claude-Marie Cartier perd prématurément sa femme, il se remarie aussitôt avec sa jeune belle-sœur. Toutes choses qui se font sous l'autorité d'un patriarche comblé de voir une famille de commerçants se transformer en dynastie d'industriels.

La maison de commerce acquiert vraiment un statut d'entreprise avec l'acquisition de machines à vapeur destinées à la fabrication du fil de coton. Le Second Empire est encore à mi-parcours. La Société française des cotons à coudre affiche désormais deux adresses : l'une parisienne, sur le boulevard de Sébastopol, où se fait la vente, l'autre en banlieue, où se dresse la fabrique.

L'usine se trouve à Pantin, ville choisie pour ses facilités de communication avec les filiales de l'Est. Elle est située tout au long de la rue du Chemin-Vert métamorphosée avant la fin du siècle en rue Cartier-Bresson, ce qui va de soi vu leur empire sur l'endroit : 23 000 m², 450 employés en moyenne avec des pointes les grandes années et des réajustements à la baisse les autres. Ici, on ne traite pas le coton brut mais du coton à coudre, à broder, à repriser, à tricoter, ainsi que des lacets. Par commodité, mais de manière erronée, on cite la «filature Cartier-Bresson» quand la société se consacrait aux autres opérations cotonnières à l'exclusion de celle-là justement. Quoi, alors ? Blanchisserie, teinturerie, retorderie, et filterie, c'est-à-dire mise en bobine.

Bien qu'ils soient devenus rapidement des capitaines d'industrie, les dirigeants de la manufacture pantinoise n'en ont pas moins conservé un esprit paternaliste. Ils s'occupent d'autant mieux de leur personnel, assez jeune et plutôt féminin, qu'ils ont installé leur propre maison et son jardin potager au cœur de l'entreprise. Quand il s'agit des bonnes œuvres, les Cartier-Bresson ne regardent pas à la dépense. Crèche, école, dispensaire, église... C'est bien le moins que des patrons pénétrés de morale chrétienne puissent offrir à des employés déstabilisés par les effets de la révolution industrielle sur les familles. Tout ce qui rassemble est bon aux yeux de ceux qu'effraie le spectre de la dispersion, tenue pour une conséquence directe du triomphe de la technique.

Dans la France du début du xxe siècle, Cartier-Bresson est un nom illustre car il est synonyme d'une marque très répandue. Il n'est guère de foyers où l'on ne trouve des écheveaux de fils à broder couronnés de l'étiquette maison. On y voit une mère et sa fille tout à leurs travaux de couture, sous l'inscription «Cartier-Bresson, fils et cotons "À la croix", couleurs solides». En son centre, le sigle les lettres C et B stylisées, disposées dans un ovale à liseré, et séparées par une croix. Plus qu'un sigle, ce sont les vraies armoiries de ces grands bourgeois.

Bien qu'il ait été baptisé du prénom de son grand-père paternel, Henri Cartier-Bresson est le fils de sa mère. On dit qu'il lui ressemble, par sa beauté, sa sensibilité et son caractère. En clair, Henri est fils d'une Normande. Issue d'une vieille famille rouennaise qui possédait une grande propriété dans la vallée donnant sur Dieppe, Marthe née Le Verdier, est une femme à la grâce souveraine. Ses portraits, pris par Boissonnas et Tapenier dans leur studio de la rue de la Paix, révèlent un port, un maintien, une élégance, un éclat naturels. Nerveuse, en permanence minée par le doute, elle peut s'absorber des journées entières dans ses lectures et n'en sortir que pour s'asseoir à son piano.

Elle s'enorgueillit de prestigieux aïeux, au premier rang desquels figureraient la sœur du grand Corneille, Charlotte Corday qui noya Marat dans son sang avant d'être conduite à l'échafaud, ainsi qu'un pair de France, maire de Rouen, trésorier de sa philarmonique et proche de l'ermite de Croisset. Le jeune Henri est élevé dans cette mémoire-là. Bien plus tard, quand on prendra la mesure du chemin parcouru, on s'avisera que, parvenu au bout, il est resté en parfaite identité avec ce que José Maria de Heredia écrivit un jour de Maupassant :

«Il est de la grande lignée normande, de la race de Malherbe, de Corneille et de Flaubert. Comme eux, il a le goût sobre et classique, la belle ordonnance architecturale et, sous cette apparence régu-

lière et pratique, une âme audacieuse et tourmen-
tée, aventureuse et inquiète. »

La Normandie de Cartier-Bresson est autant histoire que géographie, celle d'une muraille de falaises
crayeuses et d'un plateau tout d'argiles à silex et
de limons fertiles, le pays de Caux. Son enfance
en Seine-«Inférieure», monde des grands-parents
maternels, est hantée plus que bercée par l'atmosphère mystérieuse du port de Rouen, les silhouettes
de l'attente sur les quais, le mouvement énigmatique des navires du bout du monde, les marins se
balançant à la poupe des cargos libériens, la mythologie des tavernes enfumées.

Dans le couple Cartier-Bresson, Marthe est l'intellectuelle, la musicienne, la méditative. André, son
mari, est tout autre, par pente naturelle et par la
force des choses. Cet homme strict, droit jusqu'à la
rigidité, est avant tout un homme de devoir, rendu
tel très jeune par la mort de son père. Trop absorbé
par ses responsabilités familiales pour s'ouvrir à la
vie des idées, il avait fait le choix des Hautes Études
commerciales pour accéder au plus vite à la direction générale de l'entreprise. Il n'en était pas moins
un homme de goût. Simplement, toute sa sensibilité
artistique s'était réfugiée dans le dessin, la peinture
et le mobilier. Il avait rapporté trois cahiers pleins
de dessins d'observation d'un tour du monde effectué pour étudier de plus près l'évolution de l'industrie cotonnière. Mais quand son fils le pressait de lui
raconter le reste de la terre, il répondait invariable-
ment d'une simple phrase : « Ici, à Fontenelle, il y a
de plus beaux couchers de soleil… »

À voir son père passer l'essentiel de son temps
enfermé dans son bureau, même à la maison, Henri
en conçoit une franche détestation pour le monde

des affaires. Son père est présent mais tout se passe comme s'il était absent. Pour faire naître la complicité entre eux, un alibi artistique est nécessaire, tels des échantillons de couleurs à sélectionner.

Henri, l'aîné des cinq enfants, est normand jusque dans sa coquetterie irréductible à se faire passer pour un Sicilien donc méditerranéen puisqu'il a été conçu, c'est-à-dire désiré, à Palerme où ses parents ont passé leur lune de miel. Il l'est aussi dans sa façon de tenir autant de l'un que de l'autre, accompagnant sa mère à la flûte quand elle joue du piano, et son père en forêt quand il va à la chasse. Juste partage des tâches et des plaisirs, même si l'adolescent est naturellement plus proche de sa mère. Dans ces grandes familles bourgeoises, la mère suit de près l'éducation des enfants, plus encore lorsque de subtiles affinités et d'évidentes ressemblances les rapprochent. Son influence est déterminante.

Très jeune déjà, Henri manifeste un trait de caractère dont il ne réussira jamais à se départir, si tant est qu'il ait un jour essayé : la colère. Lorsqu'il est exaspéré par quelqu'un, voire simplement contrarié parce que le cours des événements ne s'infléchit pas selon son vœu, il ne se domine plus. Il est alors capable de se rouler par terre puis de se frapper la tête contre les murs sans que, curieusement, des bosses s'ensuivent. Son grand-père, qui n'y voit qu'une manifestation d'intolérance, est convaincu que ce garçon sera le fruit sec de la famille.

Le plus souvent, sa mère l'emmène au concert, tant par amour de la musique de chambre que pour l'empêcher de mordre ses jeunes sœurs Denise et Jacqueline. Dans le registre des émotions, ils sont au diapason, même s'il se sent gagné par un sentiment d'ivresse en écoutant un morceau de Debussy,

quand les sonates de César Franck la font pleurer.
C'est elle aussi qui lui fait parcourir les galeries du
Louvre à la recherche de ce qu'ils ne connaissent
pas encore. C'est elle encore qui lui donne à jamais
le goût de la poésie, lui confiant à l'occasion, avec le
même soin que s'il s'était agi d'un missel, l'un des
petits volumes de poèmes qu'elle a toujours dans
son sac. C'est elle enfin qui lui remet le *Cantique des
cantiques* à la messe dans l'espoir de le rapprocher
du spirituel, à défaut de le faire adhérer à ses
convictions. Le plus souvent, elle se lamente:

« Mon pauvre chéri ! si tu avais un bon confesseur
dominicain, tu n'en serais pas là... »

Mais comme si elle ne s'était pas tout à fait résignée, elle lui donne déjà à lire les philosophes pré-
socratiques, ou le deuxième roman de Roger Martin
du Gard dans lequel le héros, Jean Barois, ne
retrouve qu'à la veille de son trépas la foi de ses
ancêtres, perdue lors d'une crise existentielle vers
sa quinzième année...

En vain. Cet anticonformiste dans l'âme n'aura
jamais la foi. Il est intimement convaincu que
l'homme a inventé Dieu, et non le contraire. Jamais
il n'en démordra. Très tôt attiré par le paganisme et
la mythologie grecque, il étouffe dans son milieu,
cerné par des certitudes qui lui pèsent d'autant plus
qu'il ne veut croire qu'au doute en toutes choses.

Son monde, ce sont d'abord les lieux de son
enfance. Il y a Chanteloup, une commune toute
proche de Marne-la-Vallée. C'est là qu'il est né, dans
le château de famille ; les gens de la ville préfèrent
accoucher à la campagne, pratique encore courante
au début du siècle. Mais il ne s'y rend que pour les
vacances d'été auprès de ses grands-parents. Il y a
Rouen et sa région, où il rejoint d'autres aïeux en

d'autres villégiatures. Mais que ce soit en Seine-Supérieure ou en Seine-et-Marne, à Saint-Saëns du côté des Le Verdier ou à Fontenelle près de Lagny du côté des Cartier-Bresson, son enfance se déroule d'un château l'autre. Enfin, il y a Paris, chez lui.

Malgré leur fortune, les Cartier-Bresson ne sont pas propriétaires mais locataires du vaste appartement qu'ils occupent 31, rue de Lisbonne. Ce serait gâchis que d'immobiliser du capital en dehors de l'entreprise. Chez ces grands bourgeois qui n'ont pas un sens aigu des placements, la grandeur s'amenuise au fur et à mesure que se précisent les exigences économiques du nouveau siècle.

L'adolescent vit entre un maître d'hôtel à favoris qui lui donne du «Monsieur Henri» et des nounous venues de Londres ou d'Irlande qui lui apprennent l'anglais dès son plus jeune âge. Sa rue est on ne peut plus résidentielle. Elle s'enorgueillit de la présence, derrière les toutes proches façades des hôtels les plus imposants, de personnalités telles que les Martell, le baron Empain ou Albert Guillaume, le caricaturiste du milieu chic. Mais son quartier s'inscrit dans sa mémoire par d'autres images.

Il y a celle du tablier du grand pont en poutrelles de fer recouvrant les voies ferrées de la gare Saint-Lazare, transfiguré par Gustave Caillebotte avec une force telle qu'on ne sait plus, dès lors, chaque fois qu'on y retourne, si l'on voit un simple pont métallique sur la place de l'Europe ou une frontière invisible entre le monde des nantis et celui des exploités, la vie en société et la solitude dans la ville. Il y a celle d'un magasin de meubles Ruhlmann dans la rue de Lisbonne même, dont les marqueteries sont tout aussi inoubliables que le galuchat, cette peau de squale teintée gainant certains panneaux.

Et il y a celle d'un personnage très âgé dont la silhouette fatiguée se présente chaque vendredi soir
depuis des années à la porte de l'immeuble situé en
face de chez lui pour participer au rituel dîner d'artistes et d'écrivains donné par les Rouart dans leur
incroyable hôtel aux murs entièrement recouverts
de tableaux impressionnistes. Après la mort du collectionneur Henri Rouart, cet homme à la vénérable
barbe blanche a continué à hanter l'endroit, visitant
les fils en hommage à leur père dont il était l'indé-
fectible ami. Plus d'une fois, Henri Cartier-Bresson
entend rentrer son propre père et lancer à la canto-
nade :

« Je viens de croiser Degas, le peintre... »

Eût-il révélé qu'il venait de quitter le président
Poincaré qu'il n'aurait pas produit plus d'effet. Car,
pour l'adolescent, la peinture est tout. Un homme,
l'un des jeunes frères de son père, l'incarnera durablement à ses yeux. Non pas l'oncle Pierre, qui dirige
l'usine de Pantin où il vit, installé dans le domaine
familial avec les siens, mais l'oncle Louis, qui a
refusé d'emprunter la voie déjà tracée afin de se
consacrer à sa passion exclusive de la peinture. C'est
lui, l'ancien pensionnaire de la villa Médicis, lauréat
de l'Institut à maintes reprises, prix de Rome 1910,
qui, le premier, l'initie à l'art, considéré non plus
comme un pur objet de contemplation mais autrement. De l'intérieur.

Henri fait sa connaissance à l'âge de cinq ans, le
soir de Noël 1913. Pour la première fois, il est autorisé à le suivre dans son atelier. Le saint des saints.
Il s'y rendra dès lors de plus en plus souvent, ne fût-
ce que, dans un premier temps, pour y humer les
pigments. Une si douce sensation a quelque chose
d'inaltérable. Toute une vie durant, elle ressuscitera

en lui le monde de l'enfance, une sorte de paradis perdu, un idéal édénique qu'il n'évoquera pas sans nostalgie, tel le narrateur d'*À la recherche du temps perdu* ivre des effluves de son thé.

La Grande Guerre fait des ravages dans toutes les familles, sans distinction. Les Cartier-Bresson n'y échappent pas puisque les deux frères sont tués au front, l'oncle Louis le premier, en 1915. L'enfant, qui l'aura finalement peu connu mais avec intensité, reste fidèle à son enseignement, ce qui est une manière de rendre un hommage permanent à sa mémoire. Il le considère comme son « père mythique », selon ses propres termes, avec tout ce que cela laisse supposer de reconstruction et d'embellissement, d'autant que sa mort héroïque à trente-trois ans s'y prête et qu'elle survient pour clore véritablement le xixe siècle. Sa disparition coïncide avec celle du monde d'avant.

Henri a dix ans le jour de l'Armistice. Jamais il n'oubliera le bonheur des Français ce jour-là. Dans sa mémoire, il se superpose à un malheur familial : les obsèques de son oncle Pierre, rescapé de Verdun dans un piètre état, mort des suites de ses blessures. Les Cartier-Bresson suivent le convoi à pied de l'usine de Pantin au cimetière de Montmartre, traversant un Paris livré à une allégresse populaire qui offre un saisissant contraste avec leur tristesse. Ils sont derrière le « corbillard du pauvre ». À les voir, on ne se demande pas d'où vient l'argent.

L'art sous toutes ses formes est la seule activité à laquelle l'adolescent s'adonne avec rigueur et régularité. Comme s'il avait conscience que c'était la seule hérédité qui vaille d'être honorée, le véritable héritage légué par les siens. Pas l'entreprise mais le dessin, puisque tout le monde a toujours dessiné dans sa famille, son oncle et son père bien sûr, qui l'ont élevé dans le culte du Quattrocento, mais aussi son grand-père, son arrière-grand-père... Tous remplissaient leurs carnets d'après nature ou d'après les maîtres. Pour cela aussi, ils avaient du métier. Doté d'un tel état d'esprit, Henri est bien parti pour s'intéresser toute sa vie moins au tapis qu'au motif dans le tapis.

Outre la musique, qu'il étudie avec un professeur de flûte, il peint. Lorsqu'il se rend sur le motif, ce n'est jamais tout à fait par hasard. Comment ne songerait-il pas au monde de Proust quand il réalise à seize ans *L'Église de Guermantes*, une huile sur carton dans des tons chauds de vert et de marron ? En revanche, il lui faudra attendre la fin du siècle pour apprendre de la plume de John Rewald, éminent historien de l'impressionnisme, que sa *Rue des Saules à Montmartre* avait déjà été peinte d'après nature, exactement du même point de vue, vers 1867, par un certain Cézanne... Révélation à laquelle Cartier-Bresson réagira par un trait bien dans sa manière :

«Quelle surprise et quel réconfort que de sentir que les sujets sont toujours les mêmes, et que tout a déjà été dit de tout temps. Ce qui compte, c'est la façon d'accommoder les œufs...»

Quand il ne peint pas, Henri dessine. Le reste de la semaine, il ne pense qu'à cela. Les jeudis et les dimanches, Jean Cottenet, un ami de son oncle, élève du fameux Cormon qui dirige un atelier fort couru à l'École des beaux-arts, prend en charge son éducation artistique en lieu et place du «père mythique». Il lui fait suivre des cours qui lui permettent de se familiariser rapidement avec la technique de l'huile.

Un autre maître lui en transmet autant, si ce n'est plus, mais autrement. Par sa seule présence et par son exemple, plutôt que par esprit de pédagogie. Jacques-Émile Blanche, soixante-trois ans, retiré six mois par an en son manoir du Tôt à Offranville, dans la région de Dieppe, ne mesure pas les conséquences de son geste le jour où il accepte qu'Henri Cartier-Bresson, seize ans, et son cousin Louis Le Breton viennent peindre dans le parc de sa demeure en brique du XVIIᵉ, avant de le rejoindre dans son atelier pour l'assister en spectateurs émerveillés et silencieux. Issu d'une vieille lignée d'aliénistes de souche rouennaise, ami et voisin de leur famille, il les a admis à ses côtés à plusieurs titres. Peut-être n'a-t-il pas oublié que, une quarantaine d'années auparavant, Édouard Manet l'accueillait dans son propre atelier sur la recommandation de son père, l'un de ses proches ? À son tour, il en fait autant. Comme s'il s'agissait de toujours passer le témoin, palette invisible.

Cet artiste au talent protéiforme, qui se sent plus dessinateur que peintre, ne déteste pas écrire non plus. Blanche se veut portraitiste en tout et de tout, mais se désole de ne pas consacrer son énergie à étudier les âmes plutôt que les visages. Trop dispersé, trop dilettante, trop superficiel pour accomplir cette tâche. Ce n'est pas un hasard si la chronique artistique de *L'Intransigeant* le raille régulièrement comme «le peintre moderne à la mode». Rentier de naissance et pour la vie, Blanche ne passe pourtant pas pour un homme au caractère facile. La chronique mondaine n'est pas tendre pour cet arbitre des élégances dieppoises. Elle le dit pessimiste, vaniteux, snob et cruel. Mais aussi antidreyfusard nourri de la lecture quotidienne de *L'Action française*, et mélancolique hanté par la perspective du suicide. Qu'importe. Les deux lycéens ne voient rien de tel en lui. Plutôt un passeur, le témoin d'un monde déjà révolu, celui qui a toujours vécu dans une atmosphère de salon littéraire et artistique, et qui l'a recréée à son tour, à sa manière. Avec lui, ils ne sont pas uniquement dans l'ombre d'un artiste habile dans le maniement du pinceau (il n'est pas le seul), mais surtout dans celle d'un homme qui a intimement connu Manet, Proust et tant d'autres. Toutes choses qui ne font qu'une.

Cette passion de l'art absorbe tant l'adolescent qu'on la croirait exclusive de toute autre activité de l'esprit ou du corps.

Le sport ? Rien ou presque, si ce n'est un peu de paume et de chistera pratiqués sous la houlette d'un abbé dont le suicide, scandale le plus silencieux du collège, le marque profondément. Grand, mince, bien proportionné, Henri n'a aucun goût pour une occupation qu'il réduit à une compétition. Là où tant d'autres louent une école de la fraternité, il ne voit qu'exaltation de la rivalité, de la performance et du défi, valeurs morales qui lui sont étrangères. Seul le scoutisme, encadré par la paroisse de Saint-Honoré-d'Eylau, le réconcilie avec la vie au grand air. Il en conservera longtemps un symbole au fond de la poche. Moins qu'un *rosebud*, le souvenir a la forme d'un couteau dont la lame s'encastre dans le manche. Ce gros canif à la façon d'un Opinel, il le sort en toutes occasions, et elles ne manquent pas dans une journée. Son père en a toujours un sur lui, son grand-père également, un truc d'hommes à n'en pas douter, à la fois arme et outil. Quand on a l'âme scout, c'est pour la vie. « Anguille frémissante » est son totem, parce qu'il est tout le temps en train de s'échapper, de se sauver, de filer. Les éclaireurs ont mis le doigt sur l'essentiel.

Les études ? Médiocres, non par défaillance intellectuelle mais par inaptitude à cette discipline-là, celle de l'enseignement catholique. On le sent vraiment mal à son aise à l'école Fénelon, quels que soient les professeurs principaux, l'abbé Berthier, l'abbé Aubier ou l'abbé Pessin dit Pet-sec. Les rituelles photos de classe révèlent un adolescent soit lointain, regardant partout ailleurs, soit rebelle, narguant l'objectif les bras croisés par provocation. Sa seule chance est d'y rencontrer un personnage aussi secrètement déplacé que lui dans ce monde : le surveillant général. Laïc dans un univers qui ne l'est pas, proche des poètes symbolistes, celui-ci surprend un jour l'élève absorbé dans la lecture de Rimbaud. Il apprécie de le voir «mal» tourner, contrairement à la plupart de ses condisciples, jeunes bourgeois si parfaitement coulés dans le moule. Pourtant, il le réprimande aussitôt publiquement :

«Pas de désordre dans les études!»

Mais, l'instant d'après, il le prend à part. Du coup, il se met à le tutoyer :

«Tu pourras lire dans mon bureau...»

C'est peu mais ce peu change tout. Ces quelques mots vont bouleverser la vie quotidienne de l'adolescent et, partant, sa vie intérieure. Grâce à cette complicité, il passe le plus clair de son temps à dévorer des livres dans l'antre du surveillant général. Des livres pas franchement interdits mais si fermement déconseillés par l'autorité que cela revient au même. Tout y passe, même ce qui parfois le dépasse, aussi bien Proust, Dostoïevski et Mallarmé que certains romans qu'il dévore en marge de ses études secondaires au lycée Condorcet, *Les Fiancés* de Manzoni ou l'*Ulysse* de Joyce. Autant de livres qu'il lit, déjà convaincu qu'il les relira un jour. Certains demeureront des bréviaires. Le volume de poésies de Rimbaud justement, grâce auquel il a réponse à tout. Trop désinvolte, Henri ? On n'est pas sérieux, quand on a dix-sept ans... Trop coléreux, Henri ? Ô saisons, ô châteaux, quelle âme est sans défauts... Il y a aussi le Baudelaire de *Mon cœur mis à nu*. Celui-là suffit à nourrir sa révolte. Ne désigne-t-il pas le Français comme un animal de basse-cour si bien domestiqué qu'en art comme en littérature il n'ose franchir aucune palissade ?

Le lecteur compulsif est né dans ces circonstances, un état intermédiaire entre la liberté surveillée et la clandestinité. De quoi donner à toute littérature la délicieuse saveur du fruit défendu. Depuis l'adolescence, la lecture est la seule activité dont il ne s'est pas dépris. La lecture élevée au rang d'un des beaux-arts, associée à la conversation considérée comme le mode de vie d'un gentilhomme, l'a rendu méfiant à l'endroit des prétendues idées personnelles. Une leçon d'humilité qui tient en quatre mots : on n'invente jamais rien. C'est la parfaite illustration de l'ellipse de Hölderlin : « L'entretien que nous sommes. » Par ce saisissant raccourci, le poète nous faisait comprendre que même lorsque nous végétons au plus profond de notre solitude, nous ne pouvons être maîtres de nos réflexions. Elles sont le fruit de notre commerce avec les autres, du frottement de notre intelligence avec la leur, et du travail souterrain que nos lectures et nos conversations effectuent en nous.

La licence que le surveillant général autorise à cet élève au caractère rebelle sauve son esprit de l'enténèbrement tant redouté. L'oxygène de ses années de formation est désormais constitué de prose et de poésie. Un engagement pour la vie. Sa décision confirme la faillite de ses maîtres : entre saint Paul et saint Luc, il choisit Saint-Simon. Mais cela ne l'empêchera pas de toujours songer à l'école comme l'une des périodes les plus pénibles de sa jeunesse.

Outre la lecture, le cinéma et les expositions mobilisent son attention. À croire que son inconscient a exclusivement convoqué tout ce qui pouvait éduquer son œil et aiguiser son regard. Il n'est pas question de photographie, pas encore. On ignore si, à l'instar du jeune Jacques-Henri Lartigue, il attrape les images avec un « piège d'œil », lequel consiste à ouvrir les yeux, à les fermer, puis à les ouvrir de nouveau et à tourner une fois sur soi-même. Pour l'instant, comme tant d'autres adolescents, il se contente d'un modeste Brownie-Box pour fixer quelques souvenirs de vacances, sans plus.

Des photos, il n'en voit guère, contrairement aux films. Muets bien sûr, puisque la diffusion du premier film parlant coïncide avec ses vingt ans. Dans sa cinémathèque imaginaire, quelques œuvres coexisteront comme les produits d'une rencontre historique entre la technique et la magie : *Les Mystères de New York* avec l'inoubliable Pearl White dans le rôle de la riche héritière affrontant au péril de sa vie une bande sans foi ni loi ; les grands Griffith, de *Naissance d'une nation* au *Lys brisé* en passant par *Intolérance*, qui le marquent autant par leur souffle épique et leur puissance dramatique que par leur audace technique qui était alors jugée révolutionnaire, qu'il s'agisse de la rigueur des cadrages, des déplacements de caméra ou de la répétition de plans rapprochés ; et puis Buster Keaton plutôt que Charlot, encore que celui des films muets l'enthousiasme, contrairement au Cha-

plin des *Feux de la rampe* dont le sentimentalisme
l'écœurera. Un peu plus tard viendront *Les Rapaces*,
chef-d'œuvre mutilé d'Erich von Stroheim sur la
déchéance de personnages en pleine décomposition ;
Le Cuirassé Potemkine dans lequel Eisentein a le
génie de confier le premier rôle à la foule ; et surtout
La Passion de Jeanne d'Arc de Carl Dreyer, qui l'impressionne tant par l'authenticité qui s'en dégage, le
souci du style, que le jeu des acteurs, la bouleversante
Falconetti rendue encore plus saisissante par l'usage
de gros plans révélant jusqu'au grain de la peau, sans
oublier un remarquable second rôle, Antonin Artaud
en moine Massieu.

Toutes ces images sans paroles s'entrechoquent
dans son esprit avec celles, plus silencieuses encore
car vierges de toute musique d'accompagnement,
qu'il a vues dans les musées. Les galeries ne sont pas
en reste. Son quartier n'en manque pas. Chez Devam-
bez, boulevard Malesherbes, se tient en 1924 la première exposition posthume des tableaux et études de
l'oncle Louis, son père mythique. Les premiers dessins de Bonnard, il les découvre dans une vitrine de
l'avenue Matignon. Quand ce n'est pas à la galerie
Simon rue d'Astorg où règne Daniel-Henry Kahnweiler, c'est à la galerie Percier ou chez Barbazanges
qu'il fait régulièrement de longues stations, juste
pour admirer *Les Poseuses* de Seurat qui sont encore
à vendre. Mais le plus souvent, ses pas le ramènent
au Louvre, comme si c'était inexorable.

Lire, peindre, regarder : pour lui, il n'y a que cela
et il n'a vraiment pas l'intention d'en sortir.

En principe, tout collégien de Fénelon aspire à
devenir lycéen à Condorcet. En principe, tout lycéen
de Condorcet aspire à intégrer une grande école. En

principe, nombre de ces jeunes gens de bonne famille empruntent la voie tracée par les générations qui les ont précédés. À dix-neuf ans, Henri Cartier-Bresson est lui aussi un homme à principes, mais pas les mêmes.

Pour complaire aux siens, trois fois il a présenté l'examen du bachot, trois fois il l'a raté. La première, il l'a manqué de trois points, la deuxième de treize points, la troisième de trente... Même en français, son orthographe est approximative, il est fâché avec la ponctuation et les accents, il préfère les auteurs contemporains à ceux du programme... Ses professeurs de lettres, MM. Chambry et Arbelet, en témoignent volontiers, on peut aimer la littérature à la folie sans être pour autant tenaillé par une quelconque ambition scolaire et universitaire, ni se transformer en rat de bibliothèque ou en vampire de manuscrits.

Sa persévérance dans l'échec, accompagné d'un alarmant decrescendo dans les résultats, a définitivement raison des ambitions que son père nourrit pour son avenir. Il imaginait l'aîné de ses enfants faire HEC, et gravir rapidement les échelons de l'entreprise de Pantin avant de l'y succéder à la direction générale. Un destin de « fils à fils ». C'est tout vu, d'autant qu'au lycée son désintérêt pour les mathématiques et la géométrie a été manifeste. Dans leur petit monde, on murmure que, pour une fois, un Cartier-Bresson a donné du fil à retordre aux siens, ce qui est un comble...

Dans la famille, il est de tradition de remettre au nouveau lauréat son premier fusil de chasse. Le grand-père Le Verdier guettait ce moment avec impatience. Sa déception n'en est que plus grande, même s'il a précocement, on s'en souvient, considéré Henri comme un fruit sec. En dépit des liens d'admiration et de respect, ils se sont souvent accrochés. Ce Normand solide et strict est un homme de conviction, catholique et dreyfusard en un temps où cela n'allait pas de soi. Une fois, ayant surpris son petit-fils absorbé dans la lecture de *La Porte étroite*, il l'avait convoqué solennellement dans son bureau :

« Nous connaissons bien cet André Gide. Sa femme Madeleine, qui est une Rondeaux, est notre cousine. Il est peut-être un bon écrivain mais tu dois savoir que c'est un méchant homme... »

En vain, car cela n'empêche pas le jeune homme de retourner à sa lecture. Au cours des repas de famille, il arrive que le ton monte entre eux. Son père a souvent enjoint Henri d'apprendre à dominer ses impulsions. Rien n'y fait. Il se laisse gouverner par son instinct, ce qui est souvent pris pour une manifestation d'insolence. Un jour, à table, il ne peut s'empêcher de répondre à son grand-père en citant sèchement un mot de Taine : « On ne mûrit pas, on pourrit par places seulement. »

De colère, la moustache blanche du patriarche en devient verte. Pour toute réponse, il sonne le maître d'hôtel à favoris :

« Veuillez faire sortir Monsieur Henri ! »

Son père s'y est résolu : son fils ne sera pas ce que l'on voulait qu'il fût. Quoi alors ? Il est bien placé pour savoir qu'on peut dessiner toute sa vie sans en faire un métier. Il veut bien encourager une vocation, encore faut-il qu'elle débouche sur quelque chose de sérieux. Or il ne voit rien de tel. C'est aussi que le jeune homme a moins une idée de ce qu'il veut faire (l'art...) qu'une absolue certitude quant à ce qu'il ne veut pas faire (entrer dans les affaires de famille). D'un côté, il n'est que fougue, impétuosité, vivacité. De l'autre, il est passion, colère et orgueil. C'est un tempérament de vif-ardent plutôt que de vif-argent, toute évocation de la monnaie demeurant encore culpabilisante.

Puisqu'il dit étouffer dans son milieu, il doit subir les conséquences de son choix. Son père le prévient :

«Tu feras ce que tu voudras mais tu ne seras pas un fils à papa. Tu auras les revenus de ta dot pour financer les études de ton choix. Quoi que tu fasses, fais-le bien…»

Pour l'heure, Henri se sent l'âme baudelairienne. Un homme utile lui paraît quelqu'un de bien hideux. Comment expliquer cela aux siens quand ils ne sauraient envisager l'inutilité autrement que comme une déchéance aux yeux de la société? On n'explique pas, on ne s'explique plus, on s'en va. Ce qu'il fait.

2

Les instants décisifs
1927-1931

Est-on plus sérieux quand on a dix-neuf ans ? Rien de moins sûr. Mais puisque Henri veut être peintre, autant qu'il apprenne à l'être. Si doué soit-on, on ne naît pas artiste, on le devient. Pour les siens, un tel postulat est indiscutable.

Cartier-Bresson est alors à la recherche d'une technique. Un conseil de Max Jacob à un ami, dont il n'oubliera jamais l'esprit sinon la lettre, résume parfaitement sa quête :

« Cherchez les moyens, une œuvre d'art est un ensemble de moyens en vue d'un effort. Les artistes ne sont pas des pénitents qui étalent leurs péchés, ils sont des fabricants qui vont à un but, ils ont un métier et un roman se fait comme un habit avec coupures et patrons. Ce qu'on y coule de soi c'est tant mieux, mais il faut apprendre comment ça se fabrique, ce qu'est une situation, comment on l'amène, comment on la dénoue. Qui parle ? Pourquoi parle-t-il ? Où est-il ? Où va-t-il ? Pourquoi ? »

Il en est d'un tableau comme d'un roman. Il faut en connaître parfaitement la mécanique intérieure pour mieux s'en évader ensuite.

Les ateliers diffusant le savoir ne manquent pas à Paris. Beaucoup de grands étant passés par là avant

de s'émanciper de la tutelle des anciens, il n'y a pas
de honte à leur y succéder. Les académies privées,
qui dispensent un enseignement en marge de l'École
des beaux-arts, sont une tradition dans la capitale depuis le milieu du XIXe siècle. On peut soit y
exécuter ponctuellement des croquis de nus en
toute liberté, soit y suivre les travaux pratiques d'un
artiste, soit y recevoir les cours théoriques d'un professeur, ou encore combiner les trois. Les élèves les
choisissent sur leur réputation, le prestige des
peintres qui les ont fréquentées, la notoriété des
maîtres, le confort des locaux, la capacité à préparer
au concours de Rome et la variété des modèles. Il y
a l'académie Julian, l'académie Ranson, l'académie
de la Grande Chaumière, l'académie Frochot, l'académie de la Palette, l'académie Moderne...

Bonnard enseigna dans celle-ci, et Jacques-Émile
Blanche dans celle-là. Cartier-Bresson choisit l'académie Lhote, l'une des plus récentes, celle qui s'enorgueillit de professeurs tels que Kisling et Metzinger.
Avec l'académie Julian, elle est celle qui exerce la
plus grande influence sur la colonie d'artistes étrangers, exilés plus ou moins temporairement à Montparnasse. D'ailleurs, ses deux locaux se trouvent au
cœur du quartier, rue du Départ et rue d'Odessa.
C'est là, dans le second, qu'a lieu l'enseignement,
entre un escalier en bois et des murs où sont suspen-
dues des reproductions de Cranach.

André Lhote est le maître des lieux, le maître à
peindre, le maître à dessiner, le Maître, somme toute.
Une masse de cheveux crépus, une fine moustache,
un regard des plus doux, un sourire serein, telle est
l'image qui se dégage cette année-là de son portrait
par Kertész.

Né vingt-trois ans avant Cartier-Bresson, cet

homme qui a grandi et peint ses premiers tableaux
sous l'influence de Gauguin dans « l'effarante solitude bordelaise » est une personnalité du milieu
intellectuel et artistique parisien. Acteur et témoin
de l'épopée cubiste, non de son âge d'or mais de sa
seconde période dite du « cubisme synthétique », il a
ouvert l'académie qui porte son nom en 1922 tout
en continuant à assurer la critique d'art pour la
Nouvelle Revue française. On le présente souvent
comme l'un des chefs du néoclassicisme, quand il
aimerait plutôt être considéré comme l'inventeur
d'un langage plastique moderne. Cela dit, sa peinture n'est pas à la hauteur de sa réussite sociale ni
de son enseignement.

Sa vie et son œuvre témoignent de ce qu'un artiste
peut être un grand pédagogue, et un petit peintre.
Rares sont les génies professeurs. Celui-ci a la main
lourde mais son œil est exceptionnel, et il est prolongé par un verbe étincelant. Si l'homme a un certain charisme, il le tire de son autorité d'enseignant.
Malgré sa situation, il se veut aussi rebelle qu'au
premier jour et récuse régulièrement l'accusation de
didactisme. De plus, il a son franc-parler et le goût
de la polémique, ce qui ne gâte rien. À la grande joie
de ses élèves, il ne perd pas une occasion de dénoncer les pratiques sordides des anciens prix de Rome
en province où ils règnent. Ou de présenter l'excès
de réalité comme le comble de la vulgarité. Ou
encore, preuves à l'appui, de désigner la répétition
comme le pire ennemi du plasticien, et l'empâte-
ment et le délayage comme les plaies de la peinture.

À ses côtés, on apprend autant l'art du portrait que
celui de la gravure, du croquis et surtout de la composition. Aux yeux de Cartier-Bresson et de nombre
de ses condisciples et amies, telle Dora Maar, il ne

passe pas seulement pour un merveilleux instructeur, mais pour l'incarnation vivante de la légende cubiste. Convaincu d'être le dépositaire d'une tradition, il a une âme de passeur. « Cézanne, notre actuel directeur de conscience... », dit-il souvent. Lhote se veut son plus ardent propagandiste. Ses jours et ses nuits ne lui suffisent pas pour réhabiliter celui que trop de peintres traitent avec dédain, quand ils ne l'ignorent pas, alors qu'ils lui doivent leur liberté. À ses yeux, tout individu qui exprime la moindre réserve sur son génie se condamne à ne jamais rien entendre à la peinture, car il est l'héritier de la Grèce et du Moyen Âge, les deux sommets de l'Art. Il place au-dessus de la mêlée Cézanne, le patron, le père de l'inquiétude moderne en peinture, l'artiste qui a ouvert une nouvelle fenêtre sur l'infini, l'humble génie qui a réussi sur le plan plastique ce que Rimbaud a accompli en poésie, celui qui détient une vérité qui supplante toutes les autres, la vérité sensible.

Vérité en deçà de la Montagne Sainte-Victoire, erreur au-delà... Mais la nostalgie de Lhote remonte bien plus loin. Sa passion de la composition, trop délaissée à son goût par ses contemporains au profit du détail, lui fait regretter le temps du Moyen Âge et de la Renaissance où enlumineurs et fresquistes parvenaient à superposer les éléments. Pour maîtriser cet art, il faut assimiler le rythme, la perspective, le dessin, la couleur. Hors la composition, point de salut ! Tel est le message qu'il martèle infatigablement aux élèves. La composition est tout pour lui, et tout est dans la composition. Car, contrairement à une idée reçue, elle exprime le tempérament d'un artiste aussi bien que ses morceaux de bravoure. Et ça, Cézanne l'a compris mieux que quiconque.

Lhote exerce son activité dans deux directions, bien distinctes mais assez complémentaires : la technique et l'ineffable. Il croit aux vertus de la théorie, seul socle possible pour la pratique. Sa doctrine est un plaidoyer sans relâche en faveur de l'intelligence plastique. Il invite en permanence ses étudiants à rechercher les invariants dans les œuvres du passé, autrement dit des valeurs absolues devenues des lois de la composition. La peinture dont il les entretient au cours de véritables conférences de méthode est un exercice de l'esprit. Les premiers temps, il n'est question que de schémas, de principes, d'idées, de système. C'est là, sous la verrière du grand atelier de la rue d'Odessa, qu'Henri Cartier-Bresson a la surprise d'être parfois ramené quelques années en arrière, à ses pires souvenirs scolaires. Car pour examiner la divine proportion chère à Léonard, il faut nécessairement en passer par la théorie pythagoricienne des nombres élus.

Cartier-Bresson a contracté le virus de la géométrie dans l'ombre de Lhote qui en est viscéralement obsédé. À croire que seule la structure donnée au monde permet de retrouver l'ordre dans le chaos. En décortiquant des paysages cubistes, cet ancien membre du groupe de la Section d'or ne manque jamais de faire observer que la géométrisation des éléments ne s'exerce pas au détriment des passages atmosphériques, seule manière d'y introduire une certaine souplesse. Même quand il loue haut et fort *Un dimanche à Port-en-Bessin*, c'est pour exalter en Seurat sa capacité à mettre à contribution tous les signes de la géométrie car son domaine est aussi celui des dieux.

C'est dans cet atelier que Cartier-Bresson entend pour la première fois une formule qu'il transforme en credo : « Nul n'entre ici s'il n'est géomètre. » Mais comme elle lui est transmise par un homme pétri d'humanisme, il restera sincèrement convaincu qu'elle date de la Renaissance. Il se persuade même que Raphaël en est l'auteur. Or, cette devise se trouvait au fronton de l'Académie, l'école fondée sur les rives du Céphise par Platon. Il y enseignait la connaissance de ce qui est toujours, ce qui est en soi et non ce qui est amené à naître, donc à disparaître.

L'évangile personnel de Cartier-Bresson pourrait s'ouvrir par ces mots : « Au commencement était la géométrie... » Rien ne traduit mieux son intime tourment : retrouver sous les apparences l'ordre caché dans le grand chaos universel, démêler l'un de l'autre et soumettre une émotion plastique à la construction la plus adéquate. Le peintre qu'il aspire à devenir n'imagine pas un seul instant qu'un artiste ne reconnaisse pas l'ordre existant. Ce serait aussi absurde qu'un chef d'orchestre insensible au rythme.

Cartier-Bresson s'imprègne à jamais des idées de Lhote. Il suffit d'écouter et de lire ce dernier pour s'en convaincre. Son discours est truffé d'allusions au rythme rhomboïdal et aux questions d'échelle, au pouvoir de la ligne et à la valeur des intervalles, à la pureté du langage pictural et au rythme intérieur du tableau. À force de donner des leçons de structure, il passe pour un professeur de géométrie. Sauf qu'elle n'a rien d'esthétique. Il en joue avec l'élégance des mathématiciens, adoptant leur attitude quand ils théorisent et croient toucher la vérité du doigt. Il faut l'écouter commenter *Le Pont* de Cézanne pour imaginer l'effet produit sur ses élèves par une rhétorique si particulière.

Les meilleurs maîtres étant des passionnés, celui-ci transmet aussi bien ses goûts que ses dégoûts.

Ainsi, Lhote ne dissimule pas sa détestation pour Caravage. Il juge que son génie a été gâté par son absence d'intelligence plastique, son défaut d'âme et la collection de ses erreurs techniques (composition sans rythme, trompe-l'œil perspectif...).

Quand Braque veut que la règle corrige l'émotion, Lhote dit plutôt que le rêve doit être corrigé par la rigueur, et la surprise par la géométrie. N'est-ce pas cela, le secret d'une harmonie enfin retrouvée, cet équilibre entre prose et poésie ?

Lhote, lui, n'est pas du genre à corriger. Mais quand il passe dans les rangs, il sait parfaitement se faire comprendre par de discrètes petites remarques qui font mouche. Tout est une question de ton. Certaines s'adressant à tous. « Si on a un instinct, on a le droit de travailler. » Ou encore, dans un registre plus poétique : « Il n'est pas de sourire plus clair que celui qu'on voit naître au sein de la rigueur. » Autant de commentaires auxquels leur répétition confère le statut de maximes. Parfois, ils sont destinés à un seul, et généralement, il n'est pas près de l'oublier.

Ainsi, se penchant ce jour-là sur le travail de Cartier-Bresson, plutôt que de lui reprocher de trop subir l'influence de Max Ernst, il préfère murmurer :

« Ah, jolies couleurs, petit surréaliste, continuez... »

À défaut de révéler le peintre en lui, Lhote modèle l'inconscient du futur photographe. Cartier-Bresson ne sait peut-être pas compter, mais il sait parfaitement où tombe le nombre d'or. Il l'a en lui, gravé plutôt qu'inscrit, ce fameux principe d'harmonie universelle, clé d'une conception absolue de la beauté. Désormais, puisqu'il cadre d'instinct, il peut reconstruire l'univers selon les lois qui le régissent. Mais il pourra le faire naturellement, en artiste complet, sans avoir à raisonner devant une toile avant de la peindre. Le jeune homme a fait du chemin depuis sa découverte des effets de la pureté de l'air chez Stendhal. À sa fameuse magie des lointains, il substitue désormais la notion de perspective aérienne... Plus qu'une évolution, c'est une révolution.

S'il aime tant Paolo Uccello et Piero della Francesca, c'est qu'ils furent les peintres de la divine proportion. Il y a peu encore, un critique n'évoquait-il pas *La Mort d'Adam* sur les fresques d'Arezzo comme «une symphonie en angles de 135° avec accords de 110°»? Ce que l'indispensable Vasari reprochait à ces deux grands Italiens c'est, justement, ce que le peintre en herbe apprécie: que le premier, fou de perspective, ait usé son génie élégant pour résoudre des problèmes d'ingénieur et que le second ait passé pour le meilleur géomètre de son temps. Cartier-Bresson s'est tant imprégné de leurs œuvres que son esprit a intégré rapporteurs et fils à plomb. Désormais, il se sent, comme eux, rêveur de diagonales et styliste de volumes. Une mystique de la mesure le gagne, comme si tout en ce monde résultait de la combinaison des nombres.

S'il a dès lors un compas dans l'œil, c'est à André Lhote qu'il le doit. Le goût de la forme, la passion de la composition conçue dans un esprit d'efficacité et d'authenticité, la clarté d'esprit lui viennent incontestablement de lui, comme l'art des accents vigoureux. Tout cela est parfaitement assimilé. Ce qui, chez d'autres, relève de la préméditation lui est devenu un réflexe naturel. En lui transmettant sa vision du monde, Lhote ne le fait pas passer d'un carcan à l'autre mais le libère de ses inhibitions.

Il l'incite à se soumettre à un certain nombre de lois sans lesquelles toute œuvre ne serait que débraillé sentimental. Il lui enseigne à ne pas avoir peur de commettre des fautes de proportions. Il lui apprend même à lire les œuvres d'art, à poser sur elles un regard formel au lieu de chercher à les identifier, à scruter l'intention souterraine chez les grands maîtres, à déceler l'invisible triangle d'une montagne cézannienne dans l'architecture des *Demoiselles d'Avignon*. Il le convainc de mettre les invariants plastiques strictement en règle avec la tradition gréco-latine pour mieux s'abandonner ensuite à son instinct.

Grâce à son maître, Cartier-Bresson jouit d'un œil d'artiste. Cela ne signifie pas que, chaque fois qu'il admire un paysage en pleine campagne, il cherche la signature en bas à droite. Simplement, en toutes choses, il adopte une attitude visuelle. S'il veut peindre avec son âme, il ne lui reste plus qu'à se débarrasser de son esprit d'arpenteur. À oublier tout ce que Lhote lui a inculqué pour mieux le laisser resurgir spontanément.

Il sait désormais ce qu'il cherche à atteindre. Quelque chose comme un état de grâce mêlant l'ordre, l'équilibre, l'harmonie, la mesure et autres vertus classiques que l'on dit être les vertus françaises par excellence.

La grande leçon de Lhote? Il n'y a pas de liberté sans discipline. La folie ne peut s'épanouir qu'une fois le cadre strictement tracé. Il n'y a pas de chair sans squelette. Quand mon plan est fait, ma pièce est faite : on n'est pas plus racinien. Peintres ou dramaturges, ces artistes ont en commun une âme d'architecte. L'art, c'est de faire oublier la géométrie. Le vrai pilier restera toujours le temps, à savoir la conscience ineffable de vivre un instant exceptionnel touché par la grâce.

Mais toute académie est une prison, et toute prison à fuir. Contaminé par le virus de la composition et de la géométrie, Cartier-Bresson n'en abhorre pas moins l'esprit de système. Il admire son maître, mais le théoricien en lui commence à l'ennuyer, sinon à l'exaspérer. Il le quitte pour ne pas faire du sous-Lhote. Il veut être lui-même. Peindre, c'est-à-dire changer le monde. D'ailleurs, Lhote, qui a songé un temps à écrire une *Esthétique de l'infidélité*, n'engage-t-il pas ses élèves à se pénétrer de lois et de théories pour mieux leur être infidèles ? Ne les pousse-t-il pas à se construire une forteresse de logique pour avoir le plaisir de s'en évader ?

Henri Cartier-Bresson a passé deux ans à l'académie Lhote. Hergé, lui, n'était resté que deux heures à l'académie Saint-Luc avant de claquer la porte. Qu'importe.

Un jour, on pourra dire qu'Henri Cartier-Bresson a appris la photographie dans la fréquentation de la peinture.

De ceux qui ont l'âme voyageuse, ces exilés de l'intérieur qui ne rêvent que d'évasion, Henri Cartier-Bresson en est, instinctivement.

Jacques-Émile Blanche lui a-t-il transmis le virus de l'anglophilie ? Toujours est-il que, dans un premier temps, il choisit d'accompagner son cousin et ami Louis Le Breton en Grande-Bretagne pour étudier. Le cousin en tout cas, car l'autre vivra sa vie, comme à son habitude. C'est ainsi que les deux garçons se retrouvent à Magdalen, l'un des collèges de Cambridge, pour la rentrée universitaire de 1928. Un de ces endroits d'où l'on ressort mieux éduqué qu'instruit, à moins que ce ne soit le contraire, mais rarement les deux en même temps. Henri y reste huit mois, durant lesquels il assiste quelquefois en auditeur très libre à des cours de littérature anglaise.

Étrange population clanique de privilégiés aux rituels, us et coutumes bien établis. Cet univers pourrait être examiné exclusivement sous l'angle anthropologique. Il y a ceux qui considèrent la quête du plaisir comme un but en soi. Ceux qui se sentent d'une génération écrasée par le poids des morts glorieux de la guerre et qui aimeraient bien en sortir. Et il y a ceux qui n'imaginent pas qu'on puisse frayer dans de tels parages sans être membre d'un de ces fameux cénacles qui se donnent pour des élites, les homosexuels ou les décadents, les intelligents ou les habiles, les rebelles ou les hypocrites, sans oublier les apôtres qui se veulent des immoralistes.

Cartier-Bresson n'est pas en situation de choisir, étranger à ce sérail. Libertaire dans l'âme, il se nourrit plutôt à la lecture passionnée de *L'Évolution, la révolution et l'idéal anarchiste* du géographe Élisée Reclus et des articles militants de son neveu, l'historien d'art Élie Faure. Par pente naturelle, il se sent plus proche des esthètes que des athlètes. Mais la distinction est purement formelle car, de toute façon, il n'est guère concerné par les joutes étudiantes. Cela ne signifie pas qu'il ne les fréquente pas puisqu'il se lie d'amitié avec John Davenport tandis que son cousin devient inséparable d'un acteur en herbe, Michael Redgrave. Mais dans ce petit monde clos, un dilettante est aussitôt considéré comme un touriste. Il faut dire qu'il passe le plus clair de son temps à peindre.

L'un de ses tableaux, *Le Couple*, représente les hôtes chez qui il a fini par s'installer. Cette huile sur toile de 55 × 40 cm est une de ses rares œuvres de jeunesse, avec un *Nu* de la même année, qui ait survécu, sauvée de sa rage de destruction par sa mère. Une autre, intitulée *Composition*, est manifestement exécutée sous l'empire de Miró au moment où celui-ci commence à peine à se dégager de l'influence surréaliste. Elle est reproduite dans *Experiment*, un journal étudiant des plus cotés avec *Venture*, le magazine artistique et littéraire qu'Anthony Blunt lance cette année-là pour dénoncer les licences du vers libre et du surréalisme.

En quittant Cambridge, Cartier-Bresson emporte la trace d'un moment heureux. Ce fut une manière bien agréable de prolonger l'adolescence, entre dandys et aristocrates, et de repousser l'échéance de la vie active en se consacrant à la peinture. Mais son plus grand souvenir de cet entracte britannissime reste un à-côté, ce qui n'a rien d'étonnant pour ce marginal-né : avoir bavardé avec le grand philosophe et ethnologue Sir John Frazer chez lui, tandis que Lady Frazer, qui avait traduit en français son maître livre sur l'histoire des religions primitives et de leurs rites, *Le Rameau d'or*, leur servait le thé...

Revoir Paris, c'est d'abord retrouver ses amis. Deux d'entre eux surtout. Il y a Henri Tracol, connu sur les bancs du collège, qui lui présente son oncle l'historien d'art Élie Faure, rencontre à la mesure de sa personnalité, éblouissante.

Et André Pieyre de Mandiargues. Ils se connaissent depuis leur petite enfance puisqu'ils ont des souvenirs de vacances communs en Seine-Maritime, leurs familles étant liées de longue date. Mais ce n'est qu'au retour de Cambridge qu'ils se prennent vraiment d'amitié. Leurs affinités sont évidentes. Même milieu, mêmes origines, même sensibilité.

Il a vécu, comme lui, depuis toujours, dans le XVIIe arrondissement de Paris en bordure du parc Monceau, avenue de Villiers puis rue Murillo.

Comme lui, il est normand par sa mère, laquelle est née au château de Wargemont, dans la région dieppoise. Il est doté du même caractère indépendant et rêveur qui lui fait porter un regard ironique sur le monde, promener son ennui avec une nonchalance que d'aucuns interprètent comme de l'indifférence, et rater le bachot à plusieurs reprises au lycée Carnot. Mais contrairement à lui, André, qui a reçu une éducation protestante, est très secret et solitaire ; il a perdu son père à la guerre à l'âge de sept ans, il a fini par avoir son bac et il est entré à HEC pour en sortir par abandon au profit d'un certificat de lettres en Sorbonne. À vingt-trois ans, ce garçon timide jusqu'au bégaiement en est au même point que Cartier-Bresson. Il ne sait pas exactement ce qu'il veut, mais il sait parfaitement ce qu'il ne veut pas. Héritier de son grand-père, il vient de quitter le toit familial, non pour rompre mais juste pour vivre ailleurs.

Tous deux ne rêvent que de fuir la médiocrité bourgeoise, seul moyen de devenir enfin des hommes libres. Mais si, dans le tandem qu'ils forment, Cartier-Bresson se trouve toujours devant, ce n'est pas parce qu'il est d'un an son aîné. Question de tempérament. Son ami le décrit comme quelqu'un d'assez autoritaire qui n'hésite jamais à le « gronder », lui reprochant sa largeur d'esprit. Mandiargues, qui vit sa timidité comme une véritable névrose, n'osera s'essayer secrètement à l'écriture qu'en 1933 et ne se décidera à publier qu'en 1946, alors que Cartier-Bresson vit ses audaces au jour le jour. Ensemble, au gré de leurs discussions et de leurs errances, ils s'ouvrent à tout ce qui se présente de nouveau en poésie, en littérature, en peinture. Mais Henri a toujours une longueur d'avance sur André. De l'aveu même de ce dernier, il est plus « civilisé » que lui.

Qu'il s'agisse de lire, d'écouter ou de regarder, le plus souvent, il lui montre le chemin. À sa manière, qui est parfois tyrannique.

Cette longueur d'avance qu'il ne rattrapera jamais, si tant est qu'il y eût jamais songé, Mandiargues ne l'attribue pas seulement à la curiosité intellectuelle, à l'extrême mobilité et à l'inépuisable dynamisme de son ami, mais à l'entregent que de telles qualités ne manquent pas de susciter. Car, si jeune soit-il, Cartier-Bresson a déjà des relations. Il n'est pas plus un homme de réseaux que son ami n'est un ermite. Mais il est ainsi fait que, sans jamais se pousser du col, sans s'imposer jusqu'à peser à ses hôtes, sans forcer les portes ni les fenêtres, il rebondit d'un cercle à l'autre avec une souplesse déconcertante. L'air de rien, sans préméditation, il rencontre en très peu de temps les hommes derrière les œuvres et prend le pouls de l'art vivant.

Jacques-Émile Blanche est le premier intercesseur. Il l'avait connu adolescent, il le retrouve jeune homme et, visiblement, l'a adopté. En 1928, lui remettant le dernier volume de sa série *Propos de peintre* qui vient de paraître chez Émile-Paul, il le lui dédicace en des termes affectueux évoquant leurs «conversations d'Offranville autour des disques nègres». Il s'est mis en tête d'introduire son protégé dans les milieux artistiques et les salons qui comptent.

Sa première tentative n'est pas vraiment couronnée de succès. Blanche l'emmène 27, rue de Fleurus, pour le présenter à Gertrude Stein. Écrivain pour écrivains, elle n'a encore publié qu'un recueil de nouvelles (*Trois Vies*), un interminable roman (*Américains d'Amérique*) et des poésies (*Tendres Bou-*

tons), mais ils l'ont déjà posée comme une sorte de cubiste littéraire qui aurait le front de déconstruire la forme, de bousculer la syntaxe et de tordre le cou à la ponctuation. Le salon de cette mécène hors normes a tout d'un salon, sans le côté mondain. On ne compte plus les jeunes poètes, romanciers et artistes en tout genre qui ont franchi son palier pour solliciter un conseil, un coup de pouce, une introduction, voire un informel imprimatur. Les plus naïfs s'y risquent, sous l'emprise de son prestige intellectuel et de la réputation de son goût, également établis dans les milieux idoines des deux côtés de l'Atlantique. Mais bien peu savent que ces qualités peuvent, le cas échéant, masquer un cynisme et même une cruauté qui ne demandent qu'à s'exercer. Si le peintre en herbe en Cartier-Bresson espérait un encouragement à persévérer dans la voie difficile de la création, il est servi. D'un ton sec et sans appel, elle lâche simplement :

« Jeune homme, vous feriez mieux d'entrer dans les affaires de votre famille ! »

Plus d'un artiste en devenir a été définitivement castré par ce genre de sentence. Les gens d'influence, surtout s'ils sont nimbés de prestige, ne mesurent pas toujours l'impact de propos si définitifs, à supposer qu'ils soient conscients de leur responsabilité en de telles circonstances.

Cartier-Bresson est estomaqué. Blanche, lui, se dit outré. Ce n'est pas du tout ce qu'il avait prévu. En revanche, il l'introduit avec succès chez Marie-Louise Bousquet. Une fois admis dans son fameux salon de la rue Boissière, régulièrement fréquenté par Gide, Derain, Giraudoux et Colette parmi tant d'autres, le jeune homme prend plaisir à revenir souvent, ne fût-ce que pour observer silencieusement sa brillante société, trop intimidé par ces excellences de l'esprit pour se mêler à leur conversation.

Son mentor ne s'arrête pas là puisqu'il est également à l'origine d'une rencontre décisive. En lui présentant René Crevel, il n'imagine pas que celui-ci va à son tour l'introduire dans un milieu en pleine effervescence dont les idées le marqueront pour la vie.

De huit ans son aîné, Crevel pourrait être le grand frère qu'Henri n'a pas eu. D'ailleurs, outre une commune élégance naturelle dans leur manière de laisser les vêtements flotter autour du corps, ils ont le même visage angélique, de magnifiques yeux bleus, des traits fins, une bouche large aux lèvres ourlées, un aspect juvénile accentué par une pilosité rare sur les joues et le menton. Sauf que, dans le fond du regard de Cartier-Bresson, on perçoit un irrépressible désir de mouvement, tandis que celui de Crevel se noie dans un lac d'angoisse et de mélancolie. Ces enfants de la bourgeoisie détestent la morale bourgeoise, peut-être parce que l'un est le fils d'un homme strict qui dirige avec succès une célèbre entreprise, et que l'autre est celui d'un homme qui s'est suicidé et dont il a été contraint de regarder le corps pendu au bout d'une corde. Les traces ne sont pas les mêmes dans l'inconscient.

Cartier-Bresson aime trop la vie pour être le frère de Crevel en nihilisme. Mais cela ne ternit en rien l'admiration qu'il lui voue. Il est trop attiré par les marginaux, originaux et extravagants pour n'être pas fasciné par cet être douloureux et frémissant. Crevel, qui n'a que vingt-huit ans, fréquente depuis plusieurs années les lieux « où ça se passe ». Pas seulement les salons les plus fermés et les bordels les plus interlopes, mais les arrière-salles de café où souffle l'esprit. Il a déjà publié des articles dans des revues, des livres chez de bons éditeurs et, cette année-là, son dernier ouvrage au titre-programme *L'Esprit contre la raison*. C'est un dandy fasciné par le vertige de la nuit, quittant un bal chez le comte de Beaumont, sommet du raffinement, pour rejoindre son amant noir Eugene MacCown, pianiste de jazz au Bœuf sur le Toit. Un livre a suffi à le délivrer des tabous et à l'affranchir des interdits : *Les Caves du Vatican*. Sa lecture de la sotie d'André Gide fut décisive, au point qu'il reste hanté par ce Lafcadio qui veut toujours passer outre et se lancer des défis continuels.

Crevel est un insurgé permanent, affecte un détachement des choses du monde que d'aucuns interprètent comme de la désinvolture, parle d'abondance avec un débit très rapide, brûle la chandelle par les deux bouts, ne recule jamais devant les expériences limites, souffre de tuberculose, affiche crânement sa pédérastie, recherche avec avidité le dérèglement de tous les sens, initie ses amis au spiritisme, fréquente les paradis artificiels, se fait traiter par un psychanalyste. Bref, il vit. Il est tout cela et plus encore : révolté-né, il est au nombre de ceux qui ont fait « acte de surréalisme absolu ». Pour le jeune Cartier-Bresson, le mot est déjà magique. Ce qu'il va en découvrir en le creusant bouleverse sa vision du monde.

Quand il fait la connaissance de Crevel, le premier *Manifeste du surréalisme* est paru aux éditions du Sagittaire depuis quatre ans. On le croirait écrit sur mesure pour canaliser la soif de liberté de toute une génération à l'imagination bridée par le réel. Pour changer la vie, il exalte le rêve, le merveilleux et le roman noir. L'invasion de la vie quotidienne par la poésie est pour Breton le postulat de toute révolution. On peut y lire cette définition :

« Surréalisme. n.m. automatisme pur, par lequel on se propose d'exprimer soit verbalement, soit par écrit, soit de toute autre façon, le fonctionnement réel de la pensée. Dictée de la pensée en l'absence de tout contrôle exercé par la raison, en dehors de toute préoccupation esthétique ou morale. »

René Crevel est de cette mouvance depuis ses origines. C'est lui qui a révélé à André Breton, Tristan Tzara et les autres la technique du sommeil hypnotique dont ils tentèrent de faire une zone d'illumination et d'effusion poétique. Il est ballotté au gré des crises entre les factions rivales pour finalement rejoindre Breton, le patron avant de devenir le pape.

Cartier-Bresson dévore *La Révolution surréaliste*, la revue officielle du mouvement. Il y trouve ce qu'il cherchait confusément depuis des années sans arriver à le nommer ni à le formaliser : non une ligne de parti, ni un système philosophique, mais un état d'esprit propre à déterminer une attitude dans la vie, une pratique d'existence. Lui qui déteste tant le positivisme se trouve introduit dans l'univers surréaliste de manière presque naturelle. Dans ces pages que l'on tourne pour y respirer l'odeur du soufre, il découvre une justification permanente à toutes les formes d'insurrection face à ce que fut la guerre, de rébellion contre des valeurs obsolètes, de révolte contre ce qui prétend entraver la liberté. De quoi y parle-t-on ? Du rêve, du suicide, de l'insoumission sociale et du communisme, mais aussi de peinture et de dessins automatiques, de photographie et de cadavres exquis. Et puis de la vie, rien que la vie, comme un grand voyageur dirait qu'il fait le tour de la terre, rien que la terre.

Le jour où il est admis dans l'arrière-salle de la Dame Blanche à Montmartre, puis dans celle du

Cyrano près de la place Blanche, hauts lieux de réunion des surréalistes à Paris, il a vraiment l'impression de pénétrer dans le saint des saints. Ce ne sont jamais que des cafés, mais dont les consommateurs auraient été triés sur le volet. Ceux-là même qui écrivent dans son journal de chevet! Ils n'ont qu'une dizaine d'années de plus que lui mais ils sont tous déjà quelqu'un. Chacun semble être rehaussé par un fait d'armes, qui par un scandale dans un meeting, qui par la publication d'un libelle diffamatoire, qui par une gifle ou un crachat.

Très intimidé par la qualité de l'assemblée, le jeune impétrant assiste avec assiduité aux séances de ce mouvement qui conserve l'âme d'un groupe, avec tout ce que cela suppose de collectif dans la démarche et de partage dans la recherche. Pour autant, il n'y gagne pas en assurance. Toujours assis en bout de table, pour ne pas gêner, pour se faire oublier. Trop éloigné de Breton, il n'attrape donc que des bribes de son propos. Mais pour rien au monde il ne jouerait des coudes afin de se rapprocher du «Roi-Soleil». De temps en temps lui parviennent des sentences émises par «le grand Supérieur» avec tant de solennité qu'elles désamorcent toute objection. Des phrases du style: «Il est inadmissible qu'un homme laisse une trace de son passage sur la terre.»

Qu'importe si Breton est parfois aussi pontifiant que sectaire, qu'importe tant que la somme des qualités excède l'addition des défauts. Cartier-Bresson le considère avant tout comme quelqu'un de digne, intègre, poli, honnête et aussi timide qu'intimidant. À ses yeux, il est, mieux et plus que quiconque, l'incarnation de la révolte, de l'instinct et l'intuition. Breton est auréolé des quelques livres qu'il a déjà publiés. Mais celui qu'il signe en cette année 1928 décuple son prestige et accroît son empire sur Henri. Sa lecture le fascine littéralement, et pas parce qu'il est abondamment illustré par une cinquantaine de photographies de diverses provenances, dans le pur esprit du *Manifeste du surréalisme* qui proscrit toute description littéraire.

Nadja est le récit d'une aventure, dans l'acception surréaliste du terme, entre le narrateur et une femme, aussi séduisante que mystérieuse. Il détaille leur rencontre par le menu, jour après jour, la restituant à travers l'itinéraire très précis de leur errance parisienne. À son issue, le lecteur s'aperçoit que le mystère de la personnalité de Nadja était surtout un prétexte visant à mettre au jour la propre quête d'identité du poète. Parcours initiatique aussi déroutant qu'excitant, *Nadja* invite le lecteur à faire un pas de côté pour voir autrement la réalité. Sous son influence, Cartier-Bresson en conservera en toutes choses l'habitude de considérer le monde, les gens, la vie de biais plutôt que frontalement.

En visitant l'atelier de Breton pour la première fois, il est frappé de constater à quel point l'endroit est à l'image de son locataire : un bric-à-brac où chaque chose est à sa juste place. Breton est le surréalisme fait homme.

Cartier-Bresson ose d'autant moins se mêler aux querelles du groupe qu'il naît au surréalisme quand celui-ci est à nouveau agité par une grave crise intérieure. Breton, trente-deux ans, membre du Parti communiste français depuis deux ans, en instance de divorce, pris dans l'imbroglio sentimental de ses propres liaisons, n'est pas le mieux placé pour faire baisser la tension. Il doit parfois exécuter un grand écart pour concilier l'inconciliable : son intransigeance, manifestée par une rage excommunicatrice, et son attachement sincère à l'activité collective. Cette fois, la rupture voit le départ de Michel Leiris, Jacques Baron, Jacques Prévert... Dans son coin, en bout de table, le benjamin de l'assemblée assiste au hourvari à défaut d'y participer, trop impressionné pour sortir de son mutisme. Probablement un reste d'éducation chrétienne : un novice n'a pas voix au chapitre.

Il est là, et cela suffit. Car une telle réunion relève du cérémonial. Sa seule présence derrière un verre de grenadine participe déjà du rituel. Elle exprime l'allégeance au chef, épreuve explicite du nouvel intronisé. Pour les surréalistes, le café est le lieu géométrique de toutes les passions.

Cartier-Bresson est là, mais à sa manière. Il se comporte au café comme dans les bordels où il suit ses amis Mandiargues et Josse, passant des heures à observer les circonvolutions des clients et des respectueuses, et à écouter les conversations en sirotant des menthes à l'eau. Il accompagne sans adhérer. Toujours en retrait. Mû par un réflexe naturel qu'il conservera jusqu'à la fin de ses jours, il se méfie instinctivement de tout ce qui pourrait limiter son libre arbitre, son indépendance d'esprit, sa faculté de jugement. Ainsi, dès le début, il n'accepte pas le surréalisme en bloc. Il rejette sa peinture, par exemple, alors qu'il demeure un ardent défenseur de certains des grands peintres qui l'ont inspiré, Uccello notamment. Mais il n'en est pas moins exaspéré par le caractère anecdotique des œuvres surréalistes. « C'est de la peinture littéraire ! dira-t-il souvent. Magritte, c'est plein d'astuces, on reste dans la résolution d'une énigme littéraire, pas dans l'art. Bon pour la réclame ! »

Il apprécie Man Ray et ses portraits, voue une profonde affection à Max Ernst et estime ses collages, mais il préférera toujours ces artistes à leur art, alors qu'il loue sans réserve la violence et la dérision de *L'Âge d'or*, deuxième film surréaliste de Luis Buñuel. Ainsi, même dans son milieu d'élection, le jeune Cartier-Bresson demeure-t-il un marginal. Il refuse de jouer le jeu pour ne pas se laisser enfermer. Il ne sera jamais exclu, n'ayant jamais été membre.

Sa dette vis-à-vis du surréalisme est immense. Jamais il ne lui marchandera sa gratitude, bien qu'il fasse allégeance à son éthique plutôt qu'à son esthétique. Incapable de choisir entre l'incitation rimbaldienne (changer la vie) et l'injonction marxiste (transformer le monde), il prend le meilleur des deux, comme l'y invite Breton. Il en conservera une dilection très marquée pour la remise en question de toutes choses en tout temps, et une soumission au pouvoir de l'imagination. Son culte des coïncidences procède également du surréalisme. D'ailleurs, son aventure n'a-t-elle pas commencé par d'étranges correspondances ? Grâce à Jacques-Émile Blanche, il s'est retrouvé un jour au café de la Dame Blanche, et de là il a été admis à celui de la place Blanche. D'autres, plus significatives, jalonneront sa vie, débridant son aptitude à interpréter les signes. En fait, Cartier-Bresson, équilibriste dans l'âme, sera toute sa vie fidèle au surréalisme, mais d'une fidélité à la normande, cherchant à s'en émanciper et à s'affranchir de ses dogmes tout en ne le trahissant pas. Il n'a jamais cessé d'être surréaliste, c'est-à-dire rêveur professionnel, comme on disait autrefois des grands reporters qu'ils étaient des flâneurs salariés.

Outre Jacques-Émile Blanche et René Crevel, un troisième intercesseur lui permet d'accéder de plain-pied à un monde qui n'était pas le sien peu de temps auparavant. Mais le moins qu'on puisse dire est que Harry Crosby surgit dans des circonstances assez inattendues.

Au cours de ces années si fertiles pour sa formation intellectuelle et artistique, Cartier-Bresson trouve tout de même le temps de remplir ses obligations militaires. Disons qu'il y sacrifie, tant l'épreuve est contraire à sa nature, qu'il s'agisse de la discipline mentale, de l'entraînement physique ou du culte du drapeau. Pourtant, il songe à devenir pilote, perspective envisagée il est vrai sous un angle moins technique que romantique. Enrôlé dans l'armée de l'air, il est affecté à la base du Bourget, près de Paris, un fusil Lebel à l'épaule droite, un exemplaire de l'édition NRF 1928 d'*Ulysse* sous le bras gauche. Ce n'est pas qu'une image : il lui faut bien le délire joycien pour oublier l'atmosphère terriblement réglée de la caserne.

Un jour, remplissant un de ces interminables questionnaires dont l'armée a le secret, il hésite lorsqu'on lui demande de dresser le bilan de son service militaire. Mais il ne peut s'empêcher d'écrire : « Ne balancez pas si fort, le ciel est à tout le monde. »

Il est aussitôt convoqué au bureau du colonel Poli-Marchetti.

« Que voulez-vous dire exactement ?

— Ce n'est pas moi, c'est Cocteau...

— Cocteau quoi ? »

L'officier se met à hurler, et le menace des Bat' d'Af' pour insolence répétée. Inévitablement, Cartier-Bresson est plus souvent que d'autres soumis aux sanctions. Non pas les bagnes des bataillons d'Afrique mais la compagnie disciplinaire. Le Bourget plutôt que Biribi. D'abord parce que les fautes ne sont pas si graves, ensuite parce qu'il n'a manifestement pas les moyens de ses ambitions aéronautiques, enfin parce qu'on sait qui il est. Le Bourget et Pantin sont tous deux dans l'actuelle Seine-Saint-Denis, dans la banlieue nord-est de Paris. Tout le monde connaît l'usine Cartier-Bresson. Alors corvée de balayage, et quand cela ne suffit pas, arrêts de rigueur, et salle de police.

Sous divers motifs, le scénario se reproduit à plusieurs reprises. Jusqu'à ce que le jeune homme se retrouve au garde-à-vous dans le bureau du commandant en présence d'un visiteur. Cet Américain, qui prend régulièrement des leçons de pilotage avec l'un des instructeurs de la base, entretient les meilleures relations avec les officiers. Lui-même a longtemps servi en France pendant la guerre comme ambulancier. Assistant par la force des choses à la énième comparution du jeune rebelle pour effronterie, il le reconnaît pour l'avoir jadis croisé dans l'atelier d'André Lhote. Plus amusé qu'inquiet, séduit par sa personnalité, il prend aussitôt sa défense :

« Mon général, ce n'est pas si dramatique. Pour une fois, qu'il accomplisse ses trois jours d'arrêts de manière plus positive. Il les passera chez moi, je m'en charge. Vous savez où j'habite, mon prisonnier ne s'échappera pas… »

Le commandant, animé d'un esprit plus mondain que militaire, veut-il complaire à une personnalité de la région ? Toujours est-il qu'il donne son accord et que Cartier-Bresson quitte le terrain d'aviation dans la voiture de son nouveau protecteur. Direction : la forêt d'Ermenonville. C'est là qu'il vit, au Moulin du Soleil loué à son ami Armand de La Rochefoucauld.

Le soldat puni n'y passe pas seulement ses

fameux trois jours. Régulièrement invité en voisin pour les week-ends, il devient un commensal et un ami. C'est comme s'il avait été adopté. Sauf que, même dans ses rêves les plus fous, il n'aurait jamais espéré avoir un tel parrain.

Harry Crosby est l'original du coin. Mais il est aussi beaucoup plus que cela. Issu de la meilleure société bostonienne, neveu du richissime banquier J. P. Morgan, il s'est installé sur le Vieux Continent après avoir achevé ses études à Harvard. À Paris, il vit dans un grand appartement de la rue de Lille avec son épouse Caresse (elle s'appelait Mary comme tout le monde, mais à force de se chercher un prénom à la sonorité caressante et qui commençât par un C, elle finit par choisir celui qui s'imposait). Chez eux, sur eux, tout est blanc. Ils ont le sens de la fête. Leur vie? Avant-garde, alcool, liberté sexuelle, excentricité... Du moins est-ce ainsi que se la représentent les membres de leur famille en Nouvelle-Angleterre. C'est loin d'être faux, le couple clamant qu'il mène une vie folle et extravagante, mais assez réducteur. Car les Crosby brûlent pour la poésie et la littérature. Ils ne se contentent pas, l'un et l'autre, d'écrire des vers — ceux de Harry, particulièrement noirs, révélant une personnalité profondément minée par l'autodestruction, sont envahis par le spectre des morts de la guerre.

En 1925, ils ont monté une maison à l'enseigne de Black Sun Press pour éditer ce qui leur plaît, à leur manière, c'est-à-dire luxueuse, artisanale, élitiste. Qu'il s'agisse de la typographie, de la qualité du papier, de la mise en pages, du choix des illustrations ou du nombre d'exemplaires imprimés, ils veulent que chacun de leurs livres soit marqué du sceau indélébile de la rareté. Ils commencent naturellement par s'autoéditer. Trois ans et cinq livres plus tard, tout en continuant à se donner la parole sous leur propre label, ils publient des textes d'Oscar Wilde, Edgar Poe, D. H. Lawrence, Choderlos de Laclos, Ezra Pound, mais aussi Laurence Sterne et Omar Khayyam, ainsi que des fragments du *work in progress* de James Joyce. Certains titres s'imposent d'eux-mêmes, Harry Crosby venant d'hériter de son cousin Walter Berry une bibliothèque exceptionnelle. Elle ne contient pas seulement de très rares éditions princeps et des incunables, mais tous les originaux de sa propre correspondance avec Henry James, Paul Valéry ou Emerson, ainsi que les lettres échangées avec Marcel Proust, lequel avait eu la délicatesse de lui dédier *Pastiches et Mélanges*.

On le voit, les éditions Black Sun Press ont ceci de particulier qu'elles publient uniquement selon le bon plaisir de leurs animateurs, lesquels ne conçoivent pas la vie autrement. «Cartier», ainsi que l'appellent les Crosby, est bien placé pour le savoir. Chaque week-end dans leur moulin, il assiste à un défilé d'écrivains, de poètes, de peintres et de musiciens de toutes origines. Un véritable bouillon de culture. À croire qu'une fois par semaine, tout un quartier de Paris se déplace à Ermenonville pour faire la fête. Une fois de plus, il est le benjamin. En tout cas, c'est là qu'il se liera bientôt d'amitié avec Max Ernst et tant d'autres, car les surréalistes n'y sont pas minoritaires. Parmi eux se trouve un personnage qui jouera un rôle certain dans ses débuts.

N'eût été son caricatural accent américain, Julien Lévy pourrait fort bien passer pour un enfant de la Mitteleuropa tant sa culture lui est familière. Fils d'un nabab de l'immobilier new-yorkais qui ne dédaignait pas d'investir dans la peinture, il a com-

mencé des études d'histoire de l'art à Harvard avant
de se rendre en France à l'instigation de Marcel
Duchamp. Il passe pour un découvreur à l'insa-
tiable curiosité. Ce séducteur est un homme à l'affût, non seulement de femmes mais de nouveaux
talents. Au cours d'un de ses nombreux voyages à
Paris, Man Ray lui a présenté Atget à qui il a aussitôt acheté un grand nombre de photographies.
Après avoir songé à monter une librairie, c'est une
galerie qu'il a finalement ouverte à New York, mais
une galerie nécessairement marginale puisqu'elle
expose des photographies.

Comme de juste, lorsqu'il a convolé avec la fille de
la poétesse Mina Loy en 1927, ce francophile
convaincu a choisi la mairie du XIVᵉ arrondissement,
celle des indigènes de Montparnasse. Constantin
Brancusi et James Joyce étaient ses témoins. Le premier est arrivé en retard, haletant, tenant à la main
Le Nouveau-Né, une petite sculpture en bronze en
guise de cadeau de mariage. Quant au second, on
l'attend encore.

Outre Max Ernst et Julien Lévy, le jeune Cartier
se lie avec d'autres habitués du moulin d'Ermenonville. Un couple d'Américains notamment, Gretchen
et Peter Powel, qui se trouvent être les meilleurs
amis des Crosby. Avec eux, ils partagent une déter-
mination sans faille à échapper au puritanisme de
leur milieu d'origine. Là encore une rencontre qui
s'avérera très vite déterminante pour son avenir.

Elle vient du Texas. Blonde, les yeux châtains, un
visage finement dessiné et encadré par une coupe
au carré tenu par un large bandeau, elle suit les
cours de sculpture de Bourdelle à l'académie de la
Grande Chaumière avec son inséparable Caresse. Il
vient de Rhode Island et passe pour pratiquer la

photographie professionnelle en amateur. C'est lui qui initie son ami Harry à son art. Cette révélation ne pousse pas seulement ce dernier à prendre des photos, mais à en regarder. Ce n'est pas un hasard si, bientôt, Black Sun Press publie *The Bridge*, le poème de Hart Crane, accompagné de trois photographies du pont de Brooklyn par Walker Evans.

Presque aussi excentriques que les Crosby, les Powel ont une manière commune de passer le temps. En voyage, par exemple. Et quand ils donnent enfin leur recueil de photos à publier à Black Sun Press, ce sera *New York 1929*, l'ouvrage le plus sophistiqué, le plus rare et le plus cher de l'histoire de la jeune maison d'édition.

Eux aussi ont adopté Cartier. Peter, le premier, lui montre ce qu'on peut faire d'un appareil photographique, ce qu'on peut en sortir et ce qu'on peut en attendre. Quant à Gretchen, elle partage avec lui la passion du jazz. Et même la passion tout court. Elle a dix ans de plus que lui, elle est mariée à un homme qu'il estime et qui n'est presque jamais là. Henri et elle vivent une histoire d'amour intense et sans issue.

1929 s'achève. Les dimanches d'Ermenonville ne seront plus ce qu'ils étaient. Harry Crosby vient de terminer l'écriture de son livre de rêves avant de se rendre à New York. Tant son journal intime que ses poèmes en témoignent : sa croyance mystique en un culte solaire n'a pas réussi à vaincre ses démons intérieurs, les fantômes de la Grande Guerre, squelettes couverts de boue surgis des tranchées sous un ciel de suie. Après avoir loué une chambre au vingt-septième étage du Savoy Plaza, le fou d'aéroplanes propose à sa femme de partir à la rencontre de la mort-soleil, ce qui ne manque pas de l'inquiéter. On le retrouvera dans son studio, enlacé dans les bras d'une de ses maîtresses, tous deux suicidés d'une balle dans la tempe, deux semaines avant Noël.

Henri Cartier-Bresson n'envisage pas une solution si radicale à son problème. Trop jeune pour avoir vécu la guerre de l'intérieur, il ne connaît pas les mêmes tourments que Harry. C'est un romantique, à n'en pas douter, mais sans le côté noir, tragique, désespéré que certains y mettent. La lecture d'*Aphrodite in flight*, le livre posthume de Harry Crosby, ne lui est pas d'un grand secours : dans ce petit traité d'aérodynamique de l'amour, le poète dresse l'inventaire fantasque des troublantes similitudes qu'il a pu relever entre le pilotage et la séduction, deux expériences limites dans des mondes inconnus...

Cartier-Bresson vit sa liaison avec Gretchen Powel comme une joie et une souffrance, jusqu'à ce que l'une l'emporte durablement sur l'autre, assez pour le contraindre à réagir.

Parce que l'idéaliste en lui se sent une âme d'aventurier, parce qu'il est d'une génération qui se veut disponible pour tous les départs et prête à toutes les nouveautés, parce qu'il étouffe dans les limites du Vieux Continent, parce que l'air du temps lui paraît soudainement vicié et l'esprit des lieux sclérosé, et surtout parce que l'image de Gretchen Powel l'obsède à en perdre la raison, il lui faut partir, s'échapper de tout ce qui l'entrave, c'est-à-dire rompre les amarres.

La terre est vaste pour ceux qui veulent oublier. Mais aussi loin qu'on aille, on se retrouve toujours face à ses ténèbres. Murnau a tout dit dans un carton de *Nosferatu le vampire* : « Et quand il eut dépassé le pont, les fantômes vinrent à sa rencontre... » Cartier-Bresson a-t-il seulement conscience qu'en cet instant de sa vie, il effectue son passage de la ligne ?

Paul Morand, qui vient pourtant de publier *Magie noire* et *Paris-Tombouctou*, lui a suggéré de se rincer les yeux et l'âme en allant plutôt regarder les tempêtes en Patagonie. Mais c'est là l'attitude d'un homme qui paraît avoir déjà beaucoup voyagé. Cartier-Bresson aussi, mais par les livres seulement. Rimbaud d'Abyssinie l'a fait rêver plus et mieux que tout autre. C'est à lui qu'il pense à Rouen quand, avec la complicité de son grand-père, il trouve une place sur un pinardier qui se rend à Douala. Du Cameroun, il gagne la Côte-d'Ivoire. Ce sera son Abyssinie à lui.

Il a déjà trop lu, dans toutes les directions, pour se laisser guider par une unique référence. Chez les romanciers du nouveau mal du siècle comme chez d'autres de facture plus classique, il n'est question, d'une manière ou d'une autre, que du déclin de l'Occident. Impossible de rester insensible à l'invitation de Valery Larbaud à quitter la lenteur facile des nuits européennes et leur luxe simpliste. Difficile de résister aux sirènes de tous ces intellectuels français qui, depuis des années, tiennent le voyage en Afrique pour leur acte de baptême. Il y a trois ans à peine, André Gide a défrayé la chronique en publiant son *Voyage au Congo* suivi de *Retour du Tchad*. Des indignations certes sincères, mais plus poétiques que politiques. Car s'ils dénoncent les abus dont sont victimes les indigènes, ces récits de voyages ne remettent pas en cause la légitimité de la colonisation. Même quand l'homme par qui le scandale arrive n'est pas un écrivain mais un journaliste, les fondements de l'Empire français ne vacillent pas. Pas plus que Gide, Albert Londres n'a l'intention de faire la révolution quand il entreprend son tour d'Afrique en 1928, il veut seulement une réforme en profondeur. La série d'articles qu'il publie alors dans *Le Petit Parisien* a, comme les écrits de Gide, l'honneur de susciter une interpellation à la Chambre, une campagne de presse haineuse du lobby colonial, un hourvari mémorable. Mais ça ne change rien en profondeur, ni dans les faits, ni dans les mentalités. La colonie dort. Et quand elle se réveille, elle use du nègre comme d'un explosif.

Outre son titre de transport, Cartier-Bresson a 1 000 francs en poche et quelques livres : les poésies de Rimbaud bien sûr ; l'*Anthologie nègre* de Cendrars, compilation de littérature orale africaine en hommage à l'homme noir ; et de Lautréamont, *Les Chants de Maldoror*, épopée en prose célébrant la rébellion de l'homme contre Dieu, dans l'édition publiée par Au Sans Pareil, le libraire-éditeur de l'avenue Kléber chez qui il se fournit régulièrement. Un épais volume allégé par ses soins avant le départ : la longue préface de Philippe Soupault n'étant pas de son goût, il l'a arrachée d'un geste vif mais définitif. Lors d'une escale en Sierra Leone, il en profite pour faire un collage sur une carte postale avec la sève d'un hévéa. L'œuvre, intitulée *Pour l'amour et contre le travail industriel*, ne prétend pas seulement dénoncer la spécialisation, elle se veut un éloge de l'amateurisme en toutes choses.

Le pays qu'il découvre, l'une des huit colonies de l'Afrique-Occidentale française, passe pour n'être qu'une forêt bordée par des lagunes. Une sorte de façade maritime que l'administrateur français semble avoir renoncé à mettre en valeur autrement que par l'exploitation molle du caoutchouc et du palmiste, de l'acajou et du cacaoyer. Malgré l'installation de la ligne de chemin de fer Abidjan-Ferkessédougou et la pacification de la forêt, on a l'impression que rien ne se passe parce qu'on est trop loin de tout et qu'il y a trop de résistances à vaincre. La colonie survit dans l'indifférence de la métropole, de même que le continent noir est décimé par la pratique inhumaine du portage sans que nul ne réagisse. La Côte-d'Ivoire ? Dans le pire des cas, un pays de féticheurs et de sorciers miné par l'animisme. Dans le meilleur, un coin de France assez ensoleillé où l'on attend rituellement et périodiquement l'arrivée du catalogue des grands magasins. Voilà le tableau.

Au début des années trente, on y compte encore quelque dix mille indigènes vivant à l'état sauvage hors des villages. Ils fuient tous les recrutements dont l'homme blanc les menace, celui des soldats, celui des constructeurs de routes et surtout celui des coupeurs de bois. Car ça, c'est vraiment de l'esclavage, et ceux qui l'organisent sont des négriers. Les forêts sont de majestueux royaumes mais elles exhalent un parfum de décomposition. Elles sentent la mort de nègres tireurs de billes ployant sous la trique de chefs de chantiers convaincus que soit la forêt vous enrichit, soit elle vous tue. La correspondance de Cartier-Bresson avec sa famille, fournie, régulière et affectueuse, s'en fait souvent l'écho.

Les premiers temps, il ne refuse pas les petits boulots. Après en avoir exercé de toutes sortes, il songe à travailler pour un marchand de bois, mais y renonce quand celui-ci, à la suite de coups de soleil vraiment très appuyés, semble de plus en plus marcher à côté de ses chaussures. Il se replace auprès d'un planteur ou d'un commerçant du bazar, jusqu'à une rencontre plus décisive avec un chasseur autrichien qui l'initie aux pratiques locales en remontant le fleuve Cavally.

Dès lors, pour vivre, il chasse. Mais la brousse ivoirienne n'est pas la forêt de Rambouillet. Si son père et son grand-père lui ont appris à tenir un fusil et à viser juste, s'il les a suffisamment accompagnés dans les bois pour savoir renifler l'animal, c'est sans commune mesure avec la chasse telle qu'il la pratique désormais, la nuit dans les marigots. Une chasse inconnue dans les futaies françaises, la lanterne à acétylène fixée au front comme un mineur, pour identifier la bête à la couleur de ses yeux. Puis il fait sécher la viande pour la vendre de village en village. Mais il aime moins la chasse que la traque. D'ailleurs, à son retour en France, il ne chassera plus jamais. En attendant, il en est grisé. Tant et si bien que, dans ses lettres, sa sœur se demande si, après avoir tutoyé du bout du fusil crocodiles et hippopotames, il daignera encore poursuivre les lapins normands et les faisans briards.

Quand il ne chasse pas, il prend ses premières photos avec un appareil qu'il s'est procuré avant son départ pour l'Afrique, un Krauss acheté d'occasion, le bouchon d'objectif faisant office d'obturateur. Peu de paysages, plutôt des vues de groupes au bord du fleuve, sur les quais ou au port. Des hommes en action. Les lignes des épais cordages et celles des fines découpes des embarcations révèlent déjà une préoccupation géométrique. Comme si déjà, inconsciemment et confusément, il possédait sa propre grammaire esthétique, son propre langage pictural et qu'il se conformait naturellement à une idée de la représentation du monde dont jamais il ne déviera.

Une photo est particulièrement forte. Prise à l'arrière d'une pirogue, elle montre trois Noirs de dos pagayant à demi nus ; mais chacun exécutant d'un geste différent avec la pagaie dans l'air et dans l'eau, l'image offre le spectacle rare d'un mouvement parfaitement décomposé en trois temps sur un seul et même plan.

Ces vues d'Afrique n'ont rien d'un reportage. Ce ne sont que des images éparses, et d'autant plus éparses que Cartier-Bresson n'en a conservé qu'un choix de négatifs. De toute façon, à l'origine, la technique capricieuse avait opéré une première sélection : l'appareil étant rongé par des moisissures et de la mousse, cela se traduira au développement par l'apparition de fougères arborescentes en surimpression...

Un jour, il s'inquiète de la couleur de son urine. Noire, désespérément noire, ce qu'il croit être le symptôme classique d'une maladie de l'urètre. Le temps passe mais ça ne s'arrange pas, au contraire. Aurait-il mangé par inadvertance des fourmis manians, ou abusé de la cervelle de singe ? La fièvre le gagne, il est pris de tremblements, les évanouissements se succèdent. Le diagnostic tombe, irréfutable : c'est une hématurie bilieuse causée par les larves d'un parasite, la bilharzie. Son état empire de semaine en semaine. Il a tout le temps de méditer ce qu'écrivait il y a peu Albert Londres en conclusion de sa fameuse enquête en *Terre d'Ébène* : « Si j'étais gouverneur général, je tendrais un immense calicot sur la côte maudite et j'y ferais peindre ces mots : "Le Blanc qui fera un effort inutile sera immédiatement puni par la nature." »

Il est quasiment sûr d'y passer, se sent mourir, s'abandonne. Les gens du cru sont formels : la plupart de ceux qui en souffrent n'en réchappent pas. Foi de sorcier, la bilharzie est le spectre le plus répandu dans la région. Désespérant d'obtenir les seuls médicaments qui pourraient éradiquer le mal, il se résout à se faire soigner aux plantes médici-

nales. Doua, son compagnon de chasse, un Ivoirien
expert en ces pratiques, avait refusé auparavant de
communiquer sa science pour sauver une Blanche
dans un état critique. Il faut dire qu'elle était arrogante.

Il y a une chance sur cent que le remède ait
quelque effet. De toute façon, il n'y croit plus. Pascal
n'avait peut-être pas tort, qui déduisait le malheur
des hommes de leur incapacité à demeurer en repos
dans leur chambre. Il rassemble ses dernières forces
pour écrire lisiblement au dos d'une carte postale
adressée à son grand-père. D'un ton testamentaire, il
le prévient de l'issue fatale et lui fait part de ses dernières volontés : que son corps soit rapatrié en
France puis enterré dans la vallée de la Varenne,
parmi les hêtres de sa chère forêt domaniale d'Eawy,
au son d'un quatuor à cordes de Debussy... La
réponse de la famille ne se fait pas attendre, mais
elle est un peu moins romantique : « Ton grand-père
trouve cela trop coûteux. Il serait préférable que tu
rentres. »

Décidément, même à l'article de la mort, Henri
n'est jamais pris au sérieux par les siens. Mais par
Doua, si. Il lui sauve la vie.

Jamais il n'oubliera la brousse ni la jungle. Jusqu'à la fin de ses jours, il les célébrera. N'eussent été
la maladie et la menace d'une mort annoncée, il
serait resté en Afrique. Au lieu de quoi l'Afrique reste
en lui. Près de lui, puisqu'il conservera toute sa vie à
portée de la main un fétiche de bonne taille, femme
sculptée dans le bois, qu'une jeune Ivoirienne lui a
offert sans lui dire qu'il était doté de pouvoirs.

Sa conception du voyage est née là : si on veut s'intégrer, il n'y a pas d'autre manière décente de voya-

ger que de rester quelque part sur place des mois,
voire des années, et mener ici ou là sa vie de tous les
jours. Voyager, c'est ménager des transitions entre
les pays. L'intégration est peut-être une illusion. Elle
se double d'une autre, en vertu de laquelle on peut
gagner sa vie comme un indigène. Qu'importe, tant
qu'on n'est pas dupe de ses illusions.

Il aura passé un an en Afrique. Un moment dans
une vie, mais inoubliable car aussi magnifique que
tragique. Nul ne s'aventurera désormais à lui dire
qu'il n'a jamais connu d'autres revers que ceux de
ses pantalons. Une douzaine de mois, est-ce assez
pour regretter l'Europe aux anciens parapets, tel le
bateau ivre de Rimbaud? Si les circonstances en
avaient décidé autrement, s'il avait pu rester, il se
serait probablement dégagé de ses activités de chasseur pour s'intéresser plus aux gens, toutes ces personnalités croisées quand il eût fallu les connaître.
Il ne serait pas passé à côté de la culture des indigènes de ce pays riche d'une soixantaine d'ethnies
plus fascinantes les unes que les autres, les Appolo-
niens et les Bétés, les Yacoubas et les Baoulés, les
Malinkés et les Sénoufos... Et lors de sa longue
escapade à la frontière libérienne, dans le petit port
de Tabou près de Cape Palmas, chez M. Ginestière
à Bereby, il aurait peut-être approfondi son étude
sur le vif de ces quelques familles de petits Blancs si
caractéristiques de l'esprit colonial dans ce qu'il a
de plus destructeur.

Il rentre à bord du *Saint-Firmin*, cargo de la
Société navale de l'Ouest. À son retour seulement, il
découvre *Au cœur des ténèbres* puis *Voyage au bout
de la nuit*, de grands romans éblouissants qui lui
racontent en quelque sorte l'histoire qu'il vient de
vivre, lui expliquent les hommes qu'il vient à peine

de quitter, et lui montrent ce qu'il vient de voir. La lettre et l'esprit de tout ce qu'il a vécu, mot à mot, ton sur ton. Déjà fasciné par le mythe rimbaldien de l'Afrique, il fait l'expérience inouïe de confronter la fiction et le réel. Grâce au génie de Joseph Conrad et à celui de Louis-Ferdinand Céline, il est leurs personnages, à la fois Marlow poursuivant sa remontée initiatique du fleuve vers les origines les plus obscures du monde, et Bardamu, malade en proie au délire fuyant la colonie de la Bambola-Bragamance où il était venu oublier la folie occidentale.

Désormais, il ne se demande plus si c'est la vie qui ressemble à la littérature ou le contraire. Il sait.

Une vision géométrique du monde, le choc de la révélation surréaliste, l'expérience de la mort tutoyée... Autant d'instants décisifs pour un jeune homme. Il les doit tant à des hommes qu'à des livres, les uns l'ayant amené aux autres et vice versa. L'ingratitude n'étant pas son fort, il emploiera sa vie à rendre discrètement hommage à Lhote, Breton et Doua. L'atelier de la rue d'Odessa, le café de la Dame Banche et la forêt ivoirienne resteront ses lieux de mémoire privilégiés.

En 1931, tout ce qu'il y a d'essentiel est en place. Personnalité, tempérament, caractère, culture, regard, vision du monde... Cet autodidacte s'est construit pour la vie. Tout ce qui viendra par la suite s'y superposera pour le développer, le perfectionner, l'embellir sans rien modifier fondamentalement. Tout est déjà là.

Sa vraie richesse? Une surprenante sagesse de la part d'un garçon aussi frénétique. Car il sait déjà ce que d'autres mettent quelques décennies à comprendre: l'important est d'avoir une idée et de s'y tenir jusqu'au bout. Une seule suffit à engager une existence. Il pourrait faire sienne la devise de la maison d'Orange : « Je mantiendrais. »

Georges Simenon, si précoce en tant de choses, avait trouvé une saisissante formule pour le dire : « À vingt ans, on est achevé d'imprimer. »

Henri Cartier-Bresson a vingt-trois ans. Il est fait. Ne lui reste plus qu'à traverser le siècle jusqu'au suivant.

3

L'artiste à la recherche
de son instrument
1932-1935

Que faire ? Il ne va tout de même pas rentrer dans le rang, et perdre sa vie à la gagner. Ce serait trop bête, car la vie est trop courte pour être petite. Il reprend le chemin du moulin d'Ermenonville, et se lie d'amitié avec des surréalistes tels que le peintre Max Ernst. Mais le suicide du maître des lieux en a changé l'atmosphère, malgré l'entregent et le dynamisme de Caresse Crosby. À Montparnasse, Cartier-Bresson retrouve ses amis, ses cafés, ses habitudes. En fait, il lui faut se guérir de sa nostalgie de la forêt, oublier cette ivresse irremplaçable. En le révélant à lui-même, l'Afrique l'a métamorphosé.

Désormais, il ne se veut plus l'esclave de rien ni de personne sinon de son instinct, la seule puissance qu'il laisse le gouverner. L'entreprise familiale, il n'en est plus du tout question. Il a suffisamment clamé son aversion pour ce genre d'activité. De toute façon, le vent a tourné. Pendant qu'il chassait dans la brousse, la société Cartier-Bresson a fusionné avec Thiriez, une autre grande entreprise familiale de fil à coton, de Loos (Nord), donnant naissance au groupe TCB (Thiriez Cartier-Bresson).

Alors quoi ? Photographe.

Quand il annonce son projet à son père, il veille à

se faire accompagner de Max Ernst, de dix-sept ans son aîné, car ils ne seront pas trop de deux pour convaincre le chef de la famille. Celui-ci est à peine surpris par le choix excentrique de son fils. Cela dit, photographe, ce n'est pas un métier, tout juste une distraction, un hobby, comme ils disent. Un passe-temps, justement, c'est bien ainsi qu'il l'envisage... Henri plaide, s'explique, se justifie. Il renonce à la peinture pour la photographie car c'est la manière la plus appropriée de vivre intensément. Il n'a plus ni la patience ni la volonté de travailler interminablement d'après nature. Toute discipline méthodique le fait fuir. Question de caractère, de tempérament, de personnalité. S'il est toujours un visuel pur passionné par la composition, il n'en demeure pas moins un intuitif, et surtout un homme en mouvement. Il a besoin de bouger et d'aller voir. Or, seule la photographie peut catalyser toutes ces aspirations. Rien n'y fait. Son père est si peu fier de ce choix qu'il n'ose même pas le dire à ses amis. Qu'importe, ils l'apprendront toujours assez tôt.

En renonçant à la peinture pour la photographie, Henri Cartier-Bresson se livre à un de ces rituels d'exorcisme censés assurer le passage d'un état à un autre : il détruit la majeure partie de ses toiles. Comme s'il fallait que l'une s'effaçât pour que l'autre pût véritablement s'imposer. Ce geste romantique est l'écho lointain et inconscient d'un chapitre de *Notre-Dame de Paris* intitulé «Ceci tuera cela». Victor Hugo y évoquait un mythe à la vie dure, en vertu duquel un nouveau moyen d'expression devait nécessairement détrôner celui qui l'avait précédé. Ainsi, après avoir assuré que la photographie tuerait la peinture, dit-on désormais que le cinéma va tuer la

photographie. Mais quel que soit le tour que prenne
la polémique, on en revient toujours à la question
lancinante : doit-on considérer les nouveaux venus
comme des artistes ? Faut-il leur ouvrir la porte du
club ? Qui sont ces gens pour être si présomptueux ?

Les photographes venus de la peinture sont légion,
à commencer par le grand Daguerre lui-même.
Nombre de pionniers de l'image ont suivi le même
chemin. Cartier-Bresson, plus que jamais sous
influence baudelairienne, est encore sensible aux
partis pris du poète dans un débat dont les échos
résonnent encore bien qu'il date du milieu du
XIXe siècle (mais cessera-t-on jamais de se demander
si la photo est bien un art ?). À lui qui vient d'abandonner Lhote et son académie, il lui est impossible
d'oublier que Baudelaire tenait l'industrie photographique pour le refuge de tous les peintres man-
qués, « trop mal doués ou trop paresseux pour
achever leurs études ». Et de dénoncer dans la foulée
les adorateurs du veau d'or, la sottise de la multi-
tude, l'universel engouement, et surtout la prétention
de la nouvelle venue. C'était comme si l'imprimerie
avait voulu supplanter la littérature ! Absurde. Baudelaire assignait une place des plus humbles à la
photographie : celle de « servante de la peinture ».
C'était un temps où la première faisait peur à la
seconde. Une vingtaine de peintres, parmi lesquels
Ingres et Puvis de Chavannes, pouvaient signer un
manifeste réclamant une protection de l'État et son
aide pour lutter contre toute assimilation abusive de
la photographie à l'art. Un Zola, il est vrai beaucoup
plus jeune qu'eux, semblait à des années-lumière de
leur protectionnisme artistique. Non seulement il fit
un usage permanent de la photo pour son plaisir et
pour les repérages de ses romans, mais il estimait

même qu'on n'avait pas vraiment vu un objet tant qu'on ne l'avait pas photographié.

Quand Cartier-Bresson naît à la photographie, entre années folles et années noires, la photo opère une double percée chez les professionnels en tant que média d'information, et dans le grand public comme une pratique d'amateur de plus en plus répandue. Mais la controverse historique sur son statut est toujours aussi vive. À croire que tout ce qui a été écrit sur le sujet depuis un bon demi-siècle n'a guère fait avancer les choses. Brassaï, un émigré hongrois de trente-trois ans qui commence à photographier les graffitis sur les murs avec un Voigtländer, vient tout juste de publier son premier album, *Paris de nuit*. L'article qu'il signe dans *L'Intransigeant* du 15 novembre 1932 n'en est que plus remarqué :

« Il y a une différence fondamentale entre la photographie et la peinture. L'une constate, l'autre crée. L'une est un document et reste un document, même s'il est dépourvu de tout intérêt général. L'autre est basée entièrement sur la personnalité et tout s'écroule en un amas de belles matières massacrées si celle-ci fait défaut. Comment pouvait-on parler de rivalité entre les deux ? La peinture photographique et la photographie picturale sont seules rivales. Qu'elles s'entre-dévorent, qu'elles s'entre-tuent donc pour disparaître à tout jamais ! La photographie : c'est la conscience même de la peinture. Elle lui rappelle sans cesse ce qu'elle ne doit pas faire. Que la peinture prenne donc ses responsabilités. [...] Après avoir admiré tout ce que la plaque sensible est capable de nous révéler, on cherchera une autre sensibilité, celle du photographe. Ce qui attire le photographe, c'est justement cette possibilité de pénétrer dans les phénomènes, de dérober leurs

formes. Ah! cette présence impersonnelle! ce perpétuel incognito! Le plus humble des serviteurs, l'être
disloqué par excellence, ne vit que dans les images
latentes. Il les poursuit jusque dans leurs dernières
retraites, il les surprend dans ce qu'il y a de plus
positif, de plus matériel, de plus vrai en elles. Quant
à savoir s'il faut lui décerner le nom si compromis
d'"artiste", vraiment, cela n'a aucune, mais aucune
importance. »

Laure Albin-Guillot n'a jamais caché l'influence
du dessin dans la préparation de ses portraits photographiques. Bérénice Abbott n'a pas oublié ce
qu'elle doit à sa formation de sculpteur. Quant à
Cartier-Bresson, son état d'esprit se résume à l'une
de ces formules dont il a le secret : «On fait de la
peinture tandis que l'on prend une photo. »

Au début des années trente à Paris, ce «passe-
temps» est en plein essor... On assiste aux premières
expositions régulières, des galeristes audacieux ayant
pris le risque d'accrocher des clichés aux cimaises...
Man Ray est tenu pour un photographe d'art, Kertész comme le maître du photojournalisme et la
Hongrie pour le premier pays exportateur de photographes tant sa diaspora dans ce domaine est talen-
tueuse... Certains critiques dévoilent leur méthode
pour distinguer une photographie documentaire
d'une photographie artistique : la première est nette,
la seconde est floue... Les cabines Photomaton ne se
trouvent plus seulement aux Galeries Lafayette,
dans le hall du *Petit Journal* ou au Jardin d'acclima-
tation, mais un peu partout dans la capitale. Lors de
leur installation à Prague, Franz Kafka les avait
rebaptisées des «Méconnais-toi-toi-même» tant il
était convaincu que la photographie camoufle la
nature cachée des choses...

Ses premières «photos de photographes», Cartier-Bresson les a vues chez ses amis américains, les Powel. Des épreuves d'Eugène Atget qui l'impressionnent vivement, et d'autres d'André Kertész en qui il voit sa source poétique.

Le premier est mort quelques années auparavant dans la misère. N'eût été le flair de Bérénice Abbott, la jeune assistante de Man Ray, une grande partie de ses tirages et négatifs aurait été vouée à la destruction ou à la dispersion. Ses rues de Paris sont étrangement désertes car prises au point du jour, quand la beauté se confond avec l'innocence. Les surréalistes veulent y voir un dérapage dans l'imaginaire à partir du réel, plutôt que, platement et académiquement, comme il convient, du réalisme.

Le second, un employé de banque qui a quitté sa Hongrie natale pour Montparnasse, y survit grâce à la photo. Mais il a très vite trouvé son style, sa patte, et surtout son propre regard, à mi-chemin entre l'art et le reportage, l'avant-garde et l'instantané.

Outre le travail de ces deux hommes, des images impressionnent Cartier-Bresson. Certaines le marquent par la force qui s'en dégage, telle celle toute récente du président Doumer saisi à la dérobée sur les marches de l'hôtel Berryer juste après son assassinat par Gorgulov, alors que la foule ignore encore son destin. D'autres encore qui l'émeuvent ou le stimulent par l'émotion qu'elles suscitent en lui. Mais il en est une qui les éclipse toutes, tant dans l'instant que sur la durée, car il y aura un avant et un après. Une seule. La seule qui le choque, dans le sens le plus noble du terme, et l'émerveille par sa beauté plastique inouïe.

Prise entre 1929 et 1930, publiée en 1931 dans la

revue *Photographies*, elle est signée Martin Munkacsi, un ancien photographe sportif devenu reporter au long cours, qui résumait sa philosophie en quelques phrases :

« Voir en un millième de seconde ce que les gens indifférents côtoient sans remarquer, voilà le principe du reportage photographique. Et dans le millième de seconde qui suit, faire la photo de ce qu'on a vu ; c'est le côté pratique du reportage. »

Elle représente trois adolescents noirs et nus, vus de dos, s'élançant dans les vagues du lac Tanganyika. Elle a tout pour bouleverser Cartier-Bresson car elle est tout ce vers quoi il tend : l'Afrique qui continue à hanter ses nuits ; l'eau de la mer dont les surréalistes ont fait une eau abyssale susceptible de ramifier secrètement l'inconscient ; le sens de la composition avec le jeu des silhouettes, les masses du sable et les lignes formées par l'écume ; le mouvement, la jeunesse, l'énergie, la rapidité. Et puis la vie, rien que la vie. Tout au long de la sienne, Cartier-Bresson n'aura jamais assez de mots pour payer sa dette vis-à-vis de cette image :

« J'ai soudain compris que la photographie peut fixer l'éternité dans l'instant. C'est la seule photo qui m'ait influencé. Il y a dans cette image une telle intensité, une telle spontanéité, une telle joie de vivre, une telle merveille qu'elle m'éblouit encore aujourd'hui. La perfection de la forme, le sens de la vie, un frémissement sans pareil... Je me suis dit : bon Dieu, on peut faire ça avec un appareil... Je l'ai ressenti comme un coup de pied au cul : allez, vas-y ! »

Ainsi, sans le savoir, un photographe a été le passeur d'un autre photographe. Une œuvre a engagé une vie. Ce que Cartier-Bresson dit de cette photo, Walker Evans le dira de *La Femme aveugle* de Paul

Strand, et un jour, nombre de grands photographes le diront de telle ou telle image de Cartier-Bresson. Quoi qu'on s'en défende, en suscitant des vocations, on est toujours responsable d'autres destins que le sien.

Ce n'est pas une image prise par un appareil fixé sur un trépied, procédé déjà jugé passéiste, mais une photo qui bouge faite avec un appareil mobile. En lui autorisant le mouvement, il permet au photographe d'aller là où il n'aurait pas osé aller, et à en rapporter des vérités insoupçonnables car inaccessibles. L'air de rien sinon d'un jouet, le petit appareil modifie notre vision du monde.

Il en est un, apparu depuis peu sur le marché, qui autorise cette agilité dans la prise de vues : le Leica. Henri Cartier-Bresson devient photographe ce jour de 1932 où il en achète un à Marseille. C'est son acte de baptême. L'artiste a trouvé son instrument. Comment ne pas songer au mot de Paul Morand : « À douze ans, on m'a offert un vélo. Depuis, on ne m'a plus jamais revu »...

Le Leica sera son objet mythologique. Il ne s'en séparera plus, tant dehors que dans l'intimité. Dans la rue, à la maison, chez les gens, partout et tout le temps, sait-on jamais. Ce ne sont pas là des manières d'artiste mais de chasseur de primes. Toujours prêt à tirer, aux aguets, à l'affût. Mais cela n'exclut pas le sentiment. On a rarement vu une identification si réussie entre un homme et une machine, une osmose si heureuse entre une âme et une mécanique. Comme dans un couple d'amants, on pourrait dire qu'il était le reste d'elle, et elle le reste de lui. Ils semblent faits l'un pour l'autre. En prolongeant son regard de la manière la plus naturelle qui soit, l'appareil fait

corps avec lui. Cette prise de conscience, consécu-
tive au choc de la photo de Munkacsi, change tout.
Dès lors, il n'a plus quitté son Leica.

On doit cette merveille de qualité, de précision,
de discrétion et de rapidité à Oscar Barnak, un
ingénieur qui développa un projet d'appareil miniature dès 1913 pour le compte de Leitz, une maison
d'instruments d'optique sise à Wetzlar (Allemagne).
Une fois au point, son invention utilise non plus des
plaques mais des films de 35 mm d'ordinaire réservés aux cinéastes, autorise donc leur avance rapide,
permet la prise de vues en lumière réduite et en
pose instantanée. On ne peut être plus efficace.

Le 6 × 6 est un état d'esprit, le 24 × 36 en est un
autre. Robert Doisneau voit dans le Rolleiflex l'apothéose de la courtoisie, du respect, de l'humilité. On
s'incline devant les gens, on ne les provoque pas en
les regardant dans les yeux. Henri Cartier-Bresson
voit dans le Leica l'art de la chasse, poursuivi par
d'autres moyens. C'est une attitude agressive car il
s'agit de tirer. La première fois que les deux hommes
se rencontrent, quand Doisneau, inconditionnel de
Cartier-Bresson, ose lui montrer ses premiers
reportages, il s'entend dire :

« Si le bon Dieu avait voulu qu'on photographie
avec un 6 × 6, il nous aurait mis les yeux sur le
ventre. C'est gênant de regarder les gens par le
nombril. Et puis quand vous vous prosternez, il ne
reste plus qu'à avancer le prie-Dieu... »

Le boîtier du Leica tient dans la main de Cartier-
Bresson. Il n'est pas plus grand que ça. Il ne possède
ni télémètre pour mesurer la distance, ni cellule
pour apprécier la lumière. Son viseur est d'un format rectangulaire qui offre la proportion idéale pour
retrouver une notion qui lui est chère entre toutes : le

nombre d'or. Son unique objectif, de focale 50 mm et d'ouverture 3,5, ne se dévisse pas. De toute façon, Cartier-Bresson n'en veut pas d'autre tant celui-ci restitue idéalement la vision humaine, quand de plus longues ou de plus larges focales la trahiraient en la déformant. Avec cet appareil muni de cet objectif, il a le sentiment d'avoir trouvé la parfaite harmonie, la seule de nature à dissiper l'hiatus entre la verticalité de l'homme et l'horizontalité du monde.

Du dessin poursuivi par d'autres moyens...

Le Leica sera son compagnon de route, le calepin de croquis d'un dessinateur taraudé par le doute qui y gagne en assurance, et l'indispensable carnet de notes sans lequel ses images seraient restées enfouies dans une mémoire infidèle. Dès le début, Cartier-Bresson considère son Leica moins comme un appareil apte à donner de belles images que comme un compteur Geiger-Müller destiné à enregistrer la vie dans ses manifestations les plus souterraines. Ce passe-muraille donne la sensation de ne pas déranger l'ordre naturel des choses car il privilégie l'instant silencieux. Il s'impose comme l'instrument idéal pour surprendre la vie en flagrant délit, anticiper une scène et la capter en un cliché. Plus tard, en regardant le travail des autres, il en viendra au reportage. Pour l'heure, il ne songe pas à raconter une histoire mais à prendre des instantanés, convaincu qu'on peut tout faire avec un Leica. « Il peut être comme un baiser passionné, dit-il, mais aussi comme le coup de feu d'un revolver ou le divan d'un psychanalyste. »

Cartier-Bresson enrichit le club déjà fourni des adeptes du Leica : Ilse Bing l'utilise couramment pour ses reportages publiés dans *Das Illustrierte Blatt*. André Kertész, Lucien Aigner également, d'autres encore, séduits par sa maniabilité, même si certains journaux ne le prisent guère, le format réduit du négatif ne facilitant pas les retouches. Son rapide succès est indissociable de deux autres phénomènes : le développement des laboratoires professionnels et celui de la presse illustrée.

Le photojournalisme n'est certes pas né à ce moment-là. Il remonte au temps où, quand le xixe siècle était encore à mi-chemin, la reine Victoria autorisait Roger Fenton à photographier la guerre de Crimée. Lui et Matthew Brady pendant la guerre de Sécession ne se contentent pas de rapporter un événement, ils racontent une histoire à travers une série de photos. Dans un premier temps, abondamment légendées, elles seront ensuite accompagnées d'un article si substantiel qu'on ne se demande plus lequel est le complément de l'autre. La Première Guerre mondiale donne un premier coup de fouet au genre. La floraison de nouveaux journaux illustrés le propulse vers des sommets. À la fin des années vingt, à Paris, on assiste à la naissance simultanée de l'hebdomadaire *Match*, conçu comme l'illustré sportif de *L'Intransigeant*, et de l'agence Dephot, la première à fournir des récits photographiques complets à la presse.

En se délestant d'un matériel encombrant et statique, le photographe s'est donné des ailes. Et tant pis si nombre de ses confrères, conservateurs en passe de devenir archaïques, considèrent avec un certain mépris le nouvel appareil comme un jouet. Même dans le domaine si particulier de la photo de mode, cette évolution trouve un écho immédiat au début des années trente, avec la guerre permanente que se livrent *Vogue* et *Harper's Bazaar*. Si le premier s'enorgueillit de publier la première couverture en couleurs grâce au talent d'Edward Steichen et de quelques techniciens, la tyrannie de la netteté imposée par son propriétaire Condé Nast est telle qu'elle oblige à travailler avec une pesante et contraignante chambre 20 × 25. Mais dans le même temps, le second, son concurrent direct, réussit des couvertures à la grâce plus aérienne avec ces fameux « appareils portables ».

Tous n'opèrent pas au Leica, il s'en faut. Outre les inconditionnels du Rolleiflex, il y a ceux qui ne jurent que par l'Ermanox, petit et léger, qui permet des prises de vues d'intérieur sans flash. L'Allemand Erich Salomon s'en fait le virtuose, lui qui réussit à opérer clandestinement durant un procès, manière bien à lui d'intervenir sur le vif en offrant aux lecteurs des angles de prise de vues, une atmosphère, des expressions qui seront très vite sa signature, notamment lors des grandes conférences internationales.

En France, un homme particulièrement entreprenant favorise dès 1928 cette tendance en créant *Vu*, titre-programme qui s'impose par son évidence. Pourtant Lucien Vogel n'invente pas, mais témoigne de ce que, même dans la réinvention, on peut mettre du talent, sinon du génie. Son magazine est une adaptation française réussie du journalisme photographique allemand tel qu'on pouvait l'apprécier notamment dans le *Berliner Illustrierte Zeitung*. Grâce à lui, le premier, en France aussi, la photo commence à être traitée comme un moyen d'information à part entière, et non plus comme une illustration utilisée en complément d'information à un article.

Lucien Vogel, Parisien d'origine alsacienne, est vite devenu une personnalité qui compte. Une allure d'abord, silhouette de géant à l'élégance de dandy

britannique surmontée d'un visage congestionné.
Un passionné d'actualité ensuite, qu'elle soit politique ou mondaine, judiciaire ou sociale, et les
grands faits divers ne sont pas les moins couverts.
Patron de presse chevronné plus que reporter dans
l'âme, il n'en accorde pas moins une grande importance à la forme. Le profit à court terme est peut-être
le principal objectif des banquiers suisses qui sont
ses commanditaires, ce n'est pas le sien, en tout cas
pas l'unique, ni le principal. C'est aussi que, avant de
se découvrir une vocation de directeur-gérant à quarante-deux ans, cet architecte raté avait été le
brillant directeur artistique de plusieurs magazines
de mode et de décoration. Tant à *Vogue* qu'au *Jardin
des modes*, pour ne citer qu'eux, il avait régulièrement sollicité des photographes et des dessinateurs
parmi les plus audacieux de l'époque. Quand on sait
qu'il possédait également *Arts et Métiers graphiques*,
on comprend qu'un tel homme fasse un usage inten-
sif et majestueux de la photo. Ainsi, *Vu* acquiert
d'emblée un style qui le distingue même de ses ins-
pirateurs immédiats. Typographie, mise en pages,
choix esthétiques, caractère informatif des illustrations, variété des photographies, tout y concourt.

   Rien d'étonnant à ce qu'un photographe comme
Henri Cartier-Bresson soit séduit par *Vu*, le plus
moderne, le plus original et le plus à gauche des heb-
domadaires d'actualité. Ses affinités et passerelles
avec Lucien Vogel sont nombreuses. Son père était
le peintre Hermann Vogel, sa fille Marie-Claude est
mariée avec le journaliste et homme politique communiste Paul Vaillant-Couturier, son directeur artistique Alexandre Liberman est un ancien élève de
l'académie Lhote, son rédacteur en chef Louis Mar-
tin-Chauffier est un ami de la mère d'Henri...

S'il devait inscrire une mention précise à la ligne « profession » de son passeport, et si les fonctionnaires de l'état civil l'y autorisaient, il mettrait volontiers « cafécrémiste ». Il est un pilier du café du Dôme, assez chic et germanique par sa fréquentation. Un billard dans l'arrière-salle, un tableau d'affichage faisant office de poste restante, un gros poêle pour chauffer la terrasse en hiver, un brouhaha permanent ponctué par les commandes des garçons, un entrelacs de mille et une conversations en babélien supérieur, des gens qui dessinent sur les tables et d'autres qui écrivent, c'est le monde des Dômiers. On dirait un quai de gare peuplé d'individus nullement inquiets de ne jamais prendre des trains qui partent.

Cartier-Bresson le préfère au Sélect, ouvert la nuit mais très *welsh rarebit*, à la Rotonde, fameuse surtout pour ses journaux étrangers, et à la Coupole, qu'il fuit. Il est de ces indigènes de Montparnasse pour lesquels on a inventé la civilisation des cafés. Il y a celui où l'on va, et ceux où l'on ne va pas. En choisir un à l'exclusion des autres, c'est déjà se poser dans une certaine société. L'atelier de Lhote est à deux pas, les librairies tout autour, le *Rosebud* juste derrière.

Le carrefour est, dans les années trente plus encore qu'au début du siècle, le lieu privilégié d'une certaine bohème intellectuelle et artistique. Elle est si cosmopolite qu'à certaines heures il n'y a que les garçons pour s'exprimer dans l'idiome local. Un vrai bouillon de culture, un conclave permanent d'intelligences et de sensibilités. Léon-Paul Fargue, qui en était l'inusable arpenteur, y voyait une sorte de Vatican de l'Imagination où sifflaient des sirènes.

Pour Cartier-Bresson comme pour la plupart de
ses amis, ces cafés sont leur bureau, leur siège social
et leur résidence secondaire. Quelques-uns vont
jusqu'à les considérer comme leur résidence principale. C'est là, au Dôme, à l'angle des boulevards
Raspail et Montparnasse, qu'il se lie avec des écrivains, des poètes, des peintres. Là que circulent des
œuvres d'art qui seront un jour accrochées aux
murs des plus grands musées. Là que s'écoutent
certains poèmes que bientôt des générations d'éco-
liers réciteront. Là que les tout premiers exilés du
nazisme triomphant annoncent la barbarie qui
guette les démocraties si elles ne réagissent pas. Là
que se commentent les dernières passes d'armes
entre Jacques-Émile Blanche et André Lhote telles
que les reflètent leurs chroniques en forme de règlement de comptes. Là que l'on se donne l'illusion de
prendre le pouls de l'intelligence à Paris.

Certains resteront des amis. L'un d'entre eux se
détache par sa personnalité et par l'empire discret
qu'il exercera longtemps sur Cartier-Bresson, non
le photographe mais le peintre et le dessinateur
tapis derrière. Son mentor, tout simplement.

De taille moyenne, déjà enrobé, un léger accent
trahissant une origine méditerranéenne, toujours tiré
à quatre épingles, très au courant de tout, fasciné
par le monde de la haute couture, naturellement
porté vers l'avant-garde, réservé jusque dans sa
sobriété d'expression, tel apparaît Efstratios Elefthe-
riades, dit Tériade. Il a onze ans de plus que Cartier-
Bresson, mais son ascendant n'est pas une question
de génération. Enfant de la bourgeoisie francophile
de Mytilène, il a obtenu de son père, un industriel en
savonnerie, de venir vivre à Paris à condition de
faire des études de droit, même s'il est intimement

convaincu qu'il ne les mènera pas à leur terme. Car, pas plus qu'Henri, il n'a l'intention d'entrer dans les affaires de famille. Lui aussi a l'art en tête. Il s'est même essayé à la peinture mais a eu la sagesse de passer à autre chose. Pour autant, il n'y a pas renoncé. Il a simplement choisi de rester de l'autre côté de la palette, et d'en parler plutôt que d'en faire. Il faut dire qu'il est une des rares personnes qui en parlent bien, avec mesure et goût, car son acuité d'analyse repose sur une culture bien maîtrisée. La tournée permanente de certaines salles du Louvre, vécue comme une indispensable hygiène du regard, lui a donné le goût de cet esprit classique que l'on dit si français.

Tériade est un amateur au sens le plus noble du terme, un *connoisseur* qui sait évoquer comme personne «la peau de la peinture», un poète dans sa manière de faire se rencontrer les mots quand il s'agit de rendre visible l'invisible. Pour Cartier-Bresson, il est œil de lynx et patte de velours, ferveur et vivacité, et d'abord le flair.

Depuis quatre ans, Tériade fait ses gammes de critique dans la page artistique de *L'Intransigeant* où il cosigne avec Maurice Raynal la rubrique sous un pseudonyme trouvé par antiphrase, «Les deux aveugles». Après avoir collaboré aux *Cahiers d'Art* de son compatriote exilé Christian Zervos, il est désormais associé à la revue *Minotaure* par l'éditeur Albert Skira qui l'y a nommé directeur artistique. Mais une si forte personnalité, dotée d'une vision si nette et si tranchée de ce que l'Art doit être, ne pourra vraiment s'exprimer qu'un jour proche, dans sa propre revue.

Tériade a toujours l'air d'avoir mûri une longue réflexion lorsqu'il exprime un avis, quel que soit le

sujet. Aussi Cartier-Bresson écoute-t-il attentivement
son nouvel ami quand celui-ci lui fait comprendre
qu'il a intérêt à prendre l'argent au sérieux, car les
gens ne le prendront au sérieux que lorsque ses
photos feront de l'argent. Il l'écoute, le lit et le suit.
Ils sont au diapason. Cartier-Bresson en a eu la
confirmation en tombant par hasard sur un de ses
premiers articles de *Cahiers d'Art*, critique d'une
exposition des étudiants d'André Lhote. Les dernières lignes lui ont mis du baume au cœur et ont
dissipé ses ultimes doutes, si tant est qu'il en eût
encore :

« ... Et si, comme il le dit lui-même, il aide chacun
à se trouver, nous penserons que c'est un homme
aimé de ses élèves. Comme ils sont pour la plupart
des jeunes de talent, nous les inviterons à la désobéissance. »

Désobéir aux autres pour mieux s'obéir, tout l'y
invite. Ses lectures d'abord, les anciennes mais aussi
les plus récentes. En cette année 1932, son ami
René Crevel publie *Le Clavecin de Diderot* aux éditions Surréalistes, une suite de pamphlets incisifs et
excessifs, mais d'un excès baudelairien, qui le secoue
durablement. Rien n'échappe à ce bref brûlot,
aucune institution, nul mensonge. Il est aussi injuste
que la société qu'il dénonce, mais il est porté par un
élan, une générosité, un désarroi. Être clavecin selon
Diderot, c'est répondre justement à des airs justes.
Or Crevel ne cesse de penser selon son goût, c'est-à-
dire de s'intoxiquer de lui-même. C'est peut-être
surréaliste, mais certainement suicidaire.

Ni l'aventure africaine, ni la révélation de la géométrie, ni la découverte du Leica n'ont éloigné Cartier-Bresson des rivages du surréalisme. Ce qui ne

l'empêche pas de naviguer dans ses parages, lorsqu'il croise des personnalités d'exception. C'est le cas du poète Max Jacob, petit chauve aux grands yeux vifs, qui se partage entre ses dévotions, son travail et le monde. Comment résister à la séduction de cet éblouissant causeur, conteur et imitateur, qui fait des « gouacheries » pour vivre et des dessins pour revivre, tient la douleur pour la santé de l'âme, et sait d'expérience que le génie est une longue patience ? Il semble avoir tous les dons, y compris celui de donner. Au café du Dôme, on dit « Max » comme s'il n'y en eût jamais qu'un. En 1932, il se sent seul, abandonné, pillé, persécuté. Pour l'aider, deux jeunes hommes de son entourage proche, Christian Dior et Pierre Colle, accrochent ses œuvres aux cimaises de leur galerie rue Cambacérès.

C'est chez Max Jacob, visité à la moindre occasion, que Cartier-Bresson fait la connaissance de Pierre Colle. Celui-ci, auquel il se lie aussitôt d'une forte amitié, l'emmène un jour chez sa mère à sa demande. Mme Colle a, en effet, la réputation d'avoir un « don ». Elle voit ce qui demeure invisible aux autres, y compris aux poètes. En se rendant chez elle, Cartier-Bresson veut à tout prix savoir, et pas seulement « en haine de la mémoire », comme le suggérait Breton dans sa *Lettre aux voyantes*. Ce genre de secrète attirance pour l'irrémédiable programmé, cet irrépressible désir de connaître l'inconnu à l'avance sans pour autant se soumettre à sa fatalité, cet intime vertige de la vie vécue par anticipation, autant de sensations qui n'ont pas besoin d'explications.

Le personnage de la voyante tient sa place dans la mythologie surréaliste. Cartier-Bresson est autant marqué par les récits de Crevel l'initié, que par le souvenir de Mme Sacco, l'un des personnages attestés de *Nadja* puisque son portrait y est publié. Cette voyante se contentait de la date, du lieu de naissance et de quelques mots glanés dans la bouche de son visiteur.

Mme Colle, elle, lui tire les cartes. Sur sa table, elle dispose un jeu de tarots. De quoi lui parle-t-elle? De choses qui ne s'inventent pas.

« Je voudrais naviguer, aller en Orient...

— Non, non, peut-être plus tard... avant cela, vous irez de l'autre côté du monde, vous serez volé et ça vous sera complètement égal... un de vos proches mourra bientôt, ce qui vous causera énormément de chagrin... vous épouserez une Orientale, quelqu'un qui n'est pas de la Chine, qui n'est pas des Indes et qui n'est pas blanche non plus, et ce mariage sera difficile... vous vous ferez un nom dans votre métier... vous vous remarierez avec quelqu'un de beaucoup plus jeune... alors vous serez père... »

En le quittant, elle lui parle de la mort. La sienne. Lui qui voulait savoir, il sait désormais.

Sortir, c'est partir un peu. Le plus souvent, il est dehors. La nuit surtout, instant privilégié des vraies conversations. Avec ses amis, les surréalistes et les autres, on le voit à Montparnasse, bien sûr, écouter Kiki chanter « Les filles de Camaret » au *Jockey*, ou Fanny Cotton *Chez Frisco*, ou s'enivrer de jazz au *Dingo*, le bar américain de la rue Delambre, mais aussi au bal antillais de la rue Blomet, au Tempo, chez Boudon et autres clubs de Pigalle où les musiciens nègres des boîtes alentour font un bœuf avant d'aller se coucher au petit matin. Il ne s'agit pas de s'amuser (ce serait trop bourgeois), ni de s'encanailler (ce qui ne l'est pas moins), mais de « recher-

cher l'émotion violente, la rupture avec les disciplines de la vie diurne telle que nous la connaissions
en la supportant à peine, un certain éblouissement
et un certain déchirement », comme le dit son ami de
jeunesse André Pieyre de Mandiargues, désormais
son complice dans les randonnées et divagations
parisiennes. Quand on leur parle de métier, ils haus-
sent les épaules de concert. La perspective d'une
carrière leur donne une égale nausée. Ensemble, ils
ne font pas seulement la tournée des bordels de province à l'instar d'Aragon, celle des cafés, puis des
bars. Ils partent découvrir l'humanité là où elle est,
sur le motif.

À vingt-quatre ans, Henri Cartier-Bresson est déjà
à la recherche du paradis perdu. Du jour où il
constate que l'entrée en est verrouillée, il éprouve
l'impérieuse nécessité de faire le tour du monde.
Juste pour vérifier qu'il n'y a pas d'autre accès.

Boulevard Saint-Germain, un appartement au-
dessus d'un magasin de jouets à l'enseigne de « À la
joie pour tous ». C'est là que vit Mandiargues avec
une jeune et subtile Triestine qu'Henri lui a présen-
tée, Léonor Fini. C'est de là que part le trio, en 1932
et en 1933, dans une Buick d'occasion, à la découverte du Vieux Continent. Ils sont trois, se retrouveront parfois deux, sinon seuls chacun de son côté.

Belgique, Allemagne, Pologne, Tchécoslovaquie,
Autriche, Hongrie, Roumanie... Et puis l'Espagne et
l'Italie. La France aussi. Et même une brève et timide
incursion en terre africaine à Asilah (Maroc espagnol).

Rien de tel que ce genre d'équipée pour découvrir
le vrai caractère de celui qu'on croit intimement
connaître. Si Mandiargues avait déjà eu l'occasion

de juger Cartier-Bresson quelque peu directif, il sait désormais d'expérience qu'il peut être tyrannique. Leur virée à travers l'Europe tourne parfois à l'aigre. Il n'est pas rare qu'Henri exige soudain d'André qu'il fasse demi-tour et rebrousse chemin sur une cinquantaine de kilomètres uniquement parce qu'il croit avoir aperçu quelque chose qui mériterait d'être photographié, éventuellement. Et son ton est si impérieux, il semble obéir à une telle urgence, qu'il ne souffre pas de n'être pas suivi d'effet dans l'instant.

Mais le plus souvent, leurs vrais différends sont de nature intellectuelle.

Le poète juge le photographe trop étroit d'esprit, lequel en retour le trouve trop large. Ils s'accrochent à maintes reprises sur des points de détail, non pour des motifs politiques mais artistiques. L'Italie n'est pas seulement le théâtre de leurs bains en commun, tous trois entièrement nus dans des criques, mais aussi celui de leur brouille historique. Florence les emballe tous deux, pas Venise. Si Mandiargues avoue l'aimer passionnément dès le premier regard, Cartier-Bresson décrète d'emblée en être écœuré. Et il ne se prive pas de le faire savoir aussitôt, haut et fort, quitte à blesser son ami. Qu'importe les arguments, inutile d'en appeler au surréalisme ou à toute autre bénédiction de cet ordre, rien ne freine sa fureur destructrice. L'iconoclaste en lui ne s'était pas gêné pour désigner le plafond de la chapelle Sixtine comme une bande dessinée d'un genre assez prophétique annonçant la fin du monde. Cette fois, il récidive en clamant son aversion pour Caravage et le Tintoret, au grand dam de Léonor Fini qui n'en peut mais. Cartier-Bresson prend un malin plaisir à critiquer des artistes toscans pour provoquer Léonor la Triestine.

« Henri n'y trouva que de l'ignoble. Ignoble cette Renaissance qui cousinait avec le baroque, ignoble ce décor théâtral, ignobles ces couleurs chatoyantes et leurs reflets dans l'eau... », se souvient Mandiargues.

Provoqué, celui-ci sait être méchant en retour. Pour le faire taire, il saisit son Leica et menace de le balancer dans le Grand Canal. Cette fois, c'est Cartier-Bresson qui voit rouge. Ils se séparent, se retrouvent, se réconcilient. Mais une sorte de méfiance s'est installée. Il faudra du temps pour que de nouveau la complicité prenne définitivement le pas sur tout le reste.

Les photos de ces années-là sont parmi les plus libres que Cartier-Bresson ait prises. Libres de toute contrainte, libres de toute commande, libres de toute entrave, libres de tout regard critique. Elles sont d'un flâneur insouciant, qui n'attend rien et que rien n'attend. Un tel détachement des contingences du commun lui fait conférer à son petit appareil la suprême liberté de scruter la rumeur du monde en fouinant dans les gravats de l'inconscient. Comme s'il cherchait obstinément à exprimer ce que la conscience n'a pas encore organisé, ce qui est, au fond, la définition même du surréalisme. Ce photographe-là ne se veut vraiment pas photo-journaliste. Encore trop baudelairien pour ça, trop imprégné de ces pages de *Mon cœur mis à nu* où le poète dénonçait le tissu d'horreurs et le chapelet de crimes dont le lecteur faisait son miel chaque matin : « Je ne comprends pas qu'une main pure puisse toucher un journal sans une convulsion de dégoût. »

À défaut de reconstituer les séquences puisque Cartier-Bresson a détruit ou découpé nombre de

négatifs, on ne peut que rétablir incomplètement leur
inscription dans le temps. On connaît telle ou telle
image, on ignorera toujours celles qui l'ont précédée
et celles qui lui ont succédé. Mais son esprit est éclatant sans qu'il soit nécessaire d'en appeler à une
reconstruction chronologique. Toutes les sensibilités
qu'il abrite se conjuguent déjà derrière son viseur.

Le chanceux en lui triomphe dès l'un de ses premiers chefs-d'œuvre, son instantané d'un sauteur
de flaque, saisi après qu'il eut placé son objectif
dans l'interstice des planches d'une palissade, derrière cette gare Saint-Lazare chère à Caillebotte et à
Monet. Si la perfection graphique de cette image
doit l'essentiel à son œil, si son rythme inouï, la
richesse de ses détails, le jeu des reflets et l'alchimie
des lignes et courbes peuvent être portés au crédit
de son intuition, que dire de cette petite affiche dans
le fond sur laquelle une danseuse semble moquer le
sauteur de flaque dans sa course au-dessus des
flots ? La chance, une insondable chance dont il est
le premier à faire état quand il est las d'expliquer.

L'antivoyageur se manifeste déjà en lui dans son
refus de passer par là. Il ne voyage pas mais se
déplace. Lentement, si possible, car il est de ceux
qui prennent le temps de le perdre. Le temps n'a
plus d'importance. Cartier-Bresson s'installe, s'in-
cruste et se fait oublier. L'état de grâce, accessible
aux seuls êtres qui ne le cherchent pas, est aussi une
question de disponibilité. Cartier-Bresson guette la
surprise à tout instant, mais ne l'attend jamais. Il
n'a rendez-vous qu'avec le hasard, lequel n'en fixe
pas. Alors il demeure réceptif, état propice aux plus
foudroyantes rencontres. Quel défi insensé que
de vouloir arrêter la vie, rudoyer l'intemporel,
apprivoiser l'éternité. Un déclic jamais n'abolira le

temps, quand bien même il serait perçu comme un couperet.

On comprend qu'une telle appréhension du monde s'accommode mal d'un compagnonnage, fût-ce avec un ami très cher. Rien ne semble résister à son appétit visuel. Il prend photo sur photo, uniquement préoccupé de saisir l'essentiel d'une scène surgie en une image unique. Amateur en liberté, il réagit en artiste aux provocations de la réalité en ce qu'il ne se fixe d'autre règle que le dérèglement des sens. Aucun souci narratif, et moins encore esthétisant. La beauté ne lui est pas indifférente mais elle doit s'imposer autrement que par des canons académiques. La beauté, il faut la déceler dans la part de mystère que recèle le regard de loup traqué de ce chômeur madrilène qui ne se résout pas à tendre la main pour nourrir son enfant blotti dans ses bras ; c'est dans l'ineffable de cette misère-là, plaie de l'humanité, que le photographe découvre le pittoresque humain dont parle René Crevel. La beauté, il faut la deviner dans la dimension fantastique des jeux de ces adolescents andalous mûris trop tôt, ou de ces gamins sévillans laissant éclater leur joie de vivre dans un univers de gravats et de désolation. La beauté selon Cartier-Bresson est autant dans la comédie que dans la tragédie parce que la vie est les deux en même temps.

Ce n'est pas une méthode, encore moins une technique, mais un mode de vie. La vie à l'improviste. Il passe ses journées à se promener le nez au vent mais l'esprit aux aguets. Cette activité spontanée relève d'abord du jeu. Pourquoi se rend-il à Alicante plutôt qu'ailleurs ? Parce qu'il a en poche un billet de chemin de fer 300 kms-300 pesetas-3ᵉ classe et que le train passe par Alicante, voilà tout. Pas de plan, pas de projet. Il se laisse mener par ses pas, se déplace à l'économie, descend dans des hôtels de dernière catégorie, se nourrit frugalement mais profite sans compter du spectacle de la vie.

Le voleur en lui s'annonce déjà, comme en tout photographe bien né. Car de quelque côté qu'on envisage le problème, la photo, c'est le vol. Il faut prendre sans réfléchir, l'imprévu ne se représentera plus. En impressionnant ses premières pellicules, Cartier-Bresson a aussitôt conscience de la violence de son acte dès lors qu'il met l'homme à contribution, et non plus seulement la nature ou le monde inanimé des objets. Comment est-il perçu quand il pointe son Leica sur un passant ? Malgré sa discrétion, sa rapidité et son élégance naturelles, comme un œil de cyclope agressif qui vous dépouille dans l'instant de ce que vous avez de plus intime. Se promenant avenue du Maine, il aperçoit à travers la vitre d'un restaurant désert un vieux bourgeois songeur en manteau, melon et parapluie, mais encore assis sur sa chaise, comme abandonné à lui-même, le regard perdu dans le vague. En saisissant cet instantané bouleversant de vérité, il lui prend d'autorité sa mélancolie, sa nostalgie, ses rêves, cette part d'ombre que l'on voudrait inaliénable. De quel droit ?

L'homme invisible se révèle déjà en lui. Cet obsessionnel de l'image est obsédé par l'idée de disparaître, ce qui est une autre manière de paraître. Quand tant de photographes sacrifient naturellement au rituel de l'autoportrait à la moindre occasion, lui ne s'en autorise qu'un. Cet instant historique a pour cadre l'Italie. En pleine nature, au bord d'une route, Cartier-Bresson s'allonge sur un parapet, se déchausse et, en position couché sur le dos, photo-

graphie le reste de son corps, son pied droit se détachant sur un fond d'arbres et de feuillage. « Prendre
mon pied la route », lui disaient les Noirs avant de
partir dans la forêt. Ce qu'on retient de l'image qu'il
veut donner de lui ? La réjouissante insolence, l'insoupçonnable orgueil, la joviale malice d'un orteil.
Quand il réalise ce pied de nez à la société, Henri
Cartier-Bresson a vingt-quatre ans. Cet autoportrait
triomphal est le seul. Il n'y en aura pas d'autre. À
quoi bon ? Il n'est pas de plus fidèle reflet de son âme.

Le géomètre en lui se manifeste dès ses premières
photos prises à Marseille, en 1932, notamment cette
silhouette de bourgeois longiligne en cape et melon,
impressionnante par le mystère qui s'en dégage, se
détachant avec une tranquille majesté à l'épicentre
de l'impeccable perspective formée par deux rangées d'arbres nus rejoignant inexorablement leur
point de fuite au bout de l'avenue du Prado.

Le surréaliste en lui laisse libre cours à une sorte
d'écriture automatique visuelle. Son fantastique
urbain est digne des meilleures pages de *Nadja*. Parfois, ce sont des objets chers à ses amis du café de la
Dame Blanche qui se retrouvent devant son objectif. Ainsi, quand Léonor Fini, si passionnée par tout
ce que la vie offre de théâtral, si hostile à ces instantanés au naturel figé, si encline à se dérober car
rien n'est plus révélateur que la pose, joue dans la
rue avec des mannequins de couturière. En cire, en
osier, en son ou en bois, on les a déjà maintes fois
croisés tant dans les tableaux de Chirico que dans
l'arsenal à symboles de Breton — et avant eux dans
certains clichés d'Atget. Leurs mannequins décapi-
tés, comme leurs peaux d'animaux et leurs objets
enveloppés, témoignaient de la capacité de l'œil à
rendre extraordinaire le quotidien le plus ordinaire,

et à exalter sa part d'étrange dans le spectacle de la banalité.

Quand ce n'est pas par des objets, ce peut être par des allégories que l'imprégnation surréaliste se manifeste : reflets de l'activité portuaire et de l'humanité grouillante dans la devanture d'un bistrot marseillais ensoleillé, masque peint d'homme solitaire détournant résolument le regard d'un chromo évoquant le bonheur de la vie conjugale dans l'angle d'une vitrine à Budapest, partout ces personnages endormis, et tout le temps ce léger décalage par rapport à la réalité qui fait qu'un signe suffit à faire basculer une scène dans l'irrationnel.

Ce peut être plus directement par les lieux. L'Espagne, où il prendra certaines des photos appelées un jour à devenir des icônes, est en soi une terre surréaliste. Son caractère profond en a fait un pays d'élection pour Breton et les siens. Ils le voient avant tout écartelé entre le *ser* et le *estar*, l'être intime et la représentation, sa poésie et sa prose. Nature, climat, traditions, tout y semble taillé dans une fascinante démesure, jusques et surtout dans son rapport avec la mort. On retrouve cet excès dans les images qu'il en rapporte, qu'il s'agisse de ses travestis et prostituées en folie d'Alicante, de la misère à Madrid telle qu'elle transparaît dans la dignité ascétique des regards ouvriers, de l'extase vitale de cet enfant de Valence dont le jeu nous enchante et nous effraie dans le même temps.

Autre lieu surréaliste, qui n'est pas d'un pays mais de tous, l'abattoir. Quelques années avant Cartier-Bresson, le photographe roumain Eli Lotar avait visité ceux de Vaugirard et de La Villette en compagnie du peintre André Masson. De cette incursion chez les équarisseurs sublimés en sacrificateurs, il avait rapporté des images d'une cruelle beauté, que les revues *Bifur* et *Documents* avaient publiées.

En quelques années, Cartier-Bresson est passé de l'académie Lhote au grand air, et de l'atelier à la rue, sans se renier. Pour autant, le Cartier-Bresson qui pérégrine dans l'Europe du début des années trente n'est pas un photographe surréaliste. Plutôt un jeune homme dans le champ magnétique du surréalisme, qui n'a pas trouvé de meilleur moyen qu'un boîtier Leica, un objectif de 50 mm et des pellicules Perutz ou Agfa pour chasser, capturer et ressusciter l'inquiétante étrangeté du fantastique social. Ce cachet si particulier reflète bien son œuvre de jeunesse. Cela n'empêche pas l'usage d'une grammaire et d'un empire des signes qui lui sont propres : la fulgurance du regard corrigée par l'esprit de géométrie, l'intuition développée par le goût de la composition, la poésie de l'instant transcendée par le décalage des situations.

Retour à Paris, retour à Montparnasse, retour au Dôme. La France a une autre tête pour qui a vu l'Europe. Cartier-Bresson retrouve ses amis, les anciens et les nouveaux. Parmi eux le poète Charles Henry Ford, qu'un autre Américain, l'écrivain Claude McKay, lui avait présenté lors de sa visite à Tanger. Et puis deux émigrés de l'Est qui vont beaucoup compter pour lui, humainement et professionnellement.

Le premier, il le rencontre de manière tout à fait fortuite dans un autobus. Il est petit, son regard se dissimule derrière des verres épais, le front est déjà dégarni malgré sa vivacité d'esprit qui saute aux yeux. Une tête de prof de maths, avec à l'intérieur une intelligence de joueur d'échecs. Il examine le

Leica que Cartier-Bresson tient précieusement dans la main et risque ce genre de question abrupte qu'on ne peut s'adresser que d'inconnu à inconnu :

« C'est quel genre d'appareil ? »

C'est tout mais cela suffit à engager une amitié pour la vie. David Szymin n'est pas seulement plus jeune que Cartier-Bresson de trois ans, et son contraire physiquement. Il est également aux antipodes par ses origines, son éducation, sa formation. Tout les oppose et c'est peut-être pour ça qu'ils s'attirent si vite et se complètent si bien. « Chim », ainsi que tout le monde l'appelle, est le fils d'un éditeur de livres en yiddish et en hébreu. Sérieux, rigoureux, résolu, il a quitté Varsovie très jeune pour étudier à Leipzig puis à Paris les disciplines techniques qui lui permettront un jour de prendre la relève, de la typographie à la lithographie en passant par les arts graphiques. Mais les aléas de la crise économique l'ayant obligé à renoncer prématurément à ses études, il se retrouve reporter-photo dans une petite agence. Il publie un peu partout, notamment dans *Vu*. Et, manifestement, il vit de ses parutions.

D'où vient l'argent ? La question, on l'a vu, n'a cessé de tarauder Cartier-Bresson, d'autant que sa propre rente s'épuise. Après tout, il ne serait pas inconvenant de vivre de la photographie, à condition toutefois de ne pas aliéner sa liberté. Chim est un garçon dont il loue sans réserve la vélocité de l'esprit critique, l'acuité psychologique, la culture, la perspicacité et surtout la sensibilité. Cet angoissé plein de malice porte sur son visage la mélancolie de l'émigré. Impossible de ne pas le remarquer, qu'il s'agisse de son allure (il a la coquetterie des cravates noires en soie), ou de sa conversation qui roule avec la même aisance sur la situation politique dans les Bal-

kans que sur l'œnologie ou la gastronomie. Son itinéraire a quelque chose d'exemplaire. Aussi Cartier-
Bresson n'hésite-t-il pas quand Lucien Vogel,
l'éminence de *Vu*, lui propose de travailler sur l'actualité. Non pas l'Allemagne mise en coupe réglée
par le tout récent chancelier Hitler, mais l'Espagne
qu'il connaît déjà. Non celle qui vient de voir
paraître les *Noces de sang* de García Lorca, mais
celles des élections parlementaires, deux ans après
l'avènement de la République. Une dizaine d'images
en seront publiées en novembre 1933 dans trois
numéros successifs, dans un registre très politique et
social, selon le vœu du journal. Ce reportage qui ne
dit pas son nom lui met le pied à l'étrier sans lui faire
renoncer à rien de ce qu'il est, ni de ce qu'il aime.
C'est la première commande de celui qui refuse d'être
commandé. Ses photos peuvent donc lui rapporter
de l'argent. Pour lui, un moment inoubliable.

C'est à la terrasse du Dôme qu'il fait connaissance
de «l'autre» émigré d'Europe centrale. Ce Juif allemand, débarqué à Paris un matin de mai 1933 à sept
heures, est chaque jour émerveillé de découvrir que
la France de René Clair, celle qu'il avait tant aimée
dans *Sous les toits de Paris* et *Le Million*, est bien une
réalité et non, simplement, du cinéma. Réfugié
désargenté, un peu plus jeune que lui, Pierre Gassmann dit ne connaître le français «ni peu ni prou». Il
est aussitôt frappé de ce que Cartier-Bresson mette
une certaine fierté à être aussi fauché que le sont tous
leurs amis. À leur ressembler. Il y parvient, sauf sur
un plan : Français de naissance il est, Français de
naissance il reste. Dans le milieu des Dômiers de la
photo, c'est presque une exception. Il a beau s'abriter derrière ses initiales, les gens arrivent toujours à
déceler la puissance de la famille derrière HCB.

Gassmann hésite alors entre le dessin, la peinture, le cinéma. Il est lui aussi, comme Chim, petit, trapu, vif, nerveux. Et lui aussi passionné de photo, mais moins du côté de la prise de vues que de celle du laboratoire.

En ce temps-là, Cartier-Bresson développe et tire ses propres négatifs, du moins quand les journaux ne le font pas eux-mêmes. Il a installé un laboratoire de fortune dans son atelier de la rue Danielle-Casanova, dans la salle de bains, sous la douche. Il n'en fait pas mystère, c'est par nécessité et non par goût qu'il se livre à ces travaux. Ça ne l'intéresse pas et ne l'intéressera jamais. Le temps passé sous le faisceau de l'agrandisseur est du temps en moins passé dans la lumière de la rue. La chambre noire n'est vraiment pas son monde. Il ne connaît rien à cette chimie-là et ne veut rien y connaître.

Gassmann, lui, a baigné dedans depuis son enfance. À Berlin, sa mère était radiologue. Aussi a-t-il toujours su développer des négatifs. Avec le temps, le jeu est devenu un sport. Il est effaré en visitant l'installation de fortune de son nouvel ami français. Non par le bricolage qui la sous-tend mais par son incompétence technique. L'eau de la douche est parfois trop chaude, parfois trop froide, ce qui ne produit pas le même effet sur le développement des films. Même le papier qu'il utilise pour ses tirages est inadéquat: un «spécial contraste» de Krumière, réputé le plus dur d'Europe. «C'est celui que me donne le marchand de couleurs», avance Cartier-Bresson pour toute explication.

Gassmann reprend aussitôt les choses en main. Il tire ses photos pour son ami, dans le sous-sol de l'hôtel où il vit depuis son arrivée d'Allemagne, rue Jean-Jacques Rousseau. Cette cave devient l'antichambre de Pictorial Service, le futur grand laboratoire des photographes professionnels.

Désormais, tous les négatifs et tirages de Cartier-Bresson passent par ses mains. Important, le laboratoire, bien que ce ne soit pas du tout son affaire. Il y veille. Car il est habité dès le début de principes intangibles qu'il entend bien faire respecter, à commencer par l'interdiction formelle, sauf rarissimes exceptions, de recadrer ses photos à l'agrandissement. On ne touche pas. La force d'un instantané, c'est sa spontanéité, défauts inclus. L'arranger, ce n'est pas seulement s'autoriser le remords, mais trahir l'émotion à l'origine d'une image. Or on ne triche pas. Cartier-Bresson se montre d'autant plus inflexible avec la qualité de ses tirages que très tôt, très vite, ils partent dans deux directions : les journaux qui les publient, et les galeries qui les exposent, double phénomène assez rare, chez quelqu'un d'aussi jeune, pour être remarqué.

Son travail est ainsi montré alors qu'il est tout de même un débutant. Un an d'activité à peine, c'est un peu bref pour se donner déjà à voir. Il n'empêche. En 1933, Julien Lévy, qu'il a connu au moulin des Crosby, lui propose d'exposer en septembre dans la galerie qu'il a ouverte deux ans auparavant sur Madison Avenue, à hauteur de la 57e Rue. On ne peut rêver lieu plus approprié que cette passerelle de l'avant-garde parisienne en plein Manhattan. Surréaliste, européenne et photographique, mais sans exclusive. Son animateur s'est choisi en Marcel Duchamp et Alfred Stieglitz deux parrains dont les noms sont des programmes. À l'occasion de cette exposition, Julien Lévy inclut dans le catalogue un manifeste de son cru sous le pseudonyme de Peter Lloyd. S'il n'a été écrit que pour désamorcer la critique, l'anticipation est bien vue car, dans son ensemble, elle juge l'exposition assez médiocre, le parti pris de Cartier-Bresson prétentieux et ses tirages défectueux. Iconoclaste pour les puristes, Cartier-Bresson se trouve en décalage par rapport à l'air du temps. Son culte de l'instantané est en porte à faux avec le goût dominant de l'image léchée, élaborée, mise en scène, autrement dit artistique. Quant au fond, le texte de Lévy-Lloyd est assez surprenant, non en ce qu'il en appelle à l'art de Chaplin, mais par la thèse qu'il y développe selon laquelle Cartier-Bresson serait le meilleur représentant d'une tendance qu'il baptise « photographie anti-graphique ». Comme si le fond et la forme étaient dissociables, comme si la forme n'était pas le fond lorsqu'il remonte à la surface, comme si l'union instinctive des deux n'était pas l'harmonie suprême recherchée par Cartier-Bresson. Un galeriste n'est certes pas tenu d'exprimer un jugement d'expert, ni d'avoir le discernement d'un historien d'art. À défaut des lois du marché, il peut n'être l'esclave que de son bon plaisir. Son goût le gouverne. Mais le point de vue traduit par ce texte apparaît d'autant plus mystérieux que cette œuvre-là se distinguera justement de beaucoup d'autres par son souci permanent de la composition. Par son intention, son esprit et sa rigueur. Graphiques.

Montparnasse est à des années-lumière de la place de la Concorde. L'écho des émeutes sanglantes du 6 février 1934 y parvient assourdi. Au café du Dôme, il n'est bruit que d'Afrique. De la nouvelle salle d'Afrique noire du musée du Trocadéro. Du numéro que la revue *Minotaure* lui a consacré à cette occasion. De *L'Afrique fantôme*, récit de la mission ethnographique Dakar-Djibouti que Michel Leiris vient de publier chez Gallimard. Mais Cartier l'Africain est déjà ailleurs. En Amérique centrale, en territoire surréaliste, en terre fantastique, au Mexique.

C'est son premier grand voyage de photographe ès qualités. L'Espagne n'était qu'un saut effectué ponctuellement. Le Mexique, il ne s'y rend pas en voyageur, certainement pas en touriste, mais en pérégrin d'un type un peu particulier. Il fait partie d'une mission géographique française montée par le musée d'ethnographie du Trocadéro dans la perspective de la construction de la grande route panaméricaine. Lorsque le paquebot *San Francisco* fait escale à La Havane, ses membres posent sur le pont, tout sourire, pour les reporters de la presse cubaine. Sur la photo de famille, outre Cartier-Bresson, il y a Alvarez de Toledo, Bernard de Colmont, le peintre Antonio Salazar, Tacverian et Julio Brandan, un ancien diplomate et avocat argentin devenu anthropologue, à qui le gouvernement mexicain a commandé une étude sur les Indiens dont le mode de vie allait certainement être bouleversé par le creusement de la voie. Manque le septième homme qui s'apprête à les rejoindre dans quelques jours, l'écrivain cubain Alejo Carpentier, correspondant à Paris de la revue *Carteles*. En attendant, Cartier-Bresson traîne peu en ville et réussit un de ces clichés d'esprit surréaliste si typique de cette période de sa vie, des chevaux de bois qui s'échappent d'un manège dans un terrain vague de fin du monde sur fond de murs lépreux.

Quand il fait une halte dans les cafés, il a tout le temps de lire et de relire les lettres de son père. Celui-ci, désormais pragmatique, l'encourage à persévérer dans la voie qu'il s'est choisie. À une condition toutefois : qu'il se donne une formation technique sérieuse, seul moyen d'accomplir des progrès significatifs, selon lui. Le conseil n'est pas seulement celui d'un chef d'entreprise cartésien, mais d'un père qui n'est pas sûr de pouvoir financer longtemps l'avenir de son fils. Il brûle de voir son fils réussir en se faisant vite connaître. En attendant, il voudrait ne plus douter, malgré l'inquiétude que peuvent susciter certaines lettres qu'il lui a fait suivre. L'une notamment, en date du 28 juin 1934, signée Charles Peignot, l'homme de *Arts et Métiers graphiques* :

« J'ai reçu de vous des photos intéressantes pour mon prochain album, mais il me semble que vous avez certainement dû faire mieux, et en tout cas, la qualité photographique est désespérante, permettez-moi de vous le dire. Puisque vous avez bien voulu, il y a plusieurs années, vous lancer dans la photo sur mon conseil, je me dois de vous dire ce que je pense. Vos compositions ne sont jamais insignifiantes, vous avez toujours une idée, mais la matière photographique n'est pas bonne. À l'occasion, je vous montrerai les documents que j'ai par ailleurs, vous serez étonné de voir combien la qualité de composition s'allie à la qualité technique. »

La mission ayant prévu de se rendre de Mexico à Buenos Aires par voie de terre, et donc de traverser le Guatemala, le Honduras, le Nicaragua, le Costa Rica, Panama, la Colombie, le Brésil, la Bolivie et le Paraguay, il prend un accord avec le *New York Times* pour leur proposer ses photos inutilisées.

Plusieurs années avant qu'Antonin Artaud, André Breton et Benjamin Péret fassent successivement leur voyage initiatique du Mexique, Cartier-Bresson foule ce qui sera l'un des territoires du surréalisme.

Mais dès son débarquement à Veracruz, le plus grand port du Mexique, il est ramené à des réalités un peu plus terre à terre par son chef de mission. Celui-ci, plus âgé, plus expérimenté et surtout plus roublard, disparaît un matin sans crier gare avec les fonds du groupe, non sans avoir auparavant fait signer un chèque en blanc au photographe et assécher son compte personnel.

Du jour au lendemain, Cartier-Bresson se retrouve démuni de tout, dépouillé, à des dizaines de milliers de kilomètres de Paris. Son père le réprimande mais veut bien l'aider, proposition aussitôt déclinée par l'intéressé avec la fierté qui sied à ce genre de situation. Il ne lui reste plus que ses effets personnels, son Leica, quelques rouleaux de pellicule, une reconnaissance de dette pour une somme de 1 200 dollars et une légère mais tenace incertitude quant à son avenir à court terme. Il a tout le loisir de méditer la première prédiction de Mme Colle. Ses mots mêmes lui reviennent en mémoire, comme s'il venait de les entendre : « ... vous irez de l'autre côté du monde, vous serez volé et ça vous sera complètement égal... »

À l'origine, le gouvernement mexicain devait financer l'expédition puisqu'il était concerné au premier chef par le tracé de cette voie aussi démesurée que le continent. Plus personne n'y croit, d'autant que le pays est en pleine transition. Lázaro Cárdenas vient de succéder à Abelardo Rodriguez à la présidence de la République. L'air du temps est à nouveau aux grandes réformes populaires et les ministères ont d'autres urgences économiques, d'autres priorités sociales que la route panaméricaine. Quant au matériel ethnographique que le musée du Trocadéro attendait en retour des frais qu'il avait avancés, il n'en est plus vraiment question. La mission mort-née ayant aussitôt éclaté, chacun repart de son côté. La plupart rejoignent leur pays, effondrés par cet échec. Pas Cartier-Bresson car peu lui chaut, la voyante avait raison sur ce point aussi. L'attachante folie des lieux lui fait vite oublier son infortune. À dire vrai, il éprouve un vrai coup de foudre pour ce pays qui en abrite tant d'autres puisqu'on y dénombre pas moins de cinquante-trois groupes ethniques, avec leurs langues et leurs croyances propres.

En écoutant la ville respirer, il se sent Mexicain-adjoint. Il décide de rester, sans limitation de temps. De quoi vivra-t-il ? De ses photos. Non pas comme l'Américain Edward Weston qui avait ouvert un studio de portraits à Mexico une dizaine d'années auparavant, mais à la manière qui lui est déjà propre. Il veut gagner sa vie comme un indigène. À nouveau l'illusion de l'intégration en milieu inconnu. Il ne parle pas la langue ? C'est un atout. Quand on ne comprend pas ce qui se dit, on regarde mieux. Celui qui est hors d'atteinte des paroles focalisera toujours plus et mieux. Telle est la philosophie du regard de cet homme qui ne se déprendra jamais de l'influence récurrente du cinéma muet de sa jeunesse. Après avoir été chasseur africain, il sera donc photographe mexicain.

Le cafécrémiste en lui reprend le dessus, le Dômier retrouve naturellement ses réflexes et, d'une terrasse à l'autre, ne tarde pas à se lier avec d'éminents représentants de la colonie étrangère du Mexico artistique et littéraire. L'un d'entre eux, de six ans son aîné, l'invite à vivre avec lui, entre putes et pompes funèbres.

Il s'appelle Langston Hugues. Poète, romancier, dramaturge, cet homme de gauche n'est pas seulement un artisan de la renaissance de Harlem, il est aussi l'un des premiers Noirs américains à vivre de sa plume. Mal, mais il en vit. Parfaitement bilingue (l'édition castillane du *Don Quichotte* est son livre de chevet), il traduit des poèmes et des nouvelles mexicaines en anglais afin de les faire connaître aux États-Unis. À ses débuts, il passait pour le chantre d'une sorte de romantisme panafricain. Il est vrai qu'il racontait de drôles d'histoires, Langston Hugues. Il disait qu'il sentait battre dans son sang tous les tam-tams de la jungle. Mais depuis quelques années, il s'est tourné vers une poésie prolétarienne qui célèbre le nègre rouge. Qu'importe puisque ceux qui ont le privilège de le connaître savent qu'il est au fond, tout au fond, un Américain très jazz qui use du langage comme d'une partition.

Hugues partage déjà sa maison avec Andrés Henestrosa, un natif tout aussi poète, fort occupé par l'établissement du premier dictionnaire consacré à son propre dialecte indien, et avec le peintre Ignacio Aguirre dit Nacho. Ils sont installés dans l'un des quartiers les plus mal famés de la capitale, la Candelaría de los Patos. Les prostituées, proxénètes, voleurs et gangsters y sont tellement nombreux que la police n'y met plus les pieds. Il n'y a pas plus sordide que cette zone gangrenée par la pègre. C'est là qu'il y a trois ans, son producteur lui ayant brusquement coupé les vivres, Serge Eisenstein avait dû interrompre définitivement le tournage de *Que viva Mexico!*, son chef-d'œuvre sur l'histoire et la civilisation de ce pays.

Qu'importe le danger, la promiscuité, le manque d'argent, les jours et les nuits de Lagunilla restent gravés dans sa mémoire comme un rare moment d'intense bonheur. Guadalupe Cervantès, sa fiancée aux pieds nus de Juchitan qui vend des fritures de galettes de maïs au marché, y contribue. « Lupe Cartier », comme on l'appelle, ne s'exprime qu'en zapotèque. Et c'est dans sa langue qu'elle lui a trouvé un surnom signifiant « le petit Blanc aux joues de crevette », ce qui est assez bien vu.

Ses jours, il les emploie à guetter l'humanité dans les plus étranges de ses manifestations, au marché de la Merced ou au Cuadrante de la Soledad, le nez au vent et le Leica au poignet. Les regards captés par le photographe expriment la plus profonde des solitudes, le réel désenchanté des déshérités, une apathie qui traduit un certain renoncement devant l'empire de la misère. Quand il s'arrache à ces regards obsédants qu'il révèle dans le petit laboratoire de fortune installé dans sa chambre, c'est pour retrouver le spectacle de la rue. Il est peuplé d'êtres et d'objets, de formes et d'émotions, ce pathétique mexicain qui ne le laisse jamais en paix, lui qui veut ignorer le repos de l'œil. Comment ne serait-il pas sollicité en permanence par ce pays dont les artistes viennent de ressusciter l'esprit des fresques de Giotto (en plus social, plus politique, et nettement plus précolombien) sur les murs de leurs propres monuments ? Inutile d'aller au musée pour admirer les œuvres de ces pionniers de la renaissance de la peinture mexicaine, le musée vient au spectateur. Les muralistes sont partout en ville, à l'École nationale préparatoire, au ministère de l'Éducation et à celui de la Santé. Cartier-Bresson, qui n'a pas cessé d'être peintre après avoir échangé ses pinceaux contre un appareil, ne peut y rester indifférent. Si ce n'est au reflet qu'ils offrent de leur culture, c'est à leur technique : Diego Rivera utilise la peinture à la détrempe et à la cire, et David Siqueiros la pyroxiline, procédé qui produit d'impressionnants effets de matière en très haut relief.

Même l'imprévu est régulièrement au rendez-vous. Un soir, Cartier-Besson assiste à une petite réception chez un notable dont son ami Tonio Salazar avait décoré la garçonnière. La tequila coule à flots. Seul Cartier-Bresson s'abstient, déjà rongé par une dysenterie amibienne. Pour tromper l'ennui, il visite la maison avec le peintre, se perd dans le dédale des pièces. À l'étage, ils entendent un léger bruit, et là... :

« J'ai eu beaucoup de chance. Il m'a suffi de pousser la porte. Deux lesbiennes faisaient l'amour. C'était d'une volupté, d'une sensualité... On ne voyait pas leurs visages. C'était miraculeux, l'amour physique dans toute sa plénitude. Tonio a saisi une lampe, j'ai tiré à plusieurs reprises... Ça n'avait rien d'obscène. Je n'aurais jamais pu les faire poser. Question de pudeur. »

Une photo effectivement bouleversante par la vie, le mouvement, l'érotisme et l'émotion qui s'en dégagent. Elle rend complice du voyeur. Une image de plus au panthéon des icônes de Cartier-Bresson, une des préférées de Mandiargues qui l'intitulera d'autorité *L'Araignée d'amour*. Le négatif étant isolé de son film d'origine, comme tous ceux de cette époque, il est impossible d'en établir le continuum. Mais soixante-cinq ans après, à la faveur d'une exposition consacrée au galeriste Julien Lévy à New York, on découvrira un tirage inconnu de cette série : le même couple de femmes, auxquelles un homme s'est joint, Tonio...

Ses nuits, Cartier-Bresson les passe dans les réceptions privées où ses colocataires sont invités. Dans leurs périodes fastes, que l'un ou l'autre ait réussi à vendre des traductions, des articles, ou des photos, ils fêtent ça au restaurant américain de Butch Lewis, calle 5 de Mayo, ou à une table de Las Casuelas. Sinon, ils se retrouvent dans les bars et des clubs baignant dans l'ivresse de l'illicite. Cartier-Bresson n'est jamais autant lui-même que lorsqu'il se sent marginal. Ce peut être autant dans la fréquentation de lieux les plus décalés, que dans le commerce quotidien avec des créateurs, notamment de jeunes peintres et dessinateurs mexicains d'avant-garde.

Il prend ses photos dans une totale liberté, que ce soit dans les avenues de Mexico, les ruelles misé-reuses de Juchitan, les terrains vagues de Puebla ou les rodéos de Oaxaca, jusque dans le golfe de Tehuantepec d'où il rapporte enfin des regards et des sourires exprimant une sorte de joie de vivre. Et partout, ici comme en Espagne et ailleurs bientôt, des gens affalés sur l'herbe ou le trottoir, saisis à leur insu dans leur sommeil à ciel ouvert, sans agres-sion puisque Morphée les soustrait à l'affrontement avec l'œil du cyclope. À croire que le Mexique abrite un peuple de dormeurs. Mais quelques-uns veillent. Le Français est ainsi tancé par le maire d'un village après avoir pris des vues tout à fait anodines d'un arbre devant un mur. Sauf que le mur en question est celui du bain des dames et que toute image serait par nature indécente. Question de pudeur...

Certaines sont vendues à des journaux locaux tel *Excelsior*, et Cartier-Bresson n'est pas peu fier d'y parvenir quand il se trouve en concurrence avec des confrères locaux. D'autres sont exposées au Palacio de Bellas Artes avec celles d'un jeune photographe mexicain, Manuel Alvarez Bravo, influencé par Picasso, le cubisme et l'art préhispanique. Sa plus fameuse photo, *Ouvrier en grève assassiné*, prise cette année-là, reflète bien sa personnalité, mélange de préoccupation sociale, de militantisme politique et de réalisme magique. Elle est le miroir de son imaginaire, celui d'un homme que la Révolution a rapproché de la mort trop jeune et qui ne s'en est jamais remis.

Accrochés côte à côte aux cimaises du palais, Cartier-Bresson et Alvarez Bravo font connaissance à cette occasion et se lient d'amitié. Leur point commun ? L'intense fascination que la rue exerce sur eux, tel un aimant qui les attire inexorablement hors les murs. Et, derrière cette pente de caractère, une passion partagée pour le monde d'Eugène Atget.

Le Mexicain est d'autant plus frappé par l'intérêt que ses compatriotes manifestent pour le travail du jeune Français que la popularité de la photographie au Mexique est alors à peu près nulle. C'est donc bien qu'il y a quelque chose d'autre derrière ses images.

Cette exposition, qui se tient en mars 1935, marque une étape dans la vie de Cartier-Bresson. Cela fait un an qu'il vit au Mexique, la même durée qu'en Côte-d'Ivoire, à croire qu'il obéit à un cycle. Ici, comme là-bas, il a subi et affronté la solitude, la maladie, la promiscuité. Non en riche égaré chez les pauvres, mû par la séduction suspecte du sordide, mais en voyageur habité par l'étranger. Quand un grand bourgeois s'encanaille, il passe une nuit dans les lieux de l'interlope. Une nuit, pas un an. Juste assez pour que le Mexicain-adjoint se sente désormais Mexicain honoraire. Au moment de partir, il se décrète à vie Français du Mexique, le pays où il a été le plus heureux, attaché au souvenir d'un grand bonheur de vivre.

Il a trouvé sa voie. Ni baroudeur, ni grand ni petit reporter, mais pérégrin à la manière d'un honnête homme dans l'esprit du XVIIIe revisité par la technique du XXe. Autrement dit, aventurier, non dans l'acception exotique du terme, mais dans le sens de l'aventure intérieure et personnelle, celle qui permet de vivre en parfait accord avec ses exigences artistiques fussent-elles déraisonnables. Un coup de fil de Pierre Josse le ramène soudainement à d'autres réalités. À Paris, dans son appartement de la rue Nicolo, leur camarade René Crevel a accompli ce qu'il avait écrit dans son premier livre, *Détours* :

« Une tisane sur le fourneau à gaz, la fenêtre bien close, j'ouvre le robinet d'arrivée, j'oublie de mettre l'allumette… »

Il était convaincu d'être le dernier chaînon d'une malédiction familiale. La mort volontaire lui apparaissait comme une fatalité à laquelle il ne pouvait se dérober. Son spectre le hantait depuis l'âge de quatorze ans. Sa vie avait été un pathétique scandale permanent, sa mort n'est qu'un scandale. Jusqu'au bout, l'Église l'ayant récupéré et un crucifix ayant été posé sur sa poitrine, ses amis surréalistes ont refusé d'assister au service religieux. À trente-cinq ans, le fils du pendu est parti pour le grand sommeil, non sans laisser un dernier mot : « Prière de m'incinérer. Dégoût. »

New York, 1935. Henri Cartier-Bresson décide d'arrêter la photographie. C'est la première fois, mais pas la dernière. Curieuse, cette manie de renoncer à l'occupation qu'il aura finalement pratiquée le plus durablement. Une exposition à New York et une autre à Mexico, une petite notoriété précoce, ne suffisent pas à l'attacher. S'il choisit de rester aux Amériques plutôt que de retraverser l'Océan, c'est qu'il a une idée derrière la tête. Changer d'outil. Plus de la photo, pas tout à fait du cinéma, c'est le documentaire. Comme si l'évolution était naturelle pour un jeune homme de son temps, du pinceau à la caméra en transitant par l'appareil. Il faut dire qu'elle est dans l'air du temps. Le cinéma et ses satellites sont synonymes de vitesse, d'impatience, de gloire et de fortune. Plusieurs photographes ont déjà donné l'impression de glisser irrésistiblement d'un art à l'autre.

Dès qu'il pose un pied à Manhattan, il se met en quête d'un toit où poser son lit de camp mexicain. Il connaît suffisamment d'Américains de Paris pour éviter l'hôtel quand il est chez eux. Il retrouve Elena Mumm, probablement la plus belle des anciennes élèves de l'académie Lhote, et le poète Charles Henry Ford, rencontré à Tanger et revu à Montparnasse. Celui-ci a le bras long, du moins dans son milieu, une certaine bohème littéraire et artistique où les homosexuels ne sont pas minoritaires. Son compagnon, le peintre Pavel Tchelitchev ayant intercédé à sa demande en faveur du petit-Français-sans-le-sou, Cartier-Bresson finit par habiter sur la 39ᵉ Rue, dans l'atelier d'un émigré russe qui n'a pas encore réussi à obtenir la nationalité américaine. Nicolas Nabokov, cousin germain de l'écrivain, est un compositeur qu'il avait déjà croisé à Paris, quand il écrivait pour les Ballets russes de Diaghilev, avant de se lancer dans une symphonie lyrique, un oratorio, une *serenata estiva* pour quatuor à cordes... Les deux hommes, vite solidaires dans l'exil, cohabitent sans problème dans cette « jungle », bien que le Français soit aussi intransigeant, droit et sérieux que le Russe est fuyant, capricieux et instable. Ils partagent ce qu'il y a à partager, se contentant le plus souvent d'apple pies, de hamburgers et de fruits, et ne jugeant pas utile de séparer leurs « appartements » autrement que par un simple paravent. C'est d'autant moins nécessaire qu'ils ont des discussions sans

fin, souvent jusqu'à l'aube, sur la morale et la politique. Mais s'ils sont tous deux progressistes, Nabokov, issu d'une famille de la haute société russe et
neveu d'un député libéral de la Douma, a du mal à
croire que le communisme puisse vraiment être
l'avenir de l'homme, contrairement à Cartier-Bresson, que son antifascisme viscéral pousse à plus
d'indulgence vis-à-vis des héritiers de Lénine.

À Manhattan, comme à Mexico ou à Montparnasse, il n'a pas son pareil pour s'intégrer dans un
milieu et faire connaissance par l'effet boule de
neige. Chez George Antheil, il se lie ainsi d'amitié
avec Paul Bowles. Outre leur séjour à Tanger, cité
déjà mythique, l'écrivain en herbe et le photographe
presque éprouvé ont une autre expérience en commun : tous les deux ont essuyé un échec également
humiliant lors de leur visite à Gertrude Stein. Après
avoir lu son texte d'inspiration surréaliste paru dans
la revue *Transition*, elle lui avait carrément conseillé
de renoncer à la poésie.

Terminé, la photo ? Cartier-Bresson a du mal à
tourner la page.

Julien Lévy, toujours à son idée de « photographie
anti-graphique », remet ça. En avril 1935, il organise
dans sa galerie de Madison Avenue une nouvelle
exposition sur ce thème en présentant bras dessus
bras dessous les œuvres d'Henri Cartier-Bresson,
Walker Evans et Manuel Alvarez Bravo. Difficile
d'arrêter brutalement dans de telles conditions.
D'autant que Walker Evans, ce nouveau compagnon
de cimaises auquel il voue une véritable admiration
jamais démentie, est lui-même très impressionné
par ses photos : « Il y a là une voie nouvelle que nous
avons à peine explorée », confie-t-il au critique d'art
James Thrall Soby.

Ancien étudiant en lettres à la Sorbonne, Walker Evans ne renie pas ses maîtres, Flaubert et Baude-laire, au motif qu'il a substitué un moyen d'expres-sion à un autre. La photographie est une forme d'écriture, la vie est dans la rue, tel est son credo. Son réalisme urbain est éclatant dès ses premières images de New York et de Boston. Son naturalisme s'épanouit un peu partout dans l'Amérique profonde à la faveur de sa mission effectuée dans le cadre de la Farm Security Administration. En cette année 1935, l'administration démocrate de Roosevelt vient en effet de lancer un programme social dans le cadre du New Deal pour aider au redémarrage de l'agricul-ture et y sensibiliser l'opinion publique. Avec une douzaine d'autres photographes, Evans va donc sillonner son pays pendant plusieurs années afin d'établir un bilan visuel des ravages de la crise de 1929 dans les campagnes, en se consacrant notam-ment aux conditions de vie, à l'habitat et à sa pas-sion de la rue.

Eût-il été citoyen américain, Cartier-Bresson aurait peut-être freiné son individualisme pour mettre son regard au service d'une telle cause. Pour l'heure, il essaie d'être un peu moins français à New York. Tou-jours le souci de l'intégration, la volonté de se faire oublier par le milieu qui l'accueille, l'espoir d'être absorbé dans chacun des nouveaux mondes qu'il côtoie. Tout le contraire d'un voyageur.

Il est si atypique en toutes choses, si imprévu, qu'il ne manque pas de produire une forte impression sur les Américains auxquels il se lie alors — un jour, leurs mémoires en témoigneront. Physiquement, un long jeune homme timide et doux dont le visage angélique, rose, blond et imberbe, trahit la timidité avant même qu'il ait ouvert la bouche. Mais un

regard clair, rusé, vif, rapide et terriblement mobile.
Pour le reste, un garçon ambitieux, sûr de posséder
les moyens de ses ambitions, ne doutant pas un instant de la qualité et de l'originalité de son travail.
Encore faut-il entendre « ambition » dans une stricte
perspective artistique, et non carriériste. Tant d'assurance déroute de la part de quelqu'un d'aussi juvénile. Le contraste est d'autant plus fort que, lorsqu'on
l'écoute parler de ses photos, il se dégage de sa personne cette force tranquille que Jaurès évoquait dans
ses discours. Une confiance si inébranlable en ses
facultés, contrastant avec l'aspect frêle et emprunté
de sa silhouette, pourrait faire croire qu'un tel personnage n'est vraiment pas animé par la haine de
soi. Or la réalité est, comme toujours, plus complexe.

Disons qu'il a depuis le début une certaine idée de
lui-même, de ce qu'il doit faire, de la manière de le
faire, et il est déterminé à la suivre jusqu'au bout.
Mais il l'exprime avec tant de sérieux et de sérénité,
son insouciance vis-à-vis des contingences maté-
rielles tranche tellement avec l'obsession des Américains pour l'argent, que son attitude n'est même plus
considérée comme présomptueuse. Et moins encore
arrogante. Pourtant, il en faudrait peu pour que ce
détachement passe pour de la morgue, de celle que
l'on retrouve souvent chez ces gens si secrètement
conscients d'être bien nés. Il suffirait d'un détail. Or,
ce soupçon est justement sans objet. Le cinéaste
Ralph Steiner, cloué de stupéfaction par tant d'assurance, ressort finalement impressionné de leur première conversation, quand tout le poussait à le juger
immodeste. La seule irrésolution de Cartier-Bresson
réside alors dans le choix de l'outil, et non dans sa
propre aptitude à lui faire donner le meilleur de lui-
même.

Dans un premier temps, il continue à errer dans les rues de Harlem à son habitude, des journées entières, le Leica bien tenu en laisse, l'œil aux aguets. Certaines de ses photos sont immédiatement publiées dans *New Theatre*, une revue culturelle avant-gardiste de gauche. Curieusement, il les signe du pseudonyme énigmatique de Pierre Renne, prudence qui s'explique peut-être par la curiosité tatillonne des services d'immigration. La nuit, il fréquente *Father Divine* et certains petits restaurants dont il a le secret, en compagnie d'une Noire qui vit avec lui, de Paul Bowles et de quelques autres. À Harlem, lieu qui le fascine au point d'y habiter plusieurs mois, il n'est guère de boîtes où il ne soit allé, tout à sa passion pour le jazz. Nombre de ses amis sont d'ailleurs des intellectuels, des artistes ou des musiciens de ce quartier, Noirs et progressistes, sinon ouvertement favorables au communisme.

Filmer donc, plutôt que photographier. Un maître aurait pu lui mettre le pied à l'étrier, comme André Lhote pour la peinture. Ça aurait pu être Paul Strand, mais ce ne sera pas lui. Une génération les sépare. Le fossé est en fait bien plus large sur le plan artistique. Cartier-Bresson n'est guère impressionné par la légende qui entoure déjà l'ancien membre du groupe de la Galerie 291 et le pionnier de ladite «*straight photography*», retranscription pure, simple et directe de la réalité. Dégagées tant de l'esprit académique que du pictorialisme hérités de l'autre siècle, les recherches de Strand sur les paysages, les roches, les plantes, les racines d'arbres et les nuages ne l'enthousiasment pas. Il l'estime peu, non plus qu'Eugène W. Smith, jugé trop fabriqué, trop esthétisant.

Le grand photographe américain demeurera toujours à ses yeux Walker Evans.

Surtout, Cartier-Bresson n'éprouve guère d'admiration pour la personne de Strand, l'homme derrière le photographe. Il le voit comme quelqu'un
d'épais et de lourd dans son expression, qui serait
resté moralement stalinien toute sa vie. Avec Strand,
ou plutôt chez lui, il apprend surtout les rudiments
du filmage, ce qui est une autre manière de poursuivre ses humanités visuelles. Car en 1935, quand
Cartier-Bresson est new-yorkais, Strand l'est beaucoup moins. Il est trop occupé au Mexique par le
tournage de ses propres films, *Redes*, puis *The Plow
that broke the Plains*, ainsi que par ses voyages. Les
deux hommes se voient si peu, qu'il serait abusif de
croire que le cadet doive quelque chose à l'aîné. Ce
qu'il sait de la technique et du montage, Cartier-
Bresson le tient surtout de ses camarades de Nykino
(contraction des initiales de «New York» et de
«cinéma» en russe), le petit groupe très ancré à
gauche qui réunit Willard Van Dyke et quelques
autres férus de films documentaires sous l'influence
des maîtres soviétiques du genre. Paul Strand, qui
en est l'un des chefs de file, et qui prête son appartement pour les réunions, passe de temps en temps
donner des conseils. Sans plus.

Dès qu'il a l'impression de stagner, Cartier-Bresson est repris par sa bougeotte intercontinentale. Ce
fut le cas lorsqu'il passa de l'Afrique à l'Europe, puis
de l'Europe à l'Amérique centrale, et de celle-ci à
l'Amérique du Nord. Il la quitte sans l'avoir vue,
ayant passé un an en reclus volontaire dans Manhattan. Désormais, alors que 1935 fait la jonction avec
1936, il est à nouveau démangé par le prurit du
départ. Juste au moment où son maître André Ker-

tész vient s'installer à New York. Juste pendant qu'une équipe de journalistes préparant un nouveau périodique d'actualité, qui fera la part belle à l'image, s'apprête à lancer *Life* ; Cartier-Bresson y aurait ses chances puisque son responsable l'avait déjà remarqué et contacté deux ans après la parution de ses premiers clichés dans *Vu*. Mais non, rien n'y fait, rien ne le retient, ni à New York, ni dans la photo. Le magazine *Harpers Bazaar*, soucieux de renouveler un peu son visuel, lui propose de réaliser une série de photographies de mode bien dans sa manière. Mais l'essai est jugé, de part et d'autre, si peu concluant, qu'il y est mis aussitôt un terme. De toute façon, ce n'est pas ce que Cartier-Bresson cherche.

Il veut filmer et non plus photographier, rien d'autre, il l'a assez dit. Il ne lui reste plus qu'à se trouver un poste d'assistant-réalisateur. Mais pour cela, il sera plus à l'aise à Paris, sa ville, dont lui parviennent des échos annonçant une effervescence politique, sociale et culturelle sans pareille. C'est vraiment là qu'il faut être.

4

La fin du monde d'avant
1936-1939

Le Dôme est immuable. Sitôt rentré à Paris, Cartier-Bresson y retrouve ses marques et ses amis. Mais quelque chose d'imperceptible a changé. L'air du temps est plus tendu. Les conversations de café dégénèrent plus vite qu'avant. Les gens ont perdu de leur insouciance. La montée des périls en Europe semble avoir vaincu leur légèreté d'antan. Comme si les uns et les autres prenaient conscience qu'ils basculaient de l'après-guerre à l'avant-guerre et qu'un jour on évoquerait cette période comme un entre-deux-guerres.

Il faut dire que, en ce début d'année 1936, la France vit un compte à rebours en attendant les élections législatives de mai. À la terrasse des cafés, il n'est question que du second gouvernement formé par Albert Sarraut, de la réoccupation militaire de la Rhénanie, de la dissolution des ligues d'extrême droite et d'un nouveau parti d'inspiration fasciste fondé par un ancien député communiste, Jacques Doriot. Ceux qui ne veulent pas se laisser entamer le moral par les bruits de bottes se passionnent plutôt pour la chronique dérisoire des joutes auxquelles se livrent Jacques-Émile Blanche et André Lhote. À la moindre conférence publique, l'un reproche à l'autre de tyranniser ses élèves avec ses théories, grief auquel l'autre s'empresse de répondre avec tout autant de perfidie dans les colonnes de la *Nouvelle Revue française*. Et quand ce n'est pas la nature de l'enseignement dispensé, c'est la révérence à Cézanne qui est la cause de leur affrontement, Lhote se voulant le sourcilleux gardien de sa mémoire tandis que Blanche ose n'en être pas inconditionnel. Toutes choses qui amusent la galerie, les terrasses et quelques arrière-salles, mais ne font guère avancer les choses pour un photographe d'une trentaine d'années qui rêve de travailler dans le cinéma. Peu importe qu'il soit documentaire ou de fiction, du moment qu'il s'agit de filmage. La démarche est d'autant moins inepte que d'autres ont commencé photographes avant de tourner cinéastes, notamment Marc Allégret, Maurice Cloche, Jean Dréville et Robert Bresson. Alors pourquoi pas lui ?

Cartier-Bresson se résout vite à une évidence. Il n'y a qu'un moyen de devenir rapidement assistant-réalisateur : demander à un réalisateur de l'engager comme assistant. Directement, sans intermédiaire, mais avec ce qu'il faut d'entregent, d'inconscience, de culot et de chance. C'est la seule manière de mettre le pied à l'étrier.

Premier essai, premier échec. Il approche Luis Buñuel qui dit non. Pourquoi lui ? Parce qu'il le connaît, parce qu'il est le plus surréaliste des cinéastes, parce que leurs affinités sont nombreuses, parce que ses trois premiers films, *Un chien andalou*, *L'Âge d'or* et *Terre sans pain* sont admirables, parce qu'il se souviendra peut-être que quelques années auparavant Jean Epstein lui donnait sa chance en le prenant comme assistant pour *La Chute de la maison Usher*. Mais non. Buñuel refuse.

Deuxième essai, deuxième échec. Il approche Georg Wilhelm Pabst qui dit non. Pourquoi lui ? Parce qu'il fut l'un des maîtres de ce cinéma muet que Cartier-Bresson place au plus haut, parce qu'il a aussi bien réussi *Quatre de l'infanterie* que *Loulou* et *L'Opéra de quat'sous*, parce qu'il a la réputation de découper son film sur le plateau. Paul Morand, romancier-diplomate dont Pabst s'était adjoint les services pour écrire l'adaptation de *Don Quichotte*, a conseillé à Cartier-Bresson de frapper à cette porte. Ce n'est pas la bonne. Bien que le metteur en scène soit alors dans la préparation de *Salonique nid d'espions*, un film à la prestigieuse distribution française, il n'a rien à lui offrir, rien à lui proposer.

Le troisième essai est le bon. Après ses déconvenues auprès de l'Espagnol et de l'Allemand, Cartier-Bresson s'adresse au Français dont il se sent intellectuellement et artistiquement le plus proche. Il se rend chez Jean Renoir avec son album de photos sous le bras, en espérant que la quarantaine de tirages d'inégale qualité qui y est réunie l'impressionnera suffisamment pour lui donner le poste. Comme si le travail d'assistant avait partie liée avec celui de photographe, alors qu'en l'espèce il relèverait plutôt d'une activité de factotum. « Je me sentais comme un représentant de commerce qui présente son catalogue », dira-t-il.

À sa grande surprise, il est aussitôt engagé. Dès lors, il considérera cet album mal fagoté, appelé à devenir mythique, comme une sorte de talisman. Il le mettra sous clef et l'évoquera jusqu'à la fin de ses jours comme son bien le plus précieux.

Renoir a déjà derrière lui une dizaine de films, *Le Crime de M. Lange* étant le dernier en date. Pour autant, il n'est rien et ne représente guère plus. Tout le contraire d'un cinéaste commercial. Il constitue alors son équipe pour le film de propagande qu'il s'apprête à tourner. Car c'est bien à la demande d'Aragon, pour le parti communiste, qu'il se lance dans le projet dont va sortir *La vie est à nous*. Que va-t-il donc faire dans cette galère, lui que le producteur Pierre Braunberger définit comme étant fondamentalement un homme de droite qui ne se serait jamais remis d'avoir été une culotte de peau à l'École militaire de Saumur? Il a accepté cette proposition du PC, ou plutôt cette commande, dans l'espoir de trouver enfin un public. Il faut y voir l'expression d'un opportunisme politique bien compris, de quelqu'un qui ne met rien au-dessus du cinéma.

Ce n'est pas encore là que Cartier-Bresson pourra apprécier ses qualités humaines, évoquer leur commune admiration pour Élie Faure, ni participer à l'élaboration de son cinéma ou assister à son travail avec les acteurs. Car non seulement le genre du film ne s'y prête pas, mais Renoir n'en suit le tournage que de loin en loin. En fait, il en a délégué la fabrication à ses assistants. Il se contente d'en diriger quelques passages et d'en superviser l'ensemble, sans même en assumer le montage. Cartier-Bresson se retrouve donc être l'un des cinq assistants d'une série de sketchs qui comptent finalement pas moins de quatre réalisateurs (André Zwoboda, Jacques Becker et Jean-Paul Le Chanois, outre Jean Renoir). Un carton au générique l'annonce clairement: « Un film réalisé collectivement par une équipe de techniciens, d'artistes et d'ouvriers. »

L'argument tient en quelques mots: la France est un pays riche mais pillé par les membres des dynasties bourgeoises du capitalisme le plus sauvage, et mis en coupe réglée par les militants des ligues fas-

cistes. En racontant à ses élèves comment on en est
arrivé là, un instituteur leur explique également
pourquoi seul le parti communiste peut s'y opposer
et rétablir la justice sociale dans ce pays. Inutile de
préciser qu'un tel film s'inscrit moins dans un
contexte artistique que dans la perspective d'immi-
nentes élections législatives.

La vie est à nous ne fait pas dans la nuance. Lesdites «deux cents familles» (Wendel, Schneider...),
d'ores et déjà mythiques, y sont vouées aux gémonies
sans autre forme de procès. Sur fond d'images dan-
tesques de la nuit du 6 février 1934 place de la
Concorde, les militants des ligues d'extrême droite et
les anciens combattants des Croix-de-Feu y sont pré-
sentés comme «les hitlériens français». En revanche,
il n'y a pas de séquences assez fortes et de commentaires assez lyriques pour exalter les réunions syn-
dicales, magnifier le rôle historique de la classe
ouvrière, évoquer les queues à la soupe populaire et
dénoncer les licenciements abusifs. Les personnages
de capitalistes y sont unaniment odieux, impitoyables
sinon abjects. Les discours des ténors du Parti, les
Vaillant-Couturier, Duclos et Thorez, sont en langue
de bois. Les effets visuels ne reculent pas devant
l'emploi de trucages. Le tout s'achève sur *L'Internationale*. Épais, démagogique, mais efficace.

Cartier-Bresson n'est pas et ne sera pas communiste. Jamais il ne regrettera d'avoir résisté à la
pression de celui qui veut le faire adhérer au Parti,
un surréaliste bon connaisseur en peinture et en
dessin qui avait bruyamment rompu avec le groupe
par solidarité avec Aragon, un homme des bois vosgien, qui a en politique une inébranlable foi du
charbonnier, le critique cinématographique Georges
Sadoul, lequel se trouve être également son beau-

frère. Sans être même compagnon de route, Cartier-Bresson éprouve, comme on dit, des sympathies pour la cause. Ne dit-on pas que le communisme est la jeunesse du monde ? Son antifascisme viscéral, le contexte très particulier de l'Europe du milieu des années trente, et la nécessité de s'affirmer « contre » primant sur celle de se déclarer « pour », lui font souvent faire cause commune avec des communistes. Mais sans illusions. Ce qui les a dissipées ? Le souvenir de la tragédie de Cronstadt, qui vit en 1921 l'écrasement impitoyable par Trotski des mutins de la flotte contre le pouvoir soviétique.

Si les circonstances lui font moduler ses critiques, elles ne changent rien au jugement que Cartier-Bresson porte sur le fond. À savoir qu'à ses débuts le communisme représentait pour lui quelque chose de fort, un avatar du christianisme. Il a juste fallu attendre un peu pour découvrir la nature exacte de son inquisition, Malraux ayant refusé, au nom du comité de lecture de Gallimard, la publication de l'accablant *Staline* de Boris Souvarine.

La vie est à nous est bien un film dans la mesure où il est fait par une vraie équipe technique, à partir d'un vrai scénario, avec de vrais acteurs et non des moindres puisqu'on relève les noms de Jean Dasté, Madeleine Sologne, Gaston Modot et Roger Blin dans les rôles principaux. Mais il n'est long que de soixante-six minutes, le producteur en est un parti politique, et le distributeur ne le destine en fait qu'au circuit très fermé des cellules communistes.

Qu'importe si nul n'est payé. Quand Renoir est là, il invite toute l'équipe à dîner à *La Mascotte*, un restaurant de la rue des Abbesses. Ces soirées montmartroises sont le fidèle reflet du climat du tournage, lequel est en parfaite harmonie avec le tourbillon

pagailleux du Front populaire. De tels moments com-
pensent bien des frustrations. Rarement un film aura
été tourné dans une telle atmosphère de désintéres-
sement et d'allégresse. D'autant que l'actualité a du
talent puisque le verdict des urnes vient, en quelque
sorte, couronner leur entreprise. Le 3 mai 1936, au
second tour des élections législatives, la coalition du
Front populaire remporte une nette victoire. Léon
Blum, président du Conseil, forme un gouvernement
composé de socialistes et de radicaux, les communistes préférant soutenir sans participer. Qu'importe
si leurs idées sont loin d'être communes, plus encore
sur le plan économique que politique, la gauche est
enfin au pouvoir. La vie est à eux !

En participant à l'élaboration de ce film, fût-ce
modestement, Henri Cartier-Bresson a l'impression
d'être entré dans la famille du cinéma. Ce n'est pas
une illusion puisqu'il a vraiment intégré le clan
Renoir. Il n'en est pas moins inquiet pour la suite,
car nul ne peut savoir qui le producteur imposera à
tel ou tel poste. Son angoisse est de courte durée.
Engagé d'office pour le prochain projet du réalisateur, il se rapproche de lui, est appelé à faire partie
du premier cercle, apprend enfin à le connaître de
l'intérieur. Il découvre l'homme derrière le mythe en
devenir, l'homme nu, dirait Simenon, peu avant que
la légende ne s'en empare.

À quarante-deux ans, dans le regard du plus grand
nombre, Jean Renoir est encore le fils de quelqu'un.
Il se révèle impuissant à se sortir du roman familial.
On n'est pas, et on ne naît pas, impunément du même
sang qu'un immense artiste sans être longtemps
recouvert par son aura, surtout si l'on est soi-même
un artiste dans une voie parallèle et qu'on y trans-
cende son héritage. Pour comprendre Renoir, il faut

avoir à l'esprit cette réflexion de François Mauriac se penchant sur l'ascendance de Racine : « L'individu le plus singulier n'est que le moment d'une race. Il faudrait pouvoir remonter le cours de ce fleuve aux sources innombrables, pour capter le secret de toutes les contradictions, de tous les remous d'un seul être. »

Jean Renoir, fils d'Auguste, poursuit son œuvre par d'autres moyens. Dans un cas comme dans l'autre, il s'agit d'exalter l'instinct plutôt que l'intelligence. On leur prêtait d'ailleurs un mot d'ordre commun : « À bas le cerveau, vivent les sens ! » Autant visuel que littéraire, il aimerait filmer avec une âme de poète. Le monde des idées lui est étranger, et plus encore celui de l'idéologie. Il n'est lui-même que dans un univers d'intuitions, de sensations, d'émotions. Ce sont les vrais pigments de sa palette de cinéaste. D'ailleurs, il se veut davantage auteur de films que metteur en scène. La technique l'indiffère. Il n'intervient jamais sur la lumière ou le cadrage. Rien ne le passionne autant que le dialogue, rien ne l'excite comme de trouver le mot juste. À l'écouter, à l'observer, Cartier-Bresson se convainc vite qu'un cinéaste se doit d'être avant tout doué d'imagination littéraire. En ce sens, Jean Renoir apparaît comme une sorte de grand romancier. Par bien des aspects, il demeure un homme du XIXe siècle malgré le choix de son moyen d'expression.

Renoir est une nature. Truculent, généreux, il frappe par son instinct puissant, sa richesse humaine, sa faculté de comprendre l'autre. En deux mots, par son sens de la vie, même si les contradictions de sa vie privée épuisent son équipe. On n'est pas en permanence taraudé par l'inquiétude sans que l'entourage n'en subisse les affres. Impossible à juger d'un

bloc, celui qu'on sent vite autant fasciné par le peuple
que par les aristocrates, deux mondes dont il ne sera
jamais, lui qui a reçu une éducation bourgeoise.
Curieux personnage, mal attifé, excessif, bavard, qui
doute de son charme. Séducteur mais pataud, doté
d'une élégance naturelle mais embarrassé par son
corps, goûtant la vie par tous les pores mais noyant
régulièrement sa mélancolie dans le beaujolais. Cartier-Bresson le perce à jour quand il comprend que
son talon d'Achille n'est pas tant sa passion des
femmes que sa faiblesse.

Foin de la propagande, cette fois il s'agit de réaliser à nouveau un vrai film. *Partie de campagne* est
l'adaptation de la nouvelle de Guy de Maupassant,
longue de quelques pages à peine. Un dimanche d'été
à la campagne, en 1860. Une famille de petits bourgeois, les Dufour, quincailliers à Paris, décide de
déjeuner sur l'herbe. Henriette, leur fille, suscite le
trouble et l'émoi chez Henri et Rodolphe, deux frin-
gants canotiers attablés dans une auberge. De sourires en œillades, ils ne tardent pas à envisager une
aventure galante. Après avoir occupé M. Dufour et
son commis en leur mettant des cannes à pêche
dans les mains, ils réussissent à emmener sa femme
et sa fille pour une promenade en yole sur la rivière.
Les deux canotiers parviennent chacun à leurs fins,
mais l'action se focalise naturellement sur le destin
de la fille plutôt que sur celui de la mère. L'année
d'après, alors que les deux amants d'un jour n'ont
jamais cessé de penser l'un à l'autre, ils se revoient
sur les lieux mêmes de leur étreinte passionnée.
Mais Henriette, qui a entre-temps épousé le commis
de son père, ne peut cette fois lui offrir plus qu'un
regard, lourd de tant de regrets. Ils bavardent, puis

elle s'éloigne pour toujours, résignée et mélancolique...

On l'imagine sans peine, un tel projet est irréductible à une aussi mince intrigue, ni à la seule satire ironique et libertaire de la petite bourgeoisie. L'histoire n'est pas tout, il s'en faut. Encore faut-il lui donner ce frémissement, cette tendresse, cette émotion qui la transcenderont pour faire de cette méditation sur un destin un hymne à la nature. Seul un auteur doté d'une âme d'artiste, et non un habile technicien, pourrait restituer le bonheur de ce chant profond, et rendre toute la tristesse de cette rêverie nostalgique. Car, au-delà de l'anecdote, c'est un film sur le monde d'avant. Pas seulement celui d'avant la révolution industrielle, mais celui de l'enfance.

Le tournage, ou plutôt « la tournaison », comme dit Renoir, doit se dérouler en majeure partie en extérieur. C'est alors l'exception, et non la règle. Après quelques repérages, la solution la plus évidente s'impose d'elle-même : on tournera sur les bords du Loing, dans la maison forestière de la Gravine à Sorques, près de Montigny-sur-Loing. Non seulement ce coin en lisière de la forêt de Fontainebleau n'a pas été défiguré par l'industrie, mais il présente le grand avantage d'abriter la villa Saint-El, propriété de Renoir à Marlotte, et d'avoir été un des motifs privilégiés des peintres liés à son père. Ainsi, on ne se défait pas de l'ombre bienveillante du grand artiste. Sur les murs, de grandes taches rectangulaires rappellent le souvenir de ses tableaux vendus pour financer les films du fils. Comment ne pas penser à lui quand son petit-fils âgé de quinze ans, Alain Renoir, s'entraîne dans le jardin à faire fonctionner le « clap » avec un camarade de son âge, Jean-Pierre Cézanne ?

Canotiers, guinguettes au bord de l'eau, déjeuners sur l'herbe, promenades en amoureux... On n'est pas plus naturaliste. Pour la première fois de sa carrière déjà bien remplie, Jean Renoir rend hommage à son père au risque de réaliser un film impressionniste.

Henri Cartier-Bresson est engagé par la Société du cinéma du Panthéon en qualité de deuxième assistant à la date du 26 juin 1936, veille du premier jour du tournage. Il touche une somme forfaitaire de 1 000 francs, ainsi qu'un forfait complémentaire de 1 250 francs maximum indexé sur les recettes à venir. Le mois écoulé vient de voir le pays paralysé par des grèves, des occupations d'usines et des manifestations visant à pousser le gouvernement à mettre en œuvre les réformes promises par le programme du Front populaire. C'est ainsi qu'en quelques semaines on assiste à la naissance d'institutions et de lois sociales historiques : établissement de contrats collectifs, réajustement des salaires, congés payés, semaine de 40 heures... Loin, très loin du monde de Maupassant (à moins que le titre originel n'ait été entaché d'une coquille dissimulant la vraie nature de *Parti de campagne* !).

Le générique est renoirissime. Analysé dans le détail, il le révèle mieux que de savantes exégèses. C'est son vrai monde, celui d'un poète qui conçoit son film comme une affaire de famille où chacun apporte son concours. À Jean Renoir revient naturellement de signer seul la réalisation, mais aussi l'adaptation et les dialogues. Marguerite Renoir, qui partage sa vie, est responsable du montage, tout en faisant la scripte et en jouant un petit rôle de servante. Claude Renoir, son neveu, est le directeur de la photographie. Germaine Montero interprète une chanson à bouche fermée. Le rôle principal est dévolu à la ravissante Sylvia Bataille, qui vit alors une folle passion avec Pierre Braunberger, le producteur du film. Renoir, qui l'a déjà fait tourner dans *Le Crime de M. Lange*, n'a plus de doute depuis qu'il a «entendu» sa voix en relisant le texte de Maupassant. Elle *est* Henriette Dufour. Autour d'elle, on retrouve Jane Marken, Gabriello, Gabrielle Fontan et bien sûr Jean Renoir, qui ne dédaigne pas de s'accorder un petit rôle de patron de bistro dès que l'occasion se présente.

Cartier-Bresson n'est pas le seul assistant, mais le deuxième d'une équipe de six jeunes composée d'Yves Allégret, Jacques Becker, Jacques B. Brunius, Claude Heyman et Luchino Visconti. Ils feront tous carrière dans le cinéma, puisqu'en France l'assistanat est une école de la mise en scène, contrairement aux États-Unis où c'est un métier. Tous sauf lui. Tant et si bien que plus tard, dans ses souvenirs, le producteur du film l'évoque comme le photographe de plateau de *Partie de campagne* alors qu'il n'y a pas pris la moindre photo.

Assistant, c'est-à-dire factotum à géométrie variable. Cartier-Bresson, qui aime la difficulté, est servi. Car Renoir est imprévisible. Quand son humeur est au beau fixe, tout s'emboîte si naturellement que ça en est inquiétant. Mais quand il est déprimé, le climat au-dessus du plateau s'alourdit brutalement pour toute l'équipe. Pas facile de suivre celui qui croit au jaillissement de l'inspiration et à la vérité de l'instant. L'assistant ne met jamais l'œil au viseur. Dans le meilleur des cas, il est invité à travailler aux dialogues avec le Maître, à les retailler, les parfaire, leur trouver la plus juste sonorité, encore et encore. Dans le pire des cas, il doit veiller à régler mille et un détails matériels, si insignifiants qu'ils puissent

paraître, sans être même assuré qu'on lui en saura
gré ou que cela aura une quelconque utilité. L'acces-
soire l'est d'autant moins que, le tournage se dérou-
lant en pleine campagne, rien ne doit manquer à
l'instant même où on en a besoin. Entre les deux, il
y a tout l'éventail des possibilités, et elles ne sont
pas toujours très cinématographiques. « Il fallait lui
suggérer au bon moment une partie de ping-pong,
ou d'aller boire un coup de beaujolais. C'était une
continuelle approche psychologique. À vrai dire,
l'assistant de Jean Renoir était sa bonne à tout
faire », dira Cartier-Bresson.

Aux yeux de Renoir, un bon assistant réunit toutes
ces qualités plus une, laquelle consiste à mettre sa
personnalité au second plan pour mieux servir celle
du metteur en scène. Cartier-Bresson s'emploie aussitôt à donner ses lettres de noblesse à ce point de
vue, puisqu'il rapproche l'assistant de celui qui, sous
la Renaissance, préparait les couleurs du Maître.
Mais il y a assistant et assistant.

Pour cette *Partie de campagne*, Luchino Visconti,
trente ans, est celui qui en fait le moins. Accessoi-
riste, il ne met la main à la pâte que pour les costumes, quand les autres font tout, tout le temps,
partout. Ainsi, même s'il voulait le faire oublier, tout
dans son attitude rappelle qu'il doit son embauche à
l'intercession de Coco Chanel, une amie de Renoir à
laquelle il est également très lié. Il fait penser à ces
étudiants au statut un peu particulier d'auditeurs
libres. Un mélange de dandy, de dilettante et de
connoisseur, bien qu'il s'en défende. D'ailleurs, il est
descendu à l'hôtel Castiglione, ce qui lui va parfaitement bien. Réservé, silencieux, il assiste au tournage
mais ne semble guère pressé d'y participer. Comme
s'il était là en qualité d'observateur privilégié, ce qui

confère une certaine ambiguïté à son statut d'assistant. Il mettra un certain temps à s'intégrer à l'équipe. Il se sent exclu de tous les lieux où elle vit dans un certain bonheur cette aventure collective, qu'il s'agisse de la villa Saint-El, de l'hôtel de la Renaissance ou du café du Bon Coin. Entre eux et lui, le malentendu ne sera jamais vraiment dissipé : il est persuadé que tous ces jeunes Français sont des communistes qui l'observent curieusement lui, l'aristocrate italien fascisant venu d'un pays mis en coupe réglée par Mussolini. En fait, il n'a vu juste que pour la force de la solidarité, de l'amitié et du respect qui les lie entre eux. Sauf qu'elle n'a rien de politique. L'interprétation est d'autant plus fautive qu'il se méprend sur la vraie nature de l'entourage de Renoir, ignorant le milieu grand bourgeois dont beaucoup sont issus, et le tempérament plus anarchiste que stalinien de la plupart d'entre eux. Qu'importe au fond, puisque dans la mythologie personnelle de Visconti, six ans avant le tournage de son premier film *Ossessione*, les moments riches et lumineux vécus auprès de Renoir demeureront gravés comme un choc et une révélation, tant sur le plan moral qu'artistique.

Jacques B. Brunius, lui, est un feu follet aux talents multiples. Outre l'assistanat, dont il s'acquitte jusque dans l'accomplissement de certaines corvées, il tient le rôle de Rodolphe sous le nom de Jacques Borel et, dans un registre assez différent, supervise l'administration du tournage. Du petit groupe de congénères qui prête main-forte à Renoir, il est un de ceux dont la personnalité est la plus marquée. Son passé en témoigne déjà, bien qu'il n'ait que trente ans, puisqu'il a déjà joué dans *L'affaire est dans le sac*, assisté Luis Buñuel dans *L'Âge d'or*, tourné des films surréalistes. Mais des six, Jacques Becker est certainement celui auquel Cartier-Bresson se lie le plus durablement. Il évoquera toujours ce passionné de jazz et de voitures de sport comme un être exceptionnel de par sa sensibilité, son élégance naturelle et son intelligence des autres. Quand on se souvient de ses propres origines sociales, on comprend qu'il ait été d'emblée attiré par ce fils d'une famille de la grande bourgeoisie, que tout destinait à devenir un fabricant d'accumulateurs. Pour autant, il ne sympathise pas outre mesure avec Visconti, fils d'un duc et d'une richissime héritière. Il est d'ailleurs piquant de constater que, dans ce tournage, si les «patrons» habitent des lieux populaires (Braunberger rue de Charonne) ou en banlieue (Renoir à Meudon), la plupart des assistants vivent dans les quartiers bourgeois (Becker rue de Longchamp dans le xvie, Cartier-Bresson rue de Lisbonne dans le viiie, Visconti dans un grand hôtel de la rue de Rivoli). Jean Renoir est le premier à s'en moquer, en forçant sur le ton gouailleur qu'il affecte. Il ne perd pas une occasion de titiller ses assistants préférés sur leur soumission à l'influence anglaise, snobisme qui se retrouve dans leur accent.

«Becker et Cartier, vous parlez trop *the the*!» leur lance-t-il souvent, en imitant ceux qui le prennent de haut. Ce qui ne l'empêche pas, lui, de ne jamais dire «cheval» mais «choual», avec toute l'affectation dont est capable un ancien officier de cavalerie.

Les plans de travail et notes de tournage donnent une idée de ce à quoi Cartier-Bresson emploie ses journées : se procurer chez Bontemps (à Paris, rue de Cléry) un rossignol articulé par une poire et une boîte à musique six couplets (à faire entendre à l'abbé Champly) ; acheter un rossignol naturel (à Paris, quai de Gesvres); négocier la location d'une yole 15 francs par jour (à Joinville, chez Élie); se procurer un break cheval, des cannes à pêche, un poêle, des ombrelles, des affiches; acheter ou louer des tonneaux, des chapeaux de paille pour des chevaux, des cuillères à Pernod, des allumettes d'époque à Paris.

Jacques Becker doit en faire autant à Marlotte, près de Fontainebleau, tandis que Luchino Visconti est prié de donner des indications précises pour la location des costumes, la façon des robes, la qualité des tissus et la forme des souliers.

Mais puisque l'assistant est l'homme à tout faire, il lui arrive également de faire l'acteur. Les metteurs en scène ne sont pas les derniers à succomber à la tentation. Cela relève moins de la vanité que du jeu. Renoir pousse ses assistants à y sacrifier pour qu'ils sachent ce que c'est que de se trouver face à la caméra, et non plus derrière. Ainsi, à l'occasion de *Partie de campagne*, Henri Cartier-Bresson apparaît-il pour la première fois à l'écran, dans les plans 17 à 20 de la séquence 2, encadré par Pierre Lestringuez, ami de toujours de Renoir, et par l'écrivain Georges Bataille, alors marié à l'actrice principale du film mais sur le point de s'en séparer.

Filmée en panoramique, cette scène muette est des plus brèves. Alors qu'un quarteron de curés et de séminaristes en promenade passe dans le champ, le plus jeune d'entre eux, Cartier-Bresson naturellement puisqu'il fait toujours plus jeune que son jeune âge, détourne le regard vers les filles. En soutane et barrette, il paraît dix-huit ans alors qu'il en a dix de plus. Il est ébahi par la vision fugace des dessous de Sylvia Bataille se balançant sur l'escarpolette. Une lueur, un sourire, une hésitation mais déjà le père supérieur le réprimande d'un revers mécontent.

Alors il reprend son chemin en baissant la tête... Ce n'est peut-être pas la scène d'anthologie du film, mais c'est la sienne. Aussi, quand son ami Eli Lotar, à la fois cadreur du film et photographe de plateau, immortalise ce quarteron de séminaristes, il ignore que son cliché sera un document pour l'Histoire, eu égard à la destinée de certains d'entre eux.

Dans la nouvelle de Maupassant, il fait toujours beau ; dans le scénario de Renoir également ; mais pas dans les bulletins météo, ce qui est fâcheux. L'été 36, anormalement pluvieux, a raison de l'esprit qui anime depuis le début une équipe technique se voulant avant tout une bande d'amis. L'atmosphère du tournage s'en ressent. Lourde, de plus en plus lourde. Jusqu'à ce que les conditions climatiques, qui ne s'arrangent guère, la rendent parfaitement détestable. D'autant que les relations entre Sylvia Bataille et Jean Renoir se sont dégradées à mesure que le ciel se couvrait. Et quand un metteur en scène et son actrice principale en viennent à ne plus se parler au plus fort d'un tournage, tandis que l'équipe patauge désespérément dans la boue, il faut en tirer les conséquences. La tension sur ce plateau en chômage technique chronique devient insupportable. Un jour, le producteur Pierre Braunberger décide de renvoyer tout le monde. C'est d'autant plus facile que les uns et les autres avaient été embauchés au forfait. En fait, il arrête les frais, c'est-à-dire le film. Mais un mois plus tard, une fois les beaux jours revenus, quand il veut reprendre le tournage dans l'espoir de récupérer sa mise, tout se complique. Renoir n'est plus vraiment disponible. Plus boulimique que jamais, obsédé par l'idée de travailler dans l'urgence et de créer dans un certain chaos, il télescope les projets. Il s'est sensiblement éloigné

de Maupassant pour se rapprocher de Gorki, d'ores
et déjà absorbé par la préparation de son nouveau
projet adapté des *Bas-Fonds*. De toute façon, il paraît
bien lassé de cette *Partie de campagne* qui l'exaltait
il y a un mois encore. Trop de problèmes, trop de
soucis, trop de conflits. Or, il est de ces hommes qui,
dans de telles circonstances, ne connaissent qu'une
seule solution : la fuite.

Le 15 août 1936, *Partie de campagne* tombe à
l'eau. Le film reste en plan pendant dix ans. Quand
on s'avise de l'achever en remplaçant les scènes
manquantes par deux cartons, l'œuvre peut enfin
être projetée. On constate alors, en regardant défiler le générique, que la cohorte des assistants avait
été envoyée rejoindre les surnuméraires de la postérité puisqu'on n'en avait retenu que deux : Jacques
Becker et un certain «Henri Cartier», tout court.
Car, sous le Front populaire, il ne fait pas bon s'appeler comme les capitalistes de l'usine de Pantin.
D'ailleurs, les photos de la grande manifestation
communiste du 14 juin 1936 prises par Robert Capa
ont été recadrées de telle manière que les ouvriers
du textile défilent sous la bannière «Cartier». On ne
saura jamais si cette discrète mise à la trappe de
«Bresson» était due à des nécessités techniques, ou
à l'amicale bienveillance du photographe... Le tournage se termine en eau de boudin. Sauve qui peut.
Vu les circonstances, nul n'est payé. Le producteur
prend les deux assistants à part et leur offre à chacun un portefeuille en souvenir.

«Merci, mais... la prochaine fois, mettez quelque
chose à l'intérieur !» lui dit l'un d'entre eux sur le
ton de la plaisanterie.

Jean Renoir se lance donc dans *Les Bas-Fonds*.
Deux assistants suffiront à peine à la tâche cette

fois. Jacques Becker est le premier, mais Henri Cartier-Bresson n'est pas le second. Pour l'heure, d'autres urgences le font renouer avec l'actualité et la presse, la photographie et le documentaire.

Il y a d'abord une raison d'ordre privé. Il se marie, contre son milieu cela va sans dire. Du moins est-ce ainsi que le mariage apparaît au regard des conventions bourgeoises. Car, dans les faits, l'élue venue d'ailleurs est vite acceptée et intégrée grâce à sa belle-mère et à l'une de ses belles-sœurs, deux femmes auxquelles elle se lie d'amitié.

La voyante avait encore raison. Il s'en souvient mot à mot : «... vous épouserez une Orientale, quelqu'un qui n'est pas de la Chine, qui n'est pas des Indes et qui n'est pas blanche non plus, et ce mariage sera difficile...» Ils se sont connus en 1936, dans la rue, près du parc Monceau, alors qu'elle cherchait son hôtel. Ils se sont reconnus peu après à la terrasse du café du Dôme. Elle a une figure toute ronde, de grands yeux sombres et pétillants, et quatre ans de plus que lui. Une indéniable personnalité, un certain pouvoir d'attraction, une manière de se mettre en mouvement des plus séduisantes, un sens de l'humour qui peut être très percutant quand il tourne au sarcasme, une intelligence très caustique, un caractère aussi trempé que le sien, c'est Ratna Mohini, dite Éli, danseuse javanaise. Du moins est-ce ainsi qu'elle se présente. Née Carolina Jeanne de Souza-Ijke, elle a vu le jour dans une famille musulmane à Batavia, ainsi que les Hollandais nommaient Djakarta du temps où ils dominaient l'archipel indonésien. Divorcée de Willem Berretty, un influent journaliste néerlandais, elle est à Paris pour étudier la danse et en faire son métier. Curieusement, elle a plus le sens de l'écrit que celui du visuel. Poétesse à ses heures, elle ne laisse pas indifférents Paulhan et Michaux qui la poussent à se faire éditer.

Après avoir vécu quelque temps sous le toit familial rue de Lisbonne, le couple s'installe dans un appartement-atelier de la rue des Petits-Champs, entre l'avenue de l'Opéra et la place Vendôme, une artère pleine de charme en raison de ses nombreux hôtels du XVIIIe siècle. Désormais séparé pour de bon de la rue de Lisbonne, Cartier-Bresson ne veut plus dépendre de sa famille. Pour la première fois, il a besoin d'un salaire régulier. Ni Jean Renoir ni le cinéma ne peuvent le lui assurer. Pressent-il également que cette voie n'est pas vraiment la sienne ?

Et puis il y a d'autres raisons. La guerre tout simplement. Mais la pire qui soit, la guerre civile, laquelle, en l'occurrence, concerne non plus un peuple mais tous ceux alentour. Car, quand un pays brûle, un continent risque de s'embraser. La guerre d'Espagne est le vrai début de la Seconde Guerre mondiale.

En d'autres temps pas si lointains, Cartier-Bresson aurait savouré ligne à ligne cette livraison de la *Nouvelle Revue française* de l'été 36. Notamment, sous la signature du cher André Lhote, la critique d'une exposition photo dont les termes auraient trouvé de fortes résonances en lui :

«Éternellement dépendante de la peinture, dont elle épouse les avatars avec une fidélité singulière, faisant du Corot, du Courbet et surtout du Manet à ses débuts, la photographie, après avoir effleuré le surréalisme sans s'y attarder — mais elle y reviendra —, passe sa crise de vertu; elle vise à l'image pure, à la forme en soi, à la netteté cristalline, à la perfection des moyens.»

En d'autres temps, plus tard peut-être. Pour l'heure, Cartier-Bresson se sent autrement mobilisé par l'air du temps. Il veut assurer sa présence sur la vague, participer aux événements, en être. Quand on a vingt-huit ans et une conscience politique de gauche, on ne peut décemment se consacrer à recréer l'univers de Maupassant alors que le fascisme menace. Cartier-Bresson a saisi la portée symbolique du soulèvement militaire du 18 juillet 1936 contre le gouvernement de la République espagnole. Il l'entend comme un tocsin. À la limite, sa réaction ne relève pas d'une position politique, mais d'une attitude d'honnête homme. Y déroger, ce serait se renier. Or, s'il est des situations où il serait indigne de ne pas s'engager, celle-ci en est bien une, la première.

Lui qui met un point d'honneur à ne jamais être membre de quoi que ce soit, le voici adhérent des «AEAR», comme disent communément entre eux ces «non-conformistes qui veulent lutter aux côtés du prolétariat». L'Association des écrivains et artistes révolutionnaires a été créée quatre ans auparavant par Paul Vaillant-Couturier. Son origine communiste n'est pas un secret; sa politique de séduction à l'endroit des compagnons de route et autres «idiots utiles» saute aux yeux; les intellectuels qui conservent leur esprit critique vis-à-vis de l'URSS n'y sont pas les bienvenus; André Breton en a vite été exclu, d'autres ont suivi… Tout cela est certes vrai. Mais l'AEAR est forte, elle assure défendre la culture, elle peut compter sur la participation de gens de qualité, tels Élie Faure, Jean Giono et Jean Cassou, et sa profession de foi est un clair éloge de l'engagement: «Il n'y a pas d'art neutre, pas de littérature neutre.» C'est donc avec elle qu'il faut être pour agir dans l'efficacité. Car il est urgent d'agir. L'écrivain Paul

Bowles, de passage à Paris à l'été 1937, est frappé tant par la recrudescence des graffitis antisémites et antiaméricains sur les murs, que par le pessimisme de son ami Cartier-Bresson devant la montée des périls.

Aragon devient vite le vrai patron de l'association, officieux d'abord, puis officiel. Il tisse sa toile, il est partout. Il n'est guère de projet culturel ou journalistique, initié par le Parti, dont il ne devienne aussitôt le maître d'œuvre. En 1936, dans une conférence à la Maison de la Culture, il lance le débat sur la querelle du réalisme en art en opposant deux conceptions : la manière statique, telle que Man Ray l'illustre dans ses photographies d'atelier, mais qui ne peut s'épanouir qu'en période de prospérité économique et de paix sociale ; et l'autre manière, qui reflète bien les préoccupations des temps de crise et d'inquiétude :

« Aujourd'hui les foules reviennent dans l'art par la photographie. Avec les gestes exaltés des enfants qui jouent. Avec les attitudes de l'homme surpris dans son sommeil. Avec les tics inconscients des flâneurs. Les diversités hétéroclites des êtres humains qui se succèdent dans les rues de nos villes modernes. Et j'ai ici en tête particulièrement des photos de mon ami Cartier... Cet art, qui s'oppose à celui du temps relativement paisible de l'après-guerre, est bien celui de cette période des guerres et des révolutions où nous sommes, dans le moment que son rythme se précipite. »

C'est Aragon qui, le premier, donne sa chance à Cartier-Bresson en l'engageant comme photographe à *Ce Soir*. Un métier, un titre, un salaire. Et derrière, la main du PC, l'esprit du Front populaire, avec tout ce que cela suppose. Et quand ce n'est pas dans *Ce*

Soir, c'est dans *Regards*, un hebdomadaire assez proche de *Vu* dans sa conception mais nettement plus communiste, que Cartier-Bresson publie ses reportages. Pour autant, il ne démord pas de son vieux credo libertaire : ni parti, ni Église, ni mouvement. Paradoxal ? Certainement. Mais la contradiction, c'est la vie, n'est-ce pas... Albert Londres l'a dit une fois pour toutes, et c'est valable pour tous : un reporter ne connaît qu'une seule ligne, celle du chemin de fer.

Le premier numéro de *Ce Soir* paraît le 1er mars 1937. Il s'agit clairement d'offrir au public un contrepoids progressiste à deux quotidiens de droite qui passent pour être neutres, *L'Intransigeant*, qui ne cesse de perdre des lecteurs, et *Paris-Soir*, qui n'arrête pas d'en gagner. L'idée de créer un journal du soir, qui réussisse à devenir populaire tout en restant ancré à gauche, revient à Maurice Thorez, le secrétaire général du PCF. Aragon, à qui le Parti en a confié la direction, veut la partager avec l'écrivain Jean-Richard Bloch, sympathisant mais pas adhérent. Comme si cela pouvait estomper quelque peu l'appui sur lequel le journal peut compter auprès de l'Internationale communiste en France. Ils ne sont pas trop de deux pour recruter des talents, des compétences et des signatures susceptibles de faire grimper le tirage. À Andrée Viollis les grands reportages, à Paul Nizan la politique étrangère, à Georges Soria les événements d'Espagne, à Elsa Triolet la mode...

Cent vingt mille exemplaires sont vendus dès le premier numéro, et le tirage ne cesse d'augmenter. Le quotidien connaît un succès populaire immédiat, d'autant qu'il a parfois des idées commerciales que ne désavouerait pas la grande presse bourgeoise. L'écrivain américain Paul Bowles se souvient que

Cartier-Bresson était chargé par sa rédaction de photographier des milliers d'enfants dans les quartiers défavorisés, *Ce Soir* se faisant fort de publier un cliché par jour et de donner chaque fois une récompense aux parents de l'heureux élu.

La qualité est au rendez-vous, la surprise et l'originalité également, Aragon n'ayant pas renoncé à son goût de la provocation hérité de ses jeunes années surréalistes. De toutes les rédactions parisiennes, c'est celle qui compte la plus forte proportion d'écrivains parmi ses collaborateurs. En fait, on dirait *Paris-Soir* en plus culturel. Il lui a emprunté ses recettes les plus efficaces pour les faits divers, le reportage et les feuilletons. Quant au reste, il propose ce qu'on ne trouve justement pas ailleurs, et pour cause : des visites indiscrètes sur les plateaux de tournage des films de Jean Renoir, la publication exclusive des «bonnes feuilles» de *L'Espoir* de Malraux, des photographies bouleversantes de la guerre d'Espagne envoyées par Chim, Robert Capa et Gerda Taro. C'est cela, la touche *Ce Soir*.

Cartier-Bresson est titulaire de la carte de presse n° 3112. C'est sa fierté. Mais il tient à ce que ses images soient créditées simplement «Henri Cartier». C'est aussi sa fierté. Sous le Front populaire plus que jamais, il vit son appartenance dynastique comme une tare. Tout plutôt que d'être réduit à sa naissance, à son argent, à sa famille. D'autant que la légende en fait déjà, et pour longtemps, l'une de ces mythiques dynasties bourgeoises, capitalistes et industrielles, maîtresses des destinées françaises qu'Édouard Daladier avait dénoncées en 1934 à la tribune du congrès radical de Nantes :

«Deux cents familles sont maîtresses de l'économie française et, en fait, de la politique française…»

Or, nulle part dans les campagnes de presse et publications où est agitée cette hydre à deux cents têtes, le nom des Cartier-Bresson n'apparaît. Ce qui n'est pas le cas des Thiriez, l'entreprise rivale avec laquelle ils ont fusionné. La confusion vient peut-être de là. Mais on ne prête qu'aux riches, et il suffit d'être soupçonné d'en être pour mériter d'appartenir à l'une des fameuses deux cents familles grossièrement · dénoncées par Jean Renoir et associés dans... *La vie est à nous*.

Le «cafécrémiste» du Dôme, tout à son observation du monde comme il va, s'est métamorphosé en «chien-écrasiste» de *Ce Soir*. C'est un professionnel, qui attend la décision de ses rédacteurs en chef à l'issue de la conférence du matin pour partir toute la journée en chasse. Pour autant, il ne cesse pas de regarder à sa façon, mais parfois l'angle se déplace. Quand il photographie la fête du Connétable près de Senlis, il n'oublie rien des us et coutumes des chasseurs, ce qui ne l'empêche pas d'immortaliser en passant un étrange épouvantail surréaliste sur la grand-place devant l'hôtel de l'Oise. En fait, c'est la qualité de son regard qui a évolué. Il recommence à faire le trottoir, mais avec un objectif précis. Cependant, il n'aura jamais l'âme d'un Arthur Fellig, dit Weegee, qui a transformé sa voiture en laboratoire de développement et qui roule branché en permanence sur la fréquence de la police new-yorkaise pour arriver en même temps qu'elle sur les lieux des crimes.

Rien n'est plus vague, plus large, plus universel que la rubrique des faits divers (nul n'ayant encore eu la pédanterie de les rebaptiser «faits de société»). Le tout-venant est la meilleure école pour un reporter. Quel que soit le sujet, il n'en est pas de petit, ni de grand. Dans un cas comme dans l'autre, lorsque le cliché est dans la boîte, le photographe le revendique de la même manière, dans l'argot du métier :

« J'ai fait un Fragonard ! »

Souvent, il faut travailler avec une chambre à plaques 9 × 12, plutôt qu'au Leica, car les services techniques l'exigent afin de faciliter les retouches. Sur le terrain, ce n'est pas toujours évident. À Montmartre, lors de la visite du cardinal Pacelli, quelques mois avant qu'il ne devienne Pie XII, alors que la foule crie « Vive Dieu ! », Cartier-Bresson est obligé de tenir à bout de bras son lourd appareil au-dessus de la tête et de tirer au jugé. Le résultat étant forcément bancal, on recadrera au laboratoire, une fois n'est pas coutume. Il n'aime pas ça, il est même résolument hostile au procédé, mais quand on travaille pour un journal, le journal passe avant. Qu'importe, le résultat est là : au premier plan, le cardinal de dos, identifiable à sa calotte, et face à l'objectif, dans une noire marée humaine, parmi les trognes de flics réjouis et de badauds hilares, un couple de fidèles tendus vers lui en une imploration d'une grande intensité, l'homme lui baisant la main avec dévotion, la femme au regard rempli de tout l'espoir et de toute la détresse du monde. Un Goya, plutôt qu'un Fragonard.

En mai 1937, on lui confie un vrai grand reportage. À Londres, pour le couronnement du roi George VI. Il fait équipe avec l'un de ses amis, un brillant normalien communiste qui a rapidement renoncé à l'enseignement pour le journalisme. Paul Nizan est en effet le chroniqueur diplomatique de *Ce Soir*. Mais si Cartier-Bresson goûte sa compagnie, c'est moins pour l'aura de cette fonction assignée par le Parti, que pour ses qualités humaines et sa sensibilité intellectuelle telles qu'elles transparaissent dans les livres qu'il a déjà publiés, son brûlot *Les Chiens de garde*, ou ses romans *Antoine Bloyé* et *Le Cheval de Troie*. Et surtout dans *Aden Arabie*, un pamphlet paru en 1931, qui fera une forte impression sur Cartier-Bresson mais plus tard, car il ne le lira qu'après la mort de son auteur. Il n'oubliera jamais sa violence bien sûr, ni sa poésie : « Il y a des routes, des ports, des gares, d'autres pays que le chenil quotidien : il suffit un jour de ne pas descendre à sa station de métro. » À croire qu'il a été écrit pour lui, cet éloge de la liberté comme volonté réelle de vouloir être soi. À croire qu'elles ont été choisies spécialement pour lui, ces citations de son cher Élisée Reclus. Comment un homme comme lui ne serait-il pas le frère d'ombre de cet écorché vif qui n'a de cesse de faire ses adieux à la culture bourgeoise en se moquant aussi bien du gaz imbécile sous l'Arc de Triomphe que de la vieille Europe dont il convient de se débarrasser ? Le récit acide de sa fugue, éloge de la fuite et de l'aventure, s'ouvre sur l'un des plus pathétiques incipits de la littérature de ce siècle : « J'avais vingt ans. Je ne laisserai personne dire que c'est le plus bel âge de la vie. »

Au lendemain de l'affaire Édouard VIII, qui a vu le monarque abdiquer par amour pour une Américaine divorcée, le couronnement du nouveau roi d'Angleterre n'est pas qu'un épisode mondain dès lors qu'il sollicite l'allégresse de tout un peuple. Puisque toute la presse en est, *Ce Soir* se doit d'en être. On peut être communiste et goûter le spectacle de la liesse populaire, dût-elle exalter la fibre monarchique. Le journal d'Aragon y dépêche même plusieurs équipes d'envoyés spéciaux, chacune se réservant un aspect différent d'une même actualité.

Quand l'un couvre la répétition du cortège dans le centre-ville, l'autre en fait autant vu de l'East End, un quartier déshérité. Ce qui est valable pour les journalistes l'est tout autant pour les photographes. À chacun son angle. Mais le tout demeure un vrai travail collectif : les photos ne sont pas signées individuellement, les articles pas toujours.

À l'approche du grand jour, l'Angleterre pavoise. En attendant, Nizan en profite pour raconter la grève des autobus et la finale de la coupe de football Sunderland-Preston. Le 12 mai, lesdites « solennités de la coronation » occupent une bonne partie de la une, abondamment illustrée. Il faut attendre le lendemain pour que l'événement mobilise la quasi-totalité de la première page (« Le roi d'Angleterre et la reine Élisabeth ont été couronnés à 12 h 30 dans l'abbaye de Westminster ») avec ses appels-chocs (« 5 à 6 millions de spectateurs dans le défilé ») et un épais sous-titre pas très marxiste-léniniste (« les cérémonies du sacre, en présence des représentants d'un Empire de 100 millions de citoyens et de 400 millions de sujets, ne constituent pas seulement un rite grandiose et romantique, mais aussi un acte politique important pour les dominions »). Le bombardement de Madrid, qui fait ce jour-là 217 morts et 693 blessés, est relégué au coin, en bas à droite. *Ce Soir* ou *Paris-Soir*, de gauche ou de droite, c'est ça la presse.

Du départ du carrosse de Buckingham à l'entrée sous les voûtes de Westminster, de *Te Deum laudamus* en *God save the King*, la cérémonie est racontée par le menu, sans le moindre esprit critique. Cartier-Bresson, lui, préfère regarder les regards, plutôt que flatter les fastes. C'est le meilleur moyen de capter l'âme d'un peuple. La vérité de cette journée historique est partout, sauf dans les cortèges et les processions. Pour la deviner, il faut leur tourner le dos et chercher le reflet du couronnement dans les regards, les expressions et les attitudes des Anglais.

À d'autres les pompes, à lui les circonstances. Juste partage des tâches. On ne se refait pas. S'il avait été imagier au Moyen Âge, il aurait certainement œuvré dans les marges des manuscrits enluminés. Car c'est à la périphérie que s'exprimait la résistance à la société, tandis que le centre était dominé par les conventions. Il aurait truffé les livres d'heures d'exclus, de bannis et de petites gens, abandonnant à d'autres la représentation des puissants. Les à-côtés de la vie restent son affaire, quelle que soit la nature des événements. Rien n'exprime mieux son anticonformisme que cette façon d'être présent mais imprévisible, et de prendre finalement les choses à l'envers. En cela, il est en parfaite harmonie avec son ami Paul Nizan dont le regard est tout aussi décalé. À croire qu'ils se sont donné le mot. Les articles de l'un pourraient servir de légende aux photos de l'autre. Une légende particulièrement littéraire qui ajouterait encore à la dimension poétique des images. Du pur Nizan :

« La nuit, des parcs où des couples perdus oubliaient le roi et l'Empire, étaient environnés par un incendie de feux électriques et de cris dont la discordance était pareille au concert des coqs à l'aube. Dans les allées, la foule soudain soumise au prestige des arbres et des herbes faisait silence. Un roi nègre passait avec des plumes sur la tête, mais ce n'était qu'un chanteur ou un cireur de souliers ; les vrais rois noirs du couronnement attendaient le moment d'aller à Buckingham. Les bandes fraternelles d'ivrognes avançaient, titubant. Au coin d'Half Moon Street, de

grandes filles fardées faisaient des signes aux autos...
Sur un trottoir de Shatesbury Avenue, une très
vieille femme dansait lentement, tournoyant sur elle-
même avec des yeux parfaitement immobiles sous
les plumes de papier de son chapeau... Vers une
heure du matin, le brouillard tomba... Il absorbait
les cars fantômes de policiers arrivés de province,
les voitures de pompiers, les groupes des Hospitaliers, les Hospitaliers de Saint-Jean, avec leur casquette plate, leur musette blanche... »

Le tweed plutôt que l'hermine, le parapluie plutôt
que la hallebarde, tout est une question de point de
vue. Loin, très loin des grandes orgues et des splen-
dides banquets, mais près, tout près de Westminster
et Buckingham, Cartier-Bresson réalise certaines de
ses plus belles photos alors qu'il exécute là un travail à la commande. Simplement parce qu'il est
attentif aux gens, au spectacle de la rue, quelque
chose comme la vie ordinaire dans ce qu'elle recèle
de plus extraordinaire. Ce sont trois bobbies en formation d'épi portant une jeune femme sur leurs
épaules, un fêtard de Trafalgar Square assoupi dans
un océan de papiers journaux, des secouristes évo-
luant en un ballet de brancards...

Son Angleterre inattendue lui ressemble. Elle a le
charme d'une surprise. En ce sens, elle fait penser à
l'Égypte de Bartholdi. Quand le statuaire l'avait
arpentée en 1855, il en avait rapporté de très nombreux négatifs sur papier. Des vues de tout : rues,
magasins, maisons, cafés... Tout, à l'exclusion de
sphinx et de pyramides.

Quoi qu'il en soit, où qu'il soit, Cartier-Bresson
reste lui-même tout en s'imprégnant du spectacle de
la vie. Sa capacité d'absorption est telle qu'il ne
cesse de s'enrichir. Il met immédiatement à profit

ce que son imaginaire et sa sensibilité viennent d'engranger. De retour à Paris, il photographie pêcheurs et pique-niqueurs sur les rives de la Marne, reflet naturaliste de la révolution des congés payés dans la France au bord de l'eau. Comment ne pas voir dans la douceur de vivre qui émane de cette admirable composition graphique, tant l'écho lointain du *Déjeuner sur l'herbe* de Manet que l'influence toute récente de certains plans de Renoir dans *Partie de campagne*?

Toutes les facettes de sa personnalité continuent à coexister et à se manifester en cette fin des années trente, si denses en toutes choses.

Le peintre en lui découvre un artiste déjà accompli en la personne d'Alberto Giacometti. Leur amitié date de là. Ce Suisse des Grisons, plus âgé que lui de sept ans, est alors à un tournant de son œuvre. Après être passé par des périodes néo-impressionniste, cubiste puis surréaliste, il se lance en sculpteur dans des recherches sur la représentation de la figure humaine. Cartier-Bresson l'aimera comme un frère, l'admire comme un maître et le respecte comme un maître à penser. Ils savent que malgré les différences d'opinions ou d'appréciation, ils sont en parfaite harmonie de pensée depuis qu'ils ont joué au jeu des trois peintres préférés. Chacun a écrit de son côté. Les deux premiers étaient identiques (Cézanne et Van Eyck) et si pour le troisième ils se sont séparés (Uccello pour l'un, Della Francesca pour l'autre), la divergence est minime étant donné la commune obsession géométrique de ces deux grands Italiens. Mais Cartier-Bresson ne tardera pas à ajouter le nom de Giacometti à l'inventaire restreint de ce musée idéal. Car à ses yeux, cet esprit à contre-courant de son époque incarne mieux que tout autre créateur contemporain la rigueur et l'authenticité.

Le photographe reconnu ne fréquente guère ses confrères, à l'exception de Robert Doisneau, Robert Capa, Chim et Eli Lotar. Un Français, un Hongrois, un Polonais et un Roumain, c'est sa bande balkanique, sa famille d'élection, sa fraternité d'armes. Ils se parlent, se montrent leur travail, s'influencent. Si la manière photographique de Cartier-Bresson est alors moins personnelle pour devenir plus sociale, l'entourage en est aussi responsable que l'air du temps et le rédacteur en chef de *Ce Soir*. Il n'a pas trente ans mais, déjà, *Time* le distingue, lui «le Français itinérant», en compagnie de Robert Capa, Walker Evans et leur doyen Alfred Stieglitz. Le magazine américain les présente en effet comme les membres privilégiés de l'élite constituant le club très fermé de ceux qui sont «véritablement et exclusivement engagés à rendre en photographie ce qu'ils peuvent trouver comme instants de vérité». Mais il n'y en a qu'un parmi eux qui rumine déjà une idée révolutionnaire pour leur profession. C'est Robert Capa qui, dans des conversations ou des échanges de correspondances, jette les bases de ce qu'il appelle «une sorte d'organisation» destinée à défendre leurs intérêts, en tout cas une «fraternité» de photo-reporters.

Le surréaliste en lui demeure fidèle à sa passion de jeunesse. Il l'aime comme au premier jour. Elle lui apparaît plus que jamais comme l'ombre et la proie fondues en un éclair unique, pour reprendre les termes même d'André Breton. Aussi, quand celui-ci publie *L'Amour fou*, il le reçoit comme un choc émerveillé. Ce qui y est dit de la beauté convulsive et de l'ordre odieux fondé par l'abjecte trinité famillepatrie-religion, le transporte. Mais il est une notion, soigneusement isolée en italique, qui lui saute aux yeux et rejoindra à jamais ses méditations de chevet : « Les puissances du hasard objectif qui se jouent de la vraisemblance. » Ne fût-ce que pour cette révélation, qui ne sera pas sans effet sur sa vision du monde, *L'Amour fou* mérite de rejoindre *Nadja* dans son panthéon personnel. D'autant que cette fois Breton publie le détail d'une des photos d'adolescents prise à Séville en 1933 par Cartier-Bresson. Et tant pis s'il commet un lourd contresens historique en la légendant d'après une phrase de son texte évoquant « tous les petits enfants des miliciens d'Espagne ».

L'élève en Cartier-Bresson continue de toujours vouloir se donner un mentor. Il y eut son oncle Louis, Jacques-Émile Blanche, et dans une moindre mesure René Crevel et Max Jacob. Puis Tériade est venu et s'est aussitôt imposé à l'exclusion des autres. Cartier-Bresson le respecte infiniment. Il a appris à le connaître. Il sait, lui, que ce contemplatif, passe pour être un sauvage alors qu'il n'est que discret. On croit toujours qu'on le dérange, il croit toujours qu'il dérange. Le malentendu ne facilite pas les contacts. Tériade est vraiment son guide. Il est vrai qu'en décembre 1937 il l'éblouit en publiant enfin le premier numéro de *Verve*, sa propre revue appelée à devenir également une maison d'édition. Il la dote d'une certaine ambition littéraire et artistique puisqu'il la tient d'emblée pour la plus belle revue du monde, rien de moins. Bilingue, financée par le directeur d'un magazine américain, conçue de A à Z par son infatigable animateur, elle est surtout fabriquée par le maître imprimeur Draeger et le maître lithographe Mourlot tandis que la typographie est confiée à l'Imprimerie nationale. Tériade, leur grand catalyseur, obsédé par l'idéal classique, se présente comme un artisan au service d'une rencontre magique entre peinture et poésie. Il tient que le privilège de l'artiste plastique est de persister à penser avec ses mains dans un climat de décadence intellectuelle. Il veut même rendre aux peintres la parole sur la peinture! Cartier-Bresson savoure particulièrement sa critique des critiques d'art, professionnels ou pas. La plus brillante de leur analyse lui semble toujours moins intéressante que le plus banal propos d'artiste. Sa déclaration d'intention parue dans ce premier numéro est un credo auquel Cartier-Bresson souscrit sans effort :

«*Verve* se propose de présenter l'art intimement mêlé à la vie de chaque époque et de fournir le témoignage de la participation des artistes aux événements essentiels de leur temps. *Verve* s'intéresse dans tous les domaines et sous toutes ses formes à la création artistique. *Verve* s'interdit toute fantaisie dans la présentation des documents. La valeur de ses éléments dépend de leur qualité, du choix qui en a été fait et de la signification qu'ils prennent par leur disposition dans la Revue. Pour que les images gardent le sens des pièces originales, *Verve* utilise les moyens techniques les mieux appropriés à chaque reproduction : héliogravure en couleurs, héliogravure en bois, typographie. Elle ne dédaigne pas de se servir du procédé oublié de la lithographie.»

Le premier numéro de *Verve*, dont la couverture est composée par Matisse, contient notamment trois photos d'Henri Cartier-Bresson. Ça ne s'oublie pas. Mais ça ne saurait faire oublier qu'au même moment l'antifasciste en lui cherche les moyens de servir une cause qui n'a rien d'esthétique ni d'artistique, celle des républicains espagnols, qui devrait être celle de tout démocrate européen. Il pourrait le faire en photographe, mais la photo, qui arrête le temps et condense tous les éléments en un plan unique, lui semble alors moins appropriée pour refléter la violence de son époque. Le documentaire, synonyme de vitesse et de mouvement, lui paraît plus adapté à cette situation de crise extrême. C'est le moment de mettre en pratique ce qu'il a appris tant à New York dans l'entourage de Paul Strand, qu'en France auprès de Jean Renoir. Et puis quoi, quand on s'engage, on va jusqu'au bout. Aussi accepte-t-il sans hésiter, pour des raisons plus politiques que professionnelles, la commande passée par le « Bureau médical américain pour aider la démocratie espagnole ».

En français, *Victoire de la vie*. En anglais, *Return to life*. Mais dans un cas comme dans l'autre, une vigoureuse défense de *la* cause. Ce film de quarante-deux minutes est tourné en 16 mm sonore par Henri Cartier-Bresson, caméra en main, individualiste à l'esprit d'équipe qui en est plus ou moins le « metteur en scène », et par Herbert Kline, correspondant en Espagne de la revue de gauche *New Masses*, qui en est plus ou moins le « scénariste », tous deux en collaboration avec l'opérateur Jacques Lemare. Il est produit par Frontier Films, une société constituée par ses amis du groupe Nykino. C'est la geste d'une résistance à travers la vie quotidienne des Espagnols sous les bombardements, l'épopée d'une lutte désespérée contre l'empire de la mort. Il s'agit surtout d'en illustrer prosaïquement la dimension médicale : installation d'hôpitaux de campagne, fabrication de matériel sanitaire, transformation de l'hôtel Ritz en hôpital nº 21, opérations chirurgicales réalisées dans des conditions périlleuses, rééducation des grands blessés, soins d'urgence, transfusions en catastrophe, rapatriements des éclopés, héroïsme des brancardiers...

Il faudrait être de marbre pour ne pas se mobiliser après un tel spectacle. Le public a pourtant l'habitude de l'horreur, depuis qu'en 1860, dans le sillage de l'expédition franco-anglaise en Chine, Felice Beato avait publié ses premières photos de cadavres jonchant le champ de bataille. Aussitôt après, depuis son studio de Broadway, Mathew Brady envoyait ses équipes de reporters-photographes en faire autant dans les décombres encore fumants de la guerre de Sécession. Depuis, ça n'avait jamais cessé.

L'image est sobre, efficace, directe. On y voit plus souvent des enfants en train de jouer que des soldats en train de se battre. Pourtant, on est sur la ligne de feu, même si on ne le sent pas nécessairement. Muni de sa Bell and Howell, petite caméra manuelle utilisant des bobines de trente mètres, Cartier-Bresson évolue avec presque autant de facilité qu'armé de son Leica. Avec l'une comme avec l'autre, il est géométrie et mouvement. À ceci près que tout ce qui passe à l'écran est forcément fugace.

Plusieurs films consacrés à cet aspect de la guerre civile ont déjà été tournés par des opérateurs espagnols. Ils présentent sensiblement les mêmes séquences. La différence est dans le commentaire. *Victoire de la vie* lance un appel militant direct. Car il s'agit avant tout d'informer le public américain pour le sensibiliser et provoquer son soutien. La geste des services sanitaires est la parfaite illustration de ce que la solidarité internationale peut de meilleur pour aider la «bonne» Espagne dans sa détresse. À cette propagande, les amis du camp

républicain sont autrement rompus que les partisans des nationalistes. En trois ans, ils produisent
quelque deux cents films de ce type, ce qui est infiniment plus que leurs ennemis. Beaucoup sont tournés à Madrid, capitale et symbole, lieu d'un siège
héroïque et des combats au porte-à-porte. La caméra,
aussi, peut être une arme de guerre. Dans ces
moments-là, il n'en est pas de plus souveraine pour
contrer les effets néfastes de la non-intervention et
réveiller la solidarité internationale.

Celui qui passe pour l'un des meilleurs, sinon le
meilleur, est signé Paul Strand, celui-là même chez
qui Cartier-Bresson avait fait ses classes de documentariste à New York. Intitulé *Heart of Spain*, il
raconte le siège de Madrid vu des salles d'hôpitaux,
avec ce qu'il faut d'amputations et de sang pour évoquer un tableau de Goya. Le film de Kline et Cartier-
Bresson n'a pas cette force, mais il atteint son
objectif. Le tandem en réalise un second, en cette
même année 1938, en marge du premier, mais qui,
lui, restera curieusement inconnu. Tant et si bien
que même ses maîtres d'œuvre oublieront l'avoir
tourné. Intitulé *With the Lincoln Batallion in Spain*,
ce documentaire sur la bravoure des volontaires
américains des Brigades internationales a été financé
par une souscription publique. Projeté en son temps
aux États-Unis, il sera ensuite perdu à jamais
puisque nul n'en retrouvera plus de copie.

La guerre n'est pas finie. Comme beaucoup de
ses amis en Espagne et en dehors, Cartier-Bresson
vit alors au rythme des offensives nationalistes sur
Madrid, du bombardement de Guernica, du soulèvement des anarchistes et des trotskistes à Barcelone
puis de leur écrasement, de la prise puis de la perte
de Teruel par les républicains, de la réouverture des

frontières françaises puis de leur fermeture... Il sait qu'il doit rentrer. Il ne suivra pas l'exemple de Max Alpert qui avait fait ses débuts en 1917 en photographiant les soldats de l'Armée rouge et qui avait fini par rejoindre leurs rangs au titre d'engagé volontaire deux ans après.

La guerre est la répétition générale de la catastrophe à venir. Mais dans le feu de l'action, qui en a vraiment conscience ? Pour Cartier-Bresson, la guerre d'Espagne est aussi, à titre personnel, un événement fondateur. Elle provoque un terrible séisme intérieur, une rupture aussi forte que la révélation de l'Afrique. Pour la première fois, il a vu des gens mourir.

Tout ce qui se rapporte de près ou de loin à cette époque laissera dans sa mémoire une empreinte particulière (mais pas *Espoir*, le film d'André Malraux sur la guerre civile, qui ne sera montré qu'en 1945 et qu'il n'a de toute façon jamais vu). Ainsi fait-il connaissance du peintre Matta, à Paris, à ce moment-là. Leur relation durera. Mais quelles que soient les circonstances, jamais il ne cessera de le voir avec ces yeux-là, son regard de ce temps-là, celui de la guerre d'Espagne.

Rien ne sera plus exactement comme avant. Sur le plan professionnel également. Pourtant, malgré ce qu'ils avaient d'exceptionnel et d'exaltant, les événements ne l'ont pas dévoilé. Rien de commun avec un Albert Londres révélé par son reportage sur la cathédrale de Reims en flammes après une attaque allemande en 1915. Ou avec un François Aubert, portraitiste de notables du régime qui naquit au photo-journalisme au cours de l'expédition du Mexique par son reportage sur l'exécution de Maximilien. Pourtant, ça aurait pu...

Cartier-Bresson l'avoue difficilement. Pourtant, il « souffrira » longtemps de ce que ses deux grands amis Capa et Chim passeront à la postérité comme *les* photographes de la guerre d'Espagne, et pas lui, alors qu'ils y ont tous trois travaillé. Sauf que lui n'a pris aucune photo. Regrets éternels... Avant tout préoccupé de récolter de l'argent pour les hôpitaux républicains, il a œuvré pour la cause, dans un contexte de propagande, et il l'a fait en filmant. Or, un documentaire passe dans la mémoire collective aussi vite que les images passent sur l'écran. Alors que les photos restent. Le montage d'un film est souvent long. Le temps d'achever celui-ci, la guerre civile s'achevait. La prochaine fois, il tâchera de s'en souvenir avant de céder à l'urgence de l'heure en faisant passer le militant avant le reporter.

Retour à Paris, au journal d'Aragon, au photo-reportage. Mais il suffirait que Jean Renoir, qui se trouve être également chroniqueur cinématographique à *Ce Soir*, l'appelle pour qu'il lâche tout et le suive de nouveau. C'est le cas début 1939.

Cela fait à peine deux ans qu'ils ne se sont vus. Renoir, qui tourne plus vite que son ombre, a pourtant eu le temps de réaliser quatre films : *Les Bas-Fonds*, son fameux projet d'après Gorki ; *La Grande Illusion*, que Cartier-Bresson a en horreur pour son exaltation des affinités de classe et de la solidarité de caste entre le personnage de l'aristocrate français et celui du hobereau allemand ; *La Marseillaise*, un film sur la Révolution française, encore très marqué par l'esprit du « Front popu » (il est d'ailleurs produit par la CGT...) ; enfin *La Bête humaine* d'après le roman d'Émile Zola. À chaque film, le public est un peu plus désorienté. Comme si, en refusant d'exploiter un filon, le metteur en scène changeait chaque fois de genre. Pourtant, en continuant à nourrir son cinéma des autres arts, cet artisan malade de son indépendance ne fait qu'enfoncer un peu plus le même clou. Simplement, en changeant de registre, il prend des risques et, partant, varie les plaisirs.

Il en a usé des assistants, cet homme exceptionnel de générosité, d'humanité et de simplicité, qui est tout sauf un battant. Trop faible, trop dépressif, trop facilement découragé. Peu de metteurs en scène traitent leurs acteurs avec tant de tact et de courtoisie en toutes circonstances. Après une scène insatisfaisante, il ne dit jamais : « Ce n'est pas bon, on la refait », mais plutôt : « C'est merveilleux, vraiment merveilleux. Et si maintenant, nous essayions ainsi ? » Cartier-Bresson a-t-il la nostalgie de cette qualité dans les rapports humains, de cette atmosphère pleine de rires et de chansons, de cette expérience hors du temps semblable à nulle autre ? Toujours est-il qu'il reprend du service pour collaborer au film qui demeurera, aux yeux de la postérité, non seulement *le* grand film de Jean Renoir, mais l'un des chefs-d'œuvre du cinéma français. L'un des rares qui, parvenus au statut de classiques, aient eu le bonheur de susciter nombre de vocations de cinéastes en provoquant l'émotion de générations successives.

L'histoire ? Un week-end de chasse en Sologne, couronné par une fête. Aux intrigues amoureuses des maîtres répondent en écho celles des serviteurs sans que l'on sache trop lesquelles l'emportent en cynisme, en perfidie, en hypocrisie et en cruauté. Tout le monde trompe tout le monde, les uns courent après les autres, untel voudrait tant être aimé de celle qui ne l'aime plus, et l'autre qui veut nous persuader qu'il a une vieille mère... Une telle entreprise est irréductible à son histoire, ce serait passer sous silence son grain de folie.

Cette trame ne rend pas compte du tourbillon du film, de l'incroyable spirale de l'action, de l'indébrouillable écheveau des manœuvres sentimentales, de la joie et de la souffrance suscitées par les intermittences du cœur et des ruptures de rythme inhabituelles dans le cinéma populaire. Ça se veut une manière de drame gai, lequel puiserait son énergie dans ses paradoxes, même en l'absence de héros positif susceptible de canaliser l'admiration.

Le risque est grand de déconcerter, d'autant que le budget est très important. Les dépassements sont à craindre, mais les succès commerciaux de *La Grande Illusion* et de *La Bête humaine* ont donné à Jean Renoir une assurance qui lui faisait parfois défaut. Désormais, sa notoriété le couvre.

Le tournage se déroule en Sologne — à l'exclusion des intérieurs et du perron du château finement réinventés dans les studios de Joinville et de Billancourt par les décorateurs Eugène Lourié et Max Douy. Dès la mi-février 1939, l'équipe s'installe à l'hôtel Rat, à Lamotte-Beuvron. Il pleut, air connu... L'équipe rescapée de *Partie de campagne* le prend avec bonne humeur. Cette fois, les assistants laissent la recherche des accessoires aux accessoiristes, et le choix des robes à Coco Chanel.

Le premier assistant André Zwoboda prête mainforte au scénario, très écrit au préalable mais ouvert jusqu'à la fin du tournage de manière à ne laisser passer aucune chance de l'enrichir, par l'apport spontané des interprètes notamment. Quant au deuxième assistant Henri Cartier-Bresson, quand il ne glisse pas son grain de ciel dans les dialogues (sa passion partagée avec Renoir), il est l'homme des missions délicates sur le terrain, tant au stade des repérages qu'à celui du tournage. La jungle africaine, les bas-fonds mexicains, Harlem de tous les dangers... Désormais, une sorte de légende le précède malgré son jeune âge. C'est lui qui trouve le château de La Ferté-Saint-Aubin et son parc de quarante hectares en Sologne, lui encore qui montre à Marcel Dalio comment se servir d'un fusil avec assez de doigté pour que cela paraisse naturel, lui toujours qui règle les scènes de chasse au lapin et fait la peau de l'animal en lieu et place de l'acteur, lui encore qui sait trouver les mots et les gestes qu'il faut pour remonter le moral de Renoir dans ses crises de cafard, et lui éviter de se noyer dans l'alcool...

Cartier l'assistant est, avec quelques rares initiés, le spectateur privilégié d'un film dans le film. Car il sait que Renoir se débat dans ses vies parallèles, et qu'elles s'étalent discrètement sous leurs yeux sur le plateau et en coulisses. Marguerite Houllé, la monteuse, est sa compagne officielle, et Dido Freire, la scripte... Une double vie privée à laquelle correspond étrangement l'agencement de ce château à double fond où l'on assiste en permanence aux doubles chassés-croisés amoureux des maîtres et des domestiques. Une vie qui, comme le film, oscille en permanence entre la comédie et la tragédie.

Pour en prendre l'exacte mesure, Jean Renoir aime bien que ses proches collaborateurs passent un instant de l'autre côté de la caméra. Cette fois encore, Cartier-Bresson joue le jeu. Après avoir été séminariste dans *Partie de campagne*, le voilà donc domestique dans *La Règle du jeu*. Il tient le rôle d'un valet de chambre anglais prénommé William. La scène se passe dans les cuisines du château. Autour de la table du dîner, les femmes de chambre, valets, chauffeur... Cartier-Bresson, en tenue stricte, doit prononcer une phrase avec un fort accent britannique tout en tendant le bras :

« Voulez-vous me donner la moutarde ? »

Puis, sur le même ton :

« Merci. »

Au plan suivant, Germaine, la cuisinière, lance :

« Tout de même, la patronne, elle exagère avec son aviateur ! »

Alors, William, plus juvénile que jamais, se tournant vers elle et lui rétorquant avec un accent à couper au couteau :

« Où il y a de la gêne, il n'y a pas de *pleasure* ! »

Il la fait rire, celle-là même qu'il prendra un peu plus tard dans ses bras au cours de la danse macabre, pour la protéger du spectre menaçant des valets de la mort. Ce sont les vrais débuts de l'acteur Cartier-Bresson au cinéma. Sans lendemain. Constat lucide qui ne le déçoit guère. Ce qui n'est pas le cas de l'autre constat d'évidence, plus douloureux dans l'instant, mais plus fécond pour l'avenir en ce qu'il dissipe de funestes illusions. À l'issue de ce troisième film à ses côtés, quand Jean Renoir lui fait prendre conscience de son manque total d'imagination, Cartier-Bresson comprend enfin qu'il est vain de continuer à faire l'assistant, car il ne sera jamais metteur en scène. Et puis réaliser un film, c'est aussi diriger une équipe, donner des ordres, exercer une autorité, user d'un pouvoir, toutes choses dont il est incapable.

Jean Renoir lui aura rendu deux grands services : le premier en l'engageant, le second en le dégageant du cinéma.

La Règle du jeu est l'un des derniers films des derniers jours de l'entre-deux-guerres. Après, la France et l'Europe vont basculer. Cartier-Bresson aussi, à trente-deux ans. Les années noires marqueront le moment de sa propre rupture avec la légèreté et l'insouciance du monde d'avant. Un monde qui, pour lui aussi, s'achève tragiquement avec la disparition prématurée de Jacqueline, une de ses trois sœurs dont il se sent très proche.

5

Nationalité: évadé
1939-1946

«Mou, très mou. Incapable de passer au grade supérieur.»

En recevant son livret militaire dans lequel figure cette observation, Henri Cartier-Bresson sait ce que l'armée pense de lui. Pour se remettre du choc de cette révélation, à la veille de sa mobilisation, il enterre sa vie de civil comme d'autres leur vie de garçon. En compagnie de l'ami Jacques Becker au volant de sa vieille Ford Modèle T, ils effectuent une tournée méthodique des bars et restaurants des grands hôtels parisiens: Ritz, Meurice, Plaza Athénée, Continental...

Adieu le cinéma... C'est un tout autre film qui l'attend. De toute façon, Jean Renoir, obsédé par l'idée de mettre sur pied une œuvre en couleurs afin de rivaliser avec les étrangers, est déjà parti pour l'Italie, quitte à ce que ses amis communistes se sentent insultés par son geste. Malgré le régime fasciste, il a, dit-on, accepté de travailler avec le comte Ciano, gendre de Mussolini, à un projet d'adaptation de *Tosca*.

Les événements se précipitent au cours de l'été 1939. La signature du pacte germano-soviétique ébranle plus d'un compagnon de route, pour ne rien

dire des militants communistes. Parmi les intellectuels, Paul Nizan est le seul à démissionner pour
manifester son désaccord avec cette alliance contre
nature. Il le fait sans éclat ni scandale, par un article,
et se retire dans le silence. Le PC, qui ne lui pardonne pas sa rupture, lance alors la plus perfide des
rumeurs censées révéler les vraies raisons de cet
éloignement : Nizan était un espion de la préfecture
de Police infiltré de longue date dans l'organisation... Un traître. Le mot revient avec insistance, le
plus souvent indirectement, de manière sournoise.
Quelques mois après, Nizan, qui se bat comme officier de liaison sous l'uniforme britannique, est tué à
Dunkerque. Il est alors traîné dans la boue sans vergogne par ses anciens camarades, Aragon en tête.
Cartier-Bresson, qui passe de la stupéfaction à
l'écœurement, ne lui pardonne pas cette attitude
indigne. Jusqu'à la mort d'Aragon, il conservera à
son endroit un sentiment mêlé d'affection sincère
pour le surréaliste historique et le directeur de *Ce
Soir* qui lui avait donné sa chance, et de profond
mépris pour l'apparatchik, le notable, le stalinien
qui a couvert tous les crimes, à commencer par
celui qui avait consisté à salir la figure admirable de
Paul Nizan sans aucune vergogne.

Printemps 1940. Le gouvernement Daladier, dont
la « lâcheté » déçoit beaucoup de soldats, est contraint
à la démission. Paul Reynaud, nouveau président du
Conseil, confie à Philippe Boegner, un ancien responsable de *Vu* et de *Paris-Soir*, le soin de monter un
Service photographique des armées destiné à faire
contrepoids au grand nombre d'images de généraux
allemands parus dans la presse. Même dans les
magazines américains, il n'y en a que pour eux ! Le
journaliste s'aperçoit alors avec stupeur que la pro-

pagande française n'utilise que huit photographes dans le monde... Aussitôt, il dresse une liste de quatre-vingts noms, en tête de laquelle figure celui d'Henri Cartier-Bresson, alors dans l'infanterie «de réserve». Dix-huit d'entre eux sont convoqués à son bureau des Buttes-Chaumont. Il est le premier à se présenter.

Caserne Desvalières à Metz. Cartier-Bresson y est muté pour faire équipe avec d'autres «collègues sous les drapeaux» dans une unité «Film et photo» de la IIIe armée. Outre des appareils légers et pratiques, Cameclair 120 mm et Eyenos américains, le service se voit attribuer une camionnette Ford aux portières frappées de son curieux monogramme: «Oyez. Voyez».

Leur mission est claire: ils doivent filmer ladite «drôle de guerre» et photographier des scènes de soldats aux avant-postes ou sur la ligne Maginot, et fournir des images de tirs d'artillerie lourde. Ce travail, qu'ils qualifient eux-mêmes de «pépère», constitue une parfaite illustration de l'esprit de la drôle de guerre. Ils sont quatre: outre Henri Cartier-Bresson, on compte Albert Viguier, André Bac, un reporter-photographe qui aspire à devenir chef-opérateur dans le cinéma, et Alain Douarinou, qui a déjà été assistant-opérateur de Jean Renoir, Jacques Tourneur, Marc Allégret et cameraman sur une vingtaine de films de Sacha Guitry et Edmond Gréville entre autres.

Le 10 mai 1940 commence la «Campagne de France». Les blindés de la Wehrmacht franchissent la Meuse et atteignent Sedan trois jours après. Seul Mandiargues pouvait remarquer que parmi les généraux qui foncent sur Paris à la tête de leurs troupes se trouvent un von Kleist et un von Arnim.

Abbeville, Arras, Calais... Les villes tombent devant l'avance du rouleau compresseur. Les populations du Nord fuient vers le Midi. La France se précipite dans le vagabondage. C'est la débâcle.

Le caporal Cartier-Bresson a juste le temps de préserver ce qui lui tient le plus à cœur du grand naufrage qui s'annonce. Il enterre son Leica dans la cour d'une ferme des Vosges. Puis il se livre à un rituel que d'autres jugeraient sacrilège, mais pas lui qui, en temps de paix et sans obligation, a déjà détruit la plupart de ses toiles et jeté les négatifs qui lui déplaisaient.

Cette fois, il découpe un à un ceux d'entre eux qu'il entend conserver, se livrant dans le feu de l'action à un exercice d'autocritique dénué de la plus infime complaisance. Les trois quarts de ceux qu'il examine sont écartés, même les amorces de négatifs. Il trie à vue de nez, plus instinctif que jamais. Mais le jugement est sans appel car les négatifs écartés sont aussitôt jetés. Les élus sont placés dans une boîte à biscuits en fer Huntley and Palmer et confiés à son père, qui a le réflexe de la mettre à l'abri dans un coffre à la banque.

Avec ses camarades, le caporal Cartier-Bresson filme et photographie les conséquences des bombardements aériens sur les routes. Mais le colonel leur interdit les grands nœuds routiers ou ferroviaires. Il en est ainsi jusqu'à ce que la IIIe armée, écœurée, reçoive l'instruction de battre en retraite. Dans l'ordre d'abord, puis dans la pagaille. Même l'état-major se perd dans la nuit... Pendant son repli vosgien, la troupe se retrouve encerclée par les Allemands, tandis qu'à la radio le maréchal Pétain, nouveau président du Conseil, appelle les soldats à cesser le combat.

Le 22 juin 1940, le jour même où l'armistice est signé à Rethondes, Cartier-Bresson est capturé avec ses camarades à Saint-Dié, dans les Vosges. Les officiers de la Wehrmacht leur ayant annoncé la nouvelle selon laquelle ils seraient traités comme des « prisonniers d'honneur », ils sont donc convaincus d'être libérés sous peu. Aussi déposent-ils leurs armes avec la certitude d'obtenir en échange leur libre circulation vers l'intérieur de la France. Ils ignorent que l'armistice n'entre en vigueur que le 25. Après la débâcle vécue comme un affront, vient la défaite subie comme une humiliation. D'autant que le pays fait volontiers porter aux soldats une part de responsabilité de cette déroute. Encore abasourdis par le désastre de 1940, ils n'ont pourtant pas franchi tous les degrés de l'abaissement. Il leur faut désormais apprendre à vivre en prisonniers de guerre.

Une ardoise, un numéro de matricule, le sourire n'est pas de rigueur... La photo est l'acte de baptême du prisonnier de guerre à son arrivée au stalag VA, à Ludwigsburg. Quelque vingt-trois mille hommes y vivent. Un camp de prisonniers n'est ni un camp de concentration ni un camp d'extermination, mais c'est un camp. Cartier-Bresson, KG 845, se retrouve en Forêt-Noire, puis dans le Wurtemberg, près de Heidelberg. Pour travailler en kommandos. Bourrer des traverses de chemin de fer, charrier des copeaux avec une brouette dans une usine d'armement spécialisée dans les vilebrequins de sous-marins, œuvrer dans des carrières, suer dans des cimenteries, prêter main-forte pour les fenaisons, s'écorcher les doigts à arracher le lin, placer des os dans un broyeur chez l'équarrisseur... Une trentaine de « métiers » différents en trois ans. De quoi se forger une nouvelle identité. Nationalité :

KG (*Kriegsgefangener*). Pour les Allemands, très pré-
occupés par le rendement, c'est l'occasion d'exploiter une main-d'œuvre bon marché tous les jours de
la semaine sans exception. L'expérience est physiquement éprouvante et moralement inoubliable
pour le jeune bourgeois esthétisant et pas très sportif qu'il est.

Au camp, rares sont ceux qui connaissent ses photos. Mais la plupart font le rapport entre son nom et
celui de l'entreprise de Pantin. Ici, plus encore que
dans le monde libre, il vit cette filiation comme une
tare.

« Il ne faut pas en parler... »

Puisqu'il faut travailler, ou du moins en donner
l'illusion, Cartier-Bresson fournit un gros effort pour
opposer sa force d'inertie à ses geôliers. Il se porte
très tôt volontaire pour « résister au travail » chez
l'habitant plutôt qu'en usine, convaincu que c'est
l'endroit idéal pour en faire le moins possible, et
qu'on s'en évade plus facilement. Car dès son arrivée derrière les barbelés, il n'est animé que par une
idée, une seule : s'évader. Il n'imagine pas un seul
instant attendre la fin de la guerre dans de telles
conditions de déréliction. Vient un moment où il ne
suffit plus de s'interdire de crier plus fort que les
Allemands, de les traiter intérieurement par l'ironie,
de consacrer son énergie à la grève perlée, d'inquiéter le cultivateur chez qui on travaille en lui parlant
tout le temps politique, de lui expliquer comment
Gilbraltar peut être en Espagne tout en appartenant
aux Anglais. Ni de regarder l'habitant distribuer
rituellement la nourriture dans sa maison : sa part
et celle de son prisonnier d'abord, puis celle de ses
enfants, enfin la dernière, la plus petite, celle de
sa femme. Dans ces moments-là, Cartier-Bresson

regrette de ne pas avoir son Leica au poignet. Il continue certes à photographier mentalement, mais ce n'est pas tout à fait la même chose...

Quand il ne se rase pas le crâne comme les prisonniers russes pour agacer les kapos, quand il ne relit pas *Ulysse* de James Joyce, seule chose qu'il ait pu conserver, quand il ne déchiffre pas les lettres codées en bahasa melayu que lui envoie sa femme Ratna (et décodées grâce à son dictionnaire français-malais, probablement le seul de la région), quand il ne dessine ni ne peint, l'évasion hante son esprit. Les Allemands peuvent bien répéter que les prisonniers ne peuvent pas rentrer chez eux parce que les ponts détruits par les bombardements n'ont pas été réparés, il n'attendra pas pour vérifier qu'ils mentaient.

Le camp abrite un exceptionnel échantillon d'humanité. Où ailleurs que là un Parisien, fils de famille dessalé par quelques voyages, aurait-il pu apprendre à truffer ses harangues d'évocation de «pizda» (con, moule...) ou à jurer «Kurwa jego mac!» (Ta mère est une pute!) en polonais? Au camp, on se défait de ses repères. La non-vie du stalag abolit toute notion habituelle du temps. La folie gagne celui qui se rend compte qu'il n'y a pas d'issue, parce que nul ne connaît la durée de cette histoire. Dans un tel univers, la rumeur est reine, quand elle n'est pas vulgaire commérage. Paranoïa et choléra rivalisent d'activité. On déraille facilement. L'esprit atteint un tel dénuement que le captif sent l'humanité quitter doucement sa carcasse d'homme. Il se persuade facilement d'avoir été exclu sans motif valable de l'assemblée des vivants. Loin, très loin de l'atmosphère du camp de *La Grande Illusion*, les prisonniers se croient invisibles aux yeux du monde.

Le stalag, c'est la société en miniature, un microcosme avec ses clans et ses réseaux, mais sans les femmes et les enfants. Toutes les professions y sont représentées, sauf président de la République. Il y a même un agent général d'assurances qui écrit des livres à ses heures perdues et, pour autant, ne se prend pas pour Kafka. Grand, maigre, le regard pointu cerclé d'épaisses lunettes de myope, Raymond Guérin est l'auteur de deux «confessions», comme il dit, publiées par Gallimard, *Zobain* et *Quand vient la fin*. Vêtu en sous-officier, il a de la tenue, et même de cette hauteur qu'on prend pour de l'orgueil littéraire. Il ne travaille pas étant sous-officier, on le dit condescendant et conscient de sa valeur, et il est plutôt raide, cet homme à la redresse. Lui aussi souffre du froid, lui aussi est sous-alimenté, mais il tâche de n'en rien laisser paraître.

Guère loquace, il observe. Quand on ne le voit pas écrire, c'est qu'il écrit dans sa tête. Mais raconte-t-on le magma? *Les Poulpes*, une sorte de roman qui sera à coup sûr un livre de dérision et de parti pris, retransposera le temps fantasmagorique de la captivité, une réalité irréelle où l'homme est réduit à l'état de larve. Le peuple des prisonniers est celui de ses personnages. Ni noms ni matricules, que des surnoms. Le Grand Dab, le héros, c'est lui. Les autres s'appellent Frise-Poulet, Tante Pitty, Domisoldo, Thorax d'Ajax, le Blédard, Organisir, la Prusca, le Folliculaire, les Tordus, les Boas... Ce sont les ombres familières de cette cité boueuse et morne, le cul du monde.

Guérin a autant d'allure que Cartier-Bresson et Douarinou en sont dépourvus tant ils se complaisent dans leurs guenilles. Mais il les estime au point de ne pas les encombrer en refusant de s'évader avec eux. Vue basse, santé faible, gestes empruntés,

manque d'assurance, méconnaissance de l'allemand,
irrésolution : un pur contemplatif n'est pas un
cadeau pour une cavale. Qu'importe si l'on prend
son refus pour du dédain ou de la lâcheté. Les amis,
les vrais, comprennent vite que son indifférence
affichée est une forme aiguë de l'indifférence. Aux
vaillants les évasions, à lui les échappatoires. Ce qui
ne l'empêche pas de les aider de son mieux en leur
procurant argent et informations. En tout cas, ces
deux-là se retrouveront à coup sûr dans son roman.
Il est facile de les reconnaître dans un long passage
au milieu des *Poulpes*. Douarinou, c'est La Globule.
Et Cartier-Bresson, c'est Bébé Cadum, version française naturelle du «petit Blanc aux joues de crevette», surnom dont sa fiancée zapotèque l'avait
gratifié quelques années auparavant au Mexique :

«Les deux garçons se présentèrent. Bébé Cadum
avait un crâne énorme, déjà dégarni en surplomb
sur des yeux bleus d'archange et des joues roses
d'enfant bouffi. La Globule, noir de poil et de peau,
la face ornée d'imposants favoris, semblait le sosie
d'un corsaire malouin [...]. Autant par bravade que
par bohème, Bébé Cadum et La Globule affectaient
gentiment des mises décheuses. Un travestissement
innommable ! Vêtus de treillis, que la suie et le grail-
lon avaient peu à peu cirés d'une crasse jaunâtre,
un foulard rouge autour du cou, des bottes de caoutchouc aux pieds, ils puaient l'évier et la poubelle.
Foutraille, ils étaient au poil ! Des reclus comme il
en eût fallu beaucoup ! Ah, Pères Ubus, vous êtes de
fort grands voyous ! [...] Avec Bébé Cadum et La
Globule, Le Grand Dab goûta le double plaisir
d'une communauté intellectuelle sans maniérisme
et d'une parfaite identité de pensée. Formé par de
nombreux voyages, ayant beaucoup lu et délicate-

ment expert en peinture, Bébé Cadum s'avéra un partenaire subtil...»

Partir n'est pas qu'un rêve de bon projectile. Un million six cent mille prisonniers français ont été transférés en Allemagne pendant la guerre, soixante-dix mille s'en sont évadés. La proportion est faible, même si l'on tient compte des tentatives d'évasion, en plus grand nombre, qui échouèrent. Pour ne rien dire des évasions virtuelles, fruit de tartarinades destinées avant tout à tromper l'ennui. Cartier-Bresson et quelques-uns de ses compagnons en font une véritable obsession, plus forte encore que celle de la nourriture, boule de pain pour sept et soupe d'orties pour tous, guettée nerveusement. La perspective de fausser compagnie les fait tenir, leur évite de tomber dans le trou noir. Les autres sont trop abattus, moralement et physiquement, pour ne pas se résigner à un sort vécu comme une fatalité. Question de moyens, de caractère, d'instinct vital.

La première fois, le mauvais temps leur joue un sale tour. Ils récoltent l'isolement, dans la cabane bambou de la baraque aux évadés. Avec Alain Douarinou, autre candidat au grand voyage, Cartier-Bresson est condamné à effectuer vingt et un jours de cachot et deux mois de travaux forcés en compagnie disciplinaire avant d'être ramené au *statu quo ante*. À un détail près, mais qui est essentiel. Un jour de grand cafard, alors qu'ils sont tous deux accroupis au fond d'un vallon sinistre à travailler la terre dans une ferme, son camarade, auquel il est lié depuis le tournage de *La vie est à nous*, se tourne soudain vers lui:

«Regarde, Henri, au-delà de cette colline, imagine qu'il y a la mer...»

C'est peu, mais cette phrase, du genre de celles qui aident à vivre dans les moments de détresse absolue, change sa vision du monde. En la lui offrant (car dans de telles circonstances, c'est un cadeau inestimable), son ami, fils d'un capitaine au long cours, le bouleverse durablement. Désormais, il sait ce qui compte, ce qui est important, ce qui l'emporte sur tout le reste : garder l'œil sur la ligne d'horizon.

La deuxième fois, alors qu'il travaille dans une usine de caisses à bombes à Karlsruhe, il réussit à nouveau à fausser compagnie à ses gardiens, avec Claude Lefranc cette fois. Son ami, aussi placide que Cartier-Bresson est nerveux, prend un malin plaisir à le provoquer. Il arrive même qu'ils en viennent aux mains. Vingt-quatre heures plus tard, ils sont repris par la Schutzpolizei. En pleine nuit, juste avant d'atteindre le pont sur le Rhin. Retour à la baraque aux évadés, cellule, compagnie disciplinaire, air connu. Sauf qu'au plus fort de la grande escapade il s'est surpris à tirer des plans sur la comète.

« Plus tard, quand je serai libre, je serai dessinateur de mode, et toi ? lui a demandé son camarade.

— Moi ? Je serai peintre... »

La troisième tentative est la bonne. Ils passent la frontière dans la nuit du 10 février 1943, à pied, le long du canal de la Moselle, alors que Claude Lefranc fête son anniversaire. Ils volent des vêtements civils auprès des gens du STO, des faux papiers et des billets de chemin de fer grâce à un SS alsacien. Aucun problème jusqu'à Metz car le contrôleur les a planqués dans un wagon réservé aux officiers allemands. Après quoi, pendant trois mois, ils se cachent dans une ferme près de Loches, en Indre-et-Loire, avec une dizaine d'évadés, de réfractaires au STO. de résistants et de Juifs.

Ce moment de la vie d'Henri Cartier-Bresson, qui clôt trois années hors du temps, est l'un des rares qu'il évoque avec une émotion perceptible. Aussi, de peur de se laisser submerger, il dévie vers la dérision. En remplissant des années plus tard le questionnaire de Proust, à la question «Quel est votre voyage favori?», il répond: «M'évader trois fois en tant que prisonnier de guerre.»

Pas question d'héroïsme dans son acte. Juste un réflexe naturel de survie. Un réfractaire-né ne peut se résigner à l'enfermement. Il s'est échappé sans calculer les risques, sans mesurer l'intérêt qu'il y aurait eu à patienter. Il s'est soustrait à la surveillance de ses gardiens parce qu'il n'a jamais pu supporter que quiconque entrave sa liberté, réprime son libre arbitre, contrarie son franc-parler, surveille ses lectures, restreigne ses mouvements. À croire qu'il avait ce virus-là dans les gènes.

Évadé. C'est la seule «médaille» à laquelle il tienne, partagée avec quelque trente mille autres captifs, non par orgueil mais par fierté, celle du prisonnier qui a promis quelque chose à ceux qu'il a laissés. Par fidélité à ses amis dénoncés, torturés, fusillés. Quand on aurait voulu en faire des animaux, ils étaient restés des personnes qui avaient pris leur destin en main. Grâce à eux, il sait ce que peut être la solidarité entre les hommes lorsqu'elle intervient dans un contexte de total désarroi. Il connaît désormais de l'intérieur l'insoupçonnable capacité de l'homme à s'adapter aux situations les plus inouïes. Avec eux, il a touché le fond, il a eu faim, il a couru sous les coups, il a éprouvé le froid la nuit, il a connu le fesse-à-fesse dans la fosse à merde, il a eu la révélation de l'absence d'humanité dans l'homme.

L'Allemagne lui restera pour toujours en travers

de la gorge. Chaque fois qu'il y croise un congénère, il doit se retenir de l'interroger : « Mais que faisiez-vous pendant la guerre ? », avec le ton de celui qui, voyant des nantis descendre d'une Rolls-Royce, voudrait leur demander : « Mais d'où vient l'argent ? »

Comme beaucoup, la guerre l'a métamorphosé. Le monde d'avant sera désormais celui d'avant la captivité ; il conserve l'âme tatouée par la réclusion. Dans les discussions politiques, il ne se sent appartenir vraiment qu'à un camp : le camp de prisonniers. Nationalité : évadé. Il a appris là-bas des choses qui demeurent inaccessibles à l'entendement des hommes libres.

Ceux qui n'ont pas connu les camps n'y pénétreront jamais, ceux qui y sont allés n'en sortiront jamais, car le camp est hors du monde.

Lyon, juin 1943. Dans une maison de la toute proche banlieue où se tient une réunion clandestine des chefs de la Résistance intérieure, Jean Moulin est arrêté par la Gestapo. Henri Cartier-Bresson se trouve à un jet de pierre de Caluire, mais il en ignore tout, naturellement. Quoique... Car son frère Claude, antipétainiste de la première heure, tout en poursuivant ses activités industrielles, est très actif depuis 1941 au sein du mouvement Libération-Sud. Sous le pseudonyme de Vincent, il fait partie de l'état-major de l'Armée secrète de la région de Toulouse.

Prisonnier en cavale, Cartier-Bresson, lui, a rendez-vous avec un résistant susceptible de lui procurer des faux papiers grâce à l'entremise d'Aragon. Les urgences de l'heure l'ont poussé à entrer en contact avec le MNPGD (Mouvement national des prisonniers de guerre et déportés) et à prêter main-forte clandestinement aux évadés. En guettant le messager, pour dissiper les soupçons au cas où il croiserait une patrouille, il s'installe sur les quais du Rhône, sort sa boîte de couleurs Windsor et Newton et commence une aquarelle. Plusieurs autres suivront, qui ne seront pas que des alibis. Au camp, il entendait s'évader pour être peintre, sa passion, sa vocation.

Tant que la guerre durera, il n'envisage pas de se remettre à peindre ou à dessiner sérieusement. Question de rythme. Ça ne collerait pas avec l'air du temps, son intensité et sa rapidité. La photographie est vraiment l'instrument idoine.

Son premier geste est de se rendre dans la ferme des Vosges où il avait enterré son Leica pendant la débâcle, et de l'en exhumer. Trois ans qu'il n'a pas pris de photo autrement que dans sa tête. Mais les réflexes reviennent vite à celui qui cherche à capturer toute l'harmonie du monde et à rendre son ordre invisible dans un rectangle.

Par l'intermédiaire du critique d'art Georges Besson, qui travaille pour Pierre Braun, il fait la connaissance de cet important éditeur-imprimeur de Mulhouse. Au début de l'Occupation, celui-ci avait exposé dans sa galerie les travaux de Bazaine, Manessier et quelques autres dans le cadre d'une exposition, *Vingt jeunes peintres de tradition française*. Aujourd'hui, il veut lancer une série de petites monographies consacrées à des artistes (Matisse, Braque, Bonnard, Picasso, Rouault...) et à des écrivains (Valéry, Claudel...) contemporains. Cartier-Bresson accepte d'autant plus volontiers de les photographier pour l'illustration des livres, que ce sont généralement des hommes qu'il admire. Saisir un Maître dans son intimité demeure un privilège rarement accordé, depuis

le reportage, réalisé en 1862 par Edmond Bacot chez
Victor Hugo, dans sa maison de Guernesey.

Matisse d'abord. La première séance a lieu
fin 1943, d'autres suivront dans les premiers mois de
1944. Malade, celui-ci se considère en sursis. À sa
demande, son chirurgien lui a accordé les trois ou
quatre années dont il a besoin pour accomplir son
œuvre. Celui que son gendre appelle « le tailleur de
lumière » a quitté l'hôtel Regina à Cimiez pour la
villa « Le Rêve » à Vence, depuis qu'il est question
d'une éventuelle évacuation de Nice à la suite des
raids aériens. Il est alors tout à ses recherches sur les
gouaches découpées à vif dans la couleur. Il dessine
avec ses ciseaux des formes abstraites géométriques.

Matisse n'aime pas être photographié. L'idée de
poser l'horripile. Il ne goûte guère l'indiscrète curiosité des gens qui font ce métier. Et puis cela le dis-
trait de son travail. Mais celui-là a le génie de savoir
se faire oublier, comme un chat. Rien de tel que de
passer inaperçu quand on veut regarder. Il vient
régulièrement, s'assoit dans un coin et peut rester
des heures sans dire un mot, ni à l'artiste ni au
modèle, Lydia Delectorskaya. Pas de conversation ;
non seulement ce serait indécent, mais ça gâcherait
tout. Quand il prend une photo, son acte est aussi
furtif et silencieux que l'éternuement de l'homme
invisible. Alors la personne oublie qu'elle est un personnage, Matisse ne pose plus, il est lui-même, un
crayon dans une main, un pigeon dans une autre, il
s'absente du reste du monde. C'est cet instant précis
que le photographe choisit pour capter l'indicible
de ces regards entre l'homme et l'animal.

On comprend qu'Henri Cartier-Bresson soit le
premier photographe à avoir obtenu de travailler
vraiment avec lui, dans son ombre. Plus tard, même

les historiens d'art mesureront toutes les conséquences de cet insigne privilège, quand, en exami-
nant toutes les photos, ils y découvriront parfois sur
les murs des projets insoupçonnés, tissus africains
et papiers pour cotillons, pour ne rien dire de la
composition «Formes» pour *Jazz*, et surtout des
panneaux que le peintre avait reniés au point de les
détruire. Quand on songe que certaines de ces photos irremplaçables ont failli disparaître à jamais. En
rentrant à Paris, Cartier-Bresson s'aperçoit qu'il a
oublié les négatifs de la série aux pigeons à l'hôtel.
On devine l'effroi de celui qui, prisonnier évadé,
muni de faux papiers de démobilisation, doit retraverser la France des contrôles et des barrages avec
le mince espoir de retrouver ses films là où il les
avait laissés.

Un jour, à force de rendre visite à Matisse, Cartier-
Bresson se sent si proche de lui qu'il s'autorise à lui
montrer une de ses gouaches. Alors Matisse sort
une boîte de sa poche, l'approche du sommet du
tableau et dit simplement:

«Ma boîte d'allumettes ne me dérange pas plus
que ce que vous avez peint.»

Autrement dit: cela fonctionne ou pas. Il n'est pas
de meilleure critique d'art, Cartier-Bresson en est
convaincu. Matisse a un caractère aussi tranché
quand il s'agit de lui. Le jour où Cartier-Bresson lui
montre la maquette de «son» livre à paraître chez
Braun, l'artiste finit par refuser de donner son
accord. Trop tôt pour le culte de la personnalité.

Cartier-Bresson tire également les portraits de
Paul Claudel se prêtant avec grâce au tour du propriétaire de son château de Brangues. De Georges
Rouault en notable endimanché émergeant à peine
du siècle précédent, le chef surplombé d'un lourd

crucifix. Et de l'enchanteur Pierre Bonnard. Autant
de rencontres avec des hommes remarquables, ponc-
tuées par des images qui le sont tout autant.

Ainsi, les séances dans l'atelier et la maison de
Bonnard, au Cannet (Alpes-Maritimes) où celui-ci
réside depuis 1925. Il accepte d'être photographié
parce que, confiera-t-il à son petit-neveu, le sollici-
teur était jeune, timide et qu'il devait avoir besoin de
sous... Doublement affecté par la défaite de la France
et par la mort de sa femme, il n'a jamais été aussi vulnérable. Mais il a trop de dignité et de pudeur pour
laisser transparaître son désarroi. Seuls ses autopor-
traits reflètent la courbe de son chagrin.

Cartier-Bresson, fin connaisseur de l'œuvre de
celui que ses amis surnomment « le Nabi très japo-
nard » et qui reconnaît volontiers avoir toute sa vie
flotté entre l'intimisme et la décoration, se doute
bien qu'il mettra dans la séance photo autant de
fantaisie et d'ironie que dans sa peinture. Mais rien
ne laisse prévoir sa résistance à s'offrir à l'objectif.

La conversation roule avec cet homme de soixante-
seize ans qui continue à travailler comme si son
œuvre était encore à venir. Tant que le photographe
laisse son appareil sur la table, tout va bien. Dès qu'il
le met à l'œil, fût-ce avec sa discrétion et sa rapidité
coutumières, Bonnard s'esquive, se cache, tel un
félin farceur. Ils se cherchent et s'échappent l'un à
l'autre, tant et si bien que cela devient un jeu. Parfois,
ils marquent une pause, laissant de longs silences
s'installer. Soudain, Cartier-Bresson porte son Leica
à l'œil. Alors Bonnard rabat un peu plus sur ses yeux
le bord de son invraisemblable galurin de pêcheur, et
se voile la moitié du visage avec son foulard :

« Mal aux dents... », grommelle-t-il, l'œil malicieux
derrière ses verres ronds de myope.

Quand le petit jeu reprend, il se dissimule de nouveau et mâchonne son foulard:

«L'expression de mon visage, qui cela peut bien intéresser... Tout ce que j'ai à dire se trouve dans mon œuvre.»

Le photographe repose son appareil puis, l'air de rien, réussit tout de même à saisir l'essentiel: le peintre assis dans un recoin, désemparé, comme s'il cherchait à se cacher dans les parois... debout, de profil, emmitouflé comme s'il neigeait dans sa maison, avec en second plan punaisé à même le mur, son *Saint François de Sales bénissant les malades* auquel il travaille pour l'église du Plateau d'Assy (Haute-Savoie)... Cartier-Bresson est trop timide et respectueux pour le photographier de face. Il se sent incapable d'une telle agression.

«Pourquoi avez-vous appuyé à ce moment précis?» lui demande le peintre.

Alors Cartier-Bresson se tourne vers une de ses toiles inachevées posées contre le mur et, désignant un détail du doigt:

«Pourquoi avez-vous mis une nuance de jaune ici?»

Bonnard ne peut s'empêcher de rire de la repartie. Mais elle a fait mouche. Car dans un cas comme dans l'autre, c'est bien affaire de regard. Rien d'autre à expliquer.

Outre l'admiration, il conservera toujours de la tendresse pour Bonnard, à ses yeux l'incarnation de la modestie souriante. De cela, ses portraits sont l'intime reflet.

La rencontre de Georges Braque est certainement celle aux conséquences les plus suivies d'effet. Le 6 juin 1944, ils bavardent tous deux chez le peintre, rue du Douanier-Rousseau, quand soudain la BBC, qu'ils avaient laissée en musique de fond, annonce le débarquement allié en Normandie. Le choc de la nouvelle suffirait à inscrire la figure de Braque dans sa mémoire. Mais il y a plus : un simple cadeau, qu'il lui remet comme pour sceller avec une souriante légèreté leur rencontre, mais de ces cadeaux si peu spectaculaires, si peu ostentatoires qu'on ne s'en méfie guère, alors qu'ils peuvent modifier le cours d'une vie.

Braque lui donne un livre offert par Jean Paulhan, et venu à celui-ci par d'autres mains. C'est bien la vertu de quelques textes magiques que d'être ainsi manipulés comme des témoins dans une course de relais sans fin. Avec les pages pionnières du surréalisme, ce livre exercera la plus grande influence morale sur Cartier-Bresson. Il ne figure pourtant dans aucune anthologie littéraire ou philosophique, il est rarement cité, on ne le trouve pas facilement. Il n'empêche : la vie de Cartier-Bresson n'est plus tout à fait la même après la lecture du *Zen dans l'art chevaleresque du tir à l'arc*, un essai de l'Allemand Eugen Herrigel, un professeur de philosophie qui s'était rendu au Japon pour étudier la mystique d'Extrême-Orient et s'était mis à pratiquer cet art sans artifice afin de comprendre le bouddhisme zen.

Au départ, passé le premier choc, Cartier-Bresson croit avoir enfin trouvé l'idéal du manuel de photographie, tel qu'un esprit non conformiste comme le sien peut l'entendre. Car l'ouvrage recèle les principes apparemment simples qu'il recherchait : être là, attendre dans l'anonymat et disparaître. Mais, progressivement, une évidence s'impose : ces pages exposent un mode de vie, un détachement du monde, une vision de l'univers d'autant plus irrésistibles

qu'ils lui apparaissent comme le parfait complément de sagesse de l'éthique libertaire à laquelle il
ne veut jamais renoncer.

Comment un Parisien très normand de trente-cinq
ans, qui a le corps en liberté dans la France occupée
mais l'esprit encore derrière les barbelés de la Forêt-
Noire, ne serait-il pas dérouté par un livre qui tient
le tir à l'arc comme une discipline mentale lorsqu'il
est en parfaite harmonie avec l'inconscient? Et
pourtant, en le lisant pour la première fois, il se sent
face au bouddhisme dans la peau d'un M. Jourdain.

Jusqu'à la découverte de ce texte éblouissant,
Cartier-Bresson n'avait envisagé la question que
d'un point de vue technique de chasseur: tremblement du tireur, aisance de la détente, précision du
tir... La concentration ne suffit pas à donner à l'âme
son armature interne, qu'il s'agisse de la manière de
respirer, de regarder ou d'être absorbé par l'action.
Mais en se pénétrant de l'essence du coup grâce à
l'enseignement du zen, il entrevoit dès lors toutes
les possibilités du satori, cette intuition qui invite à
outrepasser les limites traditionnelles de l'ego. En
apprenant à bien attendre, il modifie son rapport
avec le temps et ne ressort pas seulement instruit
mais édifié par le dialogue entre le Maître et l'élève,
tel que le rapporte Eugen Herrigel:

« Le coup parfait ne se produit pas au moment
opportun parce que vous ne vous détachez pas de
vous-même. Vous ne tendez pas vos forces vers l'accomplissement mais vous anticipez votre échec...
L'art véritable est sans but, sans intention... Libé-
rez-vous de vous-même, laissez derrière vous tout
ce que vous êtes, tout ce que vous avez, de sorte que
de vous il ne reste plus rien, que la tension sans
aucun but. »

De prime abord, le photographe en Cartier-Bresson est marqué par la pensée de Herrigel. Mais, à
l'issue de plusieurs lectures, c'est sa vision du monde
qui s'en trouve bouleversée. La philosophie de l'existence qu'il en retient est faite d'idées d'autant plus
complexes qu'elles sont énoncées avec une clarté et
une simplicité déconcertantes. À savoir qu'il faut
vivre l'instant présent, car le futur s'éloigne comme
la ligne d'horizon, au fur et à mesure qu'on s'en rapproche. Ou qu'être soi, c'est être en dehors de soi. Ou
même qu'en visant la cible nous avons une chance
de nous atteindre. Ou encore que le monde extérieur
nous renvoie à nous. Ou qu'il faut arriver doté d'une
grande force et repartir en s'oubliant.

S'oublier, s'abstraire, ne plus rien prouver... Alors
seulement, quand il n'est plus considéré comme un
passe-temps mais comme une question de vie ou de
mort, le tir à l'arc devient un art sans art, et l'archer
en lutte contre lui-même «Maître et non Maître»,
puisqu'il est mentalement capable d'atteindre sa
cible sans arc et sans flèche. Cartier-Bresson saura
s'en rappeler quand il aura à préciser une fois pour
toutes sa conception de la photographie.

Quelques jours auparavant, en mai 1944, Cartier-
Bresson a envoyé à son commanditaire Pierre Braun
une lettre au ton testamentaire. On peut supposer
que sa position d'évadé en situation illégale et son
activité clandestine au service des prisonniers en
cavale l'incitent à préserver son travail. En cas de
malheur. Le climat général, de plus en plus tendu
par une répression féroce (otages exécutés, maqui-
sards massacrés, Juifs déportés...), n'a jamais rendu
aussi incertain l'avenir à très court terme. Cartier-
Bresson accorde donc à l'éditeur la faculté de

publier sous forme d'album ses anciennes photos inédites, le cas échéant en compagnie d'autres photographes œuvrant dans le même esprit que lui, car il veut éviter que celles-ci puissent paraître un jour disséminées. À deux conditions toutefois : que les droits de reproduction soient réservés à Ratna, sa femme, et que le cadrage d'origine tel qu'il apparaît sur les négatifs soit strictement respecté. Ce dernier point, formulé sur le mode de l'injonction impérative, révèle une obsession constante. D'ailleurs, dans sa lettre, il prend soin d'insister encore sur cette idée fixe :

« J'attache une grande importance à ce que l'on ne modifie pas mes cadrages ; se rapporter à mes épreuves dans l'album pour cela ; au cas où il serait égaré, tirer les négatifs intégralement sans en rogner ne serait-ce qu'un millimètre soit à l'agrandissement, soit à la gravure. Ne pas se servir de margeurs car ils empiètent tous sur l'image projetée du négatif si peu que ce soit. Ou bien sur un papier 18 × 24 projeter le négatif en 23 et non 24 ce qui laisse un demi-centimètre de chaque côté pour maintenir le papier sans que le cadre du margeur ne morde sur l'image. »

Cartier-Bresson confie donc la prunelle de ses yeux à Pierre Braun. Plusieurs petites boîtes métalliques rondes de différentes couleurs contenant ses meilleurs négatifs : ceux du cardinal Pacelli à Montmartre, les séries de Claudel, Matisse, Bonnard isolées dans du papier de soie, le couronnement du roi d'Angleterre, et puis New York, la Côte-d'Ivoire, la Grèce, la Pologne, le Mexique et l'Italie. Et même des contretypes de photos de famille.

Pierre Braun doit finalement renoncer à publier ses monographies de peintres. Mais tout ce travail n'a pas été inutile. Outre quelques portraits de génie saisis par son Leica, Cartier-Bresson a rencontré des artistes d'exception, Matisse en tête. Le souvenir de bonheur qu'il en conserve sera juste écorné longtemps après par la parution en 1971 de *Henri Matisse, roman*, improbable livre d'art dans lequel Aragon évoque en termes perfides, sous un portrait du peintre, les fameuses séances photo :

« Le photographe qui est venu tout à l'heure a exigé qu'il mette sa robe de chambre, et aussi ce chapeau qui fait merveille. On lui avait bien recommandé de ne pas partir sans avoir photographié Matisse dans sa robe de chambre. Il s'est fait peu à peu une image des grands peintres. On ne peut pas y mentir. Le public serait dérouté. Il a fallu que Matisse à regret passât la "robe de chambre" [Note *d'Aragon* : je ne sais s'il s'agissait de la robe de chambre qu'on voit sur des photos de Vence après guerre, ou d'une doublure de poil de chameau que revêtait parfois H. M. pour sa légèreté. Mais les photographes, entrant dans l'intimité d'un grand homme, se croient toujours chez Honoré de Balzac], mît le feutre. Encore heureux qu'on n'ait pas exigé la palette, vous savez : en montrant le pouce… »

À la lecture de ce passage, Cartier-Bresson trouve une occasion supplémentaire d'en vouloir à la crapule qui avait dénoncé son ami Paul Nizan. Un motif de plus de lui vouer du mépris, tout en lui gardant sa reconnaissance pour l'avoir engagé à *Ce Soir*. C'est peu dire qu'il démentira cette version des faits :

« N'importe quoi ! Des foutaises ! La mise en scène, c'est tout le contraire de ma conception de la photo, de tout ce que j'ai toujours fait. Et puis on n'imagine pas un seul instant un homme comme Matisse se prêtant à un tel simulacre, ni moi, à mon âge, dans

ma situation par rapport à lui, "exiger" quoi que
ce soit de lui. En plus, je n'ai jamais rien lu de
Balzac...»

Son agenda de poche de 1944 parle pour lui. De
même qu'il était vierge entre le 7 et le 14 juin, ses
pages sont tout aussi immaculées entre le 22 et le
31 août. Mais on est loin du fameux «Rien» de
Louis XVI dans son Journal à la date du 14 juillet 1789. Dans le premier cas, avant et après les
journées historiques du débarquement en Normandie, Cartier-Bresson a rencontré Braque en son atelier. Dans le second, il entend vivre la Libération de
Paris son arme au poing, c'est-à-dire Leica en main.
Alors que la 2ᵉ division blindée du général Leclerc
s'ébranle en direction de Paris, il quitte la ferme du
Loir-et-Cher où il se cache, enfourche son vélo et
regagne la capitale par les petites routes.
   L'atmosphère est inouïe. On n'avait pas vu une
telle liesse populaire, des gens si heureux de s'em-
brasser sans se connaître, et ce tutoiement générali-
sé si exceptionnel pour des Français, depuis les
folles journées du Front populaire. Le fond de l'air
est à l'allégresse. Les photographes, assez peu nombreux, n'ont aucun mal à opérer tant le peuple de
Paris est fier de se montrer dans des poses avanta-
geuses, des allures souvent martiales et des uni-
formes pour le moins hétéroclites.
   Rue de Richelieu, non loin de la Bibliothèque
nationale. Une vingtaine de photographes se retrouvent en un PC presse improvisé pour l'occasion. Il
est en liaison avec différents postes de commande-
ment de la Résistance intérieure installés dans Paris
insurgé. Cartier-Bresson se partage la capitale avec
ses confrères en fonction de leur connaissance du

terrain. Parmi eux, Robert Doisneau. Pendant l'Occupation, il avait réalisé, selon son biographe Peter
Hamilton, une série de portraits de grands savants
pour *Les Nouveaux Destins de l'intelligence française*, ainsi que des images de jeunes sportifs sains
et virils pour le compte du ministère de la Jeunesse
et des Sports, et d'autres encore pour des magazines
patronnés par l'organisation pétainiste Secours
national, tout en fournissant des photos d'identité
clandestines à la Résistance pour l'établissement de
ses fausses cartes. Aujourd'hui, il est sur le pont,
comme les autres. Au moment du partage, il prend
Ménilmontant, les Batignolles, Saint-Germain-des-
Prés... Une main sur son appareil, l'autre sur la
selle de son vélo pour ne pas se le faire voler, Doisneau ne se refuse rien, sinon ce qu'il juge indigne.
Des femmes tondues exhibées à moitié nues, une
prostituée traînée au bout d'une chaîne comme un
animal par une matrone de la Croix-Rouge et autre
explosions d'épuration sauvage comme les lendemains de guerre civile en connaissent sous toutes
les latitudes, quand la foule se fait populace.

Le petit groupe des photographes de la Libération
se livre à un véritable quadrillage, quartier par
quartier, qui n'empêche pas les uns et les autres de
déborder en dehors du périmètre qui leur est
dévolu, en fonction des circonstances. La bicyclette
est leur seul moyen de locomotion, et la pénurie de
pellicules photo leur problème majeur. Car si on
peut encore acheter de l'Agfa, il faut recourir au
marché noir pour se procurer de la Kodak

Cette fois, quoi qu'il s'en défende, Cartier-Bresson fait vraiment du photojournalisme et du meilleur. Il témoigne parce qu'il est des circonstances
dans l'histoire d'un pays où il serait déshonorant de

ne pas le faire. Il n'est même pas mû par un réflexe de reporter, avec ou sans compas dans l'œil, mais par une réaction épidermique et viscérale. Celle du prisonnier évadé qui veut hâter le retour des siens.

Cartier-Bresson, qui fait équipe avec un confrère de France-Presse, circule entre les barricades de la rue de Rivoli, non loin des grands hôtels où l'administration allemande a régné pendant quatre ans, pour saisir les scènes de reddition d'officiers de la Wehrmacht tendant les bras au-dessus de la tête. Il est au balcon de l'hôtel Continental où pendent des draps blancs qui expriment la capitulation avec la même force symbolique que la bannière à croix gammée marquait l'Occupation quand elle claquait au vent place de la Concorde.

Il est rue de Castiglione quand des résistants en armes, aidés d'étudiants et de lycéens pleins de bonne volonté, entreprennent de dépaver la chaussée et de soulever le bitume pour édifier des obstacles de bric et de broc à la retraite de l'occupant. Il est bien placé dans l'impeccable perspective entre les colonnes, sous les arcades du jardin du Palais-Royal, quand des FFI essuient les tirs de francs-tireurs allemands postés sur les toits. Il est aux guichets du Louvre quand le motard d'un side-car ennemi s'écroule à ses pieds dans une mare de sang, une balle dans le front malgré le casque ; un instant, il hésite à le photographier à bout portant, puis choisit de se sauver, juste à temps pour éviter une patrouille de la Wehrmacht qui ne fait pas dans le détail. Il est quai d'Orsay, au ministère des Affaires étrangères, quand des Allemands hagards en sortent en tenues débraillées sous bonne garde de combattants de fortune.

Il est sur les Champs-Élysées quand le général de

Gaulle descend triomphalement l'avenue. D'autres photographes prennent également ce cliché historique. Mais celui de Cartier-Bresson lui ressemble. Car au premier plan, juste avant le Général, le notable et le préfet, on reconnaît un tirailleur africain. Il n'est pas de plus puissant symbole de ce que la libération de la France métropolitaine doit à la France libre et, partant, à l'Empire. Le «détail» est absent, naturellement ou pas, de la plupart des représentations de cette scène emblématique dans les livres et manuels.

Il est en plein milieu d'une avenue quand un résistant arrête un suspect et le fait avancer en le poussant du canon de son fusil-mitrailleur. Toute une séquence défile sous son objectif : l'interpellation, l'amorce de dialogue, la menace, l'injonction, leur itinéraire dans Paris... Chacun des deux personnages est si typé que ça en est un rêve pour un photographe : le jeune FFI porte un béret et une canadienne dont on imagine qu'elle a connu la promiscuité des maquis ; le suspect, beaucoup plus âgé, coiffé d'un chapeau mou, revêtu d'un pardessus de parvenu, dissimule à grand-peine une allure de mercanti, d'autant que sa valise et son sac à dos bien plein évoquent un départ en toute hâte.

Il est au siège de la Gestapo avenue Foch quand ses occupants sont arrêtés. Mais malgré la pression des événements, il demeure fidèle à lui-même. On en veut pour preuve les clichés qu'il prend juste après avoir photographié les indispensables scènes d'action : des natures mortes dans les appartements et bureaux à l'abandon, autant dire une fleur dans un univers de chaos. C'est une fenêtre ouverte faisant surgir un paradoxe étrangement poétique entre le feuillage des arbres et l'arabesque en fer forgé du balcon. Ou une cage d'escalier avec, en second plan, discrètement aperçu dans l'entrebâillement, le désordre trahissant un départ dans la précipitation.

Il est par hasard dans une rue, errant comme à son habitude mais plus à l'affût que jamais, lorsqu'il reconnaît Sacha Guitry, marchant sous la garde armée d'un groupe de libérateurs de quartier au bras ceint d'un brassard. À leur mine, on devine que ce ne sont pas des chasseurs d'autographes. Aussitôt, il leur emboîte le pas jusqu'à la mairie du VIIe arrondissement. Puis il les suit dans une pièce où se déroule l'interrogatoire du dramaturge, soupçonné sans autre forme de procès d'intelligence salonnarde avec l'ennemi. Assis derrière une table, côte à côte avec son jeune inquisiteur penché sur la feuille du procès-verbal, Guitry fait face à l'objectif.

Au premier plan, posé devant lui, son chapeau. Au second plan, debout contre le mur et devant la porte, des justiciers d'un jour prêts à l'intercepter s'il tentait de s'échapper. Cartier-Bresson consacre tout un rouleau à la scène, prise sous tous les angles possibles. Jusqu'à la mieux construite : les deux personnages principaux assis, et les trois personnages secondaires debout derrière. En sélectionnant «l'image» de cette scène sur les planches-contacts, il aurait pu choisir celle du jeune FFI allumant sa cigarette à son célèbre suspect. Ou des plans plus serrés du dramaturge et du résistant, mais c'eût été au détriment de l'atmosphère générale. Ou encore Guitry reprenant d'un geste de la main son interlocuteur sur certains mots, leur orthographe ou leur syntaxe, qui sait. Mais non, quelles que soient les circonstances, il fait toujours primer la composition sur l'anecdote. Confronté au choix, il conserve l'image la plus forte et la moins démagogique quand il lui aurait été si facile de

« charger » plus encore cet homme qui représente tout ce qu'il déteste, la suffisance d'une certaine élite, la bourgeoisie des comédies de boulevard, les bons mots superficiels, la collaboration mondaine...

Rares sont les images doublées, plus rares les triplées. Outre qu'il n'est de toute façon pas dans sa nature de mitrailler, on sent qu'il lui faut économiser la pellicule. Et le temps. Pour livrer au plus vite les journaux, il fait développer ses précieux rouleaux par un ami. Dans la précipitation, celui-ci se trompe et les trempe longtemps dans une eau beaucoup trop chaude. Certains sont exagérément granuleux, d'autres si moirés qu'ils en deviennent carrément inutilisables. Semblable mésaventure était survenue deux mois avant à Robert Capa, qui avait eu le privilège d'être désigné avec trois autres photographes pour couvrir l'invasion à partir d'Omaha Beach. Trois des quatre rouleaux de ses photos historiques du débarquement en Normandie avaient été anéantis par un laborantin inexpérimenté (au développement, l'émulsion avait fondu à la suite d'une carence de ventilation), et il n'en restait plus que onze d'intactes sur le quatrième, alors qu'il avait pris tous les risques pour être à la hauteur de l'événement du siècle, mettant un point d'honneur à appliquer son conseil aux plus jeunes : « Si vos photos ne sont pas assez bonnes, c'est que vous n'êtes pas assez près. »

1er septembre 1944. Lendemains de fête. La vie reprend déjà ses droits. Cartier-Bresson retrouve Capa à l'hôtel Scribe. Bien décidé à ne jamais plus déroger à son rituel du matin (la lecture des quotidiens dans le bain), Bob le flambeur se dit ravi d'être enfin devenu un photographe de guerre au chômage. Puis les deux hommes revoient leurs amis, Chim et les autres, à la soirée offerte par Michel de Brunhoff, le rédacteur en chef de *Vogue*. Après quoi Cartier-Bresson se rend seul à un rendez-vous qu'il s'était juré de ne manquer sous aucun prétexte : retrouver le Grand Dab et La Globule, ses chers compagnons de captivité, pour un verre mémorable au café de Flore, boulevard Saint-Germain. Raymond Guérin, le premier, est bien là qui l'attend les larmes aux yeux. Mais pour revoir Alain Douarinou, embarqué pour Rava Ruska, en Pologne, juste avant la Libération, ils devront patienter jusqu'à la toute fin de la guerre.

Est-ce dû à une si longue absence et à la nécessité de renouer avec le monde d'avant ? Toujours est-il que, aussitôt revenu dans la société des vivants, Cartier-Bresson veut revoir ses lieux de mémoire. Avec sa femme, en compagnie de Chim qui le mitraille au moindre pas, il retourne au château de son enfance, et, en guide nostalgique, leur fait les honneurs de Fontenelle. Puis il cherche à obtenir des nouvelles des uns et des autres. Ceux qui ont compté pour lui comptent toujours autant. Mais qu'est-ce que la guerre a fait d'eux ?

Sa femme Ratna a trouvé refuge pendant la guerre chez des fermiers à Choussy, près de Chambord (Loir-et-Cher), non loin de là où il s'est lui-même caché à la fin de l'Occupation... Son frère Claude Cartier-Bresson est lieutenant-colonel des FFI... Jacques-Émile Blanche est mort en 1942 dans sa propriété d'Offranville... Jacques Becker, qui a saisi sa chance sous l'Occupation en réalisant lui-même, et non plus comme assistant, ses deux premiers films, sort le troisième, *Falbalas*, qui se déroule dans le milieu de la mode... Jean Renoir tourne désormais en anglais à Hollywood... André Pieyre de Mandiargues, l'ami de jeunesse avec qui il vient juste de se réconcilier à l'issue d'une brouille d'une dizaine d'années, consent enfin à trente-quatre ans à n'être plus le principal obstacle à la diffusion de son œuvre, en publiant son recueil de proses poétiques *Dans les années sordides*... Léonor Fini s'apprête à créer pour la première fois des décors et des costumes, à l'Opéra de Paris, pour le ballet de Balanchine *Le Palais de cristal*... Quant à André Lhote, il a de ses nouvelles de sa bouche même puisqu'ils se rendent ensemble au premier Salon d'automne de l'après-guerre, le Maître et son ancien élève se faisant même photographier dans la contemplation d'un gisant d'Henri-Georges Adam.

Juste le temps de s'enivrer de l'air de la capitale et il faut déjà repartir. Paris est libéré, mais pas la France. La guerre n'est pas finie. Cartier-Bresson la poursuit donc comme correspondant dans l'armée du général Koenig. Correspondant de guerre par la force des choses. Non qu'il méprise le genre, ce n'est pas dans sa nature, voilà tout. Mais un reportage est un reportage, guerre ou paix. Cartier-Bresson veut voir dans les images des correspondants de guerre la même protestation intellectuelle que dans les dessins de Jacques Callot à l'époque des luttes antiprotestantes dans le Sud, et la même attitude de révolte que dans les toiles de Goya dans l'Espagne sous le joug napoléonien.

Il est dans les ruines d'Oradour-sur-Glane, village martyr anéanti en juillet 1944 par les Allemands dans leur retraite, avec les rares survivants, photographiant leurs silhouettes dans les gravats comme autant de fantômes à la recherche de spectres. Il accompagne la marche inexorable des Alliés dans l'Europe en ruine, en sa double qualité de documentariste et de photographe, et jamais l'un à l'exclusion

de l'autre. Cette fois, il ne commettra pas la même
erreur que pendant la guerre d'Espagne.

L'épuration bat son plein. Souvent, avant même
que la justice ne prenne les choses en main, la justice
au coin du bois a nettoyé la place. À nouveau les
dénonciations publiques, les arrestations arbitraires,
les exécutions sommaires. Dans l'autre sens cette
fois, sauf que le pays n'est plus occupé par une puissance étrangère. Comment éviter tant de vengeance
après tant de haine? Difficile d'imaginer que, dans
un premier temps tout au moins, le crime ne succède
pas au crime. Un jour, Cartier-Bresson retourne à la
ferme du Loir-et-Cher où il vivait caché. Ce qu'il
apprend alors lui glace le sang. À l'exception de
Mme Nolle, la femme du fermier, tous ceux qu'il a
connus là ont été trahis. Livrés à la Gestapo, ils ont
été arrêtés et aussitôt déportés à Buchenwald. À
quelques heures près, il en était, lui aussi. Depuis, il
se sent un rescapé de la vie.

À Paris, l'épuration engendre une telle méfiance
qu'on ne peut rien faire sans autorisation. Si l'on
n'est pas dûment appuyé par quelque organisation issue de la Résistance, on n'est rien. C'est la
version sauvage de l'horreur administrative. Et il
ne faut pas s'imaginer que la qualité d'ancien prisonnier de guerre ouvre les portes, loin s'en faut.
À croire que les Français tiennent encore rigueur
aux soldats de 1940 non seulement de s'être fait
laminer, mais de s'être laissé prendre aux pattes.
À peine est-il de retour chez lui à Bordeaux, dans
sa maison pillée en sa si longue absence, que Raymond Guérin écrit à Cartier-Bresson une lettre
désolée:

«Je vis dans le plus triste isolement. Jamais on ne

m'a mieux fait comprendre le caractère infamant de mes quarante-trois mois de barbelés... »

Le prisonnier n'est pas tenu pour un héros, mais pour un électeur. Les états-majors politiques ont encore en mémoire le poids politique qui fut celui des anciens combattants dans les années trente. Les partis les mieux organisés, le PCF en tête, ont donc à cœur d'entreprendre comme il se doit cette masse de rapatriés, attendue non avec des fleurs mais avec des bulletins de vote. L'enjeu est tel que la propagande est vite mobilisée pour réintégrer ces exclus doublement exclus dans la communauté nationale, au double titre de patriotes et de résistants, même si bien peu ont cherché à s'évader. Le 8 septembre 1944, Cartier-Bresson réussit à obtenir un premier sésame, contresigné par le secrétaire de section et le secrétaire général du Syndicat des techniciens de la production cinématographique :

« Monsieur Henri Cartier, ancien prisonnier évadé, mandaté auprès du Comité de libération du cinéma par le Mouvement national des prisonniers et déportés, a été chargé par Pierre Mere de réaliser un film sur les prisonniers. Monsieur Cartier ayant vécu dans l'illégalité jusqu'à ce jour, n'a pu faire régulariser sa position syndicale. Étant donné l'urgence du film et l'impossibilité de réunir la section des réalisateurs pour statuer sur son cas, je prends la responsabilité d'accorder à Monsieur Henri Cartier une autorisation de tourner ce film à titre de réalisateur stagiaire en attendant que sa carte syndicale régulière lui soit accordée. »

Quatre jours après, ce papier qui vaut de l'or est complété par un autre, un ordre de mission approuvé cette fois par le commandant Paillole, directeur de la Sécurité militaire :

« Il est prescrit à Monsieur H. Cartier-Bresson, attaché au Mouvement national des prisonniers de guerre et déportés, de se rendre dans les territoires libérés afin de prendre des vues cinématographiques et photographiques partout où les intérêts des prisonniers de guerre et des déportés seront représentés. »

Raymond Guérin, que Cartier-Bresson est allé visiter à Bordeaux pour lui remonter le moral, le conjure non seulement de ne pas renoncer au cinéma, mais de consacrer un film aux prisonniers de guerre. N'étant pas de la partie, l'écrivain ignore ce qu'il faut faire, mais il sait ce qu'il ne faut pas faire : *La Grande Illusion*, film qu'ils tiennent tous deux dans une même aversion pour l'esprit détestable qui l'habite, et plus encore depuis qu'ils ont vécu ce qu'ils ont vécu. Guérin imagine plutôt qu'il faudrait tout recentrer sur la vie quotidienne au camp, et conserver un côté documentaire puisque la réalité a dépassé la fiction. De son point de vue de néophyte, c'est assez simple : il suffirait qu'ils s'assoient avec leurs amis rescapés autour d'une table et qu'ils discutent pendant des heures pour qu'un scénario surgisse spontanément de leur brassée de souvenirs.

Cartier-Bresson l'écoute, mais il a son idée. Le camp appartient déjà à l'Histoire. Lui, il veut filmer l'histoire immédiate, l'actualité en train de se faire en 1945, année de la libération de l'Alsace, de l'entrée des troupes françaises en Allemagne, de la réoccupation de la Ruhr, de la capitulation définitive du Reich enfin au deux mille quatre-vingt-sixième jour de la Seconde Guerre mondiale. Ce sera donc la libération des camps et le retour des prisonniers de guerre et déportés chez eux. Le 8 juin 1945, les

Actualités filmées célèbrent celui de Jules Garron, le millionième rapatrié.

Réalisé en 35 mm par Henri Cartier-Bresson, le capitaine Krimsky et le lieutenant Richard Banks, produit par l'Office of War US Information, filmé par des opérateurs de la section cinéma de l'armée américaine (à l'exception de la séquence parisienne, due à Claude Renoir), commenté par le journaliste Claude Roy, *Le Retour* n'en est pas moins un film financé par les services de propagande américains. Il s'ouvre par des séquences de désinfection et s'achève par des scènes de retrouvailles. Entre l'hygiène et les larmes, il y a tout un monde, mis entre parenthèses du reste du monde pendant quatre ans, et dont Cartier-Bresson entend célébrer le retour à la vie en vingt-cinq minutes.

Au début de l'hiver 1944, son intention était bien de filmer les prisonniers et déportés dès leur départ des camps. Mais le temps que la productrice Norma Rathner réunisse les fonds nécessaires au tournage, les camps se sont pratiquement vidés. Aussi convient-on de commencer le film par quelques bandes d'actualités qui viendront opportunément combler les lacunes du début.

Le Retour est le récit d'une longue transhumance. Des premières aux dernières images, tout n'est que mouvement, queues, cortèges, files, colonnes. On y voit des masses d'humains en attente. Beaucoup, qui doivent refaire l'apprentissage de la liberté, ne se déplacent que sur ordre.

Outre sa qualité documentaire et son apport historique, ce film éclaire sur le regard du photographe, ce mystère intime irréductible à une explication. Cartier-Bresson balaie un lieu du regard, se lance dans un travelling. Quand il s'arrête à un plan fixe, c'est que son image est parfaitement géométrique dans sa composition, et qu'elle a une âme. Cartier-Bresson laisse toujours transparaître une émotion, notamment dans les scènes de retrouvailles familiales ou amoureuses, filmées par Claude Renoir à la gare d'Orsay. *Le Retour* est en fait le regard d'un homme sur le regard des autres hommes. On y lit tour à tour l'espoir, l'angoisse, le bonheur et la haine. À sa sortie, le critique de *L'Écran français* ne s'y trompe pas :

« En fait, ce film est moins un documentaire qu'un poème cinématographique inspiré par la plus tragique des actualités — et c'est un poème admirable autant par la simplicité de son expression que par la sincérité des sentiments qu'il exprime. Sous la direction d'Henri Cartier-Bresson, qui prouve son sens du rythme et sa connaissance de la "prosodie" des images... »

Mais, contrairement à sa précédente expérience espagnole, et peut-être à cause d'elle, le documentariste Cartier-Bresson demeure avant tout photographe. Puisqu'il dispose d'une équipe d'opérateurs, c'est à eux de faire le cadre sous ses directives, ce qui lui laisse toute latitude pour prendre ses photos. Parfois, il double au Leica ce que ses opérateurs sont en train de filmer. C'est le cas avec une scène devenue célèbre. Par ses photos, et non par son film. Elle se déroule en Allemagne, à Dessau, la ville de Mendelssohn et du Bauhaus. Au premier plan, une table-bureau installée dans la cour d'un camp de transit. Derrière, un justicier tout à son interrogatoire. Devant, une femme suspectée d'être une indicatrice de la Gestapo, la mine défaite, la tête baissée. Tout autour, la foule, masse grise dont émerge à l'extrême gauche un « pyjama rayé », les mains sur les hanches, la seule pose qui réclame des comptes mieux que tous les mots. Soudain, une femme en noir, d'apparence forte, énergique et déterminée, qui reconnaît en elle sa dénonciatrice, surgit et la frappe. De la planche-contact, qui décompose les gestes tout autant que le documentaire, Cartier-Bresson extrait la photo, l'image qui s'impose. D'abord par sa composition, admirablement tenue par une diagonale invisible qui va du regard froid du questionneur en bas à droite au regard revendicateur du déporté en haut à gauche, en passant par le regard fuyant de la présumée coupable au milieu. Ensuite par la violence qui s'en dégage. Par son impeccable netteté, chacun étant figé dans son attitude, qui fait plus encore ressortir le mouvement du bras vengeur. Enfin, par les expressions des protagonistes : la grimace de celle qui cogne, le réflexe instinctif de protection de celle qui est battue, la joie, l'effroi ou l'indifférence des spectateurs... Toutes choses qui passent trop vite dans un film pour qu'on puisse vraiment les regarder, mais qu'une photo arrête et fixe pour l'éternité. L'un ne supporte pas la comparaison avec l'autre, surtout quand les deux sont signés Cartier-Bresson. Le fait que, en ces mois d'une rare intensité, l'actualité ait du talent n'explique pas tout.

À leur arrivée dans les camps qu'ils ont pour mission de libérer, on ne compte plus les soldats américains qui sortent leur appareil de leur poche pour photographier des déportés encore derrière les barbelés. Mais combien de ces clichés sont dignes d'intérêt ?

Outre son génie propre, Cartier-Bresson a un avantage sur eux, de même que sur des professionnels éprouvés tels que George Rodger, Lee Miller et

Margaret Bourke-White et autres «*Lifers*». Il ne fait pas que passer, il est issu de ce monde. Il n'a pas trois jours, mais trois ans de captivité derrière lui. Chacune de ses images s'en ressent. Elles portent le poids de l'expérience, de la souffrance, de la mort. Quand il est arrivé à Bergen-Belsen, George Rodger a aperçu de loin des gens couchés sous les pins d'un petit bois. Il a tranquillement mesuré la lumière et choisit le meilleur angle de prise de vue. Mais en s'approchant, quand il a compris qu'ils ne dormaient pas, il s'est ressaisi et les a photographiés de la manière la plus clinique qui soit.

Depuis treize ans qu'il prend des photos avec son «petit appareil», Cartier-Bresson n'a jamais été aussi reporter. S'il est vrai que l'on est toujours rehaussé par l'ampleur du sujet que l'on observe, rien n'est plus élevé en ce siècle que la libération des camps. Il réussit à jouer alternativement sur tous les registres. Comique, quand les soldats passent la machine à épouiller sous la robe d'une femme dont la mimique évoque une heureuse réaction aux chatouilles. Violent quand, dans une photo au mouvement admirablement décomposé, d'une scène de foule injuriant des traîtres il montre en un seul plan un premier personnage la matraque en l'air, un deuxième abattant lourdement sa badine, un troisième relevant déjà la sienne, tandis qu'accroupi au centre le coupable ploie sous les coups. Bouleversant quand il montre, sur la pelouse d'un jardin, un homme à genoux devant une femme qui l'enlace, joue à joue, persuadés qu'ils étaient de ne plus jamais se revoir, l'un étant de l'Est et l'autre de l'Ouest. Pathétique le plus souvent. Toujours informatif.

Pour la première fois, Cartier-Bresson écrit des légendes longues, précises et détaillées à destination

des journaux qui publieront ses clichés. Il le fait
autant pour eux que pour lui, afin que son travail ne
soit pas trahi ni dénaturé. Cela deviendra un principe, une habitude, une signature. Désormais, son
calepin ne le quitte plus. Il note tout, même pour les
scènes apparemment les plus anodines, et n'hésite
pas à raconter une histoire si nécessaire. Ainsi
légende-t-il cette photo de deux hommes sur une
motocyclette, sourire aux lèvres, fendant une foule
en liesse:

« Un camp russe, côté américain. Des Russes attendent pour traverser. Deux Français sur la moto, officiers qui viennent juste de traverser la zone russe en
route pour Paris. Celui qui conduit est le lieutenant
Henri de Vilmorin. Le lieutenant Gendron est assis
derrière lui. Ils étaient tous deux près de De Gaulle
dans les FFL. La moto s'appelle *Caroline* et les a
transportés depuis Berlin. Ils ont été capturés dans
les Vosges durant la dernière bataille cet hiver. Le
lieutenant de Vilmorin fut, de ses sept mille camarades du stalag, le dernier à partir. Il dirigeait le
comité de libération. »

On peut rêver à la légende qu'il aurait écrite s'il
avait été présent à Wetzlar, le jour de l'entrée des
troupes françaises. Avant que la police militaire
n'intervienne, elles avaient investi les usines d'Ernst
Leitz, offrant à la sortie le spectacle de mille tan-
kistes arborant chacun un Leica tout neuf attaché
autour du cou !

Malgré tout, l'habit de correspondant de guerre ne
lui va pas. Il ne l'a endossé qu'en raison des circonstances. Il ne se voit pas en touriste du désastre. Ni
même en grand reporter promenant un regard
stendhalien dans les décombres encore fumants de

la vieille Allemagne, tel Claude Roy qui dit faire campagne en aristocrate-voyeur. La quête de l'invisible l'excitera toujours plus que le spectacle de la violence. Fixer un instantané de l'âme, voilà bien un but pour une vie. Lui, la guerre, il n'ira jamais la chercher. Il s'imagine plutôt en correspondant de paix. L'émotion est plus difficile à faire surgir d'une situation quand tout arrive mais que rien ne se passe.

Il ne va tout de même pas retourner à la peinture ou au dessin. Pas après ce que ses yeux ont vu. Pas après ce qu'il a vécu. Sa curiosité pour l'humanité comme elle va est intacte, mais elle suppose désormais un autre engagement dans le siècle. Comme si la guerre, ou plutôt le camp, avait sonné le glas des utopies du «photographe régulier» pour laisser le «reporter séculier» s'affirmer.

De quoi s'agit-il? Plus que jamais, il se pose la question. Il lui faut aller humer le monde, le renifler, prendre le pouls de l'Homme, voir ce qui se passe. Ne pas juger. Ressentir. Et voir, voir, voir... Rien de plus subjectif.

À nouveau, il est où se passe quelque chose. Ses planches-contacts en témoignent. S'y côtoient André Marty à la tribune d'un meeting communiste, Maurice Chevalier et Aragon bras dessus bras dessous tout sourire dehors à une manifestation place de la République, Jacques Duclos, l'acteur Jean Marais essayant des costumes d'époque chez Mme Grès, Tériade regardant des photos assis par terre dans une position invraisemblable, Maurice Thorez satisfait derrière son bureau de ministre, la couturière Jeanne Lanvin, le critique d'art Georges Besson, des scènes de jardins avec enfants, des défilés de mode pour *Harpers Bazaar*...

Cartier-Bresson se meut dans un entre-deux. Sa

période onirique, quand il était directement sous influence surréaliste, appartient au passé. Une autre s'annonce probablement, plus marquée par le reportage. Pour l'heure, il vit une transition culturelle initiée par sa série sur les grands peintres, et prolongée en ce fertile après-guerre par une passion dévorante pour le portrait.

Qui ne passe pas devant son objectif en 1945-1946 ? À croire qu'il s'est juré de rattraper le temps perdu pendant ses trois années d'« empêchement ». Artistes, journalistes, écrivains, poètes, intellectuels, dessinateurs, nul ne manque à l'appel, Édith Piaf, Jean Paulhan, Hélène Lazareff, Sennep, Christian Dior, Jean Effel, Louise de Vilmorin, Léonor Fini, et tant d'autres dont il serait fastidieux de dresser l'inventaire, Paul Éluard à son balcon, Édouard Pignon en son atelier, André Lhote parmi ses élèves. Tous ne sont pas connus du grand public. Pour un Christian « Bébé » Bérard, opiomane halluciné s'agrippant aux arabesques des montants de son sommier comme aux barreaux d'une prison, pour un Picasso en athlète au saut du lit, ou un Stravinski enlaçant son chat, combien de Mlle Toussaint, directrice de la maison Cartier, ou d'ex-femme de chambre de Sarah Bernhardt devenue concierge du musée Auguste-Comte, ou de père Ricœur, prédicateur à Notre-Dame, chapeau sur la tête, cartable à la main, une main ostensiblement napoléonienne glissée dans la soutane à la hauteur du cœur ?

Cartier-Bresson déteste la notion de « personnalités ». Non qu'il ne les ait jamais recherchées, comme les autres. Ni qu'il les ait ignorées, il s'en faut. On peut même dire qu'il a connu beaucoup plus de personnalités qu'il n'en a photographiées. Mais le liber-

taire en lui se refuse à en faire une catégorie supérieure, sorte d'élite à laquelle les feux de l'actualité
conféreraient un statut à part qui la distinguerait du
commun des mortels. Un jour, découvrant dans ses
archives photos une série de noms de gens connus
rassemblés par les documentalistes pour cette seule
raison, il ne pourra s'empêcher d'inscrire ce commentaire dans la marge :

« Cette liste est une absurdité. En tirer une liste de
bons portraits uniquement. »

Et, entourant à gros traits le mot « personnalités »,
il rajoutera :

« Notion scandaleuse ! »

Et encore, au feutre noir :

« Attention : les noms ci-dessous signifient que ces
personnes ont leur visage sur une photo et ça ne
veut pas dire que ce soit un portrait pour cela. »

On ne se refait pas.

Certains des portraits de cette époque deviendront
des icônes : Jean-Paul Sartre, en pipe et canadienne,
bavardant sur le pont des Arts ; ou Albert Camus,
esquissant un sourire complice, le col de son par-
dessus relevé. Guère plus d'une douzaine de clichés
chaque fois. On devine la rencontre, la surprise, le
hasard, même quand ça se passe dans le cadre
d'une interview avec un journaliste.

Lorsque la prise de vues est fonction d'un rendez-
vous particulier, et qu'elle obéit donc à un accord
préalable entre les deux parties, c'est presque toujours toute une histoire. Et quand le sujet veut prêter la main au photographe, on frôle la catastrophe.
Au lieu de se laisser faire, de s'oublier et de l'oublier,
Paul Valéry prétend aider le photographe en prenant la pose. Face, trois quarts, profil, bon profil,
mauvais profil... Un cauchemar, d'autant qu'il ne

comprend pas son erreur, surtout lorsqu'il se poste face à son propre buste sur la cheminée, devant la glace, en tenue de soirée, plus académicien que nature. Ces réactions ne sont pas seulement celles d'un amant de soi, mais d'un homme qui a peur de l'objectif, peur de ne pas pouvoir contrôler son travail obscur, peur de ne plus rien maîtriser de son image une fois que le photographe l'aura capturée. Chaque fois qu'il entend le claquement de l'obturateur, Valéry demande nerveusement :

« Vous avez ce que vous voulez ? »

Que ne songe-t-il à ce qu'il écrivait lui-même en 1939 de ces choses vues correspondant à des choses sensibles grâce au « démon reporter photographe » ? Que ne médite-t-il les enseignements de son maître Mallarmé pris par Degas, qui trône justement devant lui sur la cheminée ?

Un portrait est chaque fois une aventure. Rien n'est moins intentionnel. En rendant visite chez eux à Irène et Frédéric Joliot-Curie, le fameux couple de physiciens à l'origine de la découverte de la radioactivité artificielle, Cartier-Bresson se doute bien que ce ne sera pas facile. Chim les avait photographiés en 1935. Un portrait classique, sans surprise car sans mystère. Le gouvernement vient de faire de ces deux militants communistes des personnalités officielles du régime puisque lui est nommé haut-commissaire à l'Énergie atomique, et elle directrice de l'Institut du radium. Il lui faudra surtout éviter de les prendre derrière un bureau, ou devant un tableau rempli de schémas.

Il sonne, ils ouvrent et *la* photo s'impose d'elle-même en un éclair. Ils sont là tous deux côte à côte, dans l'embrasure de la porte, médiévaux dans leur mise, baignant dans une pénombre d'une austérité monacale, empruntés dans leurs gestes, se tordant les mains de timidité, masquant mal leur appréhension face à cette intrusion redoutée. On croirait qu'ils assistent à leurs propres obsèques tant ils ont l'air tristes. Par la solennité de leurs silhouettes au coude à coude, et non par leur expression ou par l'intérieur qui se déploie derrière eux, ils font irrésistiblement penser au portrait du marchand Arnolfini et de sa femme par Jan Van Eyck. Ce n'est pas la première fois, et certainement pas la dernière, qu'une photo de Cartier-Bresson est l'inconscient reflet d'un tableau qui a fait date dans l'histoire de l'art. L'ancien étudiant de l'académie Lhote n'est jamais loin. Le choc de cette vision d'un autre âge est tel qu'il en perd toute civilité. D'instinct, avant même de les saluer, il vise et tire. Il en fera quelques autres pour la forme après, presque pour ne pas les décevoir, mais il sait déjà que la seule image valable est déjà dans la boîte. Car la première impression reçue d'un visage ou d'une attitude est souvent la plus juste. De tous les portraits réalisés par son ami, celui-ci est demeuré le préféré de Mandiargues, en raison de l'émotion qu'il provoque:

« ... Les époux Joliot-Curie, l'un et l'autre mains jointes ou à peu près, visages tendus, comme dans l'attente de ce qui est pressenti mais ne peut être dit, les yeux liés vraiment à l'objectif par un invisible câble. Jamais, dans les tableaux anciens où paraît l'ange annonciateur, on ne vit telle expression inquiète... »

Avec Simone de Beauvoir, la première rencontre rue de l'Odéon, en face de la célèbre librairie d'Adrienne Monnier, se passe à merveille. Succès éphémère. Quelques années plus tard, en bas de chez elle rue Schoelcher, elle est autrement impatiente:

« Combien de temps ça va prendre ? »

Alors, juste pour dire quelque chose, Cartier-Bresson répondra avec son humour parfois un peu caustique :

« Un peu plus que chez le dentiste, un peu moins que chez le psychanalyste… »

Du coup, elle lui laisse juste le temps de finir le rouleau. À cause d'un mot de trop. C'est bien connu : quand on touche les cornes d'un escargot, il rentre dans sa coquille. Cela ne relève même plus de la maladresse. On ne peut tout maîtriser. Quand il rendra visite à Coco Chanel pour faire son portrait, il prévoira de lui parler de Pierre Reverdy, un poète que tous deux aiment et apprécient. Au lieu de quoi, pour une raison inconnue, il évoquera Marie-Louise Bousquet ; alors la couturière se déchaînera en imprécations, mettant prématurément un terme à la séance.

Désormais, Cartier-Bresson sait d'expérience deux ou trois choses de cet art à part. Il en extrait une sagesse qui lui permet de nous délivrer de la tyrannie de la face humaine.

On ne peut pas parler et chanter à la fois, et tant pis si les gens veulent qu'on leur fasse la conversation tout en prenant des photos. Il admire le réalisateur indien Satyajit Ray, tant sa personne que ses films, le rencontrera souvent mais n'aura jamais l'idée de lui « tirer le portrait ». Car à chaque rencontre, ils ont tellement à se dire qu'il ne veut pas tout gâcher en pointant son objectif. Idem avec Edgar Varèse, et même Rudolf Noureev qu'il prend sur scène mais pas en privé. Converser ou photographier, il faut choisir, et sacrifier l'un des deux. Après avoir fait le portrait de Carl Gustav

Jung, psychologue des profondeurs, il regrettera longtemps de ne pas lui avoir raconté la manière dont la mère de Pierre Colle lui avait prédit son avenir... Mais c'est ainsi: on ne fait pas de bruit quand on prétend saisir le silence intérieur d'un être. C'est le seul moyen d'être assez intime pour passer l'appareil entre la chemise et la peau du sujet sans se faire remarquer. Car tel est bien le but de cette entreprise du démon: traduire non l'expression d'un visage mais les vibrations d'une âme. Quelque chose d'intérieur qui reflète le parfait accord de la personne avec elle-même.

Il n'y a pas de portrait sans regard — et l'on mesure mieux alors la prouesse qu'il y a à saisir celui de Braque, qui ne fixe jamais le photographe car il n'a de cesse de regarder le tableau auquel il travaille et qui se trouve juste derrière son visiteur, et celui de Bonnard, que le photographe n'ose pas fixer. Il faut conserver une curiosité intacte et infinie pour les regards, les plis, les creux, les rides car rien ne peut entamer leur mystère. Même si, comme Cartier-Bresson, on pratique la mise en situation à l'exclusion du gros plan. Car si une personne est une personne, un visage est un monde. Pour serrer la réalité au plus profond, il faut arracher quelque chose à la vie. Une «belle gueule» ne suffit pas. Il s'agit de deviner quelqu'un, d'arriver avec une idée et de se confronter à lui, au risque d'être déçu. Ce qui l'emporte *in fine*, à l'issue de ce duel dénué de rapports de force, c'est la fraîcheur d'impression. C'est pourquoi il vaut mieux ne pas trop connaître la personne. Il n'y a pas de meilleur moyen pour qui veut révéler l'humanité derrière l'homme.

Pour rendre la richesse intérieure d'un créateur, il faut d'abord connaître son œuvre, l'apprécier, l'intégrer et l'abandonner afin que l'instinct ne soit pas tenu en laisse par l'intelligence. Lire ses livres, regarder ses tableaux, écouter sa musique, et pas seulement feuilleter, voir et entendre. Puis s'en défaire et vivre avec lui dans son environnement, respirer son air, s'imprégner de son atmosphère tout en faisant oublier sa présence. Cela impose de n'être jamais directif et de se garder de le faire poser. Idéalement, le personnage ne comprend qu'après coup qu'il a été photographié. Pour y parvenir, il faut concilier la vivacité de la truite et la concentration de l'archer.

N'importe qui vaut d'être photographié, tout individu est virtuellement un portrait. Le visage de l'homme de la rue peut être beaucoup plus stimulant que celui d'une personnalité. C'est une question d'appétit visuel. Il est indispensable pour que le Leica s'élève dans les airs et achève son irrésistible ascension à hauteur d'œil.

Il faut toujours s'attendre à être étonné, quitte à guetter la surprise, l'instant fatidique où le personnage s'abandonnera jusqu'à se trahir. Un jour, assistant à des répétitions de Darius Milhaud, Cartier-Bresson se place juste dans son dos pour ne pas le déranger. Malgré la légendaire discrétion du Leica, son déclic est vite repéré par le chef d'orchestre qui se retourne et, facétieusement, tire la langue au photographe, lui offrant *la* photo.

Le musée imaginaire des meilleures photos de Cartier-Bresson n'est pas une galerie de portraits mais une galerie de hasards. Certains face-à-face deviennent des tête-à-tête, mais le plus souvent de profil car les sujets de Cartier-Bresson ont rarement un regard franc, droit, direct. Ils ne peuvent être le fruit d'une complicité de circonstance, tant ils sont marqués du sceau de la connivence. Ces vestiges de visages ont une âme. Qu'importe si, parmi les centaines de milliers de spectateurs du portrait, quelques-uns à peine sont sensibles à ce secret. Le contraire serait étonnant, car la part d'ombre d'un homme n'est pas ce qu'il a de plus spectaculaire.

Le portraitiste doit être persuadé que son art a partie liée avec la mort. Car le portrait est le reflet de quelque chose d'unique qui est appelé à disparaître. Une véritable lutte avec le temps. Le comprendre au moment d'appuyer sur le bouton, c'est avoir conscience de tout ce que la condition humaine a d'éphémère et de précaire. Mais de toutes les photos, les portraits sont ce qu'il y a de plus intemporel. C'est pourquoi Cartier-Bresson ne les date pas, ou alors d'une manière fantaisiste, alors qu'il date précisément ses clichés de reportage, lesquels sont le reflet d'une situation donnée dans un contexte précis.

Ce ne sont pas là des trucs, ni des recettes. Juste les éléments épars d'une sagesse intérieure. Miraculeusement assemblés en un cent vingt-cinquième de seconde, ils renvoient l'écho d'un instant d'éternité. Le fait est que les gens dont Cartier-Bresson tire le portrait ont souvent l'air d'être en état de solitude. À croire que l'œil de cyclope qui les fixait était celui d'un homme invisible. Il y a là quelque chose de magique qui défie toute explication.

Portraitiste, Henri Cartier-Bresson aurait pu passer à la postérité en s'attachant à une certaine société, comme Josef Albert le fit avec la cour et les folies gothiques de Louis II de Bavière, ou Cecil Beaton avec la famille royale d'Angleterre. Au lieu de quoi, il préfère s'attacher en particulier au monde entier.

6

L'itinéraire de New York
à New Delhi
1946-1950

Rares sont ceux qui ont le privilège d'assister à leurs obsèques. Il y faut un peu plus que des circonstances particulières. Chez les artistes, cela se traduit par la faculté de participer à une exposition posthume de leurs œuvres. Cartier-Bresson, qui ne fait rien comme tout le monde, réussit aussi cela, sans y être pour rien, naturellement.

Créé en 1940, le département des photographies du MoMA (Museum of Modern Art), la plus prestigieuse institution artistique new-yorkaise, s'était intéressé très tôt à son travail. Tant et si bien que son premier conservateur, Beaumont Newhall, conçoit le projet de lui consacrer une rétrospective. Mais sans nouvelles de lui à la Libération, convaincu qu'il est mort dans son camp de prisonniers, là-bas en Forêt-Noire, ou qu'il a été abattu au cours d'une évasion manquée, il entreprend de lancer une manifestation sous forme d'hommage posthume. Sa femme Nancy, qui travaille également au MoMA et ne se satisfait pas de ces rumeurs invérifiées, songe tout de même à envoyer parallèlement des messages à Cartier-Bresson par l'intermédiaire de photographes américains en poste à Paris. Jusqu'à ce que l'un d'entre eux atteigne enfin ce mort bien vivant.

Quand il apprend ce qui se trame en son honneur, Cartier-Bresson y voit un motif supplémentaire de traverser l'Atlantique. D'autant que les responsables du MoMA ont la délicatesse de ne pas interrompre la préparation de cette exposition lorsqu'ils constatent la résurrection de son héros.

Fasciné par la complexité de ce pays qu'il pratique depuis 1935, Cartier-Bresson débarque dans le port de New York avec sa femme en 1946. Avec l'envie de humer le monde à nouveau, le goût du reportage lui est revenu. C'est l'échelle de Richter de sa curiosité.

Que nul ne soit prophète en son pays, cette exposition dite posthume en est l'éclatante confirmation, quinze ans après l'exposition anthurne que Julien Lévy lui avait consacrée, à New York déjà. Jamais Cartier-Bresson ne rechignera à payer sa dette vis-à-vis de l'Amérique. «C'est grâce à mes amis américains si je suis connu comme foutugraphe», précise-t-il à la fin de sa vie dans une dédicace.

Outre le galeriste Julien Lévy et le conservateur Beaumont Newhall, ils s'appellent James Thrall Soby, critique d'art, Lincoln Kirstein, fondateur de l'École du Ballet américain (future New York City Ballet) et essayiste sur la photographie, et Monroe Wheeler. C'est une chance d'être consacré si jeune par de si brillants exégètes, hommes d'influence dans leur milieu. Une chance et un risque. Gare au malentendu... On en a connu d'autres, trop tôt portés trop haut, qui ne s'en sont pas remis.

Mais que lui trouvent-ils? Lincoln Kirstein lui attribue des vertus qui sont par excellence celles de la tradition française la plus classique: le sens de la mesure, la clarté, l'économie de moyens, une frugalité qui ne s'exerce pas aux dépens de la générosité.

Il décèle en lui quelque chose de racinien dans son goût des conflits souterrains, y pointant même une attitude qualifiée de «jésuite-protestante». Mais classique n'est pas académique, surtout pas. À ses yeux, il demeure un artiste qui a trouvé un procédé mécanique pour s'exprimer. L'œil gauche pour le monde intérieur, l'œil droit pour le monde extérieur. La grâce, c'est la fusion des deux. Cartier-Bresson lui apparaît comme l'héritier d'une lignée qui va de Saint-Simon à Jean Renoir en passant par Beaumarchais et Cézanne. Il y a tout ce monde-là dans ces photos-là, avec ce surcroît de fraîcheur, d'élégance et de vérité qui fait la différence. Le détail n'est pas anodin, la plupart des notices biographiques américaines consacrées à Cartier-Bresson à la fin des années quarante s'achèvent de manière identique : «À ses moments perdus, il continue à peindre...»

Pour sa part, Beaumont Newhall, historien d'art formé à Harvard, loue l'aigu de ses images, leur organisation plastique et leur intensité. Mais s'il se dit ébloui par la manière virtuose avec laquelle il use du Leica, il encense la désinvolture vis-à-vis de la technique qu'affiche ce grand discret. Enfin un photographe qui opère sur la pointe des pieds et déteste l'agression du flash, la plus indomptable des lumières !

La presse américaine n'est pas en reste. Dressant la liste impressionnante de ses reportages au long cours (la Côte-d'Ivoire, le Mexique, la guerre d'Espagne, le couronnement du roi George VI, les congés payés des bords de Marne, la Libération de Paris, l'Allemagne en ruine...), le critique du magazine *Time* n'hésite pas à le présenter comme un peintre devenu «historien». Quant à celui de *Harpers Magazine*, il le distingue des autres «humanistes documentaires» tels que Walker Evans et Weegee par l'intensité émotive de ses photos.

À les lire, le doute n'est plus permis: l'appareil photo a été inventé pour Cartier-Bresson, sacré ainsi maître de la nouvelle vision. En avril 1947, à l'issue de cette exposition de deux mois qui compte tant pour lui, c'est encore l'ami Capa qui lui prodigue le conseil le plus juste:

«Méfie-toi des étiquettes. Elles rassurent mais les gens t'en colleront et tu ne pourras plus t'en débarrasser. Tu auras celle de petit photographe surréaliste... Tu seras perdu, tu deviendras précieux et maniéré. Continue dans ta voie, mais avec l'étiquette du photojournaliste et garde le reste au fond de ton cœur. C'est ça qui te plaira toujours au contact de ce qui se passe dans le monde.»

Maniéré... Tout ce qu'il déteste. Il ne fallait pas lui en dire plus pour qu'il saute le pas, et relègue l'influence surréaliste du côté de la nostalgie. C'est peu, un conseil qui tient en quelques phrases. Mais quand il est prononcé par quelqu'un qu'on estime, au bon moment, il peut engager une vie. Cartier-Bresson est resté reconnaissant à Capa: ce jour-là, il lui a élargi son champ de vision.

Cartier-Bresson est si à son aise à New York qu'il se sent chez lui. Non en Amérique mais à New York, qui est à peine en Amérique. Cette ville est la sienne. Le pays, c'est autre chose. Comme beaucoup de Français mus par un double mouvement de fascination-répulsion, il célèbre l'esprit pionnier des États-Unis et dénigre le côté pataud de ses indigènes dans le maniement des idées générales, et leur manque de subtilité.

Sa passion pour New York demeure inentamée,

même si la métropole n'est plus tout à fait comme elle lui apparut dix ans auparavant. Son plaisir d'arpenteur des trottoirs et ruelles est intact. Il se nourrit autant des lieux que des gens.

Claude Roy, le journaliste qui avait écrit le commentaire de son film sur le retour des prisonniers, passe quelque temps à Manhattan au même moment que lui, après avoir enseigné la littérature française dans un collège de jeune filles en Californie. Bien qu'il l'accompagne souvent dans ses déambulations du dimanche matin, il observe son ami photographe ce jour-là dans une église avec un étonnement sans mélange, se demandant si Cartier-Bresson ne conserve pas son Leica en main jusque dans son bain... Au vrai, il est fasciné par la frénétique curiosité que tout exprime en lui en permanence. Mais à force de le voir se faufiler ainsi entre les gens, il craint que ce fâcheux, inconscient de l'être, ne se fasse tuer par l'un d'eux. Mais non, rien ne se passe, ni scandale ni meurtre. Roy croit à quelque pouvoir surnaturel quand Cartier-Bresson excipe simplement de sa pratique du métier. Même pas une technique, juste la faculté de se faire oublier des autres en s'oubliant soi-même. On sent qu'il y a désormais de l'archer zen en ce photographe-là. Mais Claude Roy, lui, ne croit que ce qu'il voit. Il est à cent lieues d'imaginer le travail intérieur, l'incroyable alchimie qui à l'instant du déclic se produit en cet homme désormais pénétré de l'esprit profond de celui qui s'apprête à bander la corde de l'arc :

« J'ai vu, dans une église noire de Harlem, le Révérend et les fidèles en transe, chantant, claquant des mains, une femme se confessant à voix haute, l'écume à la bouche. Henri, l'homme invisible, voltigeait au milieu des priants. Il les capturait à bout portant sans qu'ils s'aperçoivent de la présence de cette mouette transparente. »

Il considère Cartier-Bresson comme un orgueilleux qui s'efface quand il tire. Un témoin de son temps, tendu, mobile, et impossible à repérer. Il ne connaît pas tout le monde, mais il connaît son monde, ce qui est bien mieux. En l'occurrence, des peintres, des poètes, des écrivains. À en juger par la qualité de ses amis, il n'est pas un photographe pour photographes. C'est lui qui présente à Claude Roy les chantres de la Renaissance harlemite tels que le poète Langston Hugues, son cher compagnon de l'épopée mexicaine devenu une grande figure de l'intelligensia noire, et Ralph Ellison, absorbé par l'écriture de son chef-d'œuvre *Homme invisible, pour qui chantes-tu ?*, mais aussi Carson McCullers, déjà auréolée de la gloire de *Le cœur est un chasseur solitaire* et de *Reflets dans un œil d'or*, une personne d'une rare finesse, à la sensibilité frémissante, devenue son amie après qu'il l'eut longuement photographiée dans sa maison de Nyack, réussissant des portraits bouleversants tant ils expriment sa fragilité, son inquiétude et sa détresse. Avec Faulkner et quelques autres, avec le jazz et le blues, mais sans leur peinture qu'il ne goûte guère, ils constituent son Amérique intérieure.

Ratna, sa femme, qui continue à pratiquer intensément la danse javanaise et donne des récitals et des conférences, est de plus en plus attirée par une chorégraphie plus moderne. Ils vivent près de Queensboro Bridge, à l'est de Manhattan, à la hauteur de la 58e Rue. Jimmy Dugan, que Cartier-Bresson avait connu avant guerre à Paris chez Éluard, leur donne l'hospitalité dans cet appartement qui n'est même pas le sien, et dans lequel ils campent aussitôt, avant d'y donner l'hospitalité, à leur tour, à Nicole Cartier-Bresson, la sœur d'Henri, brillante poétesse invitée par Darius Milhaud à le rejoindre à Oakland (Californie) où il enseigne, à Claude Roy, à des membres de la délégation indonésienne auprès des Nations unies...

Si l'on en croit la très longue et méticuleuse notice qui lui est consacrée dans *Current Biography 1947*, son adresse professionnelle est 572 Madison Avenue. Autrement dit, la rédaction du magazine *Harpers Bazaar*, l'un des mensuels du groupe Hearst. C'est son autre maison par la grâce de Carmel Snow, sa rédactrice en chef, et Alexey Brodovitch, son directeur artistique. Pour eux, Cartier-Bresson a choisi *Harpers Bazaar*, graphiquement plus audacieux, plutôt que *Vogue*, plus efficace, dans la guerre sans merci qui oppose les deux grands magazines. Il voue une telle admiration à Brodovitch, il fait une telle confiance à sa sûreté d'œil, à sa maîtrise du blanc, à son habileté à articuler toute composition autour de la pliure, à son génie de la mise en pages conçue comme une mise en scène, qu'il l'autorise, ô miracle, à recadrer ses photos pour les nécessités du magazine. Quant à Mrs Snow, cette femme impétueuse qui ne sait rien mais devine tout, elle dont le flair et l'indépendance d'esprit le comblent, il ne peut lui adresser plus beau compliment qu'en la félicitant d'avoir fait de *Harper's* bien plus qu'un magazine de mode. Il faut dire qu'elle n'a pas son pareil pour révéler de jeunes écrivains en leur donnant abri dans ses pages, et constituer des tandems qui n'auraient jamais vu le jour sans ses fulgurances, ses provocations et, *last but not least*, son intuition.

C'est ainsi qu'Henri Cartier-Bresson se retrouve à La Nouvelle-Orléans, écrasée de chaleur, avec un petit écorché vif de vingt-deux ans, homosexuel aux sarcasmes étincelants, ancien grouillot du *New Yorker*, à qui *Harper's* donne sa chance en publiant ses premières nouvelles, un certain Truman Capote. Le magazine leur a demandé «un récit de voyage impressionniste», manière de laisser carte blanche au nouveau petit prince de la rédaction, qui de plus est natif de la capitale de la Louisiane, et à «ce photographe que Mrs Snow a importé de France», fort éminent à ce qu'on dit. L'écrivain américain, qui le découvre à cette occasion, ne lui marchande pas son estime et son admiration, en raison notamment d'une qualité qui lui paraît supplanter les autres : son indépendance en toutes choses, qui confine parfois à l'excès. Il a conservé de ce compagnonnage un souvenir qui coïncide de manière troublante avec celui de Claude Roy, si l'on en juge par le portrait qu'il trace de Cartier-Bresson dans *Les chiens aboient* :

«Je me souviens de ce jour où j'ai pu l'observer en plein travail dans une rue de La Nouvelle-Orléans, dansant tout le long du trottoir comme une libellule inquiète, trois gros Leica se balançant sur leurs courroies autour de son cou, le quatrième rivé sur l'œil, tac-tac-tac (l'appareil semble une partie de son corps), s'affairant à son cliquetis avec une intensité joyeuse et une religieuse absorption de tout son être. Nerveux et gai, voué à son métier, Cartier-Bresson est un "homme seul" sur le plan de l'art, une manière de fanatique.»

Capote fait de La Nouvelle-Orléans une description hallucinée. Sous sa plume, elle n'est que longues perspectives désertiques, baignant aux heures creuses dans une atmosphère rappelant l'urbanisme métaphysique de Chirico, et diffusant une lumière crue qui confère une violence inattendue aux silhouettes les plus ordinaires et aux visages les plus anodins.

Dix jours dans le Sud, tous frais payés, cela devrait suffire. Cela suffit pour l'un, qui découvre la plus grande cité du Sud. Mais c'est trop pour l'autre, qui ne la redécouvre pas sans malaise. Car l'écrivain en herbe, au départ séduit par le projet, a très vite hâte d'en finir avec cette ville pleine de secrets. Non seulement elle le ramène à une enfance qui ne fut pas toujours heureuse (sa mère l'enfermait seul dans une pièce...), mais il est pressé de sauter dans un avion pour rejoindre son nouvel amant, le critique Newton Arvin.

Cartier-Bresson rêve de publier un livre en duo, à deux voix plutôt qu'à deux mains, dans lequel la photo et le texte seraient traités à égalité. L'osmose serait telle qu'on ne saurait plus lequel des deux illustre l'autre. Un temps, il songe à son ami Lincoln Kirstein, mais celui-ci, spécialiste de danse et de photographie, est surtout connu comme critique, et non comme auteur. En 1941, Walker Evans avait réussi avec James Agee un inoubliable *Louons maintenant les grands hommes*. Il demeure un excellent modèle, d'autant qu'à l'origine il a été réalisé dans des conditions similaires : l'écrivain avait parcouru l'Alabama en compagnie du photographe pour le compte de *Fortune*, afin d'y écrire un reportage sur les conditions de vie des métayers. Le magazine ayant finalement refusé de publier ses articles, il en fit la matière première d'un livre semblable à nul autre.

Pourquoi pas Cartier-Bresson ? Après ses pérégrinations new-yorkaises, sa virée dans le Sud pourrait être l'amorce d'un ouvrage ambitieux sur l'Amérique. Il reste à trouver un complice.

John Malcolm Brinnin, trente ans, est un poète

acclamé par la critique dès la parution de son premier recueil et couronné par les académies et institutions dès les suivants. Quand il n'écrit pas, il
enseigne à l'université du Connecticut et à l'université de Boston. Et quand il n'enseigne pas, il voyage,
traversant l'Atlantique à la moindre occasion,
comme s'il s'agissait d'établir un record. Une telle
disposition d'esprit est idéale pour Cartier-Bresson
qui vient de recevoir une commande transcontinen-
tale à effectuer en équipe avec un homme de plume.
Pour une série de reportages commandée par *Harper's Bazaar* sur des créateurs dans leur univers. Et
pour un livre, enfin.

De quoi s'agit-il ? De l'Amérique, tout simplement.

La première fois qu'ils se rencontrent, Brinnin est
frappé par le physique de cet « étranger », ses joues
en forme de pomme, ses yeux bleu de Chine et sa
coupe de cheveux digne d'un prisonnier. Pour le
reste, il le voit avant tout comme quelqu'un de très
timide, qui s'exprime dans un anglais qui doit moins
à Shakespeare qu'au dialecte petit-nègre typique des
autodidactes, tripotant ses appareils pour se donner
une contenance. Il se persuade vite que, à force
de s'effacer naturellement, Cartier-Bresson en est
devenu moralement neutre et physiquement anonyme. Il faut dire que Brinnin, qui l'a beaucoup
observé, n'est pas dénué d'esprit critique. Sa causticité, que l'on dirait typique de certains milieux
homosexuels, est souvent impitoyable.

Au milieu du mois d'avril 1947, le nouveau tandem
se lance donc dans un périple automobile de quelque
vingt mille kilomètres à travers les États-Unis. Un
grand tour de Baltimore à Boston, en passant par
Washington, Memphis, Houston, Los Angeles, Salt
Lake City, Chicago, Pittsburgh... Le regard de Car-

tier-Bresson se veut sans limites et sans entrave. Son
Leica opère à l'improviste. Mais il s'attache plus aux
personnes qu'aux choses, à l'homme plutôt qu'aux
gratte-ciel, et à son visage plus qu'au reste car seul le
visage raconte toute une histoire. C'est encore plus
vrai à New York qu'ailleurs car elle est un vrai carrefour d'ethnies et de civilisations. Rien n'est plus
fugace que les fragments de vie, alors que les bâtiments sont là pour toujours, ou presque. Or sa vocation est justement de saisir cette fraction de seconde
et d'en faire un instant d'éternité avant qu'elle ne se
perde. Il s'en ouvre à un journaliste new-yorkais à la
veille de son départ :

« J'aime les visages, leur signification, car tout y
est écrit... Avant tout, je suis un reporter. Mais c'est
également un peu plus intime que cela. Mes photos
sont mon journal. Elles reflètent le caractère universel de la nature humaine. »

Quand l'interviewer lui demande ce qu'il cherche
à travers le viseur de son appareil, il répond :

« Ce que je ne peux pas mettre en mots. Car si je
pouvais, je serais écrivain. »

John Malcolm Brinnin pourrait en prendre
ombrage, mais il sait que c'est une boutade, un mot
justement. Car avant de se lancer dans cette aventure, il a participé à un dîner javanais dans l'appartement où vivent les Cartier-Bresson. Beaucoup de
monde parlant toutes les langues, des cartes et des
guides jonchant les tables, et Max Ernst se demandant comment son ami, toujours aussi casse-cou, s'y
prendra pour photographier les grands canyons de
l'Arizona en noir et blanc... À l'affût de ragots
piquants, Brinnin se renseigne sur la qualité des
invités auprès de Jay Leyda, un universitaire spécialiste d'Emily Dickinson :

« Et celui-là, qui est-ce ?

— Cagli, un peintre italien.

— Ai-je une chance de connaître son travail ? s'enquiert Brinnin.

— Non, mais Cartier le trouve terrible. Il est son élève.

— En quoi ?

— Tu veux dire que tu ne sais pas ?... s'étonne Leyda, tu ignores que Cartier considère la photo comme une diversion, qu'il se croit d'abord et avant tout peintre ? »

John Malcolm Brinnin est donc affranchi dès le premier jour sur l'ambition secrète de son compagnon de voyage. En revanche, il ne découvre que chemin faisant son opinion de l'Amérique. À leur retour, il est effaré de la tonalité d'ensemble. Son choix de photos parle pour le photographe. Il y en a une centaine, mais une bonne partie est strictement new-yorkaise, au risque de déséquilibrer l'ensemble. Quant aux autres, elles offrent une vision incroyablement sombre, pessimiste de ce pays. À croire qu'il ne s'est intéressé qu'aux trains qui n'arrivent pas à l'heure, délibérément, afin de porter préjudice à l'image un peu trop idyllique de l'Amérique généralement diffusée en Europe depuis la Libération.

Lorsqu'il photographie les silhouettes des gratte-ciel new-yorkais, il le fait à partir de la rive gauche de l'Hudson avec, au premier plan, les docks de Hoboken fumant après un incendie, pour montrer que, dans cette société où la grandeur et la violence sont étroitement imbriquées, tout se consume vite. Jamais il ne rate un cimetière de voitures.

Certes, les sourires existent, mais ils sont rares : ceux de jeunes New-Yorkaises rivalisant de malices face à des congénères en uniforme, d'un tenancier de cafétéria au Texas, d'un jeune marié de Detroit s'agenouillant devant son élue tel un Roméo du Michigan, de consommateurs passablement imbibés dans un bar de New York, de voisins à la gentillesse et à la solidarité naturelles dans les «maisons semi-détachées» de Baltimore... Les visites à des personnalités dont il réalise le portrait (Jean Renoir en Californie, William Faulkner avec ses chiens, Robert Flaherty sur le tournage de *Louisiana Story*, Stravinski dans son studio, Katherine Anne Porter dans son bungalow de Santa Monica, Henry Miller à Big Sur, Darius Milhaud à Oakland, Frank Lloyd Wright devant un dragon de pierre, Saul Steinberg assis en un improbable lotus face à un chat...) sont un cas à part car elles obéissent le plus souvent à des commandes. Pour le reste, qu'il s'agisse du racisme, de la pauvreté, de l'injustice, de l'exclusion, du chômage, de la criminalité, de la solitude dans la ville, des inégalités sociales, de l'hypocrisie religieuse, de la répression, de l'arrogance des nantis, il a comme tout étranger des idées préconçues auxquelles il essaie de faire coller la réalité. À ceci près que lesdites idées de ce Français de gauche, si viscéralement progressiste qu'il vote tout de même communiste par solidarité, sont le fruit de sa propre expérience du pays, et de son intime commerce avec des intellectuels américains. Ici, il a plus d'une fois l'occasion de se demander d'où vient l'argent.

Brinnin, qui est né de parents américains à Halifax, au Canada, est souvent frappé par les déductions de cet «étranger». À Saratoga, il le voit revenir d'une promenade en solitaire en se frottant le bras après qu'un policier l'eut secoué à grands renforts de «*No pictures! No pictures!*» sans autre explication. Cartier-Bresson en conclut qu'il a photographié trop de maris avec des femmes qui n'étaient pas nécessairement leurs épouses. À Detroit, il se fait à l'idée que cette ville est l'archétype du phénomène américain... Il n'y a qu'à voir comment Cartier-Bresson légendera ce reflet de la vie quotidienne pour prendre la mesure de son esprit critique vis-à-vis de ce pays :

« À minuit passé dans une cafétéria à Times Square. La cafétéria a résolu le problème des repas pour les gens modestes et pressés. C'est une sorte de cantine où, dans une abondance enchanteresse pour le nouveau venu, mais à laquelle le vieil habitué est tristement accoutumé, à un bout d'un long comptoir où mijote une variété de plats chauds et de quartiers de viande et à l'autre une non moins grande diversité de plats froids ressemblant aux dînettes d'enfants proprement nichés dans de la glace pilée. Chacun vient avec un plateau y faire son choix, mais aux heures d'affluence, il doit être rapidement fait, l'hésitation n'y est pas de mise. Si l'on trouve ici les avantages de la vie collective, on doit aussi sacrifier certaines exigences de l'individu peut-être nées d'habitudes sentimentales. »

Malgré tout, cet état d'esprit n'entame en rien l'admiration que Brinnin voue alors à « cet étranger cosmopolite », qui a le génie d'enregistrer un moment ordinaire à l'instant précis où il se métamorphose en mystère. En voiture, le poète est maître de l'itinéraire. À pied, le photographe fait la loi. Mais quand l'un essaie de le précéder ou de le suivre selon les circonstances afin de ne pas apparaître dans le cadre, l'autre lui fait comprendre qu'il n'est jamais à la bonne place...

John Malcolm Brinnin est fasciné par le regard polyédrique de Cartier-Bresson, son œil de mouche

capable de se concentrer sur une chose tout en frémissant dans l'imminence de dix autres choses. La
jouissance du tireur aussitôt assouvie, elle se
reporte dans l'immédiat sur tout ce qui est à venir.
Et si rien n'est en vue, ça le rend muet, tendu, inap-
prochable. En fait, Cartier-Bresson semble constamment à l'affût, taraudé par une sourde inquiétude.
Brinnin se souvient des rares moments où il avait
l'air souriant, heureux en quelque sorte, en oubliant
même de conserver son Leica à portée de la main :
une fois, par exemple, ils se trouvaient à Sedona,
Arizona, dans la maison de Max Ernst et Dorotea
Tanning, ou encore dans une salle de projection de
Los Angeles où Jean Renoir projetait *Le Retour* pour
Man Ray, l'acteur Charles Boyer et quelques autres
invités triés sur le volet. Là, et là seulement, il ne se
sentait plus sur ses gardes car il était avec des amis.

Le Journal de voyage que Brinnin tient dans l'esprit de notes quotidiennes à leur date fait une large
place à l'observation du «phénomène Cartier-Bresson». Même s'il convient de faire la part des choses,
celle de l'exagération et celle du ressentiment, le récit
est instructif tant il est aigu et ressemblant. Ainsi, à
Washington, quand on le voit s'enthousiasmer pour
tout ce que la ville peut lui offrir de visions géométriques (longues files d'automobiles, carrefours et
croisements aux panneaux de signalisation enchevê-
trés, rues s'achevant dans une perspective noyée par
la brume, système de courbes complexe et harmo-
nieux sur une autoroute) et déceler dans le vide
impérial de bâtiments gouvernementaux sublimés
en mausolée la marque du pouvoir absolu.

Les deux hommes se seront finalement bien enten-
dus durant leur périple. Ils ont pourtant eu maintes
fois l'occasion de rompre leur association. D'abord

en raison de l'antinomie fondamentale entre leurs moyens d'expression dans leur rapport au temps. La rapidité de l'un, la longue durée de l'autre. Ensuite à cause du caractère parfois difficile, de l'individualisme et de la nervosité de Cartier-Bresson, qui a encore en mémoire la patience dont fit preuve avec lui Mandiargues en Italie. Encore celui-ci avait-il quelque motif de le supporter, eu égard à leur amitié.

Brinnin doit prendre sur lui, dès les premières étapes de leur voyage pour accepter son impatience, l'entendre maugréer contre les limitations de vitesse, ou l'absence de toit ouvrant dans la voiture. Malgré tout, il tient bon. Jusqu'à leur retour. Dès lors, rien ne va plus entre eux. L'éditeur Pantheon refuse leur livre. Le risque financier est trop grand de publier un ouvrage dans lequel l'hiatus est si fort entre le texte et l'image. Brinnin le prend très mal. Il est convaincu que le Français a toujours eu l'intention d'être l'unique auteur d'un pur album de photos, et qu'il l'a utilisé comme un sherpa, un guide de luxe dans l'Amérique profonde.

Chacun suivra sa route. John Malcolm Brinnin fera scandale en publiant un récit «vécu de l'intérieur» des tournées de conférences du poète Dylan Thomas en Amérique. Puis, après une biographie de Gertrude Stein et des évocations de la vie sur les grands paquebots, il renouera avec son goût du ragot en écrivant ses mémoires. Publiés en 1981, nourris de détails d'autant plus salaces et croustillants qu'ils se révéleront souvent inexacts, ils mettront en cause des personnalités telles que T. S. Eliot, Truman Capote et... Henri Cartier-Bresson, auquel un chapitre est consacré. Cette soixantaine de pages exhale un parfum d'aigreur, d'amertume et de règlement de comptes, que l'intéressé dira n'avoir humé que de loin, d'après les commentaires qu'elle suscite. Truman Capote, qui parle en expert, en dénoncera la mythomanie, la perfidie, et un procédé en particulier, lequel consiste à mettre dans sa bouche, à lui, Capote, des vacheries sur les uns et sur les autres que l'auteur ne veut pas prendre à son compte.

Cartier-Bresson, lui, finira par publier son livre sur l'Amérique. Seul, en 1991... Élégant jusqu'au bout, il inclura ses deux étonnants compagnons de voyage dans la liste des personnes remerciées.

En partant accomplir son tour d'Amérique, il ratait un événement historique personnel : l'enregistrement officiel, au registre du comté de New York, d'une nouvelle société sous le nom de « Magnum Photos, Inc. » le 22 mai 1947. Son absence n'a d'importance que symbolique. Pour la photo.

Avant guerre déjà, Magnum était dans les limbes. Quand il était sur le front en Espagne, Robert Capa l'évoquait souvent dans ses lettres et ses conversations. Il n'avait qu'une idée, mais c'était une idée fixe : le photographe ne doit plus être dépossédé de ses négatifs, son seul capital. Tout le reste en découle : défendre les intérêts des photographes, les rendre propriétaires de leurs négatifs, leur permettre de ne vendre les droits de reproduction qu'au coup par coup, assurer leur indépendance face à la rapacité des journaux, garantir leur contrôle sur l'usage que les journaux feront de leurs photos, les autoriser à refuser des commandes le cas échéant car dans « commandes » il y a « commander »... Il ne s'agissait pas dans son esprit d'une agence, comme il en existe déjà, avec patron et employés, ces derniers étant les photographes, mais d'une véritable coopérative,

seule forme préservant la liberté de chacun, appartenant aux photographes à leur profit exclusif. « Une
sorte d'organisation qui ne serait en aucun cas une
agence », prévenait-il même.

À l'époque, ce type d'association faisait figure
d'utopie, d'autant que la réputation de Capa ne plai-
dait pas en sa faveur. Il passait volontiers pour un
grand raconteur d'histoires, terriblement charmeur,
tout autant mythomane, profondément mélancolique,
sinon dépressif, surtout depuis la mort du grand
amour de sa vie, Gerda Taro. Photographe de guerre
au chômage technique en septembre 1945, ce Hongrois fraîchement naturalisé américain défraie la
chronique en vivant une folle passion avec Ingrid
Bergman. Comme chaque fois que la photo lui paraît
en panne, il songe à se tourner vers le cinéma.
L'écrivain William Saroyan, qui le tient pour un
joueur de poker professionnel s'adonnant à la photo
en dilettante, exprime alors un lieu commun assez
répandu entre zinc et marbre. Cartier-Bresson, lui,
préfère voir en Capa un aventurier doté d'une
éthique, un authentique anarchiste, car il ne fait
aucune distinction entre les gens, quel que soit leur
pouvoir ou leur situation sociale. À ses yeux, Bob a
certes des défauts, mais il est d'abord grâce, légèreté, exubérance, charme, vitalité. Bref, un aimant
au magnétisme duquel il est difficile de résister.
Qu'importe alors qu'on le juge roublard, ou pas
fiable. Ses penchants dispendieux inquiètent son
entourage, mais quand, grâce à son entregent, il
obtient des commandes, elles profitent à tous.

Cartier-Bresson aime les deux hommes auxquels
il lie son destin, après un compagnonnage d'une
douzaine d'années que seules l'Occupation et la
captivité ont réussi à interrompre. Mais s'il consi-

dère Chim comme son ami, il voit Capa comme son copain. Autant le premier incarne la sagesse, la mesure, la profondeur, l'intelligence et l'acuité, autant le second n'est qu'excès, démesure, audace, instinct, humour. L'un gagne l'argent, l'autre le dépense. L'un se demande comment faire au mieux, quand pour l'autre c'est déjà fait. C'est Chim qui réfléchit, mais c'est Capa qui a les idées. L'un bout, l'autre fuse. Mais si Chim n'était pas derrière Capa, Magnum serait resté à l'état de projet. Cartier-Bresson, lui, adopte une situation idéale pour un Normand, à équidistance entre ces deux Juifs de l'Est représentant l'arc-en-ciel des humeurs, de l'optimisme le plus débridé au pessimisme le plus constructif. Il se sent intellectuellement plus proche du joueur d'échecs, mais demeure fasciné par le joueur de poker.

George Rodger, un Anglais, se joint à eux. Mais, sans jamais marchander sa fidélité, il restera toujours un peu en marge, déclinant toute responsabilité. Est-ce de n'avoir pas participé au déjeuner historique au cours duquel avait été prise la décision de créer Magnum? C'est plutôt une question de tempérament, ainsi que Rodger allait le prouver en incarnant à merveille la tradition photographique des aventuriers-explorateurs.

Capa avait connu Rodger pendant le débarquement allié en Italie. Cartier-Bresson croit le reconnaître quand on le lui présente à New York. Il se précipite sur ses planches-contacts de la Libération de Paris, cherche, cherche encore... Là, ce soldat américain à la poitrine bardée d'appareils photo, debout sur une Jeep faisant face au général de Gaulle pendant qu'il descend les Champs-Élysées, c'est bien lui. Cartier-Bresson l'avait photographié sans savoir que, trois ans après, il s'associerait avec lui et quelques autres pour se lancer dans une extravagante histoire qui allait changer leur vie.

Cinq membres fondateurs sont donc derrière cette entreprise qui a tout d'une aventure : Robert Capa, David Szymin dit Chim, Henri Cartier-Bresson, George Rodger et l'Américain William Vandivert. Après le retrait de ce dernier, les cinq mousquetaires se retrouvent quatre, ce qui est suffisant pour incarner l'esprit qui les anime.

Fini le baguenaudage photographique, le nez en l'air, l'âme d'un poète. Désormais, il s'agit de raconter une histoire. Ce n'est pas une coïncidence mais une nécessité : Magnum est porté sur les fonts baptismaux, à l'issue de quelques réunions préparatoires au restaurant du musée d'Art moderne, au moment où les gens redeviennent curieux. Sevrés, bridés, empêchés pendant les années de guerre, ils s'ouvrent à nouveau au monde.

En co-fondant Magnum, Henri Cartier-Bresson devient photographe professionnel. Désormais, c'est son métier. Un jour peut-être, quand il l'abandonnera, il redeviendra un artiste. Tout ceci aux yeux des autres. Car aux siens, ce n'est que distinction sociale et administrative. Lui demeure un homme de l'art à l'âme d'amateur, même si le dilettante a vécu. Son regard sur le monde est intact, son plaisir de photographier tout autant. Sauf que, désormais, il le fait aussi en songeant à rendre son travail à temps par respect pour le commanditaire.

Le montant de sa part de fondateur se monte à 400 dollars, le prix à payer pour ne pas être mercenaire. Ils lui ont été avancés par Mrs Snow, qui a dans ses tiroirs un stock de ses photos en attente de publication. Accepter des commandes, c'est aussi avoir la faculté de les refuser. Désormais, on travaille pour soi tout en étant au service des autres. Cartier-Bresson peut décliner l'offre d'un magazine qui, ayant constaté avec quel talent il arrive à photographier des poubelles, lui demande de faire poser des mannequins dans des boîtes à ordures. Magnum lui accorde la liberté primordiale de l'indépendance. Elle permet au photographe de rester isolé sans être solitaire. C'est l'association idéale pour un individualiste doté de l'esprit d'équipe. Ses principes? Être là quand il faut, y être de son propre chef et de son plein gré, préférer la signification dans la durée au choc de l'instant. Pour l'heure, il n'est question que d'engagement, de mouvement, d'émotion. L'agence n'a pas de projet commercial, mais un but éthique. En 1947, au cœur de Manhattan, des hommes de qualité tous promis à un grand destin peuvent se réunir pour fonder une société dont le profit n'est pas l'objet. Il est vrai aussi qu'ils ne sont pas très américains.

Magnum... Que d'orgueil dans le choix de ce nom. Il a la noblesse du latin, la joie de vivre du champagne, le prestige de la plus belle marque déposée par Smith and Wesson, et surtout la supériorité de l'étymologie. Dès ses origines, l'agence affiche une certaine idée d'elle-même, de sa qualité, de son exigence, de son image. Elle fonctionne autant dans l'esprit d'un club élitiste à l'anglaise, que d'une petite famille cosmopolite qui intégrerait immédiatement en son sein les amis de ses enfants. Leur devise pourrait être tirée d'une scène du *Henri V* de Shakespeare dont Stendhal s'était inspiré pour importer l'expression «*happy few*» en France :

   «*We few, we happy few, we band of brothers...*»

Le monde est leur studio. Quand l'équipe pionnière décide de recruter du côté des membres d'Alliance Photo, agence parisienne à laquelle ils avaient collaboré avant guerre et qui essaie de renaître de ses cendres, Cartier-Bresson propose à Doisneau de le rejoindre à Magnum. Mais celui-ci décline, de crainte de ne pas s'y retrouver, avec toutes ces langues étrangères qu'il ne comprend pas, ces longs voyages en perspective... «Tu sais, moi, sorti de Montrouge, je suis perdu... », lui confie-t-il. Tout est dit.

Avec Magnum naît la «légende des 5 W». À savoir qu'un photographe doit toujours placer son reportage sous cette quintuple interrogation: *«Where? when? why? who? what?»* (Où? quand? pourquoi? qui? quoi?) Le principe vaut pour tous. Il est gravé dans l'inconscient de chacun jusqu'à en devenir un réflexe naturel. Chez Cartier-Bresson, il se superpose au conseil avisé de Capa, dont il n'a oublié ni l'esprit ni la lettre:

«Ne te laisse pas étiqueter surréaliste... Sois photojournaliste et tu feras ce que tu veux... »

Par un paradoxe bien dans sa manière, ce qui l'a libéré le contraint. Il se sert du photojournalisme en le servant, alors qu'il reste un poète dans l'âme, une sorte de vagabond qui s'offre le luxe d'une errance tarifée. Tout le problème reste d'éviter de tomber dans le piège documentaire. Comment témoigner de son temps tout en ne fournissant pas quelque chose qui se réduit à un témoignage? Car ce qu'on attend d'un tel photographe, ce ne sont pas des preuves mais ses intuitions. D'ailleurs, il n'en disconvient pas: «Ce qui compte, ce sont les petites différences. Les idées générales ne signifient rien. Vive Stendhal et les petits détails! Le millimètre crée la différence.

Et tout ce que prouvent ceux qui travaillent dans la preuve, c'est leur démission devant la vie. »

Reporter sans cesser d'être poète, il va désormais jongler avec les preuves et les traces.

Deux ans après la conférence de Yalta, les fondateurs de Magnum procèdent à leur propre partage du monde. Capa et Chim prennent l'Europe, George Rodger l'Afrique et le Moyen-Orient, Cartier-Bresson l'Asie. La répartition, qui n'a vraiment pas la rigueur d'un découpage de frontières, se fait en fonction des affinités de chacun.

Si Cartier-Bresson s'asiatise ainsi, c'est en grande partie sous l'influence diffuse de sa femme. Nommé en août 1947 expert pour la photo près le département de l'information des Nations unies (la toute nouvelle ONU qui vient de succéder à la mythique SDN), il suit de près les velléités d'indépendance des nations encore sous la coupe des empires. Par conviction politique, par pente de caractère, et par osmose avec Ratna, il sent que la décolonisation sera la grande affaire de l'après-guerre. Ce n'est pas seulement dans l'air du temps, mais dans la logique de l'Histoire.

Cartier-Bresson prend donc en cargo la route des Indes. Indépendantes depuis le 15 août 1947 à minuit, celles qui furent le joyau de la Couronne britannique n'ont pu résister aux nationalismes. D'un côté, l'Inde hindoue de Nehru. De l'autre, le Pakistan musulman de Jinnah. Le mahatma Gandhi, la grande âme de cette utopie devenue réalité, ne reconnaît son pays dans aucun des deux. La partition est sa défaite personnelle. On croyait la plaie déjà cicatrisée, alors qu'elle est à nouveau béante. L'exode de douze millions de réfugiés s'effectue dans l'angoisse, la haine et le sang. En attendant qu'il s'achève, on massacre des musulmans dans la partie hindoue, des hindouistes dans la partie musulmane. Gandhi reprend donc son arme, la seule : le jeûne. Début septembre, pour que Calcutta retrouve la raison, il décide de s'abstenir de manger jusqu'à ce que mort s'ensuive, si nécessaire. Ayant obtenu gain de cause au bout de quelques jours, il reporte sa vigilance sur Delhi, la capitale politique et administrative, ensanglantée par la transhumance des réfugiés.

Un riche parsi, auquel il est lié depuis des années, lui offre l'hospitalité dans sa propriété, une villa à colonnades appelée Birla House et symboliquement située à la frontière de ces deux mondes qui ne s'aiment pas. Le confort des lieux ne modifie en rien son mode de vie. Il s'entoure d'enfants adoptés, glisse dans la mélancolie et reçoit des visiteurs. Parmi eux, Maurice Schumann, parlementaire que le président du Conseil Paul Ramadier a chargé d'une mission délicate : convaincre les Indiens de respecter l'héritage de Dupleix, autrement dit prolonger le statut colonial des cinq comptoirs français (Pondichéry, Chandernagor, Karikal, Yanaon et Mahé). Schumann est le dernier Français à avoir un long entretien avec Gandhi, mais pas le dernier à l'avoir vu, de ses yeux vu, dans un moment d'intense et prophétique émotion. Seul un témoin professionnel, doublé d'un artiste particulièrement chanceux, pouvait capter cet instant-là.

Les Cartier-Bresson n'arrivent en Inde qu'un mois après l'annonce de l'Indépendance, en septembre 1947. Leur bateau, un navire allemand récupéré par les Anglais pendant la guerre, a souffert de problèmes d'équipage qui lui ont imposé deux escales interminables à Port-Soudan et à Aden. N'étant sous contrat avec aucun journal, le photographe est libre de son temps. Il a hâte d'être à pied d'œuvre, au cœur de l'Histoire en marche, sur le motif. Là où le temps bascule sur ses gonds.

Ce n'est pas un pays, c'est un monde. Loin, très loin de l'esprit de l'hindouisme dont il avait eu un écho assourdi dans sa jeunesse par sa lecture de Romain Rolland, biographe de Gandhi, Ramakrishna et Vivekananda. Dès les premiers jours à Bombay, il est ébloui. On pourrait en dire ce que Delacroix disait du Maroc : les tableaux sont prêts... Ceux-là ont déjà une âme, du moins il a le génie de la révéler en leur conservant leur part de mystère, qu'il s'agisse des six cent mille réfugiés qui vivent sous la tente à Kurukshetra et dont certains donnent l'illusion d'être en transe alors qu'ils se dégourdissent les jambes, des leaders nationalistes haranguant leurs partisans au cours de meetings enfiévrés, des cholériques soignés dans les hôpitaux, des processionnaires circulant autour des temples, des invités fastueusement traités par le maharadjah de Baroda pour son trente-neuvième anniversaire, de Nehru et du couple Mountbatten s'esclaffant sur les marches du Palais, des Intouchables toujours rejetés dans les marges de la société malgré l'abolition de leur statut de parias, des gentlemen s'abandonnant aux délices de la conversation dans un jardin parfaitement taillé, des réfugiés s'entassant dans le train Delhi-Lahore, ou des loqueteux attendant la distribution de nourriture dans les rues de Bombay.

Où qu'il soit, Cartier-Bresson ne renonce jamais à son regard. Il est quelque part au Cachemire mais ce pourrait être ailleurs, tant il s'emploie à guetter la concordance géométrique entre les carreaux du sol et les motifs des saris. Il prend quatre photos à la suite, mais n'en retiendra finalement aucune. À Ahmedabad, le spectacle des femmes lavant les vêtements dans le fleuve puis les étendant pour qu'ils sèchent lui offre dans la grâce plus de courbes, de parallèles et de perpendiculaires qu'il n'en aurait rêvées. Plus loin, il trouve presque la composition qu'il recherchait, si ces trois hommes assis auprès de trois arbres avaient été aussi recroquevillés qu'eux. Il essaie, tire furtivement pour ne pas déranger le paysage, et passe son chemin pour s'attarder plus loin sur des motifs muraux. Il lui arrive même exceptionnellement de ne pas regarder une scène à hauteur d'homme et de se jucher tout en haut d'une échelle pour saisir le geste de l'employé au moment où il nettoie le lustre d'un palais. Parfois, son obsession de la composition est parfaitement assouvie, mais il ne retient pas la photo dans son choix final car il lui manque ce supplément d'âme qui fait toute la différence. Ainsi ce meeting où deux leaders assis côte à côte se regardent droit dans les yeux, tandis qu'en second plan deux drapeaux fixés au mur semblent n'avoir été disposés en croix que pour les inviter à la réconciliation.

Tout ce que Cartier-Bresson comprend alors de l'Orient, tout ce qu'il saisit de son intime complexité, tout ce qu'il capte de sa subtilité, c'est à sa femme qu'il le doit, qu'il s'agisse de la tradition culturelle la plus classique ou de la sensibilité à la lutte anticoloniale. Au-delà d'une appréhension d'un monde si profondément étranger aux Occidentaux, il y a également l'empathie sans laquelle on reste au seuil de la pensée, et à la lisière des gens. Il n'est pas de meilleur guide que Ratna pour l'introduire dans la haute société indienne, et pas seulement parce qu'elle est vêtue d'un sari et qu'elle comprend les langues vernaculaires. Quoique musulmane, elle est une lectrice attentive de la *Bhagavad Gita*. Un hindou qui les a pris sous sa coupe les présente partout comme des *ksariats*, des membres de la caste des guerriers de Java-Bornéo.

Elle peut beaucoup pour son mari. Là où il y a des femmes voilées et où seule une femme peut pénétrer, elle se propose même de photographier à sa place. Mais il s'avère incapable de lui expliquer le fonctionnement du Leica. En vérité, il n'y tient pas. Parce qu'il n'a pas la religion du scoop, ni l'obsession de la photo sensationnelle Tout dans son travail exprime l'idée qu'une photo n'est pas une prise de vues mais un regard. Ratna, qui s'initie à la danse indienne traditionnelle sous la direction d'Uday Shankar, est une proche de Krischna Hutheesingh, l'une des sœurs du Premier ministre Nehru. La relation s'avère indispensable le jour où Cartier-Bresson délaisse un peu l'Inde pour se consacrer à son incarnation mythique, une idée de nation faite homme, le Mahatma. L'actualité le rattrape, même si d'évidence, leurs destins devaient se croiser tôt ou tard.

Quand il ne fait pas équipe avec Max Olivier de l'Agence France-Presse, il circule en compagnie de James de Coquet. Le sémillant envoyé spécial du *Figaro*, qui consacre une série d'articles à «L'Inde sans les Anglais», assiste avec lui au mariage de la maharanée de Baroda. Après s'être rendu à Shrinagar, dans ce Cachemire qui voulait être la Suisse du continent indien mais dont les événements ont fait une sorte de territoire des Sudètes, il rend visite à un homme qui ne se cache pas mais qui n'en est pas moins le plus recherché du sous-continent. Son reportage, vécu et écrit dans l'esprit d'Albert Londres, est un morceau d'anthologie :

«Je suis devant le dernier fakir de l'Inde. Il est accroupi sur un mince matelas de crin et son corps maigre est drapé de cotonnade blanche. Il me salue à la manière hindoue, les mains jointes, puis il me tend la main et m'invite à m'accroupir en face de lui. Ce fakir accueillant, c'est Gandhi. Et le tour qu'il a réussi est beaucoup plus difficile que de lancer une corde en l'air pour qu'elle y reste suspendue. Il a escamoté à la Couronne anglaise quatre cents millions de sujets...»

Le 13 janvier 1948, cet homme qui a le pouvoir sur les âmes commence de nouveau un jeûne afin que les musulmans ne soient plus menacés, les personnes et les biens. C'est sa seule arme pour faire honte à tous de cette force dont ils usent non pour protéger mais pour détruire. Qu'Indiens et Pakistanais concluent un accord financier au moins, à défaut de s'aimer. Comme à son habitude, il n'accepte d'interrompre le processus de la mort lente qu'en échange d'une promesse écrite. Il l'obtient au bout de cinq jours. Le surlendemain, un extrémiste hindou jette une bombe sur sa résidence en pleine prière publique. Neuf blessés, quelques dommages mais le Mahatma n'en a pas moins poursuivi sa prière. Il faudrait plus d'un avertissement pour réduire la force intérieure qui anime cet homme.

Janvier s'achève. La propriété de Birla House, dans Alburquerque Road, connaît la même animation que les jours précédents, ni plus ni moins, comme si la tension ambiante s'arrêtait aux portes. Le jardin est plein de gens de toutes sortes, venus solliciter une audience, un conseil, une aide, une bénédiction. Le Mahatma siège au fond sur une estrade disposée dans une sorte de petit kiosque en pierres rouges. Quand il ne prie pas, il commente l'actualité d'une voix si douce, si faible, que les scribes sont obligés de tendre l'oreille pour ne pas perdre un seul mot tombé de la bouche du sage.

Cartier-Bresson arrive à vélo. Il a enfin obtenu son rendez-vous. La veille, il s'est déjà promené autour de la maison afin d'en saisir l'atmosphère. Repérages de poète plutôt que de cinéaste.

Le 30, il est reçu. Des photos de Gandhi, il en a déjà fait en situation, sur le terrain, soutenu par Abha et Manu, ses deux petites-nièces. Mais il attend de lui autre chose qu'un sourire édenté dans un bain de foule. Un temps, il l'observe recevant un interlocuteur occidental dans son kiosque. Les deux hommes sont face à face. Le Mahatma, qui semble dicter, apparaît de dos mais on ne voit vraiment que sa main. Elle semble dire : « Et maintenant, quoi ? » tandis que l'avant-bras se dresse parallèlement à une bouteille d'eau. Magie de la composition. Une main peut en dire autant qu'un visage. Ces doigts qui racontent toute une histoire et qui sont toute une vie, c'est le dernier portrait de Gandhi.

Avant de le quitter, le photographe lui montre le catalogue de son exposition « posthume » au musée d'Art moderne de New York. Le Mahatma, manifestement très intéressé, feuillette sans se presser et sans dire un mot. Soudain, il s'arrête, revient en arrière et regarde fixement l'image.

« Quel est le sens de cette photo ? demande-t-il en anglais.

— Le sens, je l'ignore. C'est Paul Claudel, notre grand poète catholique, quelqu'un qui est préoccupé par les fins dernières de l'homme. C'était en 1944. Nous marchions dans une rue du village près de son château de Brangues quand nous avons croisé un corbillard vide mais harnaché, tiré par des chevaux. J'ai allongé le pas pour lui faire face, avec l'église au fond. Il s'est retourné pour le regarder et puis... »

En dire plus, ce serait verser dans l'explication technique, attitude qui lui a toujours inspiré une sainte horreur. Souligner qu'à cet endroit même Julien Sorel a tiré sur Mme de Rênal serait du dernier cuistre. Son hôte est comme pétrifié. Il parle enfin :

« La mort, la mort, la mort... », murmure-t-il simplement, en tendant le doigt vers la photo.

Il ne dira rien d'autre. L'audience est terminée. Cartier-Bresson prend congé en milieu d'après-midi. Il remonte à vélo. Moins d'une heure plus tard, alors qu'il arrive chez lui, il est bousculé par des gens qui courent dans les rues, paniqués et hurlant à tue-tête :

« Gandhi est mort ! On a tué Gandhi ! »

Trois balles tirées à bout portant par un extrémiste hindou, alors qu'il traversait le jardin en face de sa résidence. Les témoins racontent que lorsqu'il s'est effondré dans les bras de ses petites-nièces qui se tenaient à ses côtés, il a murmuré le nom de Dieu dans un dernier souffle : « Ram Ram... » Nul photographe n'était là.

Cartier-Bresson remonte à vélo, rebrousse chemin et pédale comme jamais. C'est le début d'une longue nuit blanche, suivie de plusieurs autres. Des heures d'une rare émotion. Aucun feu n'est allumé dans le pays plongé dans le silence.

La dépouille de la Grande Âme, recouverte de roses, est offerte à la contemplation des fidèles sur le toit de sa dernière demeure ici-bas. Ils se pressent en une foule compacte pour le voir. En jouant des

coudes, Cartier-Bresson parvient à atteindre les
fenêtres de Birla House pour être aussitôt emporté
par ce flot humain. Mais il est cependant là quand
Nehru sort de la maison après s'être agenouillé
devant le cadavre de son compagnon. Il s'adresse
aux siens en pleine rue, improvisant une adresse
radiodiffusée par All India Radio :

«Amis et camarades, la lumière de nos vies s'est
éteinte et partout il n'y a plus que ténèbres. Je ne
sais que vous dire ni comment vous le dire. Notre
chef bien-aimé, Bapu comme nous l'appelions, le
Père de la Nation, n'est plus...»

Le Premier ministre est juché sur le portail en bois
blanc qui barre l'entrée de la propriété. Immédiatement à sa gauche, un officier de Sa Majesté britannique en uniforme est accoudé en contrebas, comme
un ultime rappel d'un passé encore si présent. Face à
lui, débordant partout, des Indiens hébétés par la
nouvelle. Leurs regards dirigés vers le haut l'implo-
rent. À la hauteur du visage de ce personnage surgi
de la marée des orphelins, la tête d'un lampadaire.
Une scène d'une incroyable intensité, baignant dans
des halos et des faisceaux de lumière venus de toutes
parts. Bousculé sans cesse, opérant dans des conditions techniques ahurissantes, Cartier-Bresson réussit à prendre quelques clichés, assez flous mais
qu'importe. Celui-ci, clair-obscur éclairé comme par
miracle, est le bon. Une manière de chef-d'œuvre, si
peu prémédité et si inspiré qu'on croirait son auteur
touché par la grâce dans un moment de douce transe
collective. Là encore, l'artiste prend le pas sur le
photographe d'une façon si évidente qu'on ne peut
s'empêcher de songer à certains tableaux de maîtres,
ceux de la Renaissance italienne en l'occurrence, tel
le Filippino Lippi de *La Vision de saint Bernard*.

Le lendemain et les jours suivants, il est partout, trop porté par l'ivresse de l'événement pour être conscient du danger. Des centaines de gens meurent piétinés. On ne résiste pas à la foule. Mais il est peut-être moins dangereux d'être l'un des flots de cette vague que de pointer son Leica au nez du gardien d'un temple sacré qui aussitôt dégaine son sabre.

Il suit le cortège funèbre perdu au milieu de deux millions de personnes, assiste à la crémation, et accompagne le train qui mène les cendres au lieu de leur immersion, dans le Gange et la Jamna. Quoiqu'il se défende de faire du reportage sur l'assassinat, il en fait un à sa manière en traquant l'onde de choc sur les visages et dans les attitudes. À parcourir ce pays traumatisé, il esquisse le portrait d'un peuple saisi à l'instant précis d'une des plus intimes détresses de son histoire. Par sa fine analyse visuelle des rythmes d'une foule, il donne de la chair au chagrin, qu'il s'agisse des spectateurs juchés tout en haut d'un pylône, ou du secrétaire du défunt ne dissimulant plus son affliction lorsqu'il se retrouve au-dessus des flammes.

Étant dans l'œil du cyclone, Cartier-Bresson en attrape les détails significatifs quel que soit le registre. Ainsi, invité pendant huit jours dans le Rajputana, pour assister au mariage de la fille du maharadjah de Jaipur avec le prince de Baria sous une nuée de pétales de fleurs, dans une débauche de festins ininterrompus, au milieu de processions d'orchestres, d'éléphants et de chameaux, il se focalise sur les souliers des invités princiers, après avoir remarqué qu'ils ne portaient que de vulgaires chaussures noires à l'instar de n'importe quel petit bourgeois occidental le dimanche, et non de somp-

tueuses pantoufles brodées comme il est de tradition en Inde. Tout à sa passion du petit fait vrai qui
renforcera le plus surprenant détail visuel, il va jusqu'à noter que les mariés, malgré leur prestigieuse
ascendance et leurs patronymes évocateurs, dans
l'intimité se donnent du «Juju» et du «Mickey»...

Tout à sa quête de lambeaux de réalité, le stendhalien en lui se sent tel Fabrice del Dongo à Waterloo,
incapable de se rendre compte de ce qui se passe
vraiment. De toute façon, durant ses années asia-
tiques, il est tellement pris par l'intensité de sa vie
qu'il ne voit pas ses photos, à moins que les magazines qui les publient ne lui parviennent. La plupart
du temps, il se contente d'examiner les planches-
contacts, de faire son choix au crayon rouge et de
l'expédier au plus vite à Magnum. Il regrette d'autant moins de ne pas contempler le travail accompli
qu'il est absorbé par le travail à accomplir.

L'Histoire l'a rattrapé, l'Asie l'a happé.

Quand les rédacteurs en chef apprennent que
Cartier-Bresson a couvert les funérailles de Gandhi,
à défaut de son assassinat, ils font le siège de
Magnum à New York pour se disputer l'exclusivité
de la vingtaine de rouleaux qu'il a impressionnés,
ceux de *Life*, du *Saturday Evening Post* et de *Harper's Bazaar* notamment.

Outre son ami Max Desfor de l'Associated Press,
Margaret Bourke-White, l'envoyée de *Life*, est également présente sur place au même moment. Elle
aussi est partout. Bien qu'ils semblent s'ignorer, ils
sont moins rivaux qu'on pourrait le croire. Plutôt
complémentaires même, tant leur démarche, leur
attitude, leur esprit les distinguent l'un de l'autre.
En fait, tout les oppose. Elle est américaine, brutale,
agressive, efficace, journaliste jusqu'au bout des

ongles, et partisane inconditionnelle du flash en toutes circonstances. Il est le contraire. Nul ne saurait mieux le dire que Satyajit Ray.

À vingt-sept ans, le futur réalisateur qui vient tout juste de créer la Film Society à Calcutta, encore à la veille de sa rencontre décisive avec Jean Renoir, est un admirateur fou de Cartier-Bresson. Dès son premier film, *Pather panchali*, et tout autant dans les suivants, il ne cessera de témoigner de son allégeance envers lui en bannissant l'usage des longues focales et en s'inspirant de sa manière pour utiliser au mieux la lumière du jour.

En feuilletant le catalogue de son exposition «posthume» de New York, il comprend qu'il s'agit du même «Cartier» dont les photos publiées dans *Verve* avant la guerre l'avaient ébloui. Dans sa mémoire confuse, il les associe au Mexique alors qu'il s'agit de l'Espagne, mais cela n'enlève rien à leur force ou à leur impact, qu'il s'agisse d'une femme en noir portant son enfant, ou d'un chômeur au regard de loup traqué protégeant son fils endormi dans ses bras. En découvrant le reflet qu'il donne de son pays écrasé par le chagrin, il est frappé par sa stratégie d'évitement de tout sensationnalisme, son aversion pour l'anecdote, son refus de traiter le quotidien politique, son aptitude à s'attarder sur ce que d'autres jugeraient insignifiant, sa manière de se concentrer sur les petites gens et les humbles dont il nous fait partager le désarroi, la sobriété dont il fait preuve dans son traitement du drame. Satyajit Ray n'est pas seulement touché par la poésie et l'humanisme du regard qu'il pose sur son pays. Dans sa manière unique de rendre monumental l'éphémère, il le voit comme un artiste, non quelqu'un qui crée la beauté mais celui qui enlève ce qui nous empêche de la voir. Il est vrai que ces photos ont ceci de particulier qu'elles nous plongent dans l'intimité d'un peuple bouleversé, grâce à l'immersion totale du photographe en son sein.

Pour la première fois, Cartier-Bresson a couvert à chaud un événement qui suscite une curiosité mondiale, en un temps où la demande d'une presse magazine en plein essor s'accorde au dynamisme de la toute jeune agence Magnum.

À quarante ans, il s'adapte aux exigences de ce nouveau métier. Sa liberté consiste désormais à choisir ses contraintes. Quand il se rend sur le front de Hyderabad juste après l'annonce de l'armistice entre l'Inde et le Pakistan, peu lui chaut qu'on ne l'autorise pas à assister à la signature de l'accord alors qu'il n'a pas quitté les protagonistes d'une semelle. Comme s'il savait que ces images seront immédiatement périssables, tandis que la vérité de ce pays et de ce peuple est ailleurs, dans d'autres images et d'autres visages, qui s'inscrivent naturellement dans la durée et se gravent dans le marbre de la mémoire. Quel que soit le travail qu'on attend de lui, en dernier ressort, cela dépend de sa décision et de son initiative. De même, quand le journaliste américain Ed Snow lui commande une série de photos de Nehru dans douze situations bien distinctes, et qu'il s'avère impossible de les réaliser sans abuser de la patience du Premier ministre, Cartier-Bresson décline.

Sa démarche se modifie : chaque soir, il tape sur sa machine les impressions de sa journée, du moins celles qu'il n'a pu faire entrer dans son Leica. Il le fait d'abord pour lui, même si cela pourra servir plus tard à d'autres fins. Un photojournaliste, c'est quelqu'un qui tient son Journal, et un reporter quelqu'un qui rapporte. Désormais, l'envoi de ses rouleaux de films et planches-contacts est accompagné de légendes détaillées, rédigées par ses soins, en anglais, sur du papier pelure.

Tous ces écrits, véritables notes à leur date, forment un tout qui offre un saisissant instantané, brut de décoffrage, du quotidien d'un photographe en exil sur un continent agité. Ils sont d'une étonnante richesse. Outre leur apport purement informatif, ils nous renseignent également sur l'état d'esprit du scripteur, lequel n'hésite pas, par exemple, à recommander aux destinataires de ses légendes (l'agence et les journaux) de se reporter à la description de Jaipur par Pierre Loti dans un de ses livres...

Il ne quitte pas vraiment l'Inde puisqu'il reste dans la région. Mais si ce pays reste son port d'attache, c'est aussi sur le plan sentimental. Il en a fait sa patrie d'adoption, un second Mexique. Ça ne s'explique pas, c'est ainsi. L'évocation de l'Inde a le don de susciter en lui une bouffée de bonheur, une lueur nostalgique dans le regard, quelque chose d'ineffable dans le sourire.

En septembre 1948, après avoir vécu une année en Inde, Cartier-Bresson se rend au Pakistan observer sur le terrain les conséquences de la partition. Après un long entretien avec le chef de l'État Mohammed Ali Jinnah à Karachi, il voyage un peu partout dans le pays, usant de son Leica comme d'un carnet de notes visuel. Il est à Lahore en ruine qui a encore le goût de célébrer à grand renfort de clowns et d'acrobates l'arrivée du printemps dans les jardins de Shalimar. Il se laisse porter par ses pas dans le bazar de Peshawar où tout le monde est armé sauf lui. Il est reçu par un seigneur de la guerre

dans une vallée tout près du Cachemire, qui dirige
son État de sa chambre avec, à portée de la main, un
téléphone, une Winchester, un crachoir et le Coran...

Puis l'Inde à nouveau, le temple sacré des sikhs à
Amritsar, Bombay dans la fièvre des élections muni-
cipales, Delhi juste à temps pour assister aux dévotions à la déesse Kali, le sud du pays pour prendre
la tension de ces flambées de violence communiste
qu'il tient pour des jacqueries...

En novembre, il est déjà en Birmanie, libérée du
colonialisme britannique depuis moins d'un an,
mais en proie aux luttes intestines. Car, après avoir
contenu la violente opposition des communistes, le
nouveau gouvernement doit affronter la minorité
chrétienne Karen. Cartier-Bresson, qui découvre un
pays en pleine confusion, photographie les responsables chez eux, accompagne les négociateurs dans
leurs missions de bons offices sans comprendre un
traître mot de leurs marchandages politiques, assiste
à l'entraînement des policiers en bordure du lac
royal de Rangoon. Mais, suivant son habitude, il va
toujours risquer un œil derrière l'événement. À
croire qu'il s'attend à être surpris par l'inattendu et
que, pour rien au monde, il ne voudrait rater ce
qu'il devine derrière le coin du voile, qu'il s'agisse
des combats de coqs, de l'art de la coiffure chez les
petites filles, de la signification du moindre geste
dans la danse traditionnelle, des charmeurs de ser-
pents, des femmes fumant le cigare ou du pèlerinage littéraire auquel il ne peut déroger au célèbre
Pegu, club jadis réservé aux Blancs, là même où
Kipling écrivit certaines de ses nouvelles.

La région semble être devenue son quartier. À
peine a-t-il quitté un endroit qu'il songe déjà au
moment où il y reviendra. Ainsi, après un séjour

auprès du populaire et mystérieux Mister Razvi à la
tête de son armée privée des Rasakars, constituée
d'extrémistes musulmans, il consigne dans son calepin des impressions incitant les rédactions qui en
feront usage à une certaine prudence :

« Il est préférable que ces notes ne paraissent pas
sous ma signature car je retourne à Hyderabad dans
deux mois pour y faire des reportages non politiques… »

Ce n'est pas une méthode mais un réflexe. Car
quel que soit le contexte, et nonobstant une tension
larvée qui a vite fait de dégénérer en guerre ouverte,
il ne néglige jamais la dimension culturelle d'une
situation. Qu'il s'agisse des gens, des lieux, des objets,
il cherche toujours à déceler les traditions auxquelles
ils se rattachent, comme si c'était la seule manière
de révéler leur part d'ombre.

Cartier-Bresson vit en Birmanie depuis trois mois,
dans un pays en pleine confusion politique au sein
duquel il voyage volontiers malgré l'insécurité
des routes, pour rendre visite à des communautés
monastiques ou assister à un festival de feux d'artifice, quand l'actualité le rattrape, quelque part du
côté des pagodes de Mandalay, sous la forme d'un
télégramme laconique du magazine *Life* :

« Le Guomindang n'en a plus pour longtemps.
Pouvez-vous vous rendre en Chine ? »

Les nouvelles sont assez floues pour le pousser,
d'instinct, à rallier aussitôt Rangoon et à prendre le
premier avion pour Pékin. Déchiré depuis trois ans
par la guerre civile, le pays ne cesse d'être grignoté
par les troupes de Mao Zedong. Elles ont conquis
la Mandchourie tandis que les Américains, trop
occupés en Europe, abandonnent progressivement

Chiang Kai-shek qui multiplie les erreurs straté-
giques. Tous les signaux indiquent que les jours de
son régime sont comptés, tant le désastre militaire
est patent.

Cartier-Bresson est à pied d'œuvre, quand 1948
s'achève, pour assister à la fin d'un monde et à la
naissance d'un autre. Douze jours et douze nuits
durant, il est le témoin privilégié de l'effondrement
de la Chine nationaliste avant de devenir celui du
triomphe de la Chine communiste. On imagine
l'ivresse de l'étranger présent dans une ville inconnue à la veille d'un bouleversement que tout désigne
comme historique.

Dans ces moments d'intense excitation, où la folie
gagne facilement les foules, l'essentiel n'est plus tant
d'être sur place que de savoir comment en repartir,
de sentir quel moment ultime sera le bon et d'imaginer les meilleures conditions de départ. Pour se
sauver et pour sauver les films. Car à l'heure des
rumeurs les plus contradictoires, quand tout incite à
la panique et à la fuite, rester à Pékin, affronter l'inconnue d'un brutal changement de régime, c'est risquer de tout perdre, et d'abord de se perdre. Dans
cette frénésie de contrevérités et de démentis, qui a
envie de vérifier si le général du Guomindang de la
région Pékin-Tianjin va bien livrer la cité impériale
sans combattre ?

Toute rencontre est un informateur en puissance.
Les étrangers vivant en Chine, qu'ils soient des correspondants en poste ou des exilés de longue date
fondus dans la masse, s'avèrent être de précieux
auxiliaires dans la course aux renseignements quand
ceux-ci peuvent sauver une vie. Dans ces moments
où l'intensité de la situation brouille bien des repères,
il suffit de presque rien, une intuition de dernière

minute, pour modifier le cours d'une vie. Outre Jim Burke de *Life*, Jean Lyons du *New York Times*, Bob Ford Doyle de *Time*, et Sam Tata de l'agence Black Star, Cartier-Bresson se lie d'amitié avec quelques journalistes français avec qui il lui arrive aussi de faire équipe, tel Jacques Marcuse, l'homme de *France-Presse* à Shanghai. Hormis ses confrères, Cartier-Bresson fréquente un notable réputé pour ses théories sur la sémantique, M. Vetch, qui tient la librairie de l'hôtel de Pékin ; Alphonse Monestier, un ancien journaliste réputé pour sa collection de vieilles photographies de personnalités chinoises ; et le chef de bataillon Jacques Guillermaz, attaché militaire à l'ambassade de France à Pékin, qui lui épargne le pire en lui enjoignant de ne surtout pas embarquer sur l'*Améthyste* pour photographier, à l'instigation de *Life*, la traversée du Yang-tsé par les communistes, injonction salutaire car ceux-ci ne se privent pas de bombarder l'aviso britannique et de le couler corps et biens...

Juste avant l'entrée de l'Armée rouge dans Pékin, le 31 janvier 1949, Cartier-Bresson réussit à prendre le dernier avion pour Shanghai, alors que les troupes communistes encerclent l'aéroport. Sur place, il cherche à se rendre dans les zones contrôlées par les armées populaires, la région de Tsing-tso et la péninsule de Chan-toung. À pied, transportant ses bagages sur une brouette dans la neige opaque, il emprunte la voie par laquelle les missionnaires rejoignaient leurs fidèles. Puisqu'ils y parvenaient sous la neige, pourquoi pas lui ? Heureusement, un journaliste et un homme d'affaires rencontrés par hasard l'emmènent dans leur Jeep. Beaucoup d'efforts pour pas grand-chose. Bloqué dans un village pendant des semaines, il est empêché de prendre

des photos, quoiqu'il s'avance vers les militaires un
drapeau blanc dans une main, son passeport français dans l'autre. «*No picture!*»

Il revient à Shanghai, et en repart avec des boud-
dhistes afin de les accompagner dans leur pèlerinage aux sanctuaires de Hang-tcheou. Mais *Life*, le
«client» qui lui a commandé la couverture de la
guerre civile chinoise, attend autre chose. Il saute
donc dans le dernier train pour Nankin, capitale du
Guomindang, afin d'assister au sauve-qui-peut des
troupes nationalistes dont les chefs se réfugient à
Taiwan, et au passage symbolique du Yang-tsé par
les troupes communistes, encore auréolées de l'ex-
ploit épique de la Longue Marche. Il passe quatre
mois à Nankin, sans quitter un seul instant ses deux
Leica, toujours à l'affût des détails de la vie quotidienne, avant de retourner vivre à Shanghai, ville
hors de prix du fait du taux incroyablement élevé du
dollar. Par chance, lui et Ratna habitent chez des
amis et n'ont que leur pension à payer. Jusqu'au
jour du grand départ des Européens.

Cartier-Bresson est de cet exode. Mais comme s'il
voulait éteindre la lumière avant de partir, il retourne
juste avant l'heure fatidique sur les lieux où ces
étrangers ont vécu parfois pendant des décennies.
Le country-club britannique n'a jamais paru si
désolé que ce dimanche matin. Il n'y relève que la
présence incongrue d'un jeune homme, lequel n'in-
terrompt la lecture de son livre que pour déclarer
placidement au photographe éberlué: «Les Anglais
n'ont pas peur de la solitude.»

Le 24 septembre 1949, un mois avant la proclamation de la République populaire de Chine par
Mao Zedong, Cartier-Bresson et sa femme embar-
quent pour Hong Kong à bord du *SS Général Gor-*

don, seul paquebot autorisé à faire escale en raison du blocus. Il rapatrie prioritairement les employés du Département d'État et les résidents américains, les places vacantes étant dévolues aux réfugiés des autres nations. Auparavant, il lui a fallu développer ses photos et les montrer à la censure, épreuve redoutée car nombre d'images sont les ultimes témoignages de la Chine ancienne, mais finalement surmontée sans trop de problèmes.

Malgré la guerre qui gronde, elles expriment une sorte de sérénité, du moins au début : eunuques de la maison impériale en grande conversation, officiers du Guomindang se livrant à leur rituelle gymnastique matinale dans les jardins, bouquinistes des Puces de Pékin, réceptions diplomatiques... Toute une société anormalement paisible quand on connaît les circonstances, vision des plus étranges corrigée par des mendiants et des aveugles guidés par des jeunes tenus en laisse, des cadavres d'enfants abandonnés par leurs familles, des femmes tout en larmes et en colère tandis que l'on apporte des cercueils après le bombardement de leurs paillotes...

On sent la tension monter au fur et à mesure qu'apparaissent non les soldats mais leur spectre. On ne voit pas encore la débâcle, mais on devine déjà la panique. De partout suintent la misère, l'angoisse, l'attente surtout, qui poussera quelque intellectuel occidental à se demander si, finalement, les masses chinoises ne subissent pas l'Histoire plus qu'elles ne la font.

La violence se dissimule dans, ces images, mais pas là où on l'attend. Sous-jacente et inexprimée, elle est dans la lutte pour la vie qu'un geste discret ou un regard furtif racontent mieux que tout rapport de force trop évident.

Là encore, Cartier-Bresson semble être partout où il faut être sans pour autant jouer des coudes. Toujours loin de l'anecdote, au plus près de l'intime vérité des gens. Sauf que désormais, Magnum et *Life* obligent, il lui faut concilier sa profonde attirance pour la culture d'une société avec les impératifs de l'actualité. Jamais la pression des événements ne l'a empêché de se pencher avec toute l'attention requise sur la sculpture, la peinture et le dessin des milieux qu'il a rencontrés durant ses trois années en Asie.

Il est à Nankin pour la dernière séance du parlement nationaliste, sur le Bund de Shanghai quand des étudiants manifestent contre les effets néfastes du marché noir, devant Mme Sun Yat-sen et Mme Zhou Enlai au meeting de la Libération du grand théâtre de Shanghai, sur le Yang-tsé quand les troupes communistes passent le grand fleuve, dans les rues de Nankin pour scruter dans le regard ébahi des commerçants le reflet de ces nouveaux maîtres qu'il tient pour une armée spartiate de paysans venus du Nord, à Zikawei pour vérifier si l'enseignement de la pensée Mao Zedong figure effectivement au programme lors de la réouverture du collège des Jésuites, chez le consul de France à Shanghai, M. Bouffanais, pour fêter le premier 14 Juillet entre deux régimes...

Cette ubiquité ne l'empêche pas de rester obsédé par le souci de la composition, comme s'il avait un compas de proportions dans la rétine. Même lorsqu'il est dans l'œil du cyclone. L'une de ses photos chinoises intitulée *Les derniers jours du Guomindang*, en apparence parmi les moins spectaculaires, est généralement considérée comme un chef-d'œuvre. Le peintre Avigdor Arikha, à qui elle rap-

pelle la *Décollation de saint Jean-Baptiste* du Caravage, l'évoquera en ces termes :

« Dans un espace horizontal parfaitement
d'équerre, deux hommes. L'un immobile, regardant
ailleurs, l'autre mangeant, regardant dans son bol.
Le noir à gauche et le blanc à droite, entraînent la
tension. Au coin d'ombre noire à gauche, répond la
porte à droite en haut de laquelle un second rectangle enlacé engendre un rythme hypnotique. À
gauche, une porte donnant sur le vide noir, dont
l'ouverture est un rectangle inversé, encadre en
contrepoint le Chinois immobile regardant ailleurs.
À son immobilité silencieuse répond l'homme assis
qui mange. Il est campé exactement à l'intersection
harmonique du nombre d'or. Il tient un bol dans ses
mains. Un autre bol, posé sur le banc, répond en
écho au premier. La calotte noire est leur contrepoint. Des ombres hachées et diagonales frappent
de haut en bas et de droite à gauche, inquiétant l'horizontalité paisible de la scène. Tout cela tient du
miracle. »

Son confrère Jim Burke est frappé par son énergie et son agilité à se déplacer, digne d'un acrobate
ou d'un danseur. Pourtant, de son propre aveu, Cartier-Bresson ne s'est pas toujours senti à son aise :

« J'avais l'impression d'être sur une île à l'intérieur de la Chine. Les gens sont si vifs et j'étais si
curieux de tout que ça a fait de ce pays le plus difficile à photographier qui soit. Pour travailler correc-
tement, un photographe doit pouvoir disposer du
même espace qu'un arbitre autour des boxeurs. Mais
que pourrait-il faire s'il y avait quinze gosses entre
lui et les cordes du ring ? Au marché aux oiseaux de
Pékin, j'en avais cinquante dans les jambes qui n'ar-
rêtaient pas de se pousser et de me pousser. »

En Chine, il est précis, voire pointilleux, dans l'établissement des légendes de ses photos. Comme s'il avait conscience que la nature historique des événements qu'il vient de vivre lui commandait de dissiper d'emblée toute légende à venir. Ses textes tapés à la diable, qu'il rédige dans un anglais à la syntaxe approximative mais au vocabulaire riche et coloré, se veulent avant tout explicatifs. Ils racontent les coulisses du reportage, afin que toute ambiguïté soit dissipée sur le sens des photos les plus sensibles. En tête de son reportage sur la vie à Shanghai et à Nankin après la défaite des nationalistes, il prend bien garde de préciser :

« Ces photos ne peuvent être reproduites qu'accompagnées de leur légende, ou d'un texte rédigé strictement dans l'esprit de ces légendes. »

Cartier-Bresson exige des services idoines à Magnum qu'ils fassent graver ce texte sur un tampon-encreur afin qu'ils paraissent au dos de toutes les photos de ce reportage, ce qu'avait fait Bob Capa en Union soviétique. Pour éviter tout malentendu, il ajoute même :

« Je veux que les légendes soient strictement des informations et non des remarques sentimentales ou d'une quelconque ironie. Je veux que ce soit de l'information franche, il y a assez d'éléments pour cela dans les pages que je vous envoie. Je vous fais entièrement confiance mais je vous serais très reconnaissant d'être parfaitement clairs avec nos clients à ce sujet. Laissons les photos parler d'elles-mêmes et pour l'amour de Nadar, ne laissons pas des gens assis derrière des bureaux rajouter ce qu'ils n'ont pas vu. Je fais une affaire personnelle du respect de ces légendes comme Capa le fit avec son reportage. »

Question de principe. Mais une telle exigence ne se justifie pas seulement par la dimension politique du reportage. Cartier-Bresson met autant d'énergie à faire respecter ses légendes s'agissant de l'attitude équivoque d'un leader pendant une harangue publique, que de jeunes danseuses balinaises dont la poitrine dénudée ne doit surtout pas être interprétée comme une manifestation d'indécence ou d'érotisme. Marié à une Javanaise, il sait l'importance du respect d'autres cultures que la sienne. Un détail suffit parfois : ainsi quand il veut photographier une jeune Chinoise en pousse-pousse dont le vent a découvert les cuisses, elle l'aperçoit et se couvre aussitôt... le visage. Leur pudeur n'est pas nécessairement la nôtre.

Il arrive que la froide rigueur de ses légendes ne suffise pas à éviter les dérapages. Ainsi, Cartier-Bresson ne garde pas le meilleur souvenir de son reportage sur l'ashram de Sri Aurobindo, à Pondichéry, peu avant la mort de celui-ci. Depuis trente ans qu'il ne quitte pas sa chambre, le philosophe syncrétiste permet quatre fois par an à ses sept cents fidèles de passer devant lui. Autant dire qu'un étranger n'est pas facilement admis auprès du Dieu vivant, au sein de ce phalanstère religieux parmi les plus célèbres d'Inde. Son double en divinité est une femme appelée « Mère ». Dans une autre vie, elle avait été une Juive tunisienne mariée à un M. Richard. Aujourd'hui, à soixante-quinze ans vaillants, elle veille au grain. Sa personnalité est telle, et son emprise sur l'auteur de *La Synthèse des yogas* si forte, que tout passe par elle. Dans ses légendes, Cartier-Bresson semble éprouver à son endroit des sentiments mêlés d'admiration pour son sens de l'organisation et l'énergie qu'elle déploie, et d'exaspération pour sa manière de tout théâtraliser et d'organiser l'ineffable. On devine qu'il peine à la prendre au sérieux, et à admettre sa sincérité. Quand un dévot bengali justifie le retard de Mère à sa séance publique vespérale en annonçant nonchalamment qu'elle ne descend pas tout de suite «parce qu'elle doit être encore en transe», Cartier-Bresson ne peut s'empêcher de noter dans son calepin :

«J'aurais été moins surpris s'il avait dit qu'elle était en train de préparer une omelette façon mère Poulard pour ses disciples méritants...»

On le devine plus attiré par le secrétaire général de l'ashram, un certain Povitro qui, lorsqu'il était encore M. de Saint-Hilaire, était un brillant mathématicien issu de Polytechnique. Impressionné par son calme, sa gentillesse et son affabilité, il voit en lui le saint Jean-Baptiste des lieux. En tout cas, ce n'est pas lui qui lui crée des problèmes. Tout vient de Mère puisque tout passe par elle.

Le jour de son arrivée à l'ashram, elle a fait jurer sur l'honneur à Cartier-Bresson de ne pas prendre de portrait de Sri Aurobindo. Après avoir pris des séries de clichés des bâtiments et des activités, lassé tant de l'architecture que de la gymnastique, il finit par convaincre Mère de se laisser photographier de loin, incluse dans un groupe de disciples. D'une bobine l'autre, il parvient à se rapprocher insensiblement au fil des jours. Tant et si bien qu'elle accepte même de poser directement face à l'objectif du photographe en compagnie de Sri Aurobindo, tel un couple de bourgeois des bords de Marne. À une condition toutefois : que leurs visages soient entourés d'un halo artistique, afin de bien rendre l'atmosphère de vénération qui règne en ces lieux. Cartier-Bresson, qui considère être tombé dans une secte, garde

la tête froide. Il reste photographe, français et pragmatique : Mère ne veut pas que les disciples décou-
vrent que Dieu a des rides et un double menton, voilà
tout. Le lendemain, il la prend à part et lui explique
que ses photos sont déjà d'un tel moelleux qu'il ne
pourrait que décevoir s'il en rajoutait dans la douceur. Quand elle comprend que sa réputation de portraitiste est en jeu, elle le laisse faire selon sa manière.
À une ultime condition toutefois : que tout cliché lui
soit impérativement soumis avant publication. Puis
elle suggéra qu'il raye les négatifs où ses rides sont
trop apparentes. Finalement, les négatifs et les droits
de ce reportage où Mère apparaît seront vendus à
l'ashram sur les conseils de Bob Capa, afin de lui en
assurer la maîtrise... Ironie de l'histoire : un an plus
tard, au lendemain de la mort de Sri Aurobindo, le
directeur d'un grand magazine de Calcutta écrira à
Cartier-Bresson pour regretter que ses portraits du
philosophe soient tellement ombrés qu'on ne distingue pas son regard ; en conséquence, il lui deman-
dera d'éclairer les yeux au retirage, puisqu'ils sont
les fenêtres de l'âme... Cartier-Bresson ne gardera
pas mauvais souvenir de cette aventure puisque
grâce à la vente de ces négatifs (c'est la seule fois de
sa vie), il s'achètera une maison de campagne à
Saint-Dyé-sur-Loire près de Chambord. Capa avait
vraiment bien négocié...

Il arrive que certaines des légendes soient d'une
concision qui confine à la sécheresse. Deux lignes à
peine, informatives et factuelles, qui se contentent
parfois de traduire les inscriptions chinoises d'un
panneau figurant sur l'image. D'autres dressent des
comparaisons avec des personnages ou établissent
des parallèles avec des situations qui doivent plon-

ger dans le doute quelques rédactions tant ces légendes sont imprégnées de références françaises. Ainsi quand il évoque «le sourire malicieux de Max Jacob» pour décrire les traits de Bouddha 34, son cyclo-pousse préféré; ou lorsqu'il relève que «la présence des ci-devant ambassadeurs est le signe montrant que Shanghai n'a pas toujours été aussi provinciale qu'elle le paraît désormais»; ou quand il dit que l'ascétisme et la pruderie des laudateurs de la nouvelle Chine lui rappellent étrangement les premiers chrétiens...

Parfois, il se laisser aller à définir au passage sa conception du métier. Ainsi quand, tout occupé à justifier en détail les dessins esquissés par un soldat, il s'autorise cette digression :

«Élevons le débat : je n'ai jamais été intéressé que par "la vérité des petits faits", comme on dit en français, et le mot "picture story" implique une dramatisation des faits qui m'a toujours répugné.»

D'autres fois, quand les circonstances sont plus exaltantes, elles le poussent à être non pas plus bavard mais plus lyrique. C'est le cas pour l'une de ses plus célèbres photos de cette époque :

«Shanghai, décembre 1948. La ruée vers l'or. Devant les banques du Bund, des queues formidables se sont établies qui ont envahi les rues voisines, interrompant tout trafic. Une dizaine de personnes devait périr dans les bousculades. Le Guomindang avait décidé de répartir certaines réserves d'or à 40 grammes par tête. Certaines personnes attendirent plus de vingt-quatre heures pour tenter d'échanger leurs billets. L'ordre était mollement assuré par une police dont les équipements disparates provenaient des diverses armées qui s'étaient, depuis quinze ans, intéressées à la Chine.»

En France, la photo est publiée le 29 mars 1949 dans le premier numéro d'un nouvel hebdomadaire, *Paris-Match*. Tout un symbole.

Est-ce l'effet de ses légendes, dont l'acuité dans l'analyse politique doit surprendre les rédacteurs en chef qui n'ont pas grande estime pour les photographes ? Toujours est-il que la publication de ses reportages dans la presse américaine consacre Cartier-Bresson dans son nouveau statut de témoin de l'Histoire en marche. Une sorte de contemporain capital, comme on le dit de Gide. À lui le Journal, à l'autre le recueil de ses planches-contacts. Dans les deux cas, ce sont d'uniques reflets de la chute de l'homme dans le temps.

Jamais Cartier-Bresson n'a été aussi sensible à l'ivresse de l'instant unique qu'en Inde au lendemain de la mort de Gandhi ; jamais il n'a ressenti l'excitation des événements comme en Chine durant les mois où l'Ancien Régime a dû s'effacer devant la Révolution. Dans ces moments-là, il a senti que tout culminait en une seconde pour exploser à la vitesse de l'obturateur. Il a éprouvé une joie physique à se trouver en équilibre sur la crête des vagues, un appareil à la main.

À la fin de l'été 1949, le voilà installé depuis deux ans en Extrême-Orient. C'est à Lahore, au Pakistan, que le rejoint un câble de Talley, du *New York Times*, lui demandant de dresser le bilan de son séjour et de résumer ses impressions en cinq cents mots. La précision peut paraître dérisoire aux non-initiés. Plutôt qu'un texte, Cartier-Bresson préférerait lui envoyer «un grand tableau d'histoire», tant il se sent impuissant à traduire des images en mots (surtout cinq cents...). Toute synthèse cohérente de sa part lui paraîtrait relever de l'imposture car il n'a

vu que des éclats d'Histoire. Ses phrases ne sauraient restituer des vérités saisies au centième de
seconde. La caméra n'est qu'un instrument de précision pour prendre la mesure des événements.
Aussi Cartier-Bresson décline-t-il la proposition,
mais il n'en livre pas moins, dans un câble en
retour, quelques clés de sa vision du monde.

Ces lignes dessinent l'autoportrait d'un Occidental
bouleversé par les vagues sans fin d'une humanité
séculaire dont chaque bouche réclamait de quoi
manger. Il est convaincu que la guerre a modifié
l'ordre des choses dans cette région plus que dans
toute autre partie du monde. Le mythe de la toute-
puissance de l'homme blanc s'est effondré, la montée des nationalismes s'est avérée inexorable, les
Empires n'ont pas su trouver les solutions adéquates
ni les mots qu'il fallait pour assurer une transition
des plus dignes. Cet échec est d'abord la faillite de
nos grands-pères. Coupables de cécité puisqu'ils
n'ont pas voulu voir, ni concevoir que le système colonial ne serait pas éternel. Mais fidèle à lui-même,
c'est-à-dire à l'éducation de son regard, Cartier-Bresson est également persuadé que l'attitude des anciens
colonisés vis-à-vis de l'art est le meilleur symptôme de
l'évolution des mentalités. Mieux que tout programme politique ou social. Car tout est dans le choc
des cultures. À ses yeux, rien n'est plus significatif que
de constater qu'à Bali, par exemple, où se mêlent des
influences chinoise, cambodgienne et indienne, un
artiste tel que Rembrandt est considéré comme un
extraterrestre. C'est pourquoi il juge aussi urgent
pour l'Orient de se rétablir dans sa propre culture que
d'assurer sa survie économique. Car ce n'est qu'en
faisant revivre ses traditions qu'il aura assez d'assurance pour comprendre et apprécier l'Occident.

En quittant la Chine nouvelle, Cartier-Bresson n'en a pas encore fini avec l'Asie, pas tout à fait, comme s'il avait du mal à s'en séparer, d'autant que sa femme Ratna l'accompagne quand elle ne le guide pas. Quinze jours à Hong Kong à observer le jeu des capitalistes, une semaine à Singapour, plusieurs semaines de part et d'autre de l'Indonésie à assister aux derniers jours du colonialisme hollandais, à nouveau Singapour, puis un tour dans les plantations de Sumatra, un pèlerinage à Ceylan, une visite à la multiséculaire communauté juive de Cochin, quelques jours au pied de l'Himalaya où de riches Indiens passent désormais leurs vacances exactement comme les Britanniques peu avant, quelque temps dans le désert du Baluchistan, deux mois en Iran à photographier le Shah en ses palais et les zoroastriens dans leurs mystères, un petit tour à Bagdad, trois semaines à Damas pour observer la plus vieille rue du monde...

Il est temps de rentrer, d'autant que, près de la frontière iranienne, le couple a un accident de voiture. Il est sans gravité mais ses conséquences, elles, ne sont pas sans gravité. À cause d'un camionneur maladroit, leur voiture décapotable s'est renversée. Au lieu de les secourir, il est allé chercher un avocat. Ils s'en sont finalement très bien tirés sans lui, mais Ratna souffre d'un éclat de verre incrusté au bout du doigt. Un médecin local s'est employé à l'extraire avec si peu de délicatesse qu'il lui a sectionné un nerf. En réduisant à néant la gestuelle de ses mains, il a tué la danseuse.

En cet été 1950, Henri Cartier-Bresson a quarante-deux ans. Il a reçu le prix US Camera du meilleur reportage de l'année pour sa couverture de la mort

de Gandhi, puis il a été couronné par le prestigieux
Overseas Press Club pour ses images de Nankin et
de Shanghai. Après avoir fait défiler de la manière
la plus sèche la chronologie des trois années asia-
tiques qui viennent de s'écouler, il note *in fine* :

« J'ai dû prendre quelque huit cent cinquante pellicules avec mon Leica et consigner toutes mes
impressions par écrit au recto et au verso de mes
calepins. Il m'est donc impossible de tout raconter
en trois pages. Notre seul secret fut de nous déplacer lentement et de vivre avec les gens. En outre,
j'ai bénéficié d'un énorme avantage : l'aide de ma
femme. »

7

Le monde est son studio
1950-1970

Cartier-Bresson est publié, exposé, couronné, cité, commenté, admiré, jalousé. En France et ailleurs, il suscite involontairement des vocations, bien qu'il soit payé pour savoir qu'une photo peut engager une vie.

Ce statut que d'aucuns lui envient, il en jouit et le fuit, fidèle à ses contradictions, à son éthique de grand bourgeois libertaire, à sa morale d'archer zen de Normandie, à la curiosité frénétique pour le monde qu'il met dans sa quête d'une sagesse intérieure.

Alors que l'agence Magnum se veut déjà le Gallimard de la photographie, avec tout ce que cela suppose d'orgueil et d'exigence, Cartier-Bresson reçoit à son insu le plus beau des compliments. Le *New York Post*, qui s'en fait l'écho dans sa colonne de potins, rapporte qu'un soir, alors qu'il virevolte Leica en main entre les tables d'un club de jazz très couru, le Dixieland, le clarinettiste se penche sur un autre musicien des Dukes et dit en le désignant :

« Ce chat est à la photo ce que Louis [*Armstrong*] est pour nous. »

La vraie consécration est là. Le reste n'est que littérature. Quand on se rappelle toutefois ce qu'un tel

homme doit aux livres, il semble fatal qu'il suc-
combe à ses démons. À sa manière.

Un auteur ne devrait jamais se laisser imposer
le titre de son livre. Car il arrive que celui-ci
connaisse une telle fortune qu'il prenne le pas sur
l'œuvre pour en résumer la lettre, l'esprit et tout le
reste. Alors l'auteur se trouve représenté par un
étendard, ce qu'il croyait être un fanion. Henri Cartier-Bresson, qui assure ne jamais choisir le titre
de ses albums, se laisse faire dès le premier, *Images
à la sauvette*, publié en 1952 sous le prestigieux
label Verve, dans un format semblable à celui de la
revue, avec une couverture vert et bleu spécialement dessinée par Matisse et imprimé par les frères
Draeger.

L'éditeur d'art Tériade, son mentor d'avant-
guerre, s'est associé pour l'occasion au New-Yorkais
Richard L. Simon, des éditions Simon and Schus-
ter, qui est lui-même photographe. Il ne veut pas
seulement le convaincre de les laisser organiser la
sélection et la mise en pages : cent vingt-six photos
prises au cours des vingt dernières années, publiées
plein cadre en grand format sans rien pour les para-
siter puisque les légendes des plus lapidaires sont
rejetées à la fin, sans autre ordre qu'une arbitraire
distinction entre Orient et Occident. Il espère surtout lui soutirer un texte substantiel sur la photographie, qu'il placera en avant-propos. Une sorte de
méditation personnelle sur sa conception du métier.

« Comment faites-vous donc vos images ? » lui
demandent-ils, avec la même naïveté que Gide sup-
pliant Simenon de lui expliquer la fabrication de ses
romans.

« Je ne sais pas, ça n'a pas d'importance...

— Mais enfin, pourquoi faites-vous cela depuis

une vingtaine d'années? Écrivez-le, couchez vos impressions sur le papier, on verra bien...»

La méthode est expéditive, mais connaissant son indifférence à la chose, sa réticence pour toute explication et son hostilité envers l'exégèse, il n'y en a pas d'autres. Cartier-Bresson hésite encore. Ça lui ressemble tellement peu de raconter le comment du pourquoi. Un long texte pour dire qu'il a toujours éludé sinon fui... Mais la perspective de publier ses photos dans un livre avec ses propres phrases, et non plus seulement avec quelques mots comme dans les magazines, l'encourage. Bob Capa, dont le sens pratique n'est pas la moindre des qualités, lui glisse:

«S'il te rapporte du fric, tu vas le dépenser. Mais s'il te rapporte du prestige, ça t'aidera.»

Tériade lui promet une assistante, sa collaboratrice Marguerite Lang, pour l'aider. Il lui commande le texte, le force à l'écrire et le lui arrache. En moins d'une semaine, c'est bouclé. Cette préface d'une dizaine de pages s'intitule «L'instant décisif». Quand le livre paraît aux États-Unis, le traducteur ne s'embarrasse pas avec les subtilités de l'expression «Images à la sauvette». À la demande de l'éditeur, il la traduit par «*The decisive moment*», jouant sur l'apparent paradoxe entre l'extrême précision du premier terme et le flou poétique du second.

Dès lors, Henri Cartier-Bresson est intronisé photographe-de-l'instant-décisif. Ainsi naissent les légendes. Celle-ci aura pour effet de brouiller son image aux États-Unis. En radicalisant ses idées, elle l'a figée.

«Il n'y a rien en ce monde qui n'ait un moment décisif.»

Cette phrase figure en exergue à son texte comme pour mieux l'irradier. Le mot est emprunté au cardinal de Retz. Cartier-Bresson l'a cueilli un jour au hasard d'une lecture, l'a isolé dans l'instant et n'a jamais pu le replacer dans son contexte. Vérification faite, le mémorialiste entendait par là que le secret est de savoir discerner et cerner les instants :

« Il n'y a rien dans le monde qui n'ait son moment décisif, et le chef-d'œuvre de la bonne conduite est de connaître et de prendre ce moment. Si l'on le manque dans la révolution des États, l'on court fortune ou de ne le pas retrouver, ou de ne le pas apercevoir. »

Tout dans la préface de Cartier-Bresson, qu'il s'agisse du didactisme du ton, du choix des mots, des métaphores sportives, nous renseigne sur son état d'esprit. Après l'épigraphe très Grand Siècle, l'incipit est assez proustien dans sa manière :

« J'ai toujours eu une passion pour la peinture. Étant enfant, j'en faisais le jeudi et le dimanche, j'y rêvais les autres jours. J'avais bien un Brownie-Box comme beaucoup d'enfants... »

À l'issue d'une succincte autobiographie de l'auteur en amateur, dans l'acception la plus noble du terme, il développe ses idées dans six directions : le reportage, le sujet, la composition, la couleur, la technique et les clients. Outre sa passion bien connue de la forme, et ses principes professionnels qui sont tout autant un mode de vie, on y retrouve son goût de la formule bien ciselée, froide, rigoureuse. Elle est d'autant plus efficace que Cartier-Bresson se défend avec la dernière énergie d'intellectualiser l'activité qui le fait vivre, bien qu'elle soit, elle aussi, *cosa mentale.* Cette préface étant le seul grand texte théorique qu'il ait jamais consenti à écrire, certains passages en seront cités jusqu'à satiété. Une profession de foi pour la profession. Par son aspect pratique et par l'objet de sa réflexion, elle tient autant du vade-mecum que du bréviaire :

« Le reportage est une opération progressive de la tête, de l'œil et du cœur pour exprimer un problème, fixer un événement ou des impressions »... « La photographie est pour moi la reconnaissance simultanée, dans une fraction de seconde, d'une part de la signification d'un fait, et de l'autre, d'une organisation rigoureuse des formes perçues visuellement qui expriment ce fait »... « Le sujet ne consiste pas à collecter des faits, car les faits en eux-mêmes n'offrent guère d'intérêt. L'important c'est de choisir parmi eux ; de saisir le fait vrai par rapport à la réalité profonde. En photographie, la plus petite chose peut être un grand sujet, le petit détail humain devenir un leitmotiv... »

Si on dépouille ce texte de ses considérations techniques, il n'en conserve pas moins son secret. Tout alors en lui invite à une méditation sur la part d'ineffable de cette étrange activité humaine qui a partie liée avec le temps et avec la mort. En cela, il est son art poétique. L'instant décisif y apparaît comme une rencontre fulgurante entre la réalité et la ligne de mire issue des rêves de pureté que nous portons en nous depuis l'enfance et que nous projetons sur elle.

Sans un certain état de grâce, Cartier-Bresson ne serait pas Cartier-Bresson. C'est le genre de chose qu'on trouve à condition de ne pas la chercher, sinon par une sorte de disponibilité. Le moment de grâce, c'est quand on a compris sans savoir pourquoi on a compris. *Images à la sauvette*, catalogue de ces instants d'éternité, n'entame en rien le mystère de leur création. Il ne fait même que l'augmenter.

L'avertissement que l'auteur a cru bon de faire figurer à part n'y change rien :

« Les images de ce livre ne prétendent pas donner une idée générale de l'aspect de tel ou tel pays. »

On sent derrière ces lignes, toutes de prudence et de rigueur, la patte du scrupuleux rédacteur des légendes de photos de Bali et d'ailleurs. Pourtant, même sans rien savoir de la personnalité de l'auteur, toute personne qui feuillette cet album comprend vite que Cartier-Bresson livre là ses choses vues, sa vision du monde.

On dirait que le livre a été conçu pour prendre date avec le siècle. À mi-chemin, l'œil raconte. D'ailleurs, les critiques l'accueillent ainsi, à commencer par celui du *New York Herald Tribune*. L'article s'ouvre sur une anecdote : un soir vers minuit à Manhattan, ayant décidé d'aller boire un verre au drugstore au coin de la rue avec Cartier-Bresson, il eut la surprise de le voir emporter son appareil :

« Tu as l'intention de prendre des photos ?

— Non, mais je ne me sépare jamais de mon Leica. »

De cette attitude, et de cette attitude seulement, peut naître l'instant décisif. Car sans cette disponibilité de tout instant, le moment qu'on voulait fixer peut disparaître à jamais. L'article s'achève au paroxysme de la louange puisqu'il range la fameuse préface d'*Images à la sauvette* parmi les textes « les plus intelligents et les plus lucides » jamais écrits sur le sujet. Il prend toute sa valeur quand on remarque qu'il est signé d'un grand photographe, Philippe Halsman, le portraitiste des célébrités bondissantes, qui accomplira une sorte de performance en réalisant plus de cent couvertures pour *Life*.

L'autre grand article qui le comble est celui d'un autre photographe publié dans le *New York Times*. L'un des rares auxquels Cartier-Bresson voue une admiration sans mélange. Walker Evans ne se contente pas, lui non plus, de souligner l'intelligence que suppose sa capacité d'innovation et de renouvellement. Après avoir porté au pinacle son reportage sur le couronnement de George VI et son portrait de Sartre sur le pont des Arts, il résume l'esprit de la préface de Cartier-Bresson d'un trait de nature à enchanter celui-ci :

« Elle a quelque chose de plutôt rare, pour un écrit de ce genre : elle est totalement dépourvue d'inepties et d'ego. »

Il n'y a certes pas que Philippe Halsman et Walker Evans pour lui tresser des lauriers. À la sortie d'*Images à la sauvette*, puis à celle de *The Decisive Moment*, la presse est abondante et unanime dans le dithyrambe. Mais rien ne touche Cartier-Bresson comme les articles des confrères. Ceux-là sont du bâtiment. Exercices d'admiration pour les plus jeunes, signes d'adoubement pour les plus âgés, ils constituent les critères de la reconnaissance auxquels nul ne saurait rester insensible, pas même Cartier-Bresson.

Cette première expérience éditoriale lui aurait-elle donné du goût à la chose ? Toujours est-il qu'il récidive avec le même Tériade dans des conditions similaires trois ans après. Sauf que, cette fois, les cent quatorze photos tirées par les soins de Pierre Gassmann ont été prises au cours des cinq années écoulées. Réunies sous le titre *Les Européens* et une couverture gouachée de Juan Miró, elles sont précédées d'un texte assez bref du photographe qui n'a rien de théorique, et d'un poème de Charles d'Orléans en exergue. Pour le reste, classées pays par pays, des images qui se suffisent à elles-mêmes. Là encore, les légendes sont exilées dans les dernières pages. De toute façon, elles sont d'un laconisme exemplaire : « La promenade des séminaristes dans les environs de Burgos », « Un pub de la banlieue de Londres », sans oublier celle qui est censée soutenir la célébrissime image d'un gamin portant fièrement une bouteille de vin dans chaque bras sous le regard admiratif d'une petite fille, « Paris, les provisions le dimanche matin rue Mouffetard ». On n'est pas plus sobre.

Images à la sauvette et *Les Européens* sont les deux seuls albums que Tériade a publiés en hommage à l'œuvre d'un photographe. Le fait est d'autant plus remarquable qu'à côté de *Verve* il a édité quelque vingt-six livres de peintres. Non pas des artistes illustrant le texte d'un autre mais concevant véritablement *leur* ouvrage. Ainsi, par la vertu d'une présence répétée dans le catalogue de l'éditeur d'art le plus estimé de Paris, Cartier-Bresson prend rang aux côtés de Bonnard en ses *Correspondances*, Chagall face aux *Âmes mortes* de Gogol, Picasso et Reverdy, Léger et son *Cirque*, Matisse relisant les *Lettres portugaises*, Matisse encore donnant son fameux *Jazz*.

Il n'y a donc pas d'autres photographes que Cartier-Bresson dans cet aréopage d'artistes en verve. Brassaï en conçoit une jalousie telle qu'il se fâche avec Tériade. Mais l'éditeur, qui en a vu d'autres dans l'ordre des vanités, ne se laisse pas fléchir pour autant : il a fait une exception pour Cartier-Bresson mais n'entend pas se détourner de la peinture. On mesure à l'aune de cette dérogation non seulement l'estime qu'il lui porte, mais la nature du prestige qui rejaillit ainsi sur lui. Elle a une portée symbolique qui dépasse le succès public et critique de ces deux livres.

Celui-ci est prolongé, après la parution du

deuxième ouvrage en 1955, par une exposition consacrée à Cartier-Bresson en un lieu assez inusité pour des photos : la section des Arts décoratifs au pavillon de Marsan du palais du Louvre. C'est même la première fois qu'un photographe est exposé de son vivant au Louvre. Qu'importe si, fidèle à son caractère, il reçoit ses amis dans les couloirs et non comme prévu au milieu de ses deux cents œuvres, car il veut pouvoir fumer librement. Le reporter des *Lettres françaises*, qui l'observe attentivement, en trace un portrait aigu :

« Grand, pâle, avec des cheveux taillés très court qui tendent à oublier leur couleur originelle, un profil pointu et un regard très mobile derrière les verres des lunettes, il a l'air d'un élève studieux et timide un jour de distribution des prix, d'un fils unique grandi trop vite qui regarderait toujours le monde avec des yeux d'enfant émerveillé, tout en possédant une expérience d'homme... »

Mal à son aise avec le public habituel des vernissages, pas suffisamment urbain ni assez mondain pour prêter l'oreille aux commentaires subtils de l'écrivain André Maurois ou du peintre Félix Labisse, Cartier-Bresson ne retrouve le sourire que lorsqu'il est entouré de photographes. Moins des collègues que des frères, dans une foule d'étrangers.

La consécration est là. Certains n'en doutaient plus, mais c'est désormais évident pour beaucoup. Dans l'inconscient de l'honnête homme, Cartier-Bresson est désormais un artiste. Lui qui rêvait de devenir peintre, il se retrouve parmi eux à titre exceptionnel, ès qualités. Il ne lui manque que de prendre de l'âge pour accéder au statut envié de classique moderne.

Tériade, premier artisan de l'inscription de Cartier-Bresson dans l'histoire de l'art, ne sera pas son seul éditeur. Autour de 1953-1954, le photographe se lie à un jeune homme qui deviendra dans la durée son principal éditeur, l'organisateur de ses expositions, et l'un de ses plus fidèles amis.

Robert Delpire, jeune étudiant en médecine, fait sa connaissance le jour où il débarque au siège parisien de Magnum, au faubourg Saint-Honoré, afin de choisir des photos pour *9*, la luxueuse revue illustrée qu'il concocte pour des médecins. Cartier-Bresson relève son goût marqué pour l'image, l'accueille chaleureusement. D'une grande exigence sur la qualité, il ne veut accorder le droit d'utiliser son travail qu'à un éditeur qui en serait digne. Pourtant, il lui fait confiance dès ses premiers projets, puisque le jeune Delpire choisit d'instinct l'édition plutôt que la médecine.

Danses à Bali est leur premier livre. Outre quarante-six photos commentées par Béryl de Zoete, il reproduit surtout en préface un texte de 1931 d'Antonin Artaud sur le dédale de gestes et d'attitudes et sur les robes géométriques qui font des acteurs du théâtre balinais des hiéroglyphes animés.

La même année, le tandem récidive dans un dessein nettement plus ambitieux. Les deux hommes sont en parfaite communion d'esprit sur le plan humain. Mais professionnellement, le plus jeune des deux se montre le plus impatient. Il est tout le temps en situation de forcer la main à son aîné, lequel répond le plus souvent par un leitmotiv bien dans sa manière :

« Ce n'est pas prêt, rien ne presse… »

Cartier-Bresson ne lâche finalement *D'une Chine à l'autre* à Delpire qu'après bien des réticences. Il le voit comme le journal en images des onze mois qu'il a passés en Chine, moitié sous le gouvernement nationaliste, moitié sous le régime communiste, comme témoin privilégié de cette transition historique. Cela vaut bien un livre.

Une fois qu'ils s'accordent sur le choix des images et leur mise en pages, il leur reste encore à convenir d'un écrivain à qui confier la rédaction du texte liminaire. L'éditeur songe aussitôt à Jean-Paul Sartre. À cette époque, celui-ci est l'un des préfaciers les plus abondants, les plus généreux et par conséquent les plus courus de Paris. Roger Stéphane, René Leibowitz, Nathalie Sarraute et surtout Jean Genet «comédien et martyr» en savent quelque chose. Neuf ans après avoir pris son fameux portrait sur le pont des Arts, Cartier-Bresson se rend donc chez Sartre, la bouche en cœur, pour lui demander de préfacer son prochain album.

«Mais je ne suis jamais allé en Chine!» lui répond aussitôt le philosophe.

Le photographe, qui ne se laisse pas démonter pour si peu, lui répond ce qui lui passe par la tête.

«Et alors? Les prêtres ne sont pas mariés, pourtant ils en savent long sur les femmes.

— Dans ce cas...»

C'est ainsi que l'un raconte sa Chine à l'autre, afin que l'écrivain explique le regard du photographe sur ce pays lointain dans lequel il ne se rendra pour la première fois qu'un an plus tard...

Le texte de Sartre est assez étonnant. Il s'ouvre sur les lieux communs qui ont bercé son enfance et qui sont effectivement dignes du *Lotus bleu* d'Hergé, se poursuit avec une évocation d'Henri Michaux qui sut si bien montrer «la Chine sans lotus ni Loti», et s'achève avec l'éloge de la démystification réussie par Cartier-Bresson. Il aime que ses photos ne soient pas bavardes, et qu'elles donnent des idées au lieu de prétendre les incarner. Ses Chinois en ont si peu l'air qu'ils en sont déconcertants. Le préfacier exalte en cet album son iconoclasme, lequel est censé nous débarrasser du pittoresque, de l'exotisme et des clichés qui ont trop longtemps obstrué la vision occidentale de la Chine :

« Les instantanés de Cartier-Bresson attrapent l'homme à toute vitesse sans lui laisser le temps d'être superficiel. Au centième de seconde, nous sommes tous les mêmes, tous au cœur de notre condition humaine [...] Foules d'Asie. Il faut savoir gré à Cartier-Bresson de ne pas s'être mis en tête de nous rendre leur grouillement [...] Cartier-Bresson nous fait partout deviner ce pullulement fantôme, morcelé en constellations minuscules, cette menace de mort discrète et omniprésente [...] Cartier-Bresson a photographié l'éternité. »

Ses livres se vendent, surtout *Images à la sauvette*. Mais par un curieux paradoxe, il n'en tire guère profit dans l'immédiat. Car quelque temps après son retour d'Extrême-Orient, où il avait vécu avec des moyens limités, lorsqu'il demande des comptes à Magnum qui tient les siens, touche ses droits d'auteur et conserve les sommes qui s'y rapportent, Cartier-Bresson s'entend répondre par Bob Capa :

« Il ne reste presque plus rien, nous sommes pour ainsi dire en faillite... »

Un silence, une pause pour amortir le choc de la nouvelle, puis il enchaîne, avec l'irrésistible culot dont il est coutumier :

« De toute façon, cet argent, qu'en ferais-tu si tu l'avais ? Un deuxième manteau de fourrure pour ta femme? Et puis tu n'aimes même pas les voitures, alors...»

Chantage? Disons plutôt pression amicale, intérêts mutuels... Il n'est pas de meilleure illustration de l'esprit d'une coopérative, du moins dans ses années pionnières. On n'ose trop parler d'âge d'or tant ce furent des années de vaches maigres. Mais le fait est là : quand Edward Steichen accroche sur les murs du musée d'Art moderne de New York *The Family of Man*, monumentale exposition de photo-journalisme (503 images, prises par 273 photographes de 68 pays), Magnum, qui ne compte que huit membres, est créditée de quinze pour cent des photos montrées.

L'agence est devenue la maison de famille de Cartier-Bresson. En 1954, elle se voile de crêpe noir : au moment même où il vient enfin d'être naturalisé américain, Robert Capa, qui couvre la guerre d'Indochine au lendemain de la bataille de Diên Biên Phu, saute sur une mine du Viêt-minh. Le vide qu'il laisse est impossible à combler.

En juin, les piliers de Magnum se retrouvent dans l'appartement de la famille Cartier-Bresson, rue de Lisbonne, pour une réunion que tout laisse présager comme funèbre. D'autant que par une incroyable coïncidence, le jour même de la mort de Capa, Magnum apprenait également la disparition d'un autre photographe, qui l'avait rejointe dès 1949, le Suisse Werner Bischof, victime d'un accident de voiture dans la cordillère des Andes.

De ce triste conclave de gens d'images, il ne sort pas de fumée blanche annonçant l'élection du nouveau pape de l'agence, mais trois vice-présidents : Chim pour les finances, George Rodger pour le bureau parisien et Cornell Capa, le jeune frère de

Bob qui fut un laborantin expérimenté avant d'être reporter à *Life*, pour celui de New York. Ces trois photographes, avec Cartier-Bresson et Ernst Haas, sont les cinq membres de Magnum. Mais, très vite, la nécessité de trouver un président, responsable en titre, se fait sentir. Les regards se tournent alors naturellement vers un ami de Cartier-Bresson qui prodigue déjà des conseils bénévolement, l'homme d'affaires Jean Riboud. Tenté, celui-ci finit par décliner, si bien que la présidence de Magnum échoit à Chim, par défaut dirait-on, bien qu'il possède toute la rigueur requise par sa nouvelle mission.

Par certains de ses aspects, l'organisation apparaît vite bancale. George Rodger, incorrigible Londonien alors que son bureau est à Paris, brûle de repartir pour l'Afrique et d'y photographier des tribus inconnues. Ce qu'il fait, laissant son fauteuil de vice-président à Cartier-Bresson, lequel ne se sent, pas plus que lui, une âme d'administrateur. Mais nécessité fait loi. Désormais, plus encore qu'avant, il doit assumer la mission morale que Capa lui avait assignée, celle de guide intellectuel et esthétique de l'agence. Qu'importe si dans l'une de ses dernières conversations, celui-ci songeait à la reconversion des photographes en reporters de télévision, et semblait déjà s'y résigner tant il la craignait inévitable. Quitte à passer pour un gardien du temple sinon de la flamme, Cartier-Bresson, qui est un obsessionnel de la qualité, plaide déjà sans relâche pour que Magnum ne renonce jamais à sa propre vision du monde, mélange de liberté et de respect de la réalité, et qu'elle conserve sa petite taille, avec peu de salariés et moins de quarante sociétaires. Qu'importe s'il passe pour un raseur, pédagogue et moralisateur, il ne perd pas une occasion, à la moindre lettre, fût-elle administrative, de rappeler certains principes quand d'aucuns auraient tendance à les oublier :

« L'actualité et la nécessité de livraison rapide ne doivent jamais être au détriment de notre qualité ; nous avons fondé Magnum afin de présenter nos impressions photographiques telles que nous les sentons », écrit-il.

En 1956, deux ans après Capa, c'est au tour de Chim de disparaître dans des conditions tout aussi absurdes : alors qu'il couvre l'expédition de Suez, il est abattu d'une rafale de mitraillette par un soldat égyptien plusieurs jours après le cessez-le-feu.

Cartier-Bresson est effondré. Presque coup sur coup, il perd un copain et un ami, les deux grands complices qui lui avaient révélé l'art de raconter une histoire en images, les photographes dont il était certainement le plus proche. Quand la mélancolie l'envahit, il se reproche de ne pas les avoir plus aidés. De n'avoir été plus sensible à leur détresse, à leur angoisse, à leurs problèmes. Coupable comme on pourrait l'être vis-à-vis de parents.

Ces trois grands disparus, qui ont marqué l'époque héroïque de Magnum, conserveront chacun leur place dans la mémoire de Cartier-Bresson.

Werner Bischof, dont l'humanisme triomphe avec humilité dans ses grands reportages sur la famine en Inde et sur le Japon, demeurera celui qui dessinait aussi bien qu'il photographiait.

Bob Capa lui laissera le souvenir d'un merveilleux aventurier charismatique qui s'est trouvé être photographe à un moment de sa vie, mais qui aurait tout aussi bien pu se tourner vers la vidéo ou la télévision s'il avait vécu : « Capa pour moi portait l'habit de lumière d'un grand torero, mais il ne tuait pas ;

grand joueur, il se battait généreusement pour lui-
même et pour les autres dans un tourbillon.»

Chim, ce sera la modestie incarnée, une intelligence en action, une personne qu'il ne pourra pas
évoquer sans en avoir la gorge nouée, et là, tout est
dit. «Il avait l'intelligence d'un joueur d'échecs,
écrira Cartier-Bresson; avec son allure de prof de
maths il appliquait à bien des domaines sa vaste
curiosité et sa culture... La sûreté de son esprit critique était vite devenue indispensable à son entourage. La photographie était pour lui un pion qu'il
déplaçait sur le damier de son intelligence méticuleuse... Chim tirait son appareil photographique
comme le médecin son stéthoscope de sa trousse,
apportant son diagnostic sur l'état du cœur : le sien
était vulnérable.»

Ces blessures toujours ouvertes disparaissent sous
le long cortège des rencontres qui peuplent les
années soixante de Cartier-Bresson. Les gens
d'abord, plutôt que les lieux. L'homme est fugace,
alors que la terre... Des portraits, donc. Il y gagne sa
fausse réputation de chanceux. Fausse car le mot
«chance», si commode pour qui doit expliquer de
trop nombreuses coïncidences, est inapproprié.
Moins romantique et plus pragmatique, la notion de
disponibilité convient mieux. Car à force d'avoir en
permanence l'œil aux aguets, l'oreille à l'affût et le
Leica au poignet, on finit par rencontrer quelques
vies quand elles deviennent destins, dès lors qu'on a
assez de flair pour humer l'air du temps, assez de
souplesse pour l'interpréter sur le moment et de
patience pour guetter sans l'attendre l'instant décisif. Or, Cartier-Bresson possède au plus haut point
toutes ces qualités qui n'en font qu'une.

Depuis qu'il a été l'une des dernières personnes à avoir parlé à Gandhi, il est crédité d'une certaine chance. Il est vrai qu'il y aura d'autres coïncidences, ce qui est effectivement troublant.

Il a photographié Alfred Stieglitz en 1946, allongé sur son canapé chez lui à New York, sans savoir qu'il serait le dernier. Un mois après, le photographe disparaissait à l'âge de quatre-vingt-deux ans. Il le rencontrait pour la première fois. Or, généralement, il ne prend jamais de portrait de quelqu'un qu'il connaît à peine. Il était certes familier de sa personnalité à travers son travail, mais il avait surtout senti qu'il devait passer outre la règle qu'il s'était informellement imposée. Question de flair...

Il photographie Marcel Duchamp l'année de sa mort en 1968, jouant aux échecs avec Man Ray, exactement comme ils l'avaient fait devant la caméra de René Clair pour *Entr'acte* en 1924. Mais qui est encore sensible à ce clin d'œil si ce n'est justement ce trio de gamins malicieux...

Entre ces deux étranges coïncidences, au mois d'août 1962, il couvre la visite de William Faulkner à l'Académie militaire de West Point. Ce n'est pas un événement d'importance mais il tient à en être. Les deux hommes ne se sont pas revus depuis le reportage que Cartier-Bresson avait fait dans la maison du seul écrivain américain qui a la coquetterie de se considérer plutôt comme fermier à la retraite, à Oxford, Mississippi, en 1947.

«La littérature, c'est très bien, mais l'agriculture, ça c'est le grand truc», avait-il dit.

Cette fois, à la demande du général Westmoreland, maître des lieux, Faulkner prononce une conférence. Accusant des signes de fatigue, car il vient juste d'achever la rédaction des *Larrons*, il en lit un extrait, récit d'une course de chevaux. Puis il retrouve son mordant pour servir aux élèves-officiers un discours aussi antimilitariste qu'il est concevable dans une telle enceinte. Du moins réussit-il la prouesse de blâmer la guerre tout en louant l'Armée. Carson McCullers, elle-même malade, est quelque part dans l'assemblée. Cartier-Bresson également mais il ne remarque pas que sa grande amie est là tant il est captivé.

« Y a-t-il un rapport entre les militaires et la littérature ? demande un cadet.

— S'il y en avait un, il n'y aurait pas de littérature. »

Et ainsi de suite, sous un tonnerre d'applaudissements. Faulkner fait un triomphe, et les photos de Cartier-Bresson révèlent une autre facette de l'homme. Il a troqué sa traditionnelle veste de tweed fatiguée pour la queue-de-pie des soirées de gala. Un noir et blanc d'autant plus remarqué qu'il fait ressortir le rouge de sa rosette de la Légion d'honneur. Ces images sont parmi les toutes dernières. Il meurt trois mois après.

Ce genre de pétrifiantes coïncidences fascine Cartier-Bresson qui n'est jamais rassasié par l'interprétation des signes du destin. Il y a là de quoi exciter durablement son imagination. D'autant qu'il ne les tient pas pour des pseudonymes de la grâce. Face à celles qui n'ont cessé de jalonner sa vie, il ne réagit pas en mystique mais en surréaliste. De telles correspondances consacrent la toute-puissance du hasard allié aux nécessités du reportage. Ce hasard objectif, obsédant depuis la lecture éblouissante de *Nadja*, gouverne nombre de ses attitudes et réactions, consciemment ou non. Ce serait un malentendu, sinon un contresens, d'invoquer la chance.

Son art du portrait, tel qu'il se précise au cours des années soixante, en est l'énigmatique illustration. Il conserve en effet sa part de mystère car une fois recensés le flair, la disponibilité, l'opportunisme, l'intensité du regard porté sur le monde et la frénésie à le traduire en une image fulgurante, l'essentiel demeure ce qui touche à l'âme de l'être photographié et qui échappe à l'explication pour se réfugier dans l'ineffable.

Comment conserver aux personnages le naturel et la spontanéité des images volées au coin de la rue, tout en ayant conscience d'avoir tout de même conclu une sorte de pacte moral avec eux puisqu'ils sont d'accord pour que Cartier-Bresson réalise leur portrait ?

Il n'y a pas de règle. On ose à peine parler de méthode, moins encore de technique. Quoi, alors ? Il doit connaître le personnage auparavant, vivre un peu avec lui, avoir exploré son monde, étudié son œuvre, humé son univers, pénétré sa logique intérieure, et intégré toutes ces connaissances afin qu'elles ne brident ni son instinct puissant, ni son inconscient. Puis il doit tourner autour de lui dans son élément sans qu'il s'en aperçoive, se faire oublier, s'accommoder pour le meilleur et pour le pire de la proximité due à l'usage du 50 mm, ne surtout pas le faire poser. La première impression qu'il perçoit d'un visage est généralement la bonne.

Même quand il couvre un événement très organisé, également couvert par plusieurs de ses confrères, Cartier-Bresson arrive toujours à en retirer ne fûtce qu'une photo qui n'appartient qu'à lui. Ainsi en 1960, lorsque John Huston tourne *The Misfits (Les Désaxés)*, et que six photographes de Magnum se relaient sur le tournage, deux par deux. Malgré cette pléthore d'images, tant en qualité qu'en quantité, il réussit à en capter une de Marilyn Monroe, saisie sous le regard des autres, unique par sa composition, son ironie et la tendresse qui s'en dégage. Peut-être l'actrice n'est-elle pas tout à fait étrangère à cette magie ? Au dîner de l'équipe, le photographe avait posé son Leica sur une chaise vide à sa droite. L'actrice arriva en retard. Un coup d'œil à l'appareil, un autre à Cartier-Bresson, le temps d'associer l'un à l'autre et il saisissait déjà la balle au bond :

« Voulez-vous lui donner votre bénédiction ? »

Elle fit mine de s'asseoir sur le Leica, l'effleura à peine de ses fesses, esquissa un sourire malicieux, et voilà...

Au début des années soixante, une commande du magazine britannique *The Queen* lui fournit l'occasion de rencontrer une quinzaine de personnalités. La série, qui s'inscrit dans la durée, s'intitule « Une touche de grandeur ». Bien que le portrait lui soit un exercice familier, il s'agit cette fois de tout autre chose puisqu'il doit « couvrir » son personnage comme on le ferait d'un événement. Mais comment concilier son souci de l'instant décisif avec la préméditation ?

Alors Cartier-Bresson suit le chef d'orchestre Leonard Bernstein, tant dans l'intimité familiale que dans ses répétitions avec l'Orchestre philharmonique de New York, où il relève son « comportement pyrotechnique » et se plaît à faire ressortir sa veste en cuir griffée Dior qui contraste tant avec l'austérité soviétique du pianiste qui l'accompagne.

La ballerine, Svetlana Beriosova, est humée lors des répétitions d'*Ondine*, du *Baiser de la fée* et d'*Antigone*, retrouvée dans les loges de l'Opéra à Covent Garden. Il se refuse à la décrire comme belle ou sexy, préférant l'évoquer comme quelqu'un qui a eu la volonté de faire taire la femme en elle pour la subordonner aux exigences de la vie professionnelle. En la regardant évoluer, il songe à ce qu'écrivait Paul Valéry dans *L'Âme et la Danse* sur la puissance naturelle du corps et sa capacité à altérer la nature des choses mieux que n'y parviendrait l'esprit.

Vient ensuite un peintre aux allures de patriarche barbu, Augustus John, dont la vision lui rappelle aussitôt un apôtre échappé du monde de Dürer. Son expression est naturellement grave. Non qu'il soit triste, mais il réserve ses rares sourires à ceux qu'il apprécie. Il n'est pas l'homme des coups d'œil jetés au hasard, mais celui des regards d'une intense concentration. Il fait les fâcheux et sait terrifier les parasites. Le fait qu'il reçoive le photographe et sa femme dans sa maison de Fording Bridge, près de Salisbury, est déjà bon signe. Et plus encore l'autorisation qu'il lui accorde de rester seul avec son Leica dans les pièces les plus intimes. Sa dilection marquée pour la langue française, qu'il manie parfaitement, et pour le vin du Médoc, qu'il pratique tout aussi bien, est la meilleure entrée en matière. Le peintre, vite conquis par la personnalité de Ratna, se répand en anecdotes et bons mots. Pour autant, rien n'est plus périlleux que de faire le portrait d'un portraitiste qui se sent toujours sur la défensive. Pour découvrir l'homme derrière le masque, Cartier-Bresson s'attarde sur tout ce que le désordre de sa maison révèle de lui, sur son jeu avec ses chats, sur ses mains, sur ses doigts si fins quand ils lâchent le crayon ou le pinceau pour se saisir d'une pipe.

L'architecte Denys Lasdun, lui, se met à rêver à voix haute à son métier. Lorsque Cartier-Bresson entreprend de le suivre, il est occupé à la construction d'un collège à Cambridge, entre réfectoire et chapelle ; mais il le conçoit en spirale afin de pouvoir l'étendre au fur et à mesure des besoins de l'université. Dans le texte qu'il lui consacre, en introduction aux légendes du reportage, le photographe évoque le Bauhaus, les villages africains et Vitruve. Puis, *in fine*, un trait bien dans sa manière rappelant que son esprit français ne s'américanisera jamais :

« Sa femme est ravissante. Il habite près de Bayswater dans une maison victorienne qu'il a transformée. Il a trois enfants extrêmement vivants. Je crois qu'il est sans intérêt de savoir s'il joue au golf, s'il tue des papillons ou s'il assassine des perdreaux. Ce qui compte, c'est l'élévation de sa pensée, son humanisme. »

Le poète Robert Lowell lui apparaît comme étant la quintessence de l'aristocrate américain, si toutefois l'expression a un sens. Car bien que Lowell se soit rebellé contre son milieu d'origine, il a conservé un puritanisme, un ascétisme, quelque chose dans l'attitude de typiquement Nouvelle-Angleterre que seul un Européen peut percevoir. Ce Bostonien est si poli qu'il se préoccupe en permanence du confort de son invité, ce qui ne fait pas du tout l'affaire de ce dernier. D'autant que la séance se déroule à New York, dans un appartement où les Lowell ne font que passer l'hiver. Il faut la présence de sa fille Harriet, trois ans, pour que la malice de celle-ci le pousse à s'abandonner un peu. Silhouette floue en second plan, elle arrache un sourire de tendresse à son père affalé sur le canapé. Cartier-Bresson tient son portrait, ce qui ne l'empêche pas d'accompagner la petite famille en promenade du dimanche à Central Park, d'escorter le poète à une réunion où il fait connaissance d'Allen Ginsberg, et de le suivre à une

réunion publique où il lit des extraits de sa nouvelle
œuvre, *Imitations*, devant un parterre d'admirateurs.
Alors, alors seulement, à force de l'observer, le photographe comprend que Robert Lowell, si emprunté
dans la vie en société et si timide dans ses contacts
humains, ne retrouve sa confiance en lui que lorsqu'il incarne sa poésie.

Vient ensuite l'écrivain à la mode, Alain Robbe-
Grillet. La publication des *Gommes*, du *Voyeur* et de
La Jalousie a d'ores et déjà assuré la notoriété de
celui qui est alors considéré comme le chef de file
d'une informelle école littéraire, à l'enseigne du
Nouveau Roman. Quand Cartier-Bresson le rencontre, il est le scénariste-dialoguiste du nouveau
film d'Alain Resnais *L'Année dernière à Marienbad*.
Une aubaine pour le photographe. Car il comprend
vite que l'écrivain ayant besoin du calme absolu
pour écrire, il est impossible de le surprendre au travail. Seul subterfuge, photographier Robbe-Grillet
tandis qu'il s'affaire au montage de son script en
livre, activité plus technique et mécanique que l'écriture proprement dite, et qui nécessite moins d'isolement. Là encore, Cartier-Bresson ne se satisfait pas
de sa prise de vue, même quand il a l'intime conviction de tenir la photo qui valait le déplacement. Il
suit donc son personnage dans son appartement de
Neuilly avec sa femme, dans une maison de Bourg-
la-Reine où il cueille des cerises avec sa belle-
famille, dans les bureaux de *L'Express* lors d'une
interview avec un journaliste, dans les locaux des
éditions de Minuit où le Maître s'entretient avec le
jeune Philippe Sollers, de leurs conceptions respec-
tives du roman. Cartier-Bresson, qui prête l'oreille
quand il ne virevolte pas autour d'eux, est assez
étonné de capter des idées en parfaite harmonie

avec les déductions de la pensée scientifique contemporaine... Dommage qu'il ne prenne pas de notes. Quand il l'avait photographié chez lui, il avait déjà regretté de ne pas connaître la sténographie : une fuite d'eau s'étant soudain déclarée, Robbe-Grillet avait téléphoné à la concierge et lui avait tenu un discours d'une précision clinique et d'une montée dans l'angoisse telles que Cartier-Bresson les jugea dignes de figurer dans l'un de ses romans.

Il y aura d'autres « grands » dans cette galerie de portraits du *Queen*, les journalistes Hugh Cudlipp et Scotty Reston y côtoient le chorégraphe Jerome Robbins, l'archéologue Jean Papadimitriou, le dramaturge Arthur Miller, le compositeur Gian Carlo Menotti, le ministre de la Justice Bobby Kennedy ou l'architecte Louis Kahn. Mais deux ont droit à un traitement particulier, non dans le journal mais dans l'approche du sujet par le photographe, ce qui paraît naturel eu égard aux liens qu'il entretient de longue date avec eux.

Le premier est André Breton. Cartier-Bresson, qui n'a eu que de rares occasions de le croiser depuis la Libération, le retrouve d'abord parmi les amulettes bien rangées de son atelier ; il l'accompagne dans la rue pour acheter son journal, un exemplaire de *Paris-Presse-L'Intransigeant* annonçant en une manchette des plus surréalistes « Debré lance le Plan Breton », après que des paysans de l'Ouest ont manifesté ; il le suit quand il se rend à *La Promenade de Vénus*, un café des Halles où l'attendent comme jadis place Blanche des jeunes gens qui boivent ses paroles. Après l'appartement mythique de la rue Fontaine, départ pour le pèlerinage dans la maison de Saint-Cirq-Lapopie, dans le Lot, avec ses promenades au bord de la rivière, ses haltes au bar de l'hôtel du village, ses repas sous la tonnelle. Il y a quatre ans à peine, dans *Le Surréalisme, même*, Breton exposait son goût pour les minéraux. Cartier-Bresson ne peut donc s'empêcher de le saisir tout entier voué à sa passion, se livrant à une recherche ésotérique des agates dans le jardin, près du cours d'eau. Encore plus discret que d'habitude, le photographe attend d'être à une vingtaine de mètres de lui pour déclencher d'une main son appareil, tout en faisant semblant de fouiller le sol de l'autre. Malgré les bruits de la nature, Breton a perçu le déclic. Il pointe un doigt dans sa direction :

« Mais que je ne vous y reprenne pas... »

Il ne prend pas plus d'une dizaine de photos, dont la moitié lui conviennent. Mais mentalement, il en a pris beaucoup plus, surtout quand Breton s'est mis à lire à haute voix du Baudelaire, et qu'il lui est apparu l'œil hagard en phare de tempête. Dans de telles circonstances, Cartier-Bresson aurait tout gâché, s'il avait mis à l'œil sa « machine à épier », dont la seule vue a le don de contracter le sourire de Breton.

L'heure est aux indulgences. Aujourd'hui, le pape n'excommunie pas. Cartier-Bresson en trace un portrait contrasté. Par l'image, un homme tout en rondeurs, celles de sa voussure quand il marche, des volutes de fumée de sa pipe, de sa crinière de lion afin assagi. Par le texte, un timide intimidant, intègre et imprévisible, digne et probe, ponctuel et courtois ; au fond, quelqu'un qui juge les autres en fonction de leur attitude et de leurs principes moraux supposés. L'Italie lui fait horreur, mais aujourd'hui, à table, un peintre est sa tête de turc. Tendant un doigt dénonciateur qui a le pouvoir de traverser toute la table, il désigne Cartier-Bresson :

« Vous qui aimez Cézanne, ce monsieur qui n'a

pas eu le courage de dire à sa femme que pour peindre des corps de baigneuses...»

L'autre «grand» dont il est proche, que *The Queen* a la bonne idée de lui demander de photographier, est Alberto Giacometti, qu'il tient pour un ami, et plus encore. Il l'a connu à la fin des années trente. Et depuis ce temps, son admiration est sans mélange pour cet artiste qu'il place au plus haut, et pour les qualités d'intelligence, de lucidité, d'honnêteté, d'exigence, de vivacité d'esprit, de simplicité de l'homme. Avec lui, Cartier-Bresson peut parler de tout, même de photo, sans banalité car les lieux communs lui sont aussi étrangers que l'affectation. Rien de conventionnel chez lui, ni dans son propos, ni dans son attitude, ni dans sa silhouette. Son visage semble être sorti de ses mains. C'est-à-dire qu'à force de le détailler le photographe en vient à trouver giacomettiens les sillons de ses rides, comme s'ils étaient son œuvre. Cartier-Bresson retrouve Giacometti pour le photographier avec sa mère dans son village natal de Stampa, à un jet de pierre de l'Italie. Il a gardé des clichés de l'atelier parisien en 1938, de sa femme Annette et de Tériade en 1952. Il reste de toutes ces photos, prises pourtant sur vingt-cinq ans, un masque bien sûr, dont les plis, les creux, les accidents racontent toute une histoire. Mais au-delà du masque, éclairé par un regard et réchauffé par un sourire, une silhouette gravée dans nos mémoires par l'instant de grâce qu'a su saisir le photographe. Une fois, pendant les préparatifs d'une exposition à la galerie Maeght, alors que l'artiste déplace l'une de ses sculptures. Une autre fois, rue d'Alésia, tandis qu'il marche l'imperméable sur la tête pour s'abriter de la pluie. Qu'il soit entre deux œuvres ou entre deux arbres, il se confond avec eux pour être l'un d'eux. Dans le premier cas, le tremblé de son corps en mouvement est d'une poésie bouleversante, accentuée encore par l'attitude hiératique des créatures de bronze qui l'entourent et semblent lui emboîter le pas. Dans le second, pauvre hère se frayant un chemin parmi les végétaux ligneux, ses semblables, il finit par traverser sur les clous mais entre les gouttes. Tel que Cartier-Bresson l'a fixé, Giacometti est l'homme qui marche.

Curieusement, Cartier-Bresson a raté le plus grand des grands Français de ce siècle. Non qu'il ne l'ait pas cherché, mais ils ne se sont pas trouvés. Il ne reste plus qu'à imaginer ce qu'eût été le portrait de Charles de Gaulle par Henri Cartier-Bresson. Car si un personnage de ce temps a bien cette «touche de grandeur» chère aux responsables de *The Queen*, c'est bien le Général. Il s'en est fallu de peu. En avril 1958, un mois avant son retour aux affaires à la faveur des «événements» en Algérie, le photographe lui écrit pour solliciter un tête-à-tête, à quoi l'intéressé répond aussitôt:

«Votre lettre a retenu toute mon attention. Je prends note de la demande qui y est exposée et dont l'intérêt ne m'échappe pas. Toutefois, pour le moment du moins, je crois devoir me tenir à la règle que je me suis fixée de ne pas accepter de reportage photographique.»

Cartier-Bresson tombe mal, juste au moment où s'achève la traversée du désert du Général. Ce n'est que partie remise. En septembre 1961, alors que le président de la République s'apprête à lancer sa douzième tournée en province depuis qu'il est à la tête de l'État, Cartier-Bresson sollicite à nouveau l'insigne privilège de le photographier. Il reçoit une réponse digne d'un officier supérieur s'adressant à un sous-officier, dont l'esprit sinon la lettre, exprime son accord pour exposer le personnage public mais pas le personnage privé car il ne veut pas faillir à la règle qu'il s'est fixée. L'homme de Magnum suit l'homme du 18 Juin lorsqu'il s'en va serrer des mains en Aveyron, Lozère et Ardèche. Mais ça ne lui suffit pas et il ne s'avoue pas vaincu. Au cours de l'été 1963, il lui envoie un exemplaire de l'un de ses albums, *Images à la sauvette*, afin de le décider. Il reçoit en retour, en date du 22 août, une lettre manuscrite du Général qui est tout sauf protocolaire :

« Très sincèrement, j'ai admiré ces photos qui sont vos œuvres, parmi beaucoup d'autres qui le sont aussi. J'ai, d'autre part, lu avec grand intérêt l'introduction où vous vous expliquez. Vous avez "vu" parce que vous avez "cru". Vous êtes donc un heureux homme aussi bien qu'un grand artiste... »

Mais cela n'ira pas plus loin que cette délicate allusion à l'Évangile selon saint Jean. Le tête-à-tête ne se fera jamais. Pas de portrait. Regrets éternels. Mais Cartier-Bresson n'en couvrira pas moins les obsèques du Général en 1969.

Le jour où il avait sollicité un poste d'assistant auprès de Jean Renoir, il lui avait montré son album photos. Plus de vingt ans après, l'album est imprimé. C'est moins son univers en majesté, que sa vision du monde en catimini. *Images à la sauvette* est un sésame. Avec de Gaulle, ça a failli marcher. Avec d'autres, ça marche. C'est le cas de Sergueï Youtke-vitch, réalisateur rencontré en marge du Festival de Cannes, qui s'empresse de faire partager son enthousiasme aux autorités de son pays dès son retour à Moscou...

Au cours de l'été 1954, Cartier-Bresson est ainsi

le premier photographe occidental à obtenir un visa pour entrer en Union soviétique depuis la levée du rideau de fer, quinze mois après la mort de Staline. À une condition toutefois : qu'il fasse développer ses négatifs sur place afin que la censure puisse les visionner avant son départ pour Paris. Il voyage en train avec sa femme en passant par la Tchécoslovaquie. L'avion va trop vite à son goût et il veut prendre le temps. Une fois rendu, il réalise le poids des conditions annexes puisqu'il est libre de tout photographier à l'exception des objectifs militaires, des nœuds ferroviaires, des ponts, des villes en perspective panoramique et de certains monuments publics. Qu'importe, ce sont les gens qui l'intéressent, *l'homo sovieticus* dans tous ses états.

Il profite des secondes de diversion quand son interprète, qui ne le quitte pas d'une semelle, leur fournit quelque explication. Il n'en rate aucun, qu'il s'agisse de touristes au Kremlin, de passants dans la rue, de foules dans les grands magasins du Goum, d'ouvriers au travail à l'usine Zis, ou de kolkhoziens dans les couloirs du métro ; il ne rate pas non plus les ambiances, celle de la maison de Tolstoï, celle de la galerie Tretiakov aussi bien que celle du Bolchoï. Près de dix mille photos en dix semaines. Loin, très loin des *Souvenirs de la maison des morts*, le roman de Dostoïevski que sa mémoire a toujours superposé au mot « Russie ». Mais c'est à peine si, au final, on entrevoit par hasard Khrouchtchev et son gouvernement applaudissant de la tribune d'un défilé sportif. Cette Union soviétique-là est une révélation pour Cartier-Bresson qui, comme tout Européen, était privé de véritables informations pendant ces années de guerre froide. En transmettant sa surprise par la vertu des images qui ne sont pas des clichés, il la révèle à son tour au grand public occidental : non, la Russie des soviets n'est pas le pays du bolchevik-au-couteau-entre-les-dents… Ce reportage exclusif rapporte 40 000 dollars à Magnum. À lui seul, *Paris-Match* en publie quarante photos.

De grands voyages, il y en aura d'autres au cours de ces années, même si Cartier-Bresson a coutume de dire que depuis son retour d'Orient, il ne fait que des échappées. Auquel cas, il possède comme peu l'art de la fugue. Parfois, il prend le temps de passer des mois sur un sujet parce qu'il le sent ainsi et que son sens de la durée se dilate. Parfois, le temps se condense. En une même semaine, il assiste à un anniversaire de la Révolution chinoise, une commémoration de la Révolution russe et à la proclamation d'un nouveau pape à Rome. Le Vieux Continent est son pré carré. Il est chez lui en Espagne, en Grèce, en Angleterre, en Irlande, en Italie, en Belgique, en Suisse, au Portugal, en Hollande. Il aime toujours aussi peu voyager, au sens traditionnel du terme, mais rien ne lui plaît comme de rester quelque temps ailleurs.

Où est-il pendant ce quart de siècle d'un nouvel après-guerre ? Partout. Au palais de Chaillot à Paris où il couvre le Bal des petits lits blancs pour *Holiday*, et sur une place romaine dont il raconte la vie durant une semaine à travers le petit théâtre de ses habitants. À Vallauris avec Picasso et avec Miró à Barcelone. Sur la route du vin dans la Loire et dans la maison du Führer à Berchtesgaden. Avec les ladies et les gentlemen pendant l'entracte d'*Ariane à Naxos* sur la pelouse de Glyndebourne, et dans les coulisses du petit cirque Fanni en banlieue parisienne. Sous les voûtes baroques des églises viennoises pour *Harper's Bazaar*, et avec Mandiargues dans un puits à

Venise pour sceller leur réconciliation là où ils s'étaient fâchés. Sur le mur de Berlin et aux funérailles des victimes au métro Charonne. À Saint-Dyé-sur-Loire près de Chambord auprès de Ratna où ils ont acheté une maison de campagne pour y recevoir les amis, et auprès de son père qui meurt dans son sommeil à la suite d'un emphysème. Au Québec pour les obsèques d'un indépendantiste suicidé en prison après avoir été soupçonné de terrorisme antiaméricain, et à Paris pour l'enterrement du militant gauchiste Pierre Overney tué par un vigile devant l'usine Renault. Au mariage de la princesse Anne à Londres, et à une manifestation contre le général Franco. Aux Régates olympiques de Kiel et aux défilés parisiens appelant à soutenir le dirigeant chilien Salvador Allende.

Partout et tout le temps. Pour lui ou pour l'agence.

Un métier ? Plutôt un état d'âme, une attitude pour la vie, une vision du monde. Donc une profession de foi. Dans quoi ? Le clin d'œil.

Les États-Unis restent une terre de prédilection. On n'en a jamais fini avec eux. Ils sont irréductibles à une vision unique et définitive. Chacun de ses séjours là-bas l'enrichit de nouvelles contradictions. Mais en dépit de sa bougeotte chronique, il a curieusement esquivé deux continents : l'Amérique latine (à l'exception notable du Mexique) et l'Afrique (à l'exception tout aussi notable de la Côte-d'Ivoire). N'eussent été ces deux passions de jeunesse, il aurait tourné toute une vie autour sans les voir. Ce ne sont pourtant pas les occasions qui manquent. Il retourne en pèlerin ému et nostalgique au Mexique en 1963, y photographie des combats de coqs, des bourgeoises au country club, le peintre Nacho Aguirre,

les festivités de l'anniversaire de la mort de Zapata
et l'ancien président Miguel Alemán Valdés qui l'a
invité officiellement. Mais il ne franchit pas les frontières. De même, une trentaine d'années après son
escapade tangeroise, il retrouve brièvement le nord
de l'Afrique en 1967 pour suivre les expériences de
l'astrophysicien Bernard Autier à la base d'Amaguir
dans le Sahara algérien, mais arrête là son périple.

C'est ainsi. Ailleurs, il ne se prive pas de grandes
escapades en Inde et en Turquie, au Japon et en
Égypte, en Irak et en Israël. Mais où qu'il soit,
il n'en continue pas moins de poser son propre
regard sur le monde comme il va ; contrairement à
d'autres, il n'essaie pas de l'adapter aux caractères
ou aux circonstances. Des obsèques de Churchill en
janvier 1965, il retient avant tout le merveilleux
spectacle d'un adolescent armé d'un appareil photo,
sautillant sur les marches de la cathédrale Saint-
Paul avant l'arrivée de la dépouille mortelle pour
bénéficier d'un meilleur angle de prise de vues. « Il
y avait une danse et, en même temps, c'était une
lutte avec le temps », dira-t-il.

De toute façon, à l'enterrement de Sir Winston,
comme au couronnement du roi George VI trente
ans auparavant dans les mêmes lieux, il se consacre
moins à l'événement officiel dans toutes ses pompes,
qu'à son reflet immédiat dans la rue, une femme
dans une gare lisant le journal reproduisant à la une
le portrait du vieux lion, un vendeur du *Times* à la
criée, la tristesse des gens. Ce qui l'intéresse, encore
et toujours, c'est l'à-côté auquel nul ne songera.
Rien ne le réjouit comme d'être en marge de la
marge. Ses observations ne sont jamais perdues car
si elles ne s'expriment pas nécessairement dans ses
photos, elles apparaissent fatalement dans ses

légendes. Combien d'autres photographes relèvent-ils que la première personne à pénétrer à onze heures à Westminster Hall où repose Churchill est un vagabond néo-zélandais qui a dormi toute la nuit devant la porte?

Il a l'œil. Mais il prend un malin plaisir à exercer son sens critique sur tout ce qui ne saute pas aux yeux, à focaliser sur l'imprévisible et à rapporter quelque chose d'inattendu d'une situation attendue. Lorsqu'il couvre l'édition 1966 des Vingt-Quatre Heures du Mans, c'est à peine si on aperçoit des voitures sur ses images. Mécaniciens buvant un coup à la pause, notables affairés à un cocktail, spectateurs affalés sur l'herbe, campeurs amoureux... Les rares fois où l'on voit des machines, elles sont ouvertes, éventrées, éviscérées. Mais à l'arrêt. La grande absente de ce reportage? La vitesse...

Neuf ans après l'avoir quittée, il revient à nouveau en Chine pour prendre la mesure du chemin parcouru depuis la Révolution. Quatre mois durant, surtout en train, parfois en bateau, rarement en avion, il sillonne ce pays-continent de Pékin en Mandchourie, puis au grand barrage sur le Fleuve jaune, dans le désert de Gobi et les gorges du Yang-tsé, au village natal de Mao, à Shanghai, et à nouveau à Pékin pour assister aux cérémonies de la fête nationale. Les nouveaux Chinois de la Chine nouvelle sont-ils différents? «En deux mots, ils sont vieux de centaines de siècles et jeunes de quelques années», répond le Normand Cartier-Bresson.

De même se refuse-t-il à accabler le système; il préfère juger très «relative» leur conception de la liberté. Celle de la photo également, mais ce n'est pas ce qui lui fera changer d'un iota sa façon de s'y prendre. Le fait est qu'en Chine, comme en Union soviétique, un interprète lui a emboîté le pas dès son arrivée. Sauf que les Chinois, eux, de quelque génération qu'ils soient, sont d'une curiosité que rien ne peut réprimer, ce qui rend parfois les prises de vues délicates. Et rien ne les met mal à l'aise comme d'être pris à l'improviste. Mais la restriction de sa liberté d'opérer n'est pas toujours là où on l'imagine, bien qu'il n'ait évidemment pas eu le droit de photographier des militaires :

« À cache-cache premier vu qui est une règle du jeu de la photographie, on est perdant si, avec eux, on a le malheur de s'arrêter une fraction de seconde, estime Cartier-Bresson. Il est bien difficile de les prendre à l'improviste, surtout à cause d'un petit détail que j'avais rapidement oublié moi-même : une figure de Blanc. Au point qu'un jour, j'appelle mon interprète : "Yu, venez voir !" et, avec les autres Chinois des alentours, je dévisage un Soviétique. Pour une fois, je n'étais pas le centre d'intérêt et j'ai pu photographier "librement". »

Lui qui rêve de se fondre dans la masse et d'être aussi discret qu'un Leica, il se désigne cette fois aux yeux de tous les autres par sa seule existence. Une telle situation exige un certain accommodement. Son agitation inquiète, quand elle ne dérange pas. Elle est rarement compatible avec l'esprit des lieux. Ainsi quand à Wuhan, le délégué culturel, pourtant si prévenant, lui fait comprendre qu'il est inconvenant de photographier les passants sans leur autorisation...

Cartier-Bresson fait l'apprentissage de la politesse chinoise, laquelle n'est pas réductible au code de la civilité orientale. On ne l'empêche pas de prendre certaines photos, on l'invite courtoisement à en prendre d'autres. Il lui faut parfois pratiquer un grand écart assez périlleux dans sa volonté d'établir à tout prix un parallèle entre les vestiges du passé et les esquisses de l'avenir. Pourquoi s'intéresser à l'ancien quand le moderne est tellement plus attrayant ? Cartier-Bresson, qui n'est pas né de la dernière pluie, traduit à sa manière les efforts de ses guides pour le convaincre sans l'obliger : « On voulait aider mon réalisme… »

Sa technique de la prise de notes reste identique, quelle que soit la nature de l'événement, ou du sujet. Sur un calepin de poche à spirales, au crayon ou au stylo, en français et en anglais, il couche ses impressions sans afféterie. Ses fautes d'orthographe et de syntaxe témoignent de l'urgence. Rien ne le fait renoncer à sa causticité. Ainsi, en 1962, tout à son observation des retraités prenant le petit soleil à Blackpool (Lancashire), il griffonne :

« La réserve des Anglais donne à ceux-ci, venant des villes industrielles de la région, un aspect terrassé par le labeur ancestral. Au départ, ils font la queue à la gare comme des déportés ; le premier signe de tension disparaîtra lorsque, assise dans le wagon, la mère dira : "Enfin bientôt on aura une *decent cup of tea…*" »

L'humour garde ses droits, fût-il destiné exclusivement à sa propre personne, puisque, en principe, Cartier-Bresson est l'unique lecteur de ces carnets. Assistant à un concours de beauté féminine, il enregistre la déception très fair-play de toutes ces crémières et dactylos qui s'en retournent avec leur numéro dans les gradins parce qu'elles ne sont pas du goût des juges. Et il note :

« Je dois avouer que pour une fois, je n'ai pas tourné mon appareil vers le public. On est français, môssieur ! »

Ses notes sont d'autant moins anodines qu'elles constituent la source des légendes de ses photos, quand celles-ci ne sont pas leur simple retranscription. Leur respect absolu, idée fixe partagée avec le regretté Capa, est intacte. Avec le temps, son intransigeance n'a pas faibli. Il ne considère pas la légende comme un faux titre ou un sous-titre, mais comme de l'écriture sur l'image. C'est pourquoi elle doit être de la main du photographe. Outre le sacrosaint cachet tamponnant au dos de chaque tirage une formule désormais consacrée (« cette photo ne peut être reproduite qu'avec la légende qui l'accompagne ou avec un texte strictement dans l'esprit de la légende »), Magnum joint une lettre à ses clients dans six pays européens quand le sujet mérite plus d'égards :

« Le texte et les légendes du travail d'Henri Cartier-Bresson sur la Chine doivent être respectés à la lettre. Nous voudrions être sûrs que seule une traduction exacte des mots sera publiée dans votre magazine. Aucun changement ni dans l'esprit ni dans la véritable signification du texte et des légendes ne sera admis... »

Instruit par l'expérience et quelques déconvenues, Cartier-Bresson sait qu'on n'est jamais trop prudent, quitte à passer pour un casse-pieds. Après, c'est trop tard. Nul ne lit les rectificatifs, quand ils sont publiés. Parfois, comme en Chine, en Union soviétique et autres pays sous haute surveillance pour lesquels les visas sont délivrés au compte-gouttes, sa maniaquerie se justifie par la volonté de respecter des accords qu'il est le seul à connaître. Mais parfois, ce peut être pour éviter que ses photos soient utilisées dans un sens qui heurterait ses convictions profondes, qu'elles fussent morales ou politiques.

Ainsi, en novembre 1965, il couvre la vie politique japonaise telle qu'elle s'exprime dans la rue, contre la guerre du Viêt-nam, contre le gouvernement Sato et contre la ratification du traité de paix avec la Corée du Sud. Il assiste alors à des heurts assez violents entre manifestants socialistes et communistes d'une part, et étudiants d'extrême gauche partisans de l'action directe connus sous le nom de Zengakuren. Il ne faut pas être grand clerc pour deviner que sa sympathie de libertaire va plutôt à ces jeunes gens casqués de blanc, fort bien entraînés aux combats de rue. Le biceps gauche ceint d'un brassard sur lequel son amie Yoshi Takata a écrit « Photographe français » en japonais, il photographie leurs bagarres et exige l'absolu respect des légendes qui y sont relatives. Puis, en post-scriptum à sa lettre accompagnant l'envoi des négatifs à l'agence, il précise :

« Il est important de dire que tout le Zengakuren n'est pas aussi violent ; ce sont ceux qui ont trop de force à faire sortir d'eux, genre volcan actif — en terme de vulgarisation distinguée ça s'appelle "se défouler". Faut dire que dans ce pays si conformiste, si respectueux de l'autorité, il faut se mettre à leur place et pas rester à notre place de petits pépères tranquilles, bons bourgeois avertis et repus. »

Ce trait de sa personnalité, qui peut paraître anecdotique, dit ses choix mieux que toute déclaration. Homme de gauche, il le fut et le restera. Toujours engagé, jamais militant, fidèle à des idées de jeunesse et à sa conscience, il réagit instinctivement à l'injustice. Impulsif de corps et d'esprit, il réfléchit ensuite.

À la limite, il importe peu d'en savoir plus sur les zengakuren et le bien-fondé de leur action. Car ce qui restera du long séjour de Cartier-Bresson au

Japon est une image sans rapport avec toute cette agitation. Une image prise lors des obsèques d'un acteur de kabuki. Quelques personnages en larmes, avec la dignité requise, offrant leur chagrin à la lumière ou le dissimulant dans un mouchoir, se tournant le dos avec un sens du rythme et du mouvement qui ne semble être gouverné que par le calicot situé exactement au centre sur lequel il est écrit «Funérailles» en japonais. Il n'est pas de plus convaincante apologie du noir et blanc que ce miracle d'émotion et de composition. À croire que seul un artiste pouvait ainsi réconcilier la prose et la poésie sur un plan fixe en en faisant un instant d'éternité. Loin, très loin, des aléas de la vie politique japonaise...

Bien que Cartier-Bresson ne cherche pas à couvrir l'actualité la plus chaude, il lui arrive de la croiser sur son chemin, comme lors de la libération de l'Europe puis en Orient. Il la traite alors à sa manière, par la bande. Admis dans les pays totalitaires, il s'accommode de leurs restrictions et les détourne à son profit puisque, de toute façon, il parvient à ses fins, même si d'aucuns ne se privent pas de juger que tout témoignage sur la vie quotidienne dans les pays communistes, surtout s'il est de qualité et accrédité par une prestigieuse signature, participe déjà de leur entreprise de propagande.

Cartier-Bresson n'a cure de ces critiques. Il avance, le mot de Kant en tête : fais ce que tu dois, advienne que pourra... Le plus souvent, il avance seul, armé de sa seule réputation, et désormais précédé par sa propre légende. Cela ouvre des portes, mais peut également créer des situations délicates. Ainsi justifie-t-il par une renommée encombrante son absence de *la* question qui a le plus profondément déchiré la France et les Français depuis la guerre civile de 1940-1945 : l'Algérie.

Cartier-Bresson renonce à s'y rendre sous la pression amicale de Roger Thérond. « N'y va pas, tu es trop connu, tu te feras pincer par la police militaire, et ils t'auront à l'œil, tu ne seras plus libre de tes mouvements », le prévient le rédacteur en chef de *Paris-Match*.

Pourtant, d'autres journalistes tout aussi célèbres et nettement plus exposés par le ton engagé de leurs articles, font souvent le voyage d'Alger. Qu'importe car après tout, nul n'est forcé de couvrir un événement. Cartier-Bresson n'est pas tenu de justifier cette « lacune », d'autant qu'il n'a jamais recherché les guerres.

Plus troublante est celle de Magnum. Car l'agence, qui se veut la mémoire du monde, a curieusement failli à sa mission s'agissant de l'histoire immédiate de la France contemporaine. Pas de guerre d'Algérie dans ses archives. Pourtant dès 1957, le jeune Hollandais Kryn Taconis avait couvert le conflit du côté des combattants du FLN, réussissant un reportage exclusif que l'agence refusa de diffuser de peur de subir des représailles gouvernementales. Trois ans plus tard, Taconis a quitté l'agence. L'épisode reste peu glorieux. Le respect excessif vis-à-vis du pouvoir est peut-être l'une des clés de l'attitude de Magnum dans cette affaire. On dira également que l'OAS avait menacé de faire sauter ses bureaux. Mais c'était le cas de la plupart des journaux hostiles aux extrémistes de l'Algérie française. Il est vrai que leurs archives n'étaient pas constituées de millions de négatifs et de tirages. Le seul capital des photographes. On dira aussi que Magnum avait alors ses bureaux 125, faubourg Saint-Honoré, mitoyens avec un centre d'interrogatoire de la police où la torture était pratique courante... Toujours est-il que le farouche décolonisateur qui sommeille en Cartier-Bresson en a longtemps conçu une sourde, discrète mais tenace culpabilité, moins comme photographe que comme guide moral d'une coopérative mythique de photographes.

Passons sur le fait que certains pays communistes le voient de prime abord d'un mauvais œil, allant jusqu'à lui refuser un visa, pour l'avoir confondu avec Raymond Cartier, l'éditorialiste de *Paris-Match* dont le nom est resté attaché à une formule censée résumer ses idées («La Corrèze avant le Zambèze!»). Ce genre de malentendu s'arrange vite. Car, en général, quand Cartier-Bresson est reçu par les dignitaires d'un régime, ils savent parfaitement à qui ils ont affaire. Et il ne lui est pas toujours indispensable de se faire précéder par un exemplaire dédicacé d'*Images à la sauvette*.

Son jugement est craint : le pouvoir des images vaut bien celui des mots, quand il ne le surpasse pas. Indira Gandhi, par exemple, en est parfaitement consciente ce 22 avril 1966 après s'être longuement entretenue avec lui. Ils ont passé la matinée à évoquer l'urgence de l'heure, sujet de son reportage : l'approvisionnement de l'Inde en nourriture. En Occident, on dit et on écrit tout et le contraire de tout sur cette question si propice aux clichés. Or, à la réflexion, Mme Gandhi, Premier ministre depuis trois mois, s'inquiète des sentiments du photographe. Elle craint qu'il ne se soit à tort limité à la situation du Kerala, cette province du Sud-Ouest, qui n'est pas seulement très christianisée et socialement avancée, mais aussi l'une des régions les plus peuplées de l'Union, ce qui pose un problème alimentaire chronique. Aussi, à peine a-t-il pris congé que Mme Gandhi lui fait porter une lettre à l'hôtel Naaz lui enjoignant de ne pas généraliser à partir d'une simple pénurie de riz très localisée. Elle lui suggère même les lieux où il pourrait constater la gravité de la situation, Orissa, Gujarat, Maharashtra, Mysore et même Allahabad, sa propre ville natale. *In fine*, elle ajoute :

« Vous donneriez une très mauvaise impression à l'étranger si vous disiez que l'Inde ne connaît pas de difficultés alimentaires… »

Message reçu et compris. À son retour en France, le photographe rédige un texte d'accompagnement de ses photos dans lequel il met des guillemets au mot « famine ». Il cite Indira Gandhi, fait état de ses précisions, mais les nuance en adoptant les thèses de l'agronome René Dumont sur la nécessité de transformer les structures mêmes de l'agriculture indienne pour résoudre le problème à la base.

Cartier-Bresson exerce désormais une telle influence, à son corps défendant, que ses réactions sont guettées. Quand, en 1963, le poète Nicolás Guillén, qu'il a connu trente ans auparavant dans les cafés de Montparnasse, l'invite à Cuba, il se doute bien que ce n'est pas pour des motifs balnéaires. Quatre ans après la chute du régime de Fulgencio Batista, le pays souffre du blocus commercial imposé par les Américains à dessein de faire plier le gouvernement révolutionnaire de Fidel Castro. Son incontestable charisme, l'accent mis sur l'éducation et la santé, ainsi que la primauté de l'agriculture, notamment la *Zafra*, la récolte de la canne à sucre élevée au rang d'une mystique, ne suffisent pas à faire oublier la dictature du parti unique, l'opposition muselée, la bureaucratie omniprésente.

Les relations diplomatiques entre La Havane et Washington étant rompues, *Life* ne peut faire accréditer un photographe américain. Aussi le magazine sollicite-t-il Cartier-Bresson, lequel s'empresse donc de contacter son ami Nicolás Guillén, devenu *persona grata* aux affaires culturelles de son pays. Le «poète national» lui obtient de résider dans le pittoresque hôtel d'Angleterre et non là où sont habituellement cantonnées les délégations étrangères.

Le Cuba de Cartier-Bresson est, avant tout, celui des gens de la rue, celui d'une architecture pleine d'imagination, de la passion de la loterie, d'une prostitution toujours très présente quoique moins ostentatoire que sous l'ancien régime, des fusils tenus nonchalamment en bandoulière par les miliciens, des techniciens soviétiques expliquant le fonctionnement d'un tracteur, des ouvriers roulant des cigares comme nuls autres... Comme de juste, son Cuba est aussi celui des deux hommes qui exercent le plus intense magnétisme sur les Cubains. D'abord Castro, dit Fidel, «tête de minotaure et conviction de messie», en qui il décèle aussitôt un tempérament de martyr. Puis Guevara, dit le Che, sur le papier son ministre de l'Industrie mais bien plus en vérité, en qui Cartier-Bresson voit un authentique révolutionnaire, la séduction faite homme, un pragmatique que l'usage de la violence n'effraie pas.

Avec son ami René Burri, Cartier-Bresson ratisse les plantations à sa recherche. Puis il le retrouve à l'hôtel Riviera. Il prend plusieurs photos du Che au moment où il prononce un discours après avoir remis des diplômes aux travailleurs exemplaires. Derrière un pupitre, il semble aussi protégé qu'un fonctionnaire derrière son bureau. Derrière lui, des panneaux et calicots révolutionnaires distraient le regard. Il gagnerait en mystère s'il n'était pas aussi souriant. Trop à l'aise pour fasciner. La photo est bonne, mais sans plus. Au même moment, dans les mêmes conditions, René Burri photographie également le Che, non pour *Life* mais pour le compte du magazine *Look*, et non pas au 50 mm mais au télé-objectif... Surtout, il en prend d'autres au cours d'une interview en tête à tête accordée dans son bureau à une journaliste. Guevara est enfoncé dans son fauteuil, allume son cigare, propose du feu. En deux heures, le photographe impressionne huit pellicules sans que jamais son sujet ne se préoccupe de lui.

Le Che de Burri est supérieur à celui de Cartier-Bresson en raison du magnétisme qui s'en dégage. Mais aucun des deux n'approche le portrait mythique du Che par Alberto Korda. Probablement parce que Cartier-Bresson n'a pas croisé le regard de Guevara quand il était hanté par la tragédie, à la fois hiératique et glacial. C'est la vérification, à ses dépens, de la pertinence de ses observations sur l'état de grâce photographique.

L'osmose est telle entre l'agence et ses pères fondateurs qu'aux yeux de tous Magnum est Cartier-Bresson, aussi bien que Cartier-Bresson est Magnum. On n'imagine pas qu'il en soit autrement, vingt ans après qu'elle a été portée sur les fonts baptismaux, après qu'elle a survécu à bien des crises et affronté bien des turbulences. C'est pourtant le moment qu'il choisit pour prendre ses distances. En 1966, Cartier-Bresson annonce qu'il quitte Magnum tout en lui laissant la gestion de ses droits et de ses archives. Il lui reste lié comme par un cordon ombilical. Une décision qui reflète ses contradictions. Elle n'est pourtant pas la conséquence d'un coup de colère, mais le fruit d'une lente décantation.

Si Magnum est une famille, la vie de famille n'est pas toujours une sinécure. Cartier-Bresson en est l'âme, mais pas le chef. Il n'est pas fait pour diriger, et n'en a ni le goût ni le temps. Son ombre tutélaire n'en recouvre pas moins cette maison qui, aux yeux des autres, est la sienne plus que celle de George Rodger, l'autre survivant de l'équipe historique. Dans un mémorandum de deux pages daté du 26 mai 1961, rédigé par le photographe Elliott Erwitt sur un mode ironique sous le titre « Pourquoi sommes-nous à Magnum ? », envoyé à tous les collaborateurs de l'agence et punaisé un peu partout dans les bureaux, on peut lire :

« Est-ce parce que c'est commode et que nous allons tous devenir riches ? Est-ce parce que nous voulons voir notre nom figurer à côté de celui d'HCB ? Est-ce un hobby ? Est-ce une habitude ? Est-ce de la simple paresse ? Est-ce pour la valeur de notre nom comme simple monnaie d'échange ? Est-ce pour la gloire de notre image ? Est-ce parce que nous pouvons mieux réussir en tant que groupe qu'en tant qu'individus dans la jungle de la photo ? Est-ce parce que notre passion pour l'avenir de la photo est désintéressée ? Est-ce le coup des "historiens de notre temps" ?... »

Et ainsi de suite. La litanie s'achève par une note pointant les profondes divergences qui minent périodiquement les fondements de l'agence, sa faiblesse structurelle et la résistance de son esprit à l'évolution des mentalités. Mais, outre Edward Steichen, auquel un mot extrait d'une lettre est attribué,

Cartier-Bresson est le seul photographe cité. Il est vrai qu'Erwitt n'a jamais caché qu'une photo de ce glorieux aîné avait été la révélation qui avait engagé sa vie. Il n'empêche. Sous l'humour perce l'inquiétude, laquelle traduit un malaise évident, commun à nombre de collaborateurs.

Un mois après la diffusion de ce mémo, un autre, interne au bureau américain de l'agence, propose de poursuivre l'excellence en photojournalisme en l'étendant au champ de la *«public drama television»*. Parallèlement, il est de plus en plus question de faire profiter de la qualité Magnum ceux qui ont les moyens de leurs ambitions, ceux qui peuvent désormais la financer en lieu et place des traditionnels magazines, en l'occurrence la publicité et l'industrie. D'aucuns y voient un virage périlleux, sinon un dérapage dangereux. Les discussions sont âpres. On n'échange pas des noms d'oiseaux mais des épithètes bien plus méprisantes, où il est question de travail alimentaire, de mercenariat, voire de prostitution. La dérive mercantile, par laquelle Magnum risque de perdre son âme, est le plus souvent imputée par le bureau de Paris à celui de New York.

En 1962, Cartier-Bresson y va lui aussi de son mémo. Il livre le fruit de ses méditations. Empreintes d'une certaine sagesse, elles invitent à un retour aux sources aux antipodes d'un air du temps de plus en plus teinté de marketing. Autrement dit, s'il ne méconnaît pas les contraintes de la gestion, il enjoint les autres photographes de tout faire pour ne jamais devenir les esclaves du marché. Après tout, Magnum a aussi été créée non pour pour nier la commande mais pour la maîtriser. Il leur parle même d'un sujet qui avait tendance à être de plus en plus évacué au fur et à mesure des conversations : le reportage photo..

Rien n'est réglé pour autant. À la moindre crise, les différends resurgissent. Cartier-Bresson lui-même n'est pas aussi tranché qu'il en a l'air puisqu'il publiera bientôt *L'Homme et la Machine*, recueil d'une centaine de ses photos prises un peu partout dans le monde, non datées mais situées au centre spatial de Floride, au collège d'Eton, dans un café parisien, chez Rolls-Royce, dans une raffinerie de sucre à Cuba aussi bien que dans une fabrique de textile en Chine. Elles sont peut-être légendées par des aphorismes de McLuhan et saint Thomas d'Aquin, et dûment précédées d'une préface d'Étiemble, l'ouvrage n'en répond pas moins à une commande d'IBM World Trade Corporation...

Il serait de toute façon impensable que, dans une société à la veille de grandes mutations, une entreprise aussi atypique que Magnum demeure en dehors du changement. C'est dans ce contexte chroniquement agité que Cartier-Bresson décide de s'éloigner tout en restant proche. Une lettre en date du 4 juillet 1966, cocktail d'humour, de dérision et d'acide bien dans sa manière, se veut un exposé des motifs et des chagrins :

« Chers collègues,
Étant depuis de nombreuses années en profond désaccord avec la tournure que prenait Magnum, et en tant qu'un des deux fondateurs survivants, je vous ai demandé de vouloir bien m'accorder le statut de contributor, *espérant, en prenant mes distances, créer un choc purificateur dans l'organisation. Vous m'avez répondu d'attendre mes soixante ans pour devenir* contributor — *mais je ne sais quand j'atteindrai cet âge, et non plus ce que vous entendez par soixante ans.*
Entre-temps, j'ai constaté que l'écart va s'ampli-

fiant entre l'esprit de Magnum que nous avons créé et l'actuel, pour une certaine partie de mes associés. Je respecte profondément les raisons personnelles et les contingences qui les motivent, mais je ne désire pas que notre passé serve à couvrir un esprit photographique qui n'est pas celui qui a présidé aux grandes activités de Magnum.

Je suis donc dans l'obligation de vous demander de créer deux groupements, qui mettraient fin à l'actuelle ambiguïté et à la situation malsaine dont nous souffrons tous : un petit groupe artisanal voué, dans l'esprit initial, à la photographie vivante, au reportage éditorial et industriel ainsi qu'à la photo souvenir, et d'autre part, une organisation dédiée à la photographie apprêtée, plus inventive, glorieuse et de poids — le nom de Magnum devant être réservé au premier groupe, et un nom du genre de "Mignum" ou " Mignon" (voir Paris I et Parly II), pour l'autre, des liens amicaux liant ces deux filiales.

Ceci nous permettrait de nous respecter les uns et les autres, les photographes co-optant, et j'entrevois même le cas de deux photographes qui, à mon avis, pourraient — s'ils le désirent — appartenir dans une proportion à définir à l'un et l'autre groupe. Nos avocats et services administratifs et comptables s'assureront que le petit groupe ne va pas dévorer le grand — ou la réciproque.

Au cas où ce système — qui préserverait à mon avis l'esprit des fondateurs et d'un certain nombre de photographes — ne pourrait être accepté, je me verrais dans la bien pénible obligation de me retirer purement et simplement, immédiatement et suavement, avec toutes mes salutations, félicitations et condoléances.

Vôtre,

HENRI CARTIER-BRESSON

PS : Je tiens à dire toute mon admiration pour le dévouement des personnes de nos bureaux et l'abnégation des photographes présidents, vice-présidents etc., présents et passés.

PPS : Des personnes ont d'ailleurs pris sur elles — sans mauvaise intention, d'ailleurs, j'en suis sûr — de faire sauter le mot "photos" de notre raison sociale "Magnum Photos". Ce lapsus m'a paru très significatif. Néanmoins, restant un photographe, je suis prêt, à titre civil, à parler un peu de photographie et autres sujets "culturels". Et, sur ce, je vais voir dans la rue ce qui se passe... »

Ce qu'il fait car c'est ce qu'il n'a jamais cessé de faire, aller voir ailleurs. Le spectateur engagé en a peut-être assez des travaux et des jours du photo-journalisme, mais pas du paysage ni du portrait. Pour les paysages, il n'y a jamais urgence, il est là pour l'éternité. On peut les abandonner sans crainte à Edward Weston ou Paul Strand, on est à peu près sûr de les retrouver. Tandis que l'homme n'a pas l'éternité pour lui, il ne fait que passer. Ce qu'il a d'éphémère par essence l'impose comme une priorité absolue.

Cartier-Bresson n'est pas las de la photo, pas encore. Mais les prémices de sa désaffection se dessinent. Insensiblement, il s'éloigne de ce qui a fait sa gloire au moment où l'empire de la télévision menace ; c'est également l'époque où la grande presse illustrée comprend que son âge d'or est derrière elle, et où le développement des matériels de prise de vues et de laboratoire donne à n'importe qui l'illusion d'être photographe.

Dans *L'Express*, la journaliste Danièle Heymann

dresse alors de lui le portrait d'un homme de soixante ans, désabusé et désenchanté, malheureux comme pourrait l'être celui qui pense qu'on n'a plus besoin de lui. Quelqu'un qui ne croit plus en la photo quand tout le monde se met à y croire, un sceptique convaincu que trop de voyages ont tué le voyage et que, en envahissant les journaux, la couleur fait mentir la réalité. Un autre journaliste, David L. Shirey de *Newsweek*, qui le rencontre au début de l'été, le décrit préoccupé par l'idée qu'un photographe puisse être coupé des réalités de la vie, de plus en plus obsédé par son anonymat, et qui n'a accepté le principe d'un entretien télévisé qu'à la condition de tourner le dos à la caméra. Il évoque surtout un homme séparé de sa femme, qui répond rarement au téléphone et passe son temps libre à peindre. Sous sa plume, le portrait du solitaire se métamorphose en portrait de l'esseulé.

Entre les lignes de ces deux articles se faufile le spectre de la dépression. Cartier-Bresson est alors très perturbé par son divorce avec Ratna, officialisé en 1967. Pourtant, après trente ans de vie commune, l'amour est toujours là; mais, selon lui, l'instinct dominateur de sa femme crée en permanence une telle tension qu'il a dû depuis des années se résoudre à la séparation.

De son propre aveu, Cartier-Bresson ne s'est jamais fait analyser. À ce tournant de sa vie, quand il a l'esprit enténébré et l'humeur déréglée, il est vite rassuré par son ami Masud Khan, grand psychiatre britannique d'origine pakistanaise, dont il avait fait la connaissance au cours d'un reportage sur son épouse, la ballerine Svetlana Beriosova. Celui-ci, plus charmeur et provocateur qu'à l'accoutumée, lui avait dit simplement :

«Vous êtes peut-être fou, mais vous n'êtes pas malade!»

En 1967, Henri Cartier-Bresson franchit un degré de plus dans sa marche vers la consécration. Pour la seconde fois, le Louvre accueille deux centaines de ses photos dont certaines agrandies dans un format atteignant près de deux mètres. Bien que la sélection soit le fruit d'un mélange entre des vestiges de la précédente rétrospective et des images plus récentes, un autoportrait plus nuancé du photographe se dessine à travers ce choix. Celui d'un homme qui semble avoir atteint une sorte de plénitude contrastée, sinon une forme de sagesse inquiète. Un homme tranquille au regard intranquille, portraitiste compulsif de plus en plus attiré par ce que l'individu recèle de solitude, délicat dans l'ironie sur le monde sans jamais verser dans l'anecdote ou le pittoresque.

À ceux qui en doutent encore, aux tenants du Verbe contre l'Image et autres rescapés d'un combat d'arrière-garde, cette exposition témoigne de ce que la photographie de reportage, ou le photojournalisme, est un art à part entière. Elle intervient à la veille de grands bouleversements de tous ordres dans les mentalités, mais au lendemain de la parution d'une enquête symptomatique sur les usages sociaux de la photographie intitulée *Un art moyen*, commandée par Kodak-Pathé au sociologue Pierre Bourdieu. Elle est dédiée à Raymond Aron mais l'une des personnalités les plus souvent citées n'est autre qu'Henri Cartier-Bresson.

Un an après, il se lance dans un nouveau projet d'envergure qui est peut-être la conséquence du sacre du palais du Louvre: la France dans tous ses états. La France tout simplement, mais toute la

France. L'idée en revient à Albert Blanchard, le directeur littéraire de *Sélection du Reader's Digest*. Cartier-Bresson lui paraît l'homme idoine pour les photos. Mais le texte ? L'oiseau rare s'impose de lui-même, par son talent et par osmose. Le photographe, qui collabore alors de temps à autre au *Vogue* d'Edmonde Charles-Roux, la retrouve souvent à *L'Œno-thèque*, un restaurant de la rue de Lille où elle dîne une fois par semaine avec Aragon, sa femme Elsa Triolet et l'écrivain et critique François Nourissier qui est très lié au couple. À force de se rencontrer, il était écrit que Cartier-Bresson et l'auteur d'*Une histoire française*, roman couronné du grand prix de l'Académie française, finiraient par faire équipe pour une entreprise si éminemment française.

Au début, ils ne travaillent pas chacun de leur côté mais vraiment en commun. C'est d'ailleurs Nourissier qui trouve le titre *Vive la France* dans le feu de la conversation ; il lui suggère aussi de traîner dans quelques lieux bien connus de la sociologie mondaine tels que le Jockey Club et le bal de Polytechnique à l'Opéra. Puis chacun envoie l'autre dans une direction afin qu'il travaille de son côté. Le photographe a en poche le plan du texte de l'écrivain, et l'écrivain certaines de ses photos sous les yeux. Leurs regards n'en sont pas moins indépendants. Ils ne s'illustrent pas mutuellement car ils se veulent chacun le contrepoint de l'autre. Il ne peut pas y avoir d'hiatus car ils sont d'accord sur l'essentiel : pour regarder un pays, rien ne vaut une vision ironique de ses traditions.

Cartier-Bresson sillonne donc le sien entre avril 1968 et décembre 1969, sans s'interdire des sauts à l'étranger. Ce qu'il en retient ? Des lieux, des gens, des atmosphères mais aussi des clins d'œil, des émotions, des sourires qui s'entremêlent dans une sorte d'inventaire ethnologique dressé par un Prévert paysagiste. C'est la France de la DS et du Crédit agricole, du café de la Gare et de Monoprix que l'on retrouve à travers ses photos de la montagne Sainte-Victoire à Aix, les Deux Magots à Saint-Germain-des-Prés, la grand-place à Mende un jour de marché, une réunion des élèves d'HEC à Jouy-en-Josas, le parvis de la cathédrale de Bourges, un nouveau quartier de Grenoble, un coin de rue à Uzès, la Fête de l'Humanité, les vendanges en Beaujolais, la campagne pour l'élection présidentielle, le Salon de l'aéronautique au Bourget, l'anniversaire du débarquement à Sainte-Mère-Église, un embouteillage parisien, la brasserie Lipp, la cathédrale de Chartres, un match de rugby au stade de Toulouse, les propriétaires de chevaux au Prix de l'Arc-de-Triomphe, le bicentenaire de la naissance de Napoléon à Ajaccio, les essais de Matra à Montlhéry, le défilé du 14 Juillet, un village du Club Méditerranée en Corse, la place de l'Horloge pendant le Festival d'Avignon, l'usine Alsthom à Belfort, et puis les «événements»...

On parlera encore de sa fameuse chance, mais qu'importe. Le fait est que Cartier-Bresson se penche sur la France à l'instant décisif, autrement dit au moment précis où elle a décidé de se désennuyer, à la veille de Mai 68.

Dès le début mars, il a l'occasion de marquer son engagement en signant la pétition soutenant Henri Langlois après la décision du ministre de la Culture André Malraux d'évincer celui-ci. On s'en doute, sa solidarité ne s'explique pas seulement parce que le patron de la Cinémathèque a sauvé *Partie de campagne* pendant l'Occupation. Cartier-Bresson se sent naturellement dès le début «de ce côté-là». Mais au cœur du grand bouleversement vécu au jour le jour par des millions de Français et presque autant de photographes, il ne se laisse pas envahir par l'air du temps. Sa sympathie pour la révolte étudiante est évidente mais ne transparaît pas nécessairement dans ses photos. Le libertaire en lui est comblé par l'irrévérence, l'ironie et l'imagination des slogans. Il s'arrête sur un calicot confectionné par les élèves des Beaux-Arts qui proclame : « Pour les affiches, la sincérité est préférable à la technique. »

Il se déplace dans Paris en ébullition, sur les barricades du boulevard Saint-Michel avec les lanceurs de pavés et sur les Champs-Élysées avec les supporters du général de Gaulle, au Trocadéro pendant les manifestations bourgeoises et dans la Sorbonne occupée, rue de Lyon où les arbres sont dégagés après la bagarre et à la faculté de Nanterre où l'on enjoint les étudiants de prendre leurs désirs pour des réalités, à un *sit-in* gare d'Austerlitz et au stade Charléty auprès de Mendès France...

Au tout début seulement, il se laisse emporter par l'ambiance. Difficile de résister à cette folle atmosphère et de ne pas couvrir les manifestations pour ce qu'elles sont. Puis le naturel reprend le dessus. Le reporter se fait archer, et le marginal-né s'exprime à nouveau, cherchant plutôt à capter l'émotion dans les à-côtés de l'événement. Cartier-Bresson est plus que jamais un photographe d'attitudes. Si une seule de ses photos devait résumer l'esprit de ce bouleversement des mentalités, ce serait certainement celle de ce vieux bourgeois esquissant une moue de mécontentement en déchiffrant le slogan « Jouissez sans entraves » peint sur une palissade. Après avoir repéré cette inscription, le photographe a attendu et guetté le « bon » personnage, le plus significatif, le

plus évocateur. Cinq ou six passants plus tard, il
tenait l'icône de mai. L'ancien et le nouveau monde
s'y affrontent dans la provocation et la méfiance
mais sans véritable choc. Tout est dit du contraste
des générations avec une économie de moyens qui
désempare le commentaire.

L'effervescence de ce printemps 68 n'est qu'une
petite partie de l'album. Le libertaire Cartier-Bresson et le gaullo-pompidolien Nourissier ont eux
aussi une certaine idée de la France, qui ne coïncide
pas nécessairement, et qui dépasse cet accident de
parcours dans le siècle. Mais si l'écrivain peut écrire
dans un splendide isolement, le photographe doit
arpenter le trottoir. La France des rues est son
bureau. Il veut voir vivre les Français sous toutes les
conditions possibles. Il aurait aimé pouvoir parcourir le pays en moto. Finalement, outre la marche à
pied que ce marcheur au long cours pratique assidû-
ment et naturellement depuis toujours, il use d'une
automobile pour sillonner son sujet. Dominique
Paul-Boncour, assistante de rédaction à *Sélection*,
est son chauffeur, donc son souffre-douleur. Mais les
moyens techniques ne sont pas la principale difficulté de l'entreprise. Il faut pouvoir se laver la
mémoire et se dessiller le regard avant de se lancer.
Car le plus délicat, quand on va à la rencontre de son
propre pays, celui où l'on est né et où l'on a vécu déjà
un bon demi-siècle, est de conserver sa fraîcheur
d'âme et une capacité à se laisser surprendre à tout
instant par ce que l'on croit connaître.

Les photos de Cartier-Bresson sont fascinantes, le
texte de Nourissier est éblouissant, leur rencontre
devrait être lumineuse. Le résultat est pourtant
d'une incroyable platitude. Leur œuvre commune

ressemble à une erreur. L'album s'avère le contraire d'un livre d'artiste. La maquette, la mise en pages, la gravure, l'impression, la qualité du papier ne sont pas à la hauteur de l'entreprise. Loin de l'ambition initiale, elles réussissent à rendre conventionnel le classique. Les mêmes photos, présentées lors d'une exposition à travers le monde par Robert Delpire, sont éclatantes. On peut imaginer ce qu'aurait été le livre s'il l'avait conçu.

Au fil des pages, on sent le photographe contraint par la commande. Les aphorismes d'écrivains utilisés en guise de légende alourdissent la mise en scène des images. Certaines d'entre elles sont recadrées alors que Cartier-Bresson voue le procédé aux gémonies. Sur les deux cent cinquante photos publiées, quinze sont en couleurs alors qu'il déteste ça ; elles seront d'ailleurs très vite datées.

Vive la France est publié en 1970, l'année de la rétrospective *En France* organisée au Grand Palais à Paris. Désormais, le voilà estampillé référence nationale. Quand la carrière d'autres photographes dits « humanistes » à tort ou à raison, des regardeurs de sa génération tels que Robert Doisneau, Willy Ronis et Édouard Boubat, connaît une éclipse sinon une traversée du désert, son étoile ne cesse de monter. Nulle pause dans cette ascension. Qu'il en soit l'artisan méticuleux, qu'il y assiste en spectateur comblé, qu'il la subisse passivement à son corps défendant, ou qu'il la traite avec indifférence, elle ne fait guère de doute.

L'Amérique, à qui il doit tant, lui permet d'assouvir sa passion du documentaire. La chaîne CBS lui en commande deux, d'une durée de vingt-cinq minutes chacun. Dix jours de tournage avec une équipe réduite, dont une assistante de production

Cartier-Bresson

qui faillit être emportée par une vague, Christine Ockrent... *Impressions de Californie*, le premier, n'est pas son préféré car il n'a pas d'empathie pour le sujet, un univers trop superficiel et gadgétisé à son goût. « S'il y avait un tremblement de terre, la Californie se détacherait et dériverait, et après ? » dit-il.

Il préfère nettement le second, *Southern Exposures*, et le revoit toujours avec émotion. Car ce monde-là lui parle et le touche. C'est celui du racisme et de la ségrégation tels qu'on les vit à Fayette, Mississippi. Ils se reflètent moins dans les paroles et les discours que dans les visages des gens, leurs mains, leurs yeux, leur détresse. Documentariste, Cartier-Bresson n'en continue pas moins à observer le monde en photographe. Dans l'esprit et dans la lettre. Ce n'est pas lui qui fait le cadre mais son opérateur Jean Boffety, lequel filme sous sa direction. Pour autant, ces documentaires d'un photographe ne sont pas des superpositions de photos. Une fois le tournage achevé, les producteurs s'imaginent qu'en isolant des images du film pour en faire des épreuves photographiques positives, ils tiennent quelques œuvres inédites de Cartier-Bresson. Il leur suffit d'essayer pour constater leur naïveté. L'image ne tient plus.

Ses publications, ses livres et ses expositions en sont l'éclatant témoignage : si pour la France il est le photographe mondial, pour le monde il est le photographe français par excellence. Dans un cas comme dans l'autre, il est unique. C'est le moment qu'il choisit pour disparaître ès qualités. À l'âge officiel du grand décrochage, parvenu au faîte de son art dans une profession qui ne connaît pas la retraite, Cartier-Bresson décide de se remettre en question.

Il abandonne officiellement la photo pour renouer avec sa passion première : le dessin.

Ce n'est ni une évolution ni une métamorphose, mais un retour aux sources annonciateur d'une seconde vie. Pardon, d'une deuxième vie, car il ne faut jurer de rien.

8

Vers une autre vie
1970...

Du début à la fin de son aventure, Cartier-Bresson ne change pas. Il a eu très tôt une vision du monde et s'y est tenu, ce qui est l'intime secret d'une œuvre accomplie. Avoir une idée de la vie, une seule, et ne pas en sortir, non par étroitesse d'esprit mais parce qu'il faut creuser toujours le même sillon si on veut aller jusqu'au bout. Pourquoi ? Parce que ce qu'on y trouve nous apprend ce qu'on y cherchait.

À soixante ans révolus, Henri Cartier-Bresson n'a pas encore atteint la paix intérieure, improbable mélange de sagesse, d'harmonie et d'équilibre qui pourrait être son nombre d'or personnel. Mais en renouant avec le dessin, il franchit un degré de plus dans sa longue marche vers cet idéal inaccessible. Plus que jamais, il peut prendre le temps de le perdre, et ne plus perdre sa vie à la gagner.

En annonçant qu'il arrête la photo, il referme une parenthèse. Comme s'il s'était laissé distraire un instant au point de s'éloigner de son moyen privilégié d'accomplissement. Après tout, la photographie n'est pas la vie, mais une métaphore de la vie. Il en veut pour preuve le fait qu'il y a déjà renoncé à plusieurs reprises, en Côte-d'Ivoire en 1932, à New York en 1935, au stalag dans les années quarante. Peinture ou dessin, peu importe. L'art est son univers, il n'en est jamais sorti. C'est ce qui le fait avancer depuis toujours, son moteur et sa passion. C'est un visuel pur; il vit de cela et s'en nourrit. Ce n'est même plus un travail mais une occupation permanente. Il est un artiste dans la mesure où l'art est le plus court chemin d'un homme à un autre, comme dit son ami Claude Roy. Et tant pis si à cette notion d'artiste qui se pousse du col, trop liée à l'esprit bourgeois du xixe siècle, il préfère celle d'artisan.

Désormais, la boucle étant bouclée, Henri rentre à la maison.

Au moment où il renonce à la photo, il déménage, prend ses distances avec Magnum, divorce de Ratna dont il était séparé depuis de longues années, se remarie... La voyante de sa jeunesse, dont toutes les prédictions se sont révélées exactes, lui avait dit que, dans la dernière partie de sa longue existence, il quitterait sa femme pour refaire sa vie avec une autre, beaucoup plus jeune que lui et qu'ils seraient très heureux ensemble. En 1970, en épousant une photographe de trente ans sa cadette, il donne l'impression de lui passer le relais.

Issue d'une famille de la grande bourgeoisie d'Anvers, Martine Franck est la fille de Louis Franck qui fut non seulement banquier et collectionneur mais aussi grand amateur d'art, comme son propre père, lié d'amitié au peintre James Ensor. La famille Franck descend des frères Francken, des élèves de Rubens. Martine Franck, qui fut élevée dans cette tradition picturale, entreprit tout naturellement des études d'histoire de l'art, consacrant sa thèse à l'influence du cubisme sur la sculpture. À ses débuts dans la photographie, elle fit des reportages en Inde, en Chine et au Japon en compagnie d'Ariane Mnouchkine. Puis elle assista des photographes du bureau parisien de *Life* avant de se lancer seule. Quand elle commença à partager la vie de Cartier-Bresson, elle faillit renoncer à la photo tant elle lui parut inconciliable avec sa nouvelle situation, car trop « difficile » à assumer. Dans un premier temps, elle se tourna vers le film documentaire et la vidéo, avant de renouer avec la photo à l'agence Viva, puis à partir de 1980, chez Magnum.

Enfin apaisé par la présence à ses côtés de Martine et de leur fille Mélanie, Cartier-Bresson n'en perd pas son franc-parler pour autant. Dans les conversations de confrères comme dans l'intimité, plus il exalte le dessin, plus il enfonce la photo, ce qui ne va pas sans entraîner une certaine confusion. Pour les esprits trop cartésiens, qui aiment bien ranger et étiqueter, une telle décision déconcerte. Eux qui étaient tout prêts au sacre final de Cartier-Bresson ne savent plus désormais s'ils ont affaire au plus grand artiste du Leica ou à un photographe du Quattrocento. Soucieux d'échapper à la tyrannie de la notoriété, dans laquelle il voit la forme la plus haïssable du pouvoir, il veut se prendre à bras-le-corps. Se mettre en danger en se remettant en question. Mais, dans son choix délibéré, est-il plus risqué de continuer à photographier ou de recommencer à dessiner ?

Cartier-Bresson sait que, jusqu'au dernier jour, il conservera un Leica dans la poche de son blouson. Qu'il continuera naturellement à prendre des portraits chez les gens. Et qu'abandonner la rue ne signifie pas répudier le paysage, et la volupté qu'il trouve à y déceler un jeu de formes, une certaine qualité de la lumière, un rythme interne. Ses photos réussies le sont parce qu'il y a mis bien plus que ce qu'il a cru y mettre. Ce qui le maintient? La perspective d'en réussir encore une.

Nombre de ses collègues sont irrités. Un malentendu durable s'installe entre eux et lui. Son goût de la provocation, et des formules tranchantes sinon blessantes, conjugué à un caractère impulsif voire maladroit, ne fait rien pour le dissiper. Quelques-uns, qui prétendent le connaître, se disent désemparés par ce qu'ils croient être un reniement. Dans les conversations entre photographes, le nom de Cartier-Bresson, qui était le plus souvent évoqué avec toute l'admiration requise pour un mythe vivant, est désormais associé à la trahison. On lui reproche de cracher dans la soupe. De dévaloriser la photo en citant systématiquement des peintres quand on lui demande quels furent ses maîtres en photographie. À quoi Cartier-Bresson, qui a toujours rendu hommage à André Kertész et Walker Evans, répond d'un haussement d'épaules. Il restera jusqu'à la fin de ses jours un chasseur dans l'âme, mais un chasseur végétarien car il ne consomme pas de photos. Chez lui, sur les murs, il y a des dessins, des gravures et des tableaux, mais pas une seule photographie.

Dans sa logique, il est clair et droit. Mais combien y ont accès? Non qu'elle soit supérieure, mais elle est si différente des critères de ce milieu qu'elle paraît hautaine. Dans son esprit, c'est pourtant simple.

Au commencement était le regard. Qu'importe le médium technique par lequel l'homme transcrit ses émotions visuelles, seule compte la qualité du regard porté sur les êtres et les choses. Cartier-Bresson a débuté par le dessin, il a poursuivi par la peinture, la photographie et le cinéma documentaire avant de revenir au dessin. Il n'y a pas eu rupture mais continuité. Ce n'est pas là le tableau de fidélités successives, mais l'expression d'une seule et même attitude dans son rapport au monde. Crayons, pinceaux, appareils ne sont que des outils. Ce sont les différentes cordes d'un même arc. L'âme qui gouverne ce regard est restée intacte.

Comme il faut tout de même expliquer, il explique. Autant dire qu'il se justifie. Car n'étant pas devenu pour autant anachorète, il continue à vivre dans son siècle ; et partout, il est de plus en plus précédé par sa légende.

À l'écouter alors, on en retient l'idée qu'il ne pouvait pas aller plus loin. Qu'il guettait le jour où il n'aurait plus l'énergie nécessaire pour être un homme de terrain. Qu'il estime avoir assez fait le trottoir. Que ce basculement était inéluctable car il correspond à la vérité de son espace intérieur. Qu'il se trouvait dans un cul-de-sac. Qu'il ne voulait pas se laisser mettre le grappin dessus. Qu'il devait changer d'instrument pour jouer sa partition au moment où le monde changeait. Qu'il avait épuisé son art en le portant au paroxysme, autant que celui-ci l'avait épuisé. Qu'il avait exténué les mystères de la photographie. Dans de semblables circonstances, des peintres tels que Staël et Rothko avaient fait le grand saut. Lui préfère revenir à sa passion première. Comme il n'a rien de commun avec un virtuose, il échappe à la malédiction de la répétition et à son cortège, l'ennui et la dépression. Quand il dit qu'en cinquante ans de pratique il n'a fait aucun progrès, il ne ment pas, car dès le début c'était bon. Il aura passé un petit demi-siècle à saisir l'ineffable sans changer de style. N'est-ce pas suffisant pour tourner la page ?

À l'heure des grands choix, Cartier-Bresson a toujours besoin de s'assurer de prestigieuses cautions,

vis-à-vis de lui-même. Après la Libération, il s'était
lancé dans le reportage au long cours en brandis-
sant régulièrement pour viatique le conseil de Capa.
Son ami lui enjoignait de changer de cap en renonçant à ses manières de surréaliste. Cette fois, Cartier-Bresson est aidé par Tériade, son mentor
artistique, un homme qu'il respecte tellement qu'il
n'a jamais osé le tutoyer alors qu'ils n'ont que onze
ans d'écart. Une photo, terriblement aiguë dans une
lumière douce, prise en 1974 par Martine Franck,
les montre côte à côte autour de la table de la salle
à manger, au domicile du grand éditeur. Cartier-
Bresson au fond à gauche face à l'objectif, exceptionnellement cravaté, timide et emprunté, les yeux
baissés d'un enfant sage présentant son travail,
incertain dans l'attente d'un verdict; et Tériade de
profil à droite au premier plan, la paupière lourde,
une moue de Jugement dernier, campé en massif
professeur observant des dessins qu'il tient entre les
mains.

«Tu as fait tout ce que tu pouvais faire en photo,
juge et jauge le maître. Tu as dit ce que tu avais à
dire, tu n'as plus rien à prouver. Tu ne pourrais
qu'aller moins loin, tu ne ferais que dégringoler, te
répéter, t'encroûter. Tu devrais te remettre à la peinture et dessiner. »

Du moins c'est ce qu'a voulu en retenir l'élève.
Pourtant, cela ressemble peu à Tériade, qui détestait
ce qui aurait pu apparaître comme de la dispersion.
Une telle pente de caractère l'avait même empêché
de faire des livres avec Cocteau quand celui-ci le lui
réclamait. Toujours est-il que Cartier-Bresson le
visite régulièrement, ne fût-ce que pour se rassurer
sur la qualité de ses dessins. Quand il lui dédicace
l'une de ses photos, c'est toujours dans des termes

univoques, qui disent l'affection, l'admiration et la reconnaissance.

Au cas où il serait encore taraudé par le doute, d'autres prestigieux amis l'encouragent dans la voie de sa nouvelle vie. De Beverly Hills, Jean Renoir lui écrit le 1er juillet 1975 :

« Je sais bien que les images que tu m'as envoyées représentent la dernière étape avant l'authenticité physique : tu réussis même à donner une idée du son des voix, mais je ne regrette pas que tu abandonnes la photographie. Tu as fait dire aux moyens optiques tout ce qu'ils peuvent dire. Tu nous as rappelé ce qui est essentiel chez l'être humain. Mais à ton âge tu peux te lancer dans l'étude d'un nouveau mode de conversation. Tous mes vœux t'accompagnent dans cette audacieuse expérience. »

Il est vrai que Renoir lui-même, dix ans auparavant, s'était remis à la rédaction d'un roman, non sans se demander si l'écriture n'était pas sa véritable destinée...

Il y aura également, un peu plus tard, en août 1981, une carte postale d'un « admirateur » new-yorkais, le dessinateur Saul Steinberg :

« Je regarde souvent vos dessins dans le catalogue du musée d'Art moderne. Il semble que la photographie ait été une gymnastique suédoise, un leurre, un alibi pour votre vrai truc. »

Il n'est pas jusqu'à André Lhote, le vieux maître de ses débuts qui, regardant encore ses photos à la veille de sa mort, lui ait confié :

« Tout vient de votre formation de peintre. »

Au début, quand il s'y est remis, Cartier-Bresson a commencé par peindre des gouaches. Il a jugé le résultat moins mauvais que ce qu'il avait essayé de faire dix ans auparavant, mais il lui a paru encore trop petit, trop minutieux. En cela, il réagit comme Hergé sensiblement à la même époque. Leur cas n'est pas isolé. Curieux tout de même tous ces grands créateurs intimement convaincus d'avoir un œil de peintre alors qu'ils ont donné leurs lettres de noblesse à d'autres formes d'expression visuelle. Seulement voilà, pour un grand nombre encore, ni la photographie ni la bande dessinée n'étant considérées comme des arts plastiques à part entière, leurs maîtres ne sont pas regardés comme des artistes. L'essayiste Jean-François Revel, qui connaît Cartier-Bresson de longue date, a son explication :

«Henri Cartier-Bresson employait un moyen encore plus radical que toute ratiocination pour annihiler ses confrères : c'était de professer que la photographie n'était pas un art. Chaque fois que je lui demandais son avis sur des photographes autres que lui-même, il me répondait qu'il ne pouvait pas avoir d'avis, puisque la photographie n'existait pas. Dans ce néant, il ne pouvait y avoir de première place, et nul, par conséquent, ne risquait de la lui disputer. Une fois ménagé ce vide absolu, il s'y installait, conscient et sûr d'être le seul à l'occuper. C'était donc mettre en péril cette solitude impériale et l'irriter dangereusement que de lui soutenir que la photographie était, ne lui en déplaise, un art. »

Le dessin donc, le dessin avant tout et avec acharnement. Ce n'est pas un choix par défaut, mais aussi une manière de rester dans le noir et blanc qui est une forme d'abstraction en soi. Quand il lui arrive encore de peindre, c'est à la tempera, technique plus rapide que la peinture à l'huile, laquelle suppose un atelier et un matériel, toutes choses qui contrarient son naturel nomade. Alors que le dessin, c'est un carnet de croquis et un crayon dur, graphite, pierre noire ou plume.

Non pas le dessin de mémoire mais le dessin d'observation, sur le motif, à partir d'un modèle ou dans l'imitation des œuvres des plus grands. Il ne s'attache ni au centre ni à la périphérie, préférant démultiplier et entremêler lignes et traits. Seule compte la forme, pas la lumière. C'est pourquoi on peut avoir un regard de peintre tout en considérant le monde en noir et blanc.

Son principal défaut lui saute immédiatement aux yeux : il travaille trop vite. Il est encore un paquet de nerfs en action. Il voudrait mieux dominer le tracé. Ce qui était un atout pour le reporter devient un handicap pour le dessinateur. Il lui faut donc faire l'apprentissage de la lenteur, sans que ce soit au détriment de ce que l'instinct peut avoir de foudroyant.

Ses maîtres à penser le dessin, qui ne sont pas toujours des maîtres à dessiner, ne le quittent pas un seul instant. Il ne cesse de méditer leur enseignement. Un livre, une page, une phrase même y suffisent. Il y a Goethe, quand il se disait persuadé de n'avoir pas vu ce qu'il n'avait pas dessiné (Zola photographe en dit autant...), Goethe pour qui la seule façon de comprendre un tableau est de le copier. Il y a Paul Valéry, qui tenait le dessin pour la plus obsédante tentation de l'esprit. Il y a surtout Pierre Bonnard pour qui le dessin est sensation, tandis que la couleur n'est que raisonnement. Une telle opposition, fût-elle discutable, convient parfaitement à Cartier-Bresson qui n'a de cesse de reprocher à ses contemporains d'intellectualiser, de cérébraliser, d'identifier au lieu de voir, c'est-à-dire pénétrer. D'utiliser leur cerveau et non leur sensibilité. Il y a enfin Alberto Giacometti dont il photocopie un texte de jeunesse sur l'unité formée par l'âme et le corps comme moyen pour atteindre la vérité et la beauté absolues, et qu'il envoie à tous les membres de Magnum « pour hausser le débat si possible »...

Sur un autre plan, plus proche et plus humain car plus quotidien, quatre artistes exercent une certaine influence sur lui : l'Autrichien Georg Eisler, à qui il voue une admiration sans mélange ; l'Anglais Raymond Mason, que ses dessins fascinent ; et puis Avigdor Arikha et Sam Szafran. Il va avec eux au musée écouter le silence des chefs-d'œuvre, ou se déplacer autour des tableaux de Nicolas de Staël pour mieux prendre la mesure de leur profondeur et capter les variations de lumière, quand il n'envisage pas de faire le poirier devant les toiles de Baselitz dans le fol espoir d'en saisir l'intime vérité...

La première fois qu'ils se sont rencontrés, Cartier-Bresson regardait par-dessus l'épaule d'Arikha tandis que celui-ci dessinait les musiciens d'un orchestre. D'une exposition l'autre, une amitié naît, renforcée par une passion partagée. Mais si le peintre considère volontiers le photographe comme un artiste, en raison de sa sensibilité et de son œil, il n'étend pas cette qualité au-delà. Dès le début, Arikha le dissuade de continuer dans la voie du dessin. « Tu t'es fait un nom dans la photo, pourquoi tu viens nous embêter avec tes dessins... », lui dit-il, d'un ton tout sauf encourageant. Peintre et dessinateur, mais aussi critique et historien d'art, cet intime de Samuel Beckett est trop entier pour composer. Il est de ceux qui voient dans les dessins de Cartier-Bresson des brouillons d'une œuvre à venir. Mais il est le seul à oser le lui dire d'emblée. Leur longue amitié n'en souffre pas.

Avec Szafran, dans l'atelier duquel il fait ses gammes à Malakoff, c'est le contraire. Celui-ci le pousse à remettre cent fois sur le métier son ouvrage, à recommencer encore et encore, à être plus rigoureux et à se discipliner. Sa conversation est pleine de fulgurances aux antipodes de tout bavardage sur l'art, ce *small talk* cher aux Anglais. Pas de généralités dans ses commentaires, mais des observations claires et précises. Quand Cartier-Bresson lui montre son travail, il ne dit pas s'il aime ou pas, mais si telle ligne colle ou pas. Critiquer n'est pas détruire. Autocritiquer non plus. Quand il juge son propre travail, Cartier-Bresson estime que ses dessins sont vifs et spontanés, mais qu'ils manquent de métier, d'habileté, de tour de main. Avec Tériade, Szafran est celui qui a le plus fait pour pousser Cartier-Bresson à changer d'instrument et à dessiner sans complexes.

D'autres fidèles, parmi les éminences du milieu de l'art, le soutiennent en préfaçant les catalogues de ses expositions de dessin. Ils sont écrivains, conservateurs de musée, critiques ou historiens d'art : Jean Clair, Yves Bonnefoy, James Lord, Jean Leymarie, Ernst Gombrich. En 1978 déjà, ce dernier évoquait l'artiste en Cartier-Bresson, dès l'incipit de sa préface à un catalogue. Il plaçait les meilleures œuvres de « ce véritable humaniste » dans la lignée de Vermeer, Le Nain et Vélasquez. Mais il s'agissait de ses photos. De toute façon, Gombrich ignorait alors que Cartier-Bresson dessinait, celui-ci n'ayant commencé à exposer ses dessins qu'en 1981, au musée d'Art moderne de la Ville de Paris.

Les autres louent généralement dans son trait l'intensité et la vitalité, la curiosité et la sincérité d'une démarche tout entière influencée par Bonnard et Giacometti. Comme eux, il tend à saisir le

noyau central d'un paysage ou d'un visage. Il y tend
à défaut d'y parvenir. Car ce qui chez eux est fulgurance, devient chez lui application. Les lignes de
structure sont trop accusées. Le trait est appuyé. On
devine l'échafaudage, on voit le travail, on sent l'effort, toutes choses dont ses photos étaient exemptes.
La recherche d'une certaine légèreté pèse tant sur
la mine qu'elle en devient émouvante. Il est piquant
de relever que le dessinateur évoque volontiers la
technique (l'arrachement du crayon sur le papier,
etc.) quand le photographe la tient en horreur.

Chez l'élève comme chez les maîtres, on se doute
bien que ce ne sont pas là des choses que l'on peut
faire en sifflant, pour reprendre une image de Pous-
sin. Il n'empêche. Dans l'intimité d'une solitude partagée, quand l'orgueil s'estompe, Cartier-Bresson
convient, à lire ou à écouter certains commentaires,
qu'il est toujours inquiétant de voir l'esprit s'attarder
sur des mérites qui auraient mieux prouvé leur
valeur si on ne les avait pas remarqués. Dans son
œuvre, la grâce ne fut que d'un seul côté, qui n'est
pas celui du dessin.

De ses lectures, de son intime fréquentation des
expositions, de ses conversations avec ses amis
peintres et surtout de son ancien commerce ininter-
rompu avec le Louvre, il déduit sa propre philosophie de l'art. Elle tire sa valeur de sa logique
comparatiste. Celle d'un homme dont on commence
à dire qu'il est non plus un photographe mais un
artiste qui, à un moment de sa vie, a cru bon de
s'exprimer par le moyen de la photo. Il rédige alors
quelques sentences qui, par l'esprit, s'inscrivent
dans le droit fil de *L'Instant décisif*:

« La photographie est, pour moi, l'impulsion

spontanée d'une attention visuelle perpétuelle, qui saisit l'instant et son éternité. Le dessin, lui, par sa graphologie, élabore ce que notre conscience a saisi de cet instant. La photo est une action immédiate ; le dessin une méditation. »

Chaque fois qu'il dresse l'inventaire des vertus comparées de la photo et du dessin, on a l'impression qu'une sorte de mauvaise conscience le taraude. Il ne cessera pas pourtant de les mettre en parallèle. Il associe toujours la première au tir à l'arc, le second à un gant de crin. Ne dit-il pas, comme pour mieux s'en convaincre : « On fait de la peinture tandis que l'on prend une photo » ? Un dessin se partage avec d'autres dans l'immédiat, pas une photo. On peut tout dessiner mais on ne peut pas tout photographier car on s'assujettit à la réalité. Un dessin ou un tableau peuvent être contemplés pendant des heures, alors qu'une photo doit être vraiment touchée par la grâce pour être regardée plus que quelques minutes. Un photographe est entièrement responsable de la prise de vues, mais pas toujours de tout le reste. Alors qu'un dessinateur assume tout, car il domine sa création et son devenir. Dessiner oblige Cartier-Bresson à se maîtriser, tandis que photographier provoque sa frénésie. Dans un cas, il domine ses instincts et canalise son énergie. Dans l'autre, il les laisse exploser. N'était-il pas dans l'ordre des choses qu'à la concentration succédât la méditation ?

À la vérité, Cartier-Bresson n'est jamais autant l'égal des grands peintres que lorsqu'il est photographe. La comparaison paraît à peine paradoxale si on prend au mot ses hommages sincères et répétés à sa formation artistique. Son art du portrait photographique, qui est tout sauf flatteur, doit l'essentiel aux grands peintres de la Renaissance pour le modelage du visage, à Renoir et à Seurat pour les volumes, à Cranach pour la mise en valeur des lignes, à Cézanne pour la primauté qu'il accorde au point d'arrivée sur le point de départ à force de ferveur dans la quête du sublime, à Cézanne encore dont il ne se lasse pas de citer un mot glané dans l'une de ses conversations avec Joachim Gasquet : « Si je pense en peignant, tout fout le camp ! »

Il a tant et si bien intégré, très tôt et très jeune, les principes de la composition hérités des maîtres, que la vision géométrique du monde lui est naturelle. Il peut se consoler en se disant que les photographes qui lui en font le reproche sont de la même famille que ceux qui reprochaient à Juan Gris d'être trop grammairien. L'un et l'autre pécheraient par excès de rigueur alors que chez eux la règle n'est là que pour corriger l'émotion.

Il y a bien longtemps que Cartier-Bresson ne se demande plus si le nombre d'or est une funeste illusion ou une réalité mathématique car toute son œuvre est l'illustration de cette intuition. La réussite de Cartier-Bresson, dont son ami Jean Leymarie dit qu'elle tient au miracle d'un œil ingénu réglé sur le nombre d'or, est un ordre fondé sur le chaos, une architecture mentale rigoureuse née d'un grand désordre intérieur. Ce n'est même pas une affectation, mais bien un réflexe devenu naturel : quand on lui présente un tirage photographique, il le retourne et l'observe à l'envers, comme le ferait un peintre, pour voir si tous les éléments tiennent, car les masses et les volumes importent plus que l'histoire qui y est racontée. De même que la poésie selon Mallarmé ne se fait pas avec des idées mais avec des mots, la photo selon Cartier-Bresson ne se fait pas avec des anecdotes mais avec des lignes.

Les exemples ne manquent pas dans sa production de photos élevées au rang d'icônes, et qui offrent un saisissant parallèle avec des chefs-d'œuvre de l'art. Non qu'il ait voulu les imiter. Mais son esprit a effectué des rapprochements sidérants qui doivent plus à son éducation du regard qu'aux pétrifiantes correspondances chères aux surréalistes. On ne fréquente pas impunément si longtemps les chefs-d'œuvre de l'art sans que cette fréquentation ne laisse des traces dans l'inconscient. Ils jalonnent toutes ses époques. Comment ne pas songer à l'exceptionnelle intuition géométrique de *La Flagellation* de Piero della Francesca en observant les spectateurs pendant l'entracte sur la pelouse du festival de Glyndebourne (1953)? Ils semblent avoir été disposés là tout exprès par le photographe, avec une grâce qui n'appartient qu'aux plus inspirés chorégraphes et aux maîtres de la perspective. Tant la visite du cardinal Pacelli sur la butte Montmartre (1938) que l'annonce de la mort du Mahatma par Nehru (1948) ou la touchante scène de famille du marinier à l'écluse de Bougival (1955), évoquent des chefs-d'œuvre du xve siècle italien, avec ce qu'il faut de visages de pietà, de vierge à l'Enfant et de néophytes baptisés par saint Pierre. Cartier-Bresson est leur Masaccio, sa pellicule déroule une fresque. Mais elle n'est pas exclusive des époques postérieures au Quattrocento. Outre ses époux Joliot-Curie, si proches dans leur attitude, on l'a dit, des époux Arnolfini de Van Eyck, il est également débiteur de tous les autres grands moments de l'histoire de l'art puisqu'il les a tous absorbés. Le canard égaré au sein de l'impeccable plastique formée dans un sous-bois par les lumières de l'Isle-sur-la-Sorgue (1988) semble un intrus dans *Les Nymphéas* de Monet. Quant à sa photo du château Biron en Dordogne (1968), avec l'édifice en second plan dominant majestueusement la plaine, tandis qu'au premier un laboureur est penché sur sa charrue, on la croirait finement décalquée de l'œuvre la plus célèbre du XIVe siècle, les *Très Riches Heures du duc de Berry* des miniaturistes franco-flamands les frères Limbourg.

Cartier-Bresson appartient à la famille des plus grands artistes parce qu'il demeure lui-même au lieu d'essayer de leur ressembler. Dans cet ordre d'idées, il n'est pas de plus belle consécration que celle accordée par l'historien d'art Ernst Gombrich. En 1972 déjà, alors qu'il était le directeur du fameux Institut Warburg à Londres, il choisissait son *Aquila degli Abruzzi* (1952) comme unique photo-de-photographe pour figurer dans son *Histoire de l'art*, classique de l'honnête homme du XXe siècle. Dans un chapitre où il évoquait la rivalité entre la photo et la peinture, et le fait que « photographique » soit un terme injurieux dans le milieu des critiques, il rappelait que la situation avait évolué depuis que la photo se collectionnait, qu'un homme tel qu'Henri Cartier-Bresson était aussi estimé que n'importe quel peintre vivant et que la composition de cette image d'Italie ne le cédait en rien à celle de nombreux tableaux beaucoup plus travaillés. En 1995, dans son essai sur les ombres portées et leur représentation dans l'art occidental, Gombrich récidiva. Il ne publia qu'une seule photographie parmi des dizaines de reproductions de tableaux de maîtres, *Ahmedabad, Inde* (1967), signée Cartier-Bresson. Un homme allongé y dort à l'ombre d'un minaret ouvragé, interprétation que Gombrich jugea des plus émouvantes et qui illustre parfaitement, selon lui, la révélation d'un objet hors champ.

Peintre et dessinateur, Cartier-Bresson n'est qu'un parmi des milliers d'autres. Photographe, il est unique. Certaines de ses photos ont ceci de commun avec des œuvres d'art qu'elles rendent visible l'invisible. Elles font surgir de la réalité une vérité souterraine qui se dérobait naturellement à l'œil nu. Ses photos, pas ses dessins.

Ce travail ne prêterait pas à confusion s'il ne l'avait fait que pour son plaisir. S'il avait dessiné pour dessiner, pour lui et pour ses amis. Mais la crainte qu'il peut leur inspirer, l'indulgence et la complaisance qui s'ensuivent le plus souvent semblent avoir dissipé tout esprit critique dans son entourage, sauf exception. Comment s'épanouir dans un tel régime d'assentiment ? Pour un tel esprit, le défi critique est plus stimulant que l'unanimité respectueuse. Qui expose s'expose.

Dès lors qu'il montre son travail dans les galeries les plus cotées telle celle de Claude Bernard à Paris, et les plus prestigieux musées de Paris et New York, Rome et Montréal, Athènes et Tokyo, c'est qu'il a une certaine idée de lui-même et de son talent. Même s'il n'a rien demandé, même si on est venu le chercher, même si on l'a activement sollicité. Même si c'est Tériade qui lui a conseillé de leur vendre ses œuvres car c'est le meilleur moyen d'être pris au sérieux. Il se prête au jeu, ce qui revient au même. Nul n'est tenu de dévoiler son jardin secret, ni d'élever sa passion au rang d'un des beaux-arts en consentant aux rituels de la consécration officielle, surtout lorsqu'il est parvenu à ce niveau de notoriété. Il est d'autant plus libre de refuser sans avoir à se justifier qu'il sera toujours tenaillé par le doute : est-ce bien le dessina-

teur qu'on expose, ou les dessins du plus grand photographe vivant? Il n'est pas dupe. Il sait bien que
certains conservateurs exposent une signature,
comme des œnologues boivent une étiquette. Officiellement admis mais pas vraiment accepté, il peut
toujours se consoler en se disant que la société française est devenue si cloisonnée qu'on ne passe plus
d'une case à l'autre. Heureux Moyen Âge où un tam-
bourinaire pouvait être flûtiste...

Vivre et regarder, cela seul l'intéresse. Le jour où
sa curiosité meurt, il meurt. Regarder, c'est-à-dire
gagner son procès contre l'habitude, conjurer le
spectre de la routine, s'attendre sans cesse à être surpris, obéir à ses impulsions, réagir par instinct, saisir
les proportions. Regarder et non identifier, son
antienne. S'il osait, il écrirait de fausses légendes à
ses photos, afin que seul le regard compte, et non
l'intellect. De vraies fausses légendes dont on ne saurait plus distinguer l'exactitude de la vérité.

Lui qui n'a jamais aimé «parler photo», fût-ce en
fuyant les clichés, peut vraiment reconnaître désormais qu'il déteste cela, et même que ce genre de
bavardage lui fait horreur, ce qui ne va pas sans
entraîner un certain hourvari. On ne l'a jamais
autant sollicité sur ce sujet que depuis qu'il a abandonné le métier. Il se retrouve dans la peau d'un
divorcé à qui l'on demande sans cesse de s'exprimer
sur son ex-femme. Il aime photographier, tout en ne
s'intéressant pas à la photographie. Vive le tir! à bas
le commentaire sur le tir, la théorie du tir, les écoles
de tir, la tirologie... Jetterait-on la pierre à un écrivain qui refuserait de «parler littérature»? D'autant
que s'agissant de photo comme de littérature, ceux
qui n'arrêtent pas d'en parler en oublient d'en faire.

Son ami Balthus a raison qui rechigne à «parler peinture» parce que ce serait redondant, la peinture étant déjà un langage.

Cartier-Bresson ne veut pas devenir le commentateur de son travail, le bibliothécaire de ses photos, ni le guide de son musée. Mais il n'en désire pas moins continuer à contrôler ce qui se dit sur lui. Que tout discours le concernant lui échappe lui donne l'impression de ne plus maîtriser son destin. Plus il dit s'éloigner de la photographie, plus elle le rattrape. Il fuit l'interview qui fige des propos officiels dans la bouche du locuteur, ce qui peut s'avérer gênant pour quelqu'un qui aime tant se contredire. Depuis qu'il en a lu une définition selon son goût dans *À cor et à cri* de Michel Leiris, il sait exactement pourquoi il se méfie tant de l'interview : parce qu'elle est «un interrogatoire sans sévices... restitution trompeuse (fiction qui ne s'avoue pas telle) en même temps qu'un hybride». Mais il se met à concéder des conversations, avant d'accorder des sortes d'entretiens, certes au compte-gouttes. Car, Braque l'a fait remarquer, les preuves fatiguent la vérité. Les questions n'arrêtent pas pour autant. Lui n'arrête pas de ne pas répondre. Pourquoi tant d'enfants qui bougent et de gens qui dorment dans vos photos? Pourquoi la surface trouée est-elle une figure récurrente de votre œuvre? Pourquoi avez-vous traversé au passage clouté avant Giacometti si ce n'est pour anticiper son attitude sous la pluie? Et pourquoi... Rien de tel pour accélérer sa fuite en avant. Il a beau répéter que le secret d'une image portée à incandescence réside dans l'établissement rigoureux de rapports de formes, les mêmes questions fusent encore comme s'il n'avait rien dit. Alors il en appelle au bon sens :

« Mais enfin, demande-t-on au père d'une jolie fille comment il l'a faite ? Non, alors... »

En vain. Mais d'un article l'autre, le public, qui le tient pour une légende vivante, apprend tout de même de sa propre bouche ce que pense l'auteur de *L'Instant décisif*, texte mythique. Il aura donc fallu attendre qu'il s'établisse dessinateur à plein temps et photographe du dimanche pour que le coin du voile se soulève enfin.

Comment a-t-il fait toutes ces photos ? Comme ça...

Il se promène, tire à la dérobée, et continue à se promener comme si de rien n'était. Un tel jeu de jambes lui a probablement évité bien des ennuis. Le danseur en lui virevolte autour du partenaire inconscient. Puis l'escrimeur en lui prend le relais, touche sa cible et se retire aussitôt. Il est incroyable que quelqu'un d'aussi nerveux ait pu ainsi conserver son sang-froid dans des situations aussi tendues.

Le photographe est un pickpocket. Il s'immisce dans les drames, enregistre des flagrants délits puis se retire, sans partager le destin des gens dont il a saisi l'âme. Mais il faut vraiment qu'il soit, comme Cartier-Bresson, la discrétion faite homme pour ne pas passer pour un provocateur. Même les natures mortes il les approche sur la pointe des pieds. Avec le temps, le chasseur s'est fait pantomime. Puis l'insaisissable feu follet est devenu une mouette transparente.

Plus d'un de ses amis en a fait l'expérience. Celui-ci marche à côté de lui dans la rue, regarde distraitement une femme passer à droite ; l'instant d'après, quand il ramène son regard dans le droit chemin, il réalise que Cartier-Bresson a eu le temps de repérer quelque chose d'exceptionnel, de lui fausser compagnie, d'exécuter un pas de deux, de prendre sans être pris et de retrouver sa place afin de poursuivre la conversation en marchant comme si de rien n'était. Il ne jouit pas d'un sixième sens, mais d'un troisième œil. D'où sa capacité à faire corps avec les choses, son intuition de ce que la nature a d'actif. Il voit la misère des hommes là où personne ne la voit. C'est ainsi que ce voltigeur prend le monde en flagrant délit, pas de velours et regard tranchant, comme il dit.

Il voit sans être vu, tel est son secret.

L'appareil, machine à arrêter le temps, n'est que le prolongement optique de son œil, rien de plus. C'est l'œil et non l'appareil qui est à l'affût des accidents de parcours. C'est lui qui traduit la réalité et la met en formes, avec un certain bonheur ou une absence totale de génie, c'est selon. Question d'éducation, de formation, de personnalité. Car il est plus difficile de tomber juste quand on ne s'est jamais interrogé sur ce qui est juste et ce qui ne l'est pas.

L'instinct n'autorise pas la préméditation. Fulgurant, le réflexe ne permet pas de calcul dans la composition. Il est souterrainement gouverné par une vaste culture artistique parfaitement maîtrisée. Cartier-Bresson parvient vite au paroxysme de la création, avec les résultats que l'on sait, parce que l'enchaînement entre la perception, la synthèse et le déclic repose sur une connaissance de l'image intégrée de longue date. Son ami le poète Yves Bonnefoy a fourni un jour la plus lumineuse explication de cette alchimie qui définit si bien l'énigme de sa création :

« Quand l'Empereur de Chine reçoit après un an le grand peintre qui lui a promis pour ce jour-là le plus beau crabe du monde, mais n'a fait, depuis la promesse, qu'errer sans pinceau ni encres sur les grèves, c'est d'un seul coup, sans hésitation, que l'arrivant trace sur la feuille qu'on lui présente le trait tout de vibration, et combien précis mais comme ouvert à un souffle, qui est le crabe comme jamais encore on n'avait su le signifier, corps et âme. Pourquoi le peintre de crabes a-t-il procédé de cette façon, et si merveilleusement réussi ? C'est parce qu'à s'imprégner pendant tous ces mois de l'odeur du varech et du bruit des vagues, parmi les envols criards, les sauts écumeux, les fuites obliques sous le sable, il est devenu si intimement le familier de toutes les vies du rivage qu'il n'a plus désormais à les observer du dehors, à les imiter, fragments par fragments d'apparence, mais peut les faire naître du noir de l'encre comme du sein même de la nature, à condition toutefois de ne pas laisser, par un retard de son geste, la pensée le prendre à nouveau dans le filet des notions, des notations, des savoirs : de la connaissance qui ne sait rien retenir qui ne soit déjà chose morte. »

Comme le peintre chinois, Cartier-Bresson photographe a le génie non de composer mais de savoir ne pas décomposer. Il s'imprègne d'une atmosphère et absorbe l'esprit des lieux à la manière de Simenon. Il est lui-même une plaque sensible.

Une photo exceptionnelle relève du miracle, ou plutôt de la poésie, quand un mot en rencontre un autre pour la première fois. Leur réunion harmonieuse tient d'une coïncidence... miraculeuse.

Il serait aussi vain de spéculer sur la chance dont on l'a longtemps crédité. Disons que le hasard s'est montré généreux envers celui qui n'en finit pas de s'émerveiller des coïncidences qui ont jalonné sa vie ; elles seules donnent un peu le sens de l'ordre dans le chaos du monde. La veine sourit surtout à

ceux qui savent l'accueillir, qui en ont la disponibilité et la disposition d'esprit. De même, il est inutile
d'essayer de savoir si, pour réussir son cliché où l'on
voit un homme sauter par-dessus une flaque, *Derrière la gare Saint-Lazare, pont de l'Europe* (1932), il
a planqué vingt-quatre heures dans l'espoir que se
reproduise une scène qu'il avait entrevue. Toute son
œuvre plaide pour l'acuité et contre la nonchalance
du regard. Sa capacité de concentration n'est pas un
don mais une discipline sur soi. Il croit moins au
talent qu'au travail, et se méfie des brillants touche-
à-tout. Quand on le presse d'expliquer les plus énig-
matiques de ses images, Cartier-Bresson emploie
les grands moyens. Il sort la copie d'une lettre de
1944 d'Einstein à Max Born, d'où il ressort que le
physicien se sentait si intimement solidaire avec
toute forme de vie qu'il n'attachait plus guère d'importance à la question de savoir où commence et où
finit l'individu. Et si on persiste à lui demander
d'expliquer l'ineffable, alors Cartier-Bresson cite
Francis Bacon:

«Si on peut le dire, pourquoi s'embêter à le
peindre?»

Quand il repère un personnage dans la rue, le photographe procède comme un sculpteur inuit face à
son bloc de pierre. Celui-ci tourne autour sans le toucher pendant des jours et c'est uniquement lorsqu'il
sent qu'un ours blanc l'habite qu'il sculpte un ours
blanc. Cartier-Bresson n'agit pas autrement, sauf
qu'il condense tout ce processus en quelques
secondes avant de tirer. Il a comme nul autre l'intuition de la forme dans l'instant. Il sait que la photo
tient le coup quand il sent qu'elle se suffit à elle-
même, que la rigueur de la forme s'accorde avec la
résonance du contenu. La lumière ne l'intéresse que

lorsqu'il peut la mettre au service d'une sorte de géométrie joyeuse. Il devine qu'il a réussi un portrait
lorsqu'il a capté non une expression ou une attitude,
mais un silence intérieur. Quelque chose comme le
vide installé entre l'instant et l'éternité. Sa traduction
photographique peut prendre des formes insoupçon-
nées. Lorsqu'elle excède les limites traditionnelles du
langage plastique, on est confronté à l'inconnu. Cette
photo-là ne relève ni de la technique ni de l'art, mais
du mystère. Elle défie le commentaire, ne réclame
pas qu'on plaide pour elle, et s'impose d'elle-même.
Rien n'est réjouissant comme ce qui décourage le discours critique. Alors l'intelligence dépose les armes
pour s'en remettre à quelque chose qui la dépasse.
Mais n'est-ce pas le propre d'un chef-d'œuvre de
nous faire ressentir ce qui nous arrive mieux que
nous ne saurions jamais le faire ?

Une telle activité n'est pas sans rapport avec
l'acte amoureux. Mais si le plaisir sensuel se réfugie
entièrement dans le... «tir», la volupté est dans les
caresses. Cartier-Bresson n'a besoin de mettre une
pellicule dans son appareil que pour communiquer
avec l'autre, et se comprendre. Mais l'archer zen en
lui peut également se satisfaire de l'absence totale
de matériel. Un jour, il rendit visite au photographe
Cecil Beaton, qu'il n'avait pas revu depuis quelques
années. Soudain, dans le feu de la conversation,
celui-ci lui dit :

«Permettez-moi de faire un portrait de vous...»

Cartier-Bresson ne permit pas mais, en retour, lui
demanda l'autorisation d'en faire autant avec lui.

«Ah non! répliqua Beaton. Il n'y a pas de raison
que je vous concède ce que vous me refusez! Donnant donnant...

— Tant pis. Mais permettez-moi de vous dire que

j'ai de toute manière un avantage sur vous : j'ai encore là, dans les yeux et dans la tête, les instants où j'aurais pu faire quelques photos de vous.»

Sir Cecil ignorait que Cartier-Bresson avait encore en mémoire les photos qu'il n'avait pas prises en captivité. Il ne savait pas non plus qu'il possède un étrange objet que lui a offert un jour le dessinateur Saul Steinberg : un bloc de bois muni d'une charnière en lieu et place du viseur, et un gros écrou en guise d'objectif. Photographier ainsi devient une sorte d'absolu. Le résultat est secondaire. Seul le geste importe, et la tension jusqu'à l'apothéose. James Joyce en donne l'idée la plus juste à la dernière ligne de la huit cent soixante-dixième et dernière page de son *Ulysse* : «... et son cœur battait comme fou et oui j'ai dit oui je veux bien Oui.»

De tous les grands mythes, Antée est certainement celui auquel Cartier-Bresson s'est le plus durablement identifié. Les Grecs racontent que ce géant reprenait force chaque fois qu'il touchait terre, et qu'il périt étouffé dans les bras d'Héraclès qui le maintenaient en l'air. À l'image d'Antée, Cartier-Bresson ressent un besoin vital de rester en contact avec cette réalité concrète constituée d'infimes fragments et d'incidents mineurs dont émane une vérité spécifique promise aux plus larges répercussions. Au cœur de l'événement, il se croit Fabrice à Waterloo. Sa poésie du réel devra toujours plus au Stendhal de la *Chartreuse de Parme* plutôt qu'à n'importe quel autre photographe, car il voit la vie nulle part ailleurs mieux qu'au sein de détails minuscules perdus dans un magma. Du réel en fragmentation. Le réel, rien que le réel, mais tout le réel. Parmi les petites phrases qu'il note régulièrement au fil de ses lectures, il en est une de son ami Francis Bacon selon laquelle la contemplation des choses telles qu'elles sont, sans erreur ni confusion, sans substitution ni imposture, est en soi beaucoup plus noble que l'ensemble des plus grandes inventions.

Depuis son texte de 1952 sur «l'instant décisif», son art poétique n'a pas évolué. Mais il s'est affiné. En 1968, quand Robert Delpire a édité ses *Flagrants Délits*, Cartier-Bresson lui a donné quelques feuillets manuscrits destinés à paraître en liminaire. Sa manière à lui de prendre à nouveau ses marques par rapport à la photo, à la veille de prendre ses distances avec elle. Ce qu'on en retient ? Que la photo selon son goût est la réunion magique, donc non préméditée, de qualités aussi disparates que l'enthousiasme, la concentration, le respect du sujet, l'intuition, la connaissance, la fraîcheur d'impression, la discipline d'esprit, la sensibilité, l'économie de moyens... Elles ne sont pas rares, prises isolément chez différents individus, mais exceptionnelles lorsqu'elles se conjuguent derrière le regard d'un seul. On en retient également quelques sentences d'une grande clarté, bien de son encre, classiques dans la forme, pédagogiques dans le fond et fermes dans la pensée :

«La photographie est une opération immédiate des sens et de l'esprit, c'est le monde traduit en termes visuels, à la fois une quête et une interrogation incessantes. C'est, dans un même instant, la reconnaissance d'un fait en une fraction de seconde et l'organisation rigoureuse des formes perçues visuellement qui expriment et signifient ce fait. Le principal est d'être de plain-pied dans ce réel que nous découpons dans le viseur. L'appareil photographique est en quelque sorte un carnet de croquis ébauchés dans le temps et l'espace, il est aussi l'instrument admirable qui saisit la vie telle qu'elle s'offre. »

Quel photographe est-il, à la réflexion ? À ceux qui le somment de choisir entre les deux types de photographes homologués par la corporation (les fabricants d'images et les preneurs d'images), il en appose un troisième : ceux qui sont pris par les images. En fait, il n'appartient à aucun genre car il a créé le sien. Un genre un peu particulier où il s'agit de retenir son souffle pour mettre sur une même ligne de mire la tête, l'œil et le cœur. À chacun son registre. Lartigue, qui remercie la vie tous les jours, fait dans l'allégresse. Kertész, si prompt à la déploration, fait plutôt dans la mélancolie. L'un est très français, l'autre très émigré. En bon Normand cosmopolite, Cartier-Bresson est l'un et l'autre tout en restant lui-même.

S'il est un observateur, il l'est au sens baudelairien, tel un prince jouissant partout de son incognito. S'il est un acteur de l'Histoire, il l'est à la manière de celui qui se penche en expert incertain sur les mouvements de l'âme, car il ne nous rappelle pas les événements mais les instants, et s'attache aux traces plutôt qu'aux preuves. S'il est un analyste, il l'est d'une drôle de façon puisqu'il met en boîte des coïncidences au motif que les racines de l'image sont dans l'inconscient. S'il est un témoin, il l'est d'autant mieux que, contrairement à tant d'autres, il ne cherche pas à porter témoignage. S'il est un acrobate, il l'est dans son habileté à déjouer le piège commun tendu à tous ceux qui ont des yeux pour voir, à savoir prendre une métaphore au pied de la lettre. S'il est animal, c'est un prédateur car il en a la fulgurance, et l'ambition de détruire pour défendre son territoire, mais rien d'autre car ses proies ne sont pas ses victimes. S'il est un poète, il demeure du côté des découvreurs et non des inventeurs, car rien ne présente plus de risques que la réalité ; et René Char l'a bien dit, «celui qui invente, au contraire de celui qui découvre, n'ajoute aux choses, n'apporte aux êtres que des masques, des entre-deux, une bouillie de fer».

Malgré le noir et blanc, les détails ou les attitudes d'époque, rien n'est jamais si daté qu'il n'en surgisse un passé révolu. Cartier-Bresson soutient à juste titre que certaines de ses photos sont restées vivantes parce qu'elles n'ont pas été prises dans un rétroviseur. D'où leur caractère intemporel. Elles se détachent de leurs circonstances pour éterniser ce qu'il y a de fugace en l'homme. Aussitôt que cela paraît, cela disparaît. Nul autre moyen d'expression n'a la prétention de fixer un instant précis.

Quid alors de la technique, puisqu'il faut bien en parler même si, à ses yeux, elle ne compte pas ? Cartier-Bresson préfère plutôt parler de style. Non pas de l'humanisme, du fantastique social ou du réalisme poétique auxquels les exégètes l'ont rattaché. Ni de grammaire de l'image, de géométrie du regard, mais du mouvement de l'âme qui les résume. Et de tout le reste. Sa manière de considérer son Leica comme le prolongement optique de son œil. Sa prise de vues assimilée à une réaction instinctive. Son goût de l'image nette, ou plutôt aiguë. Son art de vivre.

Sa technique, son style, sa manière, ce pourrait être ce qui suit. Avec un supplément d'âme qui fait toute la différence. C'est pour cela qu'il est contre les écoles de photo : on n'enseigne pas la marche à pied, le regard, l'instinct, la rigueur. Certaines photos de paysages, désarmantes de simplicité et de

sobriété, auraient pu être prises par n'importe qui,
Elles pourraient l'être encore. Mais elles contiennent
toutes un détail qui les fait accéder à une dimension supérieure, quelque part du côté de l'intemporel. C'est la silhouette de cet homme solitaire et
voûté, aperçue entre deux arbres, dans le coin à
gauche, dans les jardins du Palais-Royal vus de la
terrasse du ministère de la Culture (1960). C'est
cette carcasse d'automobile se détachant au premier plan d'un désert d'Arizona tandis que dans le
fond un train triomphe à toute vapeur comme si le
chemin de fer avait enfin pris sa revanche (1947). Ce
sont trois couples parfaitement symétriques sur trois
quais des Tuileries (1955). C'est... Les exemples ne
manquent pas. Cartier-Bresson n'en demeure pas
moins inimitable. Ce n'est pas une raison pour ne
pas essayer de connaître le «comment», à défaut
d'avoir élucidé le «pourquoi».

Le portrait ? Il se rend au domicile de la personne,
non sans s'être familiarisé auparavant avec son
œuvre. La séance dure une vingtaine de minutes en
moyenne. Une vraie visite de politesse. Pas de
mitraillage, donc pas plus d'une pellicule. Il ne
donne pas de directives. Bavarde pour mieux faire
oublier qu'il l'observe, s'efface, se prépare à piquer
comme un insecte. Guette la part d'insolite, et surtout l'instant de silence. Avec Paul Léautaud (1952),
ce fut quasiment impossible car l'ermite aux chats
n'arrêtait pas de parler. Avec Ezra Pound (1971),
réfugié dans un palais vénitien, ce ne fut rien d'autre
que du silence. Cartier-Bresson passa une heure et
demie agenouillé devant lui, sans ouvrir la bouche
tandis que le poète halluciné, qui n'en disait guère
plus, se frottait les mains en clignant des yeux, sans

que l'un ou l'autre soient embarrassés. Avant tout respecter l'autre quelle que soit son attitude. Agir ainsi avec tous car agir autrement serait inconvenant. Il n'a accepté qu'une seule fois une commande privée de particuliers. C'était à Paris en 1951, avec le duc et la duchesse de Windsor. Dès qu'il pénétra dans leur hôtel de la rue de la Faisanderie, il comprit qu'il allait être difficile de l'honorer. Le couple était particulièrement coincé. Ils posaient pompeusement. Difficile de leur faire changer d'avis. Cartier-Bresson était sur le point d'y renoncer et de se résigner, d'autant que la conversation du duc menaçait de rester désespérément superficielle :

« Comment trouvez-vous ma cravate ? »

C'est alors que le majordome fit irruption et détendit l'atmosphère sans le faire exprès par une scène de comédie.

« Monsieur le Duc, je vous prie de m'excuser mais un incendie venant de se déclarer dans l'ascenseur, il conviendrait de le circonscrire sans trop tarder », dit-il avec un calme olympien.

Le résultat est là : les Windsor assis sur les bords de leurs fauteuils, pris dans une admirable composition triangulaire, esquissant de touchants sourires complices.

Le laboratoire ? Il s'en est toujours remis aux spécialistes. Sa confiance dans ceux de Pictorial Service et dans son ami Pierre Gassmann est totale, éprouvée, ancienne. Ils savent qu'il n'aime pas les tirages contrastés, ni mous. Plus il avance en âge, plus il les emmène vers plus de pureté. Rien ne lui importe comme le respect des gris. Sa lumineuse *Île de la Cité* (1952), éblouissante palette qui les décline sur tous les tons, pourrait être un modèle-étalon. Il n'est pas de climat plus plastique qu'un temps gris léger à peine couvert. Tant pis si les photographes qui évoquent son obsession du gris le font le plus souvent pour le railler, tant pis pour eux. Un jour, on parlera peut-être du GCB (Gris Cartier-Bresson) aussi naturellement que de l'IKB (International Klein Blue)… Il préfère, quant à lui, se replonger dans le fascinant *Journal* de Delacroix, lequel dit que le grand art consiste à faire de la couleur avec des gris.

La photo en couleurs ? Quelque chose d'indigeste, la négation de toutes ses valeurs plastiques. Il ne l'aime pas et ne l'a jamais aimée, même s'il en a fait, en faible quantité et à titre expérimental il est vrai, tout au long de sa période orientale déjà, sans attendre la commercialisation de l'Ektachrome en 1959. À ses yeux, elle sera toujours le domaine exclusif de la peinture. Il le dit explicitement en postscriptum aux légendes de ses photos de Shanghai et de Nankin :

« Il doit être clair que je garde le Plaubel pour les photos en couleurs dans la perspective d'une couverture, de sujets statiques ou de quelque chose d'important, mais je considère qu'il est pratiquement impossible de faire de bonnes couleurs (je veux dire d'un point de vue de peintre) pour des images d'actions (news, etc.) avec un appareil autre qu'un 35 mm. Quelques reportages sont possibles en couleurs (de bonnes couleurs comme on le conçoit dans toute peinture sérieuse et non dans les cartes postales)… »

S'il y a pourtant parfois consenti, ce n'était pas dans l'esprit d'une compromission mais d'une concession, par stricte nécessité, pour répondre à une commande d'un éditeur, comme pour *Vive la France*, ou aux exigences de *Paris-Match*, comme en

Chine. En 1954, il fit même la couverture de la revue *Camera* avec une photo en couleurs de la Seine, la seule qu'il ait jamais jugée bonne, tout en estimant qu'elle n'avait aucun sens car elle était purement esthétisante. Dans sa logique, il n'est pas envisageable de parler de couleurs naturelles, lesquelles ne peuvent offrir qu'une vision édulcorée de la réalité, car c'est là une notion qui ne peut parler qu'à des marchands et des patrons de presse. À ceux qui l'interrogeaient en 1958 sur ses rapports avec la couleur après une dizaine d'années de pratique, il continuait à répondre qu'elle ne lui était qu'un moyen de documentation, certainement pas un moyen d'expression. Face à la couleur, Cartier-Bresson s'est toujours placé en position de peintre et non de photographe. Écartelé entre couleur et valeur comme le sont les artistes face à la nature, il privilégie toujours l'élément le plus vital et le plus rapide. Même s'il faut convenir, avec Walter Benjamin, que la nature qui parle à l'appareil photo est différente de celle qui parle à l'œil. Il en était ainsi quand on ne maîtrisait pas encore les procédés de la couleur, mais il en sera également ainsi par la suite. Le fait est que Cartier-Bresson ne se souvient pas avoir jamais ressenti une émotion devant une photo en couleurs. Il ne faut pas prendre son post-scriptum de 1985 pour un amendement à *L'Instant décisif*. Tout juste une précision :

« La couleur, en photographie, est basée sur un prisme élémentaire et pour l'instant, il ne peut en être autrement, car on n'a pas trouvé les procédés chimiques qui permettraient la décomposition et recomposition si complexe de la couleur (en pastel par exemple, la gamme des verts comporte trois cent soixante-quinze nuances !). Pour moi, la couleur est un moyen très important d'information, mais très limité sur le plan de la reproduction qui reste chimique et non transcendantale, intuitive comme en peinture. À la différence du noir donnant la gamme la plus complexe, la couleur, par contre, n'offre qu'une gamme tout à fait fragmentaire. »

La chimie la plus raffinée n'y changera rien. Malgré les progrès techniques dont jouit la couleur, la puissance d'évocation du noir et blanc demeure à ses yeux à jamais inentamée.

Les planches-contacts ? Ces feuilles sur lesquelles sont reproduites telles quelles, dans le format du négatif, toutes les photos d'une même pellicule, Cartier-Bresson les considère à l'égal des manuscrits ou du journal intime d'un écrivain. Ou du carnet de croquis du dessinateur. Il n'est pas de juge plus lucide et plus impitoyable. Or, on le sait, l'indiscrétion tue le mythe. On conçoit qu'il ne veuille pas les montrer. Pourtant, il n'a pas trop à craindre de leur examen. Pierre de Fenoyl, archiviste à Magnum à la fin des années soixante, disait que les planches-contacts de Cartier-Bresson avaient ceci d'original que toutes les photos qu'on y trouvait étaient bonnes. Mais il suffisait qu'une seule soit exceptionnelle pour qu'elle anéantisse toutes celles de la même série qui la jouxtaient, les faisant pâlir en les réduisant par comparaison.

Archives aux allures de cimetière, elles sont le vrai comptable du temps. Rien ne reflète plus intimement le dur plaisir de photographier, encore que Cartier-Bresson ne goûte guère le mot. Quand Vera Feyder lui consacra l'émission « Le bon plaisir » en 1991 sur France-Culture, il commença par en contester le titre, jugé trop dandy, trop sybarite. Le plaisir est un chatouillement, quand la joie est une explosion et une surprise.

En arpentant ces gisements d'inédits, on ne se demande pas combien de photos il a pu prendre dans sa vie, mais combien de kilomètres il a dû marcher pour les prendre sans jamais exténuer sa curiosité, ni épuiser sa capacité d'étonnement. Elles devraient relever du jardin secret et de la vie privée, car elles sont à la fois sa cuisine et son atelier, quand ce n'est sa chambre à coucher... On y voit les travaux et les jours d'un photographe. Ses erreurs, ses lacunes, ses ratures, ses hésitations. Et soudain, encadrée d'un épais trait rouge, *la* photo, la seule digne d'être montrée à l'exclusion de toutes celles qui la précèdent et lui succèdent. C'est à son auteur qu'il revient d'«éditer» son travail, c'est-à-dire de faire les choix qui s'imposent parmi ces «épluchures». En 1958, quand il fut question de laisser certains magazines «éditer» eux-mêmes les planches-contacts des collaborateurs de Magnum, Cartier-Bresson s'était immédiatement récrié contre ce procédé détestable. Mais comme on lui faisait valoir que de toute façon, le cas échéant, il ne serait pas concerné par cette mesure, étant considéré comme un «cas spécial», sa fureur redoubla. Il s'en expliqua dans une lettre à Michel Chevalier, le directeur de Magnum-Paris, un homme qu'il tenait en grande estime; une lettre si importante à ses yeux qu'il demanda qu'elle fût jointe à son testament:

«Il n'y a pas deux poids deux mesures dans Magnum, et il est d'autant plus dangereux d'envoyer à éditer les contacts des autres photographes de Magnum aux magazines qu'ils n'auront pas la même possibilité de recours auprès de magazines s'ils ne sont pas d'accord avec leur choix, si toutefois ils ont encore le temps de le faire avant que le magazine ait bouclé. Les feuilles de contacts si passionnantes sont un monologue intérieur mais plein de scories, scories inévitables car nous n'effeuillons pas des pétales dans un salon. Ce monologue intérieur, on ne peut le débiter à haute voix à n'importe quel juge d'instruction ; finalement, quand on parle, on choisit ses propres mots. Ce que je viens de dire est vrai pour tous les photographes ; lorsque vous me dites que l'on ne peut faite d'exceptions pour les autres photographes, on se résigne à laisser pétrir leur monologue intérieur par d'autres mains... Tout cela au nom de "vitesse et célérité" ! C'est exactement comme si vous donniez une voiture de course à un chauffeur de taxi en vous disant : ça marchera vite puisqu'il a l'habitude d'être pressé... »

En principe, une bonne photo ne dit rien du travail de celui qui l'a prise. Elle dissimule l'échafaudage. Seule la planche-contact le trahit en révélant ses travaux d'approche, ses hésitations, ses remords. Elle est l'instantané le plus authentique de sa pensée en action. Pour mieux la décrire, Cartier-Bresson utilise souvent l'image du clou et de la planche de bois. On commence par lui donner quelques petits coups de marteau de tous côtés pour bien le placer. Puis on lui en donne le moins possible mais beaucoup plus fort, sur la tête, pour l'enfoncer dans le bois. C'est qu'une planche-contact, du moins une vraie, dévoile sa manière de tourner autour de son sujet avant de fondre sur lui. Ara Güler, l'homme de Magnum à Istanbul, se souvient d'avoir vu Cartier-Bresson en jeter tout un paquet furieusement au sol après avoir constaté que les bandes de pellicules relatives à différents sujets y avaient été mélangées. Les photos d'un photographe, il préfère les regarder sur une planche-contact, plutôt que dans un livre ou un magazine. Car c'est là seulement qu'il se livre dans son intime vérité, comme sur le divan d'un psychanalyste.

Le recadrage? Interdit. Recadrer, ce serait bousculer le réel, être infidèle à la chose vue. Pour plus de sûreté, il exige même qu'il laisse apparaître le mince filet noir qui encadre la photo, preuve si besoin est que le négatif a été exploité plein cadre. Cela n'a rien d'une coquetterie, même si d'aucuns y voient sa vraie signature. Une telle idée fixe relève d'une éthique, plus encore que d'une esthétique. Car dans son esprit, il en va d'une photo comme d'un tableau ou d'un dessin. Une composition obéit à une nécessité. Si l'œil l'a vue telle dans l'instant, il n'y a rien à y changer *a posteriori*. Le cadre de la photo et celui du viseur ne font qu'un. L'instant décisif ne se bricole pas dans la chambre noire. On n'améliore pas une intuition. Si tout n'est pas en place dès l'origine, dans une miraculeuse coïncidence entre le temps et la géométrie, c'est que la photo n'était pas bonne. C'est devenu une telle obsession que même lorsqu'il demande des photocopies, il exige que toute marge blanche soit découpée au ras du texte...

Rarissimes sont les photos que Cartier-Bresson a consenti à faire recadrer: *Derrière la gare Saint-Lazare, pont de l'Europe* (1932), car elle avait été prise à la dérobée à travers une palissade qui obstruait la gauche de l'image; *Le Cardinal Pacelli à Montmartre* (1938), scène saisie au jugé en pleine bousculade, l'appareil (un 9 × 12 à plaques...) tendu à bout de bras au-dessus de la foule... Mais s'il interdit qu'on recadre, il autorise la retouche. Nombre de négatifs anciens ayant été endommagés, il est indispensable de repiquer les petites pointes des négatifs fatigués. Le cas échéant, il consent à ce que les experts de Pictorial Service en fassent autant sur des tirages issus de plus récents négatifs, tel celui de *L'Île de la Cité* gâché par une empreinte digitale.

La mise en scène? Le contraire de ce qu'il a toujours fait, dit, ou aimé dans la photo. Il aurait préféré mille fois renoncer définitivement à cette activité plutôt que de se résoudre à aménager la réalité, comme le fit Eugène Smith au Japon, lorsqu'il photographia une mère tenant dans ses bras son enfant paralysé par les effets de la pollution dans le village de Minamata. Quand la détestable «affaire du *Baiser de l'Hôtel de Ville*» gâcha la fin de la vie de Robert Doisneau en jetant la suspicion sur la spontanéité de toute son œuvre, Cartier-Bresson, aussi attristé qu'ennuyé, refusa de hurler avec les loups. Par amitié et par dignité. De ce côté-là, il ne risque rien. Cela lui est certes arrivé d'organiser une photo, mais aussi rarement que de faire recadrer l'une de ses images. Quelques exceptions qui confirment la règle. Pour *Santa Clara* (1934), il demanda à Nacho, son ami mexicain, de s'asseoir, le pantalon entrouvert, les mains curieusement posées en croix sur sa poitrine nue, à côté de bacs à chaussures dont deux, de toute évidence féminines, ont les talons disposés tout exprès pour former un cœur. L'année suivante à Paris, dans une tout autre circonstance, pour prendre une photo demeurée inédite, il suggéra à un autre de ses amis de jeunesse, le poète américain Charles Henry Ford, de reboutonner sa braguette en sortant d'une vespasienne sur la paroi de laquelle on peut voir en premier plan une affiche publicitaire pour les bonbons Kréma, reproduisant une énorme langue pointée en direction de... C'est tout. Cartier-Bresson serait malade à l'idée qu'un inquisiteur aille examiner ses planches-contacts dans l'espoir d'y trouver l'esquisse de l'ombre de la trace d'une mise en scène. L'image de son petit garçon portant fièrement des bouteilles de vin sous chaque bras *Rue Mouffetard* (1954), aussi célèbre dans le monde car aussi typiquement française que *Le Baiser de l'Hôtel de Ville* de Doisneau, ne risque pas d'être prise en défaut. Après qu'une de ses collaboratrices eut retrouvé la trace de l'enfant devenu quinquagénaire, Cartier-Bresson lui apporta deux bouteilles d'un grand cru le jour de son anniversaire. Il apprit alors que ses parents ayant découvert sur la fameuse photo qu'il faisait les courses des voisins «pour le sou de franc», l'adolescent avait subi la plus mémorable des engueulades...

Le matériel? Un ou deux boîtiers Leica M4 ou 3G aux chromes recouverts d'adhésif noir, équipés le plus souvent d'un Ehnar de 50 mm, l'objectif qui ne triche pas car il permet de voir le monde à hauteur d'homme. Il marque une certaine distance avec les gens, celle de Cartier-Bresson justement, ni trop près, ni trop loin. Dans le sac, on trouve tout de même, bien qu'ils soient rarement utilisés, un 90 mm pour les paysages à cause des premiers plans, et un grand angle de 35 mm. Il évite tout autant le premier qui éloigne du sujet, que le second qui rend délicats les équilibres de formes. Les deux lui rappellent les cornets acoustiques des grands-mères d'autrefois. Rien ne compte autant que le viseur. Tout se passe dans le cadre. Quant à la pellicule, ce fut le plus souvent de la Kodak-Tri-X 400 ASA. Le 1/125e est sa vitesse. Pour mesurer la lumière et la distance, il s'en remet à son flair. Cartier-Bresson, qui s'est souvent rendu à Wetzlar puis à Salms aux usines Leica, et qui connaît la famille Leitz, est resté fidèle au Leica depuis 1932. Si son objectif est bien le prolongement optique de son œil, son boîtier est celui de sa main. Le Leica aurait pu être inventé pour lui, même si rien n'est moins agressif et plus poli que le Rolleiflex, lequel fait incliner la tête sinon le buste du photographe devant son modèle, l'obligeant à des courbettes à la japonaise. Mais il lui en aurait fallu plus, beaucoup plus, pour lui faire accepter la monotonie du format carré des 6 × 6 et le faire renoncer au petit format de belle proportion 24 × 36, idéal par sa vision directe, pratique par sa maniabilité et ses trente-six poses qui évitent de se retrouver à bout de souffle dans le feu de l'action.

Le flash? Un acte de barbarie rigoureusement proscrit, une arme de bourreau pour tuer les sensibilités. À ses yeux, ce serait aussi obscène que de tirer un coup de pistolet en plein concert. Pourquoi rajouter de la violence quand une simple prise de vues est déjà en soi une agression? Dans la mesure où l'authenticité est la vertu première de la photo, l'éclairage ne peut être que naturel. Par conséquent, toute lumière artificielle est antiphotographique. CQFD... Inflexible à ce sujet, Cartier-Bresson peut aussi bien le dire en termes moins radicaux et plus poétiques:

«Le flash anéantit ces ramifications secrètes qui existent naturellement entre le photographe attentif et son sujet. On ne fouette pas l'eau avant de pêcher.»

Le flash ne révèle pas seulement un manque d'éducation. Il est très prétentieux, car il veut éblouir à défaut d'éclairer.

Le photographe est ainsi. Il échappe aux catégories traditionnelles, et demeure un passant insaisissable. Il ne fuit pas par lâcheté mais s'évade par pente de caractère. Aussitôt arrivé, déjà parti. En un demi-siècle d'activité, il aura tout de même écrit suffisamment de textes et accordé assez d'entretiens pour que sa part d'ombre en soit légèrement réduite.

Mais l'homme ? Plus indéchiffrable probablement. Le célèbre anonyme a entretenu tellement de brouillard autour de lui que sa discrétion est devenue son meilleur rempart.

On connaît malgré tout des photos de lui en situation, mais très peu de véritables portraits. Qui prend le regard vole l'âme. Il fuit les photographes de longue date. Pas les amis, mais les importuns. On peut y voir une coquetterie déplacée, la manifestation de son mauvais caractère ou l'expression de son ultime paradoxe. Toujours est-il que les occasions ne manquent pas en public où il masque ostensiblement son visage face à l'objectif intrus, quand il ne poursuit pas le fâcheux à grands cris en le menaçant de son Opinel. Quant à ses apparitions à la télévision, elles se comptent sur les doigts d'une main. Il abhorre tout ce qui pourrait lui faire perdre son statut d'homme invisible sans lequel il n'est pas de photographe en ce monde. Être connu est du dernier vulgaire alors qu'être reconnu est une consécration à laquelle il convient de toujours se dérober avec élégance. Si être connu est un scandale, être reconnu est une catastrophe. Dans le premier cas, on a du pouvoir. Dans le second, on est démuni. Alors, être ou ne pas être ? Ni l'un ni l'autre. C'est de Cioran, mais cela pourrait être de Cartier-Bresson. Seule son appréhension kaléidoscopique peut donner une idée de ses multiples facettes. On compren-

dra que pour dresser le portrait d'un tel homme il
est préférable de n'être pas photographe.

Au physique, cela reste une énigme. Teint coupe-
rosé, rougit facilement. Yeux bleus, cheveu rare et
bouche gourmande. Des lèvres qui annoncent la
sensualité, le sourire angélique. Un maintien qui
trahit le purisme, le puritanisme, le moralisme. On
le croirait d'une mauvaise santé de fer tant il est res-
sorti finalement intact de l'assaut des maladies sous
toutes les latitudes. Récemment encore, deux fois
opéré du ménisque, deux fois opéré du cœur. C'est
à peine si les atteintes de l'âge ont freiné sa bougeotte. En tout cas, elles n'ont altéré en rien son
aspect juvénile. En 1951, alors qu'il avait quarante-
trois ans, il se retrouva à déjeuner chez Mme Téze-
nas, assis près de Paul Léautaud, lequel l'évoqua
ensuite dans son *Journal littéraire* comme «un jeune
homme de la famille des fabricants de fils» — ce qui
donne également une idée des limites d'une notoriété française quand elle est plus assurée à New
York qu'à Fontenay-aux-Roses.

D'une élégance naturelle, surannée, celle qui se
fait oublier. D'une allure britannissime, le tweed fait
homme. Dans la conversation, cela se traduit par le
goût du *small talk* et de l'*understatement*. Avec lui, le
vêtement devient vite une idée qui flotte autour d'un
corps. Ne porte de cravate que lorsqu'il y est
contraint par le règlement, comme c'est le cas au
Reform Club, où il habite, quand il séjourne à
Londres, et dont il est de longue date l'un des très
rares membres français grâce à son ami le peintre
autrichien Georg Eisler. Il aime l'ancien et le patiné.
Abhorre le clinquant, l'ostentatoire, le nouveau
riche. Se détourne des virtuoses et des fabricants car

rien n'est plus factice et antinaturel que d'agir en dehors de toute nécessité intérieure. La vie et rien d'autre. Ce pourrait être le titre des mémoires qu'il n'écrira jamais.

Au moral, il est encore plus mystérieux car son caractère est un bloc tout en étant multiple. Ce qu'il est, il l'est tout le temps car son esprit n'est jamais en repos. S'il ne se fatigue pas, il fatigue les autres. Il n'a jamais tenu en place, et ne s'est jamais assagi. Sa fuite en avant se traduit par une intense agitation du corps et de l'esprit. Il se sera enfui de la religion de ses ancêtres, des études annoncées, de l'usine de son père, de la maison de famille, du camp de prisonniers, du carcan de sa notoriété, de la photographie...

Son caractère? Aime se contredire. N'aime pas qu'on lui fasse ce qu'il fait aux autres. S'est fait traiter de «jésuite protestant» par un ami de la troupe Balanchine. Directif au point de plier la géométrie à son humeur afin de mettre de l'ordre dans le chaos du monde. Fait toujours autre chose que ce qu'il a l'air de faire. Scrupuleusement instable. Veut bien recommencer sa vie à zéro, faire tout autre chose mais avec son caractère à lui: chauffeur de taxi mais pas chauffeur de maître. N'a rien à échanger avec ceux qui ne connaissent la vie que par ouï-dire. Coléreux de naissance, rebelle de tempérament, homme de mouvements d'humeur. Tendu vers l'essentiel, aux aguets, constamment en alerte, comme s'il était de tout temps intimement persuadé qu'il ne nous arrive jamais rien d'autre que ce que nous attendions de toutes nos forces. C'est peut-être là le secret de l'incroyable pression souterraine qui le meut en permanence. Elle est à la source de ses colères comme de son émotion, de ses invectives

comme de sa générosité. Il est incroyable qu'elle ne
lui ait pas joué plus souvent de mauvais tours. Un
jour, en 1949, à Shanghai, alors qu'il s'écrasait
contre les autres voyageurs dans un tramway, il
sentit soudain que quelqu'un coupait la courroie
suspendant son Leica à l'épaule. Le temps de se
retourner et c'était déjà trop tard. Fou de rage, Cartier-Bresson dut tout de même patienter quelques
instants jusqu'au prochain arrêt. Puis il sauta le premier à terre, les fit tous descendre et les fouilla un
par un. Car il était hors de question de rester sans
appareil en plein blocus. En vain. Il remonta donc
dans le tramway vide et chercha à nouveau. Le
Leica gisait sur le bord du marchepied, abandonné
par son voleur. Tout le monde le regarda et partit
dans un grand éclat de rire. En d'autres lieux, en
d'autres temps, il n'aurait pas agi autrement, mais il
aurait pu se faire lyncher.

Dit ce qu'il pense sans se soucier de savoir s'il
blesse. Pas grossier, mais cassant. La maladresse a
bon dos. Quand un photographe lui présente son travail, Cartier-Bresson est capable de l'anéantir en
trois mots assassins. Robert Doisneau en conclut
qu'il est peut-être bon juge mais mauvais diplomate.
Cette délicieuse litote lui ressemble. En vérité, eu
égard à son prestige, à son aura, une telle attitude
relève de la tentative de meurtre. Il faut une grande
force de caractère à la victime pour y survivre.

Il y a en lui du pragmatique anglais sans qu'on
sache exactement dans quelle catégorie le ranger :
celui qui croit à la réalité ou celui qui pense qu'il faut
l'agiter avant de s'en servir. Angoissé à l'idée de ne
pas être partout. Il ne veut rien laisser lui échapper
de ce qui se passe autour de lui. C'est toujours l'œil
qui décide, l'individu derrière n'étant jamais qu'un

chasseur d'instants cruciaux et de gestes décisifs.
Face au spectacle de la vie, il ne cesse de se demander si c'est une photo ou pas. Le jour où il cessera, il
ne s'appartiendra plus. Son caractère le protège
d'une consécration qui le figerait définitivement : il
est trop nerveux pour être statufié de son vivant.

Imprévisible en société. Est capable d'être déli-
cieusement urbain, ou parfaitement odieux. Mais
généralement, quand un inconnu fait les frais de sa
colère, qu'un ami est victime de son cynisme, ou
qu'un proche est la proie de sa perversité, il ne
tarde pas à déployer son charme et sa bienveillance
pour réparer les dommages causés, l'outrage voire
l'humiliation. Un homme qui a su concilier avec
génie l'humanisme et la géométrie ne peut pas être
foncièrement mauvais.

Aime surprendre son monde, rêverait d'être très
fort en saut en largeur. En attendant, surprend par
sa faculté de tourner en dérision les bizarreries de
notre temps que tout le monde accepte avec rési-
gnation. Un jour de 1996, juste après avoir visité
l'exposition des photos de Chine de Marc Riboud, il
est arrivé à un déjeuner chez Robert Delpire à quatre
pattes. Manière bien à lui de signifier qu'il est ridicule d'obliger les gens à se plier ainsi en plaçant si
bas les légendes des photos dans une exposition
digne de ce nom.

Se veut un fanatique de la liberté à condition
qu'elle s'exerce dans un cadre fixe, des limites et
des règles. Ne pardonnera jamais à Aragon, malgré
l'affectueuse dédicace qui lui a été faite sur son
exemplaire de *Blanche ou l'Oubli* en 1967. A voté
communiste jusqu'à l'écrasement de la révolte hon-
groise par les Soviétiques en 1956. Communisme,
dans l'acception de christianisme sans Dieu. Il vote

désormais pour les écologistes, les seuls à se préoccuper du futur de la planète. Il lui paraît indigne de ne pas voter quand tant de gens sont morts pour ça. Élitaire pour tous, populaire pour quelques-uns, s'il se laissait aller au dandysme de sa jeunesse, il se dirait hostile au suffrage universel par peur de la foule. Mais une telle attitude n'est plus possible quand on a vécu la guerre là où il l'a vécue. Qu'importe s'il n'a pas de sens politique, ni celui de l'Histoire puisqu'il a celui beaucoup plus rare de la durée. Ne se sent pas requis par l'urgence, paradoxe de ce reporter hors du temps. À croire qu'il réussit à tenir l'immédiat à distance. Les faits l'intéresseront toujours moins que leur métamorphose. À d'autres les faits, à lui leur jus. Positivistes et behaviouristes l'ennuient. Il est du genre à lire *La Forme d'une ville* comme un livre sur Rouen alors que Julien Gracq l'a consacré à Nantes.

Contempler ses photos ne le mobilise guère. Moins encore les posséder ou les commenter. Il n'est de joie que dans la capture. C'est le champ clos de son duel avec le temps. Sa vie frénétique est un éloge de la lenteur.

Ne ment pas quand il prétend ne plus faire de photo depuis près de trente ans. Dans sa logique, son esprit, son langage, cela signifie : plus de reportage photographique.

Se dit libertaire ou anarchiste, selon qu'il se juge plus proche de la pensée ou de l'action. À pris fait et cause pour un délinquant après avoir lu une lettre de lui dans *Le Monde libertaire*, l'un de ses journaux de chevet avec *Le Monde* et *Le Monde diplomatique*. Impressionné, il avait écrit à Serge-Philippe Dignon, un Ivoirien arrivé en France à l'âge de douze ans. Une correspondance très fournie et régulière s'était alors développée avec ce détenu qui se considérait comme un ectoplasme social à force de se battre contre l'Administration et de se débattre dans une situation d'une absurdité kafkaïenne : expulsé de France, il avait obtenu de rester en assignation dans les Hauts-de-Seine parce qu'il était séropositif ; pour se faire soigner, il devait se rendre à Paris, donc illégalement ; sans papiers, il réclamait d'être de nouveau incarcéré pour ne pas retomber dans la délinquance... Pour l'aider à se réinsérer, Cartier-Bresson ira jusqu'à écrire au ministre de la Culture et au président de la République.

Ne croit ni en Dieu ni au diable mais au hasard, et aux coïncidences qui sont le pseudonyme de la grâce. En a trouvé une explication lumineuse dans la lecture passionnée de *Les Racines du hasard* (1972) par lequel Arthur Koestler fit en sorte que l'étude des « événements confluents » accède au statut de discipline universitaire respectable. Dans une démonstration qui voulait se situer à la frontière entre physique quantique et parapsychologie, l'essayiste assurait que les phénomènes de la perception extra-sensorielle (télépathie, prémonition, clairvoyance) paraissaient moins absurdes à la lumière des propositions impensables de la physique moderne...

Tout cela est très excitant pour l'esprit mais inapte à expliquer pourquoi un matin de février 1979, en classant des lettres auxquelles il tenait, Cartier-Bresson a, sans le faire exprès, déchiré en mille morceaux une enveloppe qu'il croyait vide alors qu'elle contenait une lettre de Jean Renoir qui l'avait bouleversé, et pourquoi le soir même il apprenait la mort de son ami... Ce genre d'exemple n'est pas rare dans sa vie. Il s'en délecte. En 1987, Jorge Luis Borges l'appelle : lauréat d'un grand prix culturel financé par une riche Sicilienne, il a le droit de choisir son successeur. Ce sera donc Cartier-Bresson. Pourquoi lui ? « Parce que je suis aveugle et que je veux vous exprimer ma gratitude pour votre regard. » Ça ne se refuse pas. Cartier-Bresson se rend donc, intrigué, dans le grand hôtel de Palerme où a lieu la cérémonie. En posant ses valises dans sa chambre, il comprend seulement que c'est là que ses parents l'ont conçu pendant leur voyage de noces...

Classique en toutes choses. A besoin de cet ordre pour résister à la vulgarité du monde.

Écœuré par la dérive procédurière de la société. Par ce côté propriétaire qui se développe chez l'individu, qui autorise tous les abus du droit de la personne sur son image et menace l'existence même du photojournalisme. Exhorte ses confrères à tenir bon sinon les reporters seront bientôt réduits à être des photographes conceptuels. Dans la plupart des cas, l'honneur des gens n'est pas en jeu. Car derrière toute cette agitation, il ne voit que trop bien se profiler l'appât du gain et le chantage à l'argent.

En amour, un séducteur romantique. Avec sa seconde femme, il y a plus de trente ans que cela dure. Pratique la pudeur des sentiments. Il n'a jamais cessé de penser aux intenses et profondes amitiés féminines qui ont jalonné sa vie, à ce qu'il leur doit. Ne voit pas dans les femmes des éparpilleuses de conversation mais de quoi donner son véritable éclat à une assemblée. Les juge à leur regard, plus encore que les hommes. Son ingénuité, ses enthousiasmes, ses étonnements ne sont pas feints : ils sont puérils car, par certains côtés, il est encore un enfant. Son impatience chronique en est l'une des manifestations. Il est un paquet de nerfs qui tire sa joie du mouvement. Radote souvent, mais depuis son plus jeune âge.

Pudique et puritain. À fait très peu de photos de nus. Les femmes y sont toujours décapitées. Non identifiables. *Nu, Italie* (1933), son plus fameux, révélait en vérité les formes délicieuses de Léonor Fini, avec qui Mandiargues et lui se baignaient dans les criques lors de leur premier vagabondage européen. Bien plus tard, le dessinateur se laissera envahir par le photographe en prenant ses deux modèles, sans tête, allongés sur un sofa, *Pause entre deux poses* (1993). Mais ses photos les plus sensuelles ne sont pas des nus. La plus érotique ? *Martine's legs* (1968) où l'on voit les étourdissantes jambes de Martine Franck, acéphale comme un nu alors qu'elle est habillée, surprise dans une attitude de lectrice si suggestive qu'elle amènerait bien des analphabètes à la littérature. La plus pornographique ? *Brie, mai* (1968), admirable paysage dépouillé de la France profonde, où la perspective de tunnel formée par une impeccable rangée d'arbres bien fournis fait irrémédiablement penser à un vagin nimbé d'une toison...

Quand on cherche son *rosebud*, on trouve des couteaux de toutes sortes et de toutes origines, partout chez lui. Une vraie collection dont les pièces les plus importantes sont peut-être d'apparence les plus anodines. C'est le couteau qu'il a toujours en poche en toutes circonstances et qu'il sort aussi bien pour éplucher une pomme que pour réparer quelque chose... Ce syndrome de l'Opinel est un peu plus que l'affectation d'un bourgeois qui veut faire populaire. Son père en avait un, son grand-père également. Il en a un depuis ses années de jeunesse. Quand on est scout, c'est pour la vie. Parfois, on s'attend à ce qu'il sorte son sifflet de sa poche. Lorsqu'on essaie de savoir la raison profonde de son obsession des couteaux, il esquive :

«Vous avez déjà essayé d'éplucher une pomme avec un Leica ? »

Un autre objet ne l'a guère quitté depuis des décennies : la collection des petits livres sur la peinture intitulée « Les Maîtres », dirigée par Georges Besson et éditée par Braun. Il les a presque tous, de Bonington à Watteau en passant par Ingres et La Tour, et y demeure très attaché.

Déteste l'opéra en bloc, parce qu'il ne comprend pas qu'on puisse regarder et écouter en même temps. Il faut choisir. Jadis, Carmel Snow de *Harper's Bazaar* l'avait emmené à l'ouverture de l'Opéra de Vienne. Il s'était mis dans un coin pour écouter sans avoir à regarder. Cette attitude lui vient de l'excellent souvenir que lui a laissé *Une nuit à l'Opéra*, le film des Marx Brothers, et non de la Castafiore dont il n'a pas entendu parler n'ayant jamais lu une bande dessinée.

Lit peu ses contemporains, même les amis. Ce serait du temps de pris sur la relecture des grands dont il ne peut se passer : Proust, Chateaubriand, Dostoïevski, Saint-Simon, Conrad... Fait des exceptions pour Paul Virilio par exemple, tant il est fasciné par ses théories, fussent-elles légèrement compliquées, notamment les rapprochements fulgurants entre l'apparition du virtuel et l'invention de la perspective. N'a jamais honte de ses lacunes. Curieux comme au premier jour. A découvert récemment avec ravissement *Belle du seigneur*. Puis *La Vie de Rancé* à la faveur d'une opération du ménisque. À compris très tardivement qu'il était âgé par la lecture d'une biographie de Proust, en faisant le compte des gens qu'il avait connus, croisés ou côtoyés et qui se trouvaient dans ces pages ressuscitant un monde englouti depuis longtemps.

Ne sort jamais sans un livre à 10 francs dans sa poche. Généralement *Le Droit à la paresse* de Lafargue dont la lecture l'enchante depuis des décennies. D'autres encore, choisis au hasard. Le jour de son opération du cœur, il a malicieusement demandé au chirurgien de regarder dans sa poche ce qu'il lisait : c'était *Mon cœur mis à nu* de Baudelaire... Le médecin, qui n'a pas trop apprécié, a trouvé puéril son illustre patient.

Étonné d'apprendre qu'il est le modèle d'un des personnages d'*En Patagonie*, Bruce Chatwin se considérant comme l'écrivain de l'instant décisif.

Prétend que les Anglais sont comme tout le monde, à une réserve près : leur modestie. Car, de tous les gens qu'il a photographiés à la sauvette dans les rues du monde entier ce sont les seuls qui, le voyant pointer son objectif, se plient en deux en disant «*Sorry*», persuadés qu'il vise quelque chose d'autre derrière eux.

Voue une reconnaissance éternelle à l'Amérique pour l'avoir révélé dans les années trente en lui offrant une première exposition, et l'avoir consacré de même au lendemain de la guerre. C'est d'ailleurs une Américaine, Dominique de Ménil, qui a, la première, acheté dans les années soixante-dix un choix de quatre cents photos de Cartier-Bresson destiné à la collection de son musée-fondation.

Pratique le devoir de courrier comme un épistolat. Une joie et une souffrance. Poursuit ses tête-à-tête à distance en pratiquant quotidiennement le fax-à-fax.

N'a jamais cessé de photographier des visages et des paysages. Ne réalise pratiquement plus de portraits sur commande, mais uniquement pour son plaisir. Des amis le plus souvent.

Ignore combien de négatifs il a pu impressionner,

et ne veut pas le savoir. Disons quinze mille fois trente-six poses. Et après ? C'est aussi peu significatif que de savoir combien de mots un écrivain a écrits.

Ne veut plus voyager sauf à côté. Angleterre, Italie, Suisse, Espagne.

Aime le monde, pas les mondanités. Se rend aux vernissages de ses œuvres mais s'y prête de mauvaise grâce. À croire qu'il tient à être là juste pour faire savoir à tous qu'il aimerait mieux être ailleurs. Pour rappeler que la photographie est une activité qui relève de la clandestinité, et qu'exhiber un photographe dans ce genre de cérémonie revient à demander à un poisson rouge de nager dans une poêle à frire. Quand il va à l'accrochage, il commence toujours par repérer la sortie de secours. Pour fausser compagnie aux personnalités qui ne manqueront pas de venir le féliciter. N'est pas pour autant un individu régulier mais séculier. N'a pas l'exigence et l'intransigeance nécessaires pour vivre hors du monde. Il est vrai qu'il aura connu beaucoup de gens connus, du tout début à la toute fin. Feint l'humilité alors qu'il est aussi orgueilleux. Se préserve.

N'intervient pas dans les expositions consacrées à son œuvre. Demande le privilège de les visiter pendant une heure, tout seul, avant l'ouverture. Juste pour suggérer le déplacement de telle ou telle photo, le cas échéant. Il en est des expositions comme des livres. Préfère laisser faire les hommes de l'art en qui il a confiance, Robert Delpire ou Maurice Coriat. À eux la mise en scène, le graphisme, la séquence, le montage. À lui la décision finale sur le choix des photos. Tout de même.

Fuit les honneurs mais ne refuse pas les récompenses. C'est un devoir de libertaire que de désobliger le Pouvoir quand celui-ci prétend vous récompenser, mais c'est la moindre des courtoisies de la part d'un gentleman que d'accepter un prix quand une association vous le décerne. Entre les deux, il y a ces doctorats *honoris causa* dont il pourrait faire une collection s'il ne freinait les ardeurs universitaires :

«Mais de quoi me croyez-vous professeur? Du petit doigt?»

Les éminences de cabinets, qui ont plus d'une fois imaginé que la boutonnière d'un tel personnage devait être ornée de leurs hochets de vanité, en ont été pour leurs frais :

«Consultez vos dossiers! On ne propose pas la Légion d'honneur à un anarchiste!»

La lecture d'un passage de son bréviaire baudelairien leur aurait évité des démarches aussi vaines que maladroites :

«Celui qui demande la croix a l'air de dire : si l'on ne me décore pas pour avoir fait mon devoir, je ne recommencerai plus. Si un homme a du mérite, à quoi bon le décorer? S'il n'en a pas, on peut le décorer, parce que cela lui donnera un lustre. Consentir à être décoré, c'est reconnaître à l'État ou au Prince le droit de vous juger, de vous illustrer, etc. »

Cartier-Bresson ne le leur reconnaît pas, quel que soit le régime, le gouvernement, l'air du temps. La Légion d'honneur, il lui a toujours fait un bras d'honneur. On ne pourra pas dire de lui qu'il peut d'autant mieux la refuser que toute son œuvre l'accepte. Eût-il une fois consenti à ce genre de faveur qu'il aurait renié toute une vie d'un geste obscène. Ne respecte qu'une médaille, celle des prisonniers évadés. Regrette néanmoins d'avoir engueulé son ami Max Ernst quand il se fit décorer de la fameuse rosette : en qualité d'étranger, son mérite était différent. L'Académie française, qui en a vu de toutes les

couleurs dans le registre des attaques, n'a jamais
été aussi violemment critiquée que par l'*Académicien français arrivant à Notre-Dame* (1953), une
photo de Cartier-Bresson dans laquelle un membre
de la compagnie au chef emplumé descend de taxi
sous l'œil amusé des badauds. Il n'est pas de charge
plus subversive que ce regard ethnologique. En
1983, quand Jean Mistler, le secrétaire perpétuel,
lui écrivit pour lui annoncer que sa candidature au
fauteuil du duc de Lévis-Mirepoix avait été enregis-
trée, Cartier-Bresson lui répondit aussitôt :

« Je ne sais quel plaisantin s'est servi de mon nom
comme nom de plume... »

Il tient l'Académie pour un pénitencier destiné à
surveiller les écarts de langage. Son attitude
inflexible est d'autant plus remarquable qu'on ne
remarque jamais les refus — et pour cause, puisque
les non-événements se font dans le silence.

S'est déjà autocensuré, empochant son appareil
quand d'autres auraient mitraillé. L'amour, la mort,
la violence. Mais cela ne regarde que lui. Sa générosité aussi. Publique, elle serait suspecte. Il la dissimule mais ne peut empêcher les fuites. Ce sont des
prisonniers politiques polonais de Solidarnosc qui
reçoivent en 1981 les 20 000 francs du Grand Prix
national qui lui est attribué pour l'ensemble de son
œuvre photographique. Ou c'est une organisation
de charité qui reçoit un jour les 40 000 dollars payés
à Christie's par un collectionneur britannique pour
l'achat d'un Leica revêtu de la signature gravée de
Cartier-Bresson à l'occasion de son quatre-vingt-
dixième anniversaire.

Guetté par l'embaumement, le consensus dans
l'admiration, l'absence de contradicteurs. La pire
des choses pour celui qui doute et qui craint de s'en-

gluer dans sa vérité comme dans des sables mou-
vants d'autant plus dangereux qu'ils sont confor-
tables. Voudrait avoir la force et le courage d'être
en perpétuelle révision de ses règles et de ses
valeurs intangibles.

Guetté également par une saine réaction du milieu
à son envahissant prestige. L'été 1999 encore, on
pouvait lire dans *Le Figaro* un entretien avec le photographe Lucien Clergue dans lequel celui-ci racontait comment Cartier-Bresson avait mis les bâtons
dans les roues de ses fameuses «Rencontres photo
d'Arles», par exemple en se rendant au ministère de
la Culture pour plaider contre le projet d'une école
de photo qui aurait été séparée d'un musée des
Beaux-Arts. Toutes choses qui feront dire à Lucien
Clergue :

«On peut épiloguer longtemps sur l'attitude
d'Henri qui a été négative, sur bien des points, pour
l'évolution de la photographie.»

Mais il a aussi de tout temps milité, à sa manière
qui n'est pas nécessairement celle des autres, pour
la photo, la liberté de la presse, Reporters sans frontières... Il est vrai également que, indirectement, de
manière plus diffuse, il a autant suscité que découragé des vocations. Son obsession de la géométrie a
paralysé nombre de jeunes reporters qui ont voulu
faire du Cartier-Bresson avant d'être eux-mêmes.
Sa perfection formelle est devenue un cliché. Comme
tout classique moderne, il a sécrété son poncif. Il
était inévitable que ce qui fut une révolte devînt à
son tour un académisme, et qu'une nouvelle génération osât s'inscrire en faux contre la tyrannie de la
forme. Il faudra la personnalité d'un Robert Frank
pour plaider avec vigueur la validité de tous les instants contre le seul instant décisif, en 1958 dans *Les*

Américains, un livre éblouissant qui fit date. Mais cela ne suffira pas pour émanciper deux générations de photographes de l'influence de Cartier-Bresson. En 1974, la passionnante interview qu'il accorda à Yves Bourde pour *Le Monde* suscita une intense controverse tant elle était provocatrice. Son franc-parler n'était vraiment pas celui d'une statue de bronze. Il est vrai que ses propos iconoclastes officialisaient sa renonciation à la photo. Deux pages de réactions polémiques s'ensuivirent qui dénoncèrent son élitisme, son irresponsabilité, sa désinvolture, son arrogance. Mais le plus terrible était encore le titre de son interview : « Que nul n'entre ici s'il n'est géomètre. » Après une telle injonction, comment oser pénétrer dans le périmètre sacré de la photographie sans risquer l'excommunication ? Cartier-Bresson eut beau préciser qu'il n'était pas le pape, ni même un père, et moins encore un maître, rien n'y fit. Il regrettera de s'être laissé aller à citer tant de noms, mais ne retirera rien sur le fond.

Peut être très dur avec ses confrères comme il peut prouver son sens de la « famille ». Quelques mois avant l'onde de choc provoquée dans le milieu par cette interview, il s'était immiscé dans la réunion annuelle des collaborateurs de Magnum en leur envoyant à chacun une lettre circulaire sans équivoque. Il leur y signifiait qu'il ne considérait plus l'agence dont il était l'un des fondateurs comme une coopérative mais comme « un établissement commercial aux prétentions esthétiques », ce qui ne fut pas du goût de tous. Mais il est ainsi et ne mourra pas d'une pensée rentrée.

Contrairement aux peintres et aux écrivains, les photoreporters ont ceci de particulier que leur faculté d'admiration pour leurs maîtres, prédécesseurs et égaux est intacte. Ils n'hésitent pas à payer leurs dettes à d'autres, quand bien même ceux-ci seraient leurs contemporains. Contrairement à nombre d'artistes, ils ne cherchent pas à effacer les traces sitôt parvenus au sommet de la montagne. Malgré tout, Cartier-Bresson n'a photographié qu'un seul grand photographe de l'entre-deux-guerres (Alfred Stieglitz) alors qu'il les connaissait tous. Doisneau resta jusqu'au bout son complice. Ils coiffaient leur casquette et se donnaient du «Monsieur Henri» et du «Monsieur Robert» comme on le fait chez les commerçants. L'un et l'autre pouvaient dire : «Nous avons eu du talent quelques instants.»

Juge une bonne photo à la capacité qu'elle a de le stimuler et de créer l'émulation. Outre celles d'André Kertész, lesquelles, parmi d'autres, constituent sa source poétique, il y a celles de sa femme Martine Franck et de son ami Josef Koudelka qui se dit «collectionneur de photos» plutôt que photographe. Ils ont en commun de n'être ni des fabricants, ni des metteurs en scène, ni des avatars de la mode et de la publicité. Ceux-là n'intéressent Cartier-Bresson que sur le plan sociologique. Leur univers, qui est celui de leurs angoisses, n'a rien de subversif. Leur critique de la société ne remet rien en cause, car elle absorbe et contrôle leur révolte.

Quand il se penche sur ce siècle qu'il aura quasiment couvert, il identifie surtout une rupture qui n'est pas celle que l'on croit. Non pas une guerre, ou une révolution mais un phénomène : la naissance de la société de consommation entre la fin des années cinquante et le début des années soixante. Avec le développement de l'informatique qui a bouleversé la communication, et la télévision qui a tué la curiosité, elle lui paraît être la manifestation de la grande coupure dans l'histoire contemporaine. De là il date la vraie fin du XIXᵉ siècle. Quand il est rentré d'Orient, il n'a pas reconnu l'Europe. Elle avait perdu toute joie visuelle, contrairement à l'Inde qui n'est que ça. Depuis, la société occidentale n'a pas cessé de lui apparaître suicidaire, condamnée par son nombrilisme stérile et ses névroses technologiques. Cette prise de conscience lui ôte toute envie de se gargariser avec les «foutaises» du XXIᵉ siècle. Car il tient «le grand changement» pour aussi important que la découverte de la mécanique quantique, à ceci près qu'il vomit la société de consommation, et dénonce un nouvel esclavage dans la mondialisation. Pratiquement, cela se traduit par l'interdiction faite à l'agence Magnum de céder les droits de reproduction de ses photos à toute entreprise publicitaire.

Ne cesse de se demander d'où vient l'argent. Le fils Cartier-Bresson n'a toujours pas réglé son problème avec ses origines. Malgré l'importance de ses archives, l'ampleur de leur diffusion par Magnum, il vit de la vente de ses tirages photographiques aux collectionneurs et surtout de celle de ses tirages aux collectionneurs. Non pas des *vintages*, ces tirages d'époque souvent défectueux et réalisés à la va-vite ; ils font l'objet d'un marchandage qu'il juge ridicule car il ne s'agit pas de gravures dont les plaques auraient été rayées après un usage limité. On ne lui fera pas avaler ses négatifs pour faire grimper la valeur de ses tirages. Il se contente d'y apposer sa signature autographe, bien qu'il juge cet acte aussi immoral que la spéculation boursière au motif qu'il ne s'agit pas d'un travail. «Je gagne ma croûte avec ça de façon éhontée», reconnaît-il volontiers. Toutefois, le fait que la moitié de la somme aille au fisc diminue la honte de moitié. Helen Wright, son agent à New York qui est également l'une de ses amies de longue date, est la cheville ouvrière de ce commerce très florissant aux États-Unis et au Japon. De tous les reporters-photographes vivants, Cartier-Bresson est l'un des plus prisés. *Rue Mouffetard* est sa photo la plus demandée. Son best-seller, même si une trentaine d'autres, toujours les mêmes, sont régulièrement demandées par les collectionneurs.

Fait des cauchemars depuis l'implantation d'Eurodisney à Marne-la-Vallée, tout près de son village natal de Chanteloup. L'horreur absolue, le plaisir standardisé, le loisir obligatoire. Cette coexistence obscène n'est peut-être pas la fin du monde, mais certainement la fin de son monde. Quand il était petit, son père l'emmenait chasser sur ces terres à betteraves.

Il n'est pas à l'aise dans la société du commentaire et du spectacle. Un monde où il y a de moins en moins de reporters et de plus en plus d'éditorialistes. Est convaincu que l'intelligence désintéressée est le sommet de l'intelligence. L'utilitarisme éloigne de la perfection. Il se dit qu'il ne mettra jamais assez en garde les photographes contre la perversité de la société de consommation. Car sournoisement, au nom des impératifs économiques, elle ne cesse de nous séparer de l'humain. A dû être partagé entre la révolte et le dégoût en lisant, dans un entretien paru en 1998, ce propos d'un critique photo : «Aujourd'hui, avec l'image numérique, on peut réaliser des Cartier-Bresson sans Cartier-Bresson.»

Se sent de moins en moins photographe dans ce siècle technologique par excellence qui a triomphé du regard. N'a même plus le goût de se dire «fautographe» comme Man Ray, ou «foutugraphe» comme

Doisneau. Plus il y a d'appareils en circulation, moins il y a de photographes. Trop d'images tuent l'image. Tient la notion d'image pour une idée littéraire. Considère le dessin comme la base, la photo n'étant qu'un dessin instantané réalisé avec un instrument.

Refuse de se rendre sur un plateau de télévision, sauf en tête à tête, seule condition d'une conversation digne de ce nom. S'étant pourtant laissé convaincre de participer à une «Marche du siècle» sur le bouddhisme, il était malade à l'idée de s'y rendre. Tant et si bien qu'il en est vraiment tombé malade, ce qui l'a dispensé des devoirs de l'invité, une crise d'allergie l'ayant cloué à l'hôpital.

Observe avec amusement les changements minuscules. Signe des temps : il n'est plus confondu avec Raymond Cartier mais avec le supposé propriétaire des bijoux Cartier.

A connu une grande joie en 1978 en arrivant en retard à une rétrospective de son œuvre photographique à Londres, quand le gardien à l'entrée de la Hayward Gallery l'interpella :

«Pardon, sir, mais les appareils ne sont pas autorisés à l'intérieur...»

Et Cartier-Bresson de déposer son Leica au vestiaire, non sans une certaine volupté. Il éprouve une même sensation quand il se retire à la campagne dans les Basses-Alpes. Là, tout le monde le connaît. Rares sont les mariages, baptêmes et communions villageoises où il n'est pas invité. Le plus souvent, il s'y rend, fait les photos. Puis, fier de sa qualité de photographe, offre les tirages à la famille.

A ses mots à lui, lesquels sont d'un autre âge. Ne dit pas «anesthésiste» mais «endormeur». Et ne désigne pas la télévision autrement que comme «l'instrument».

Écoute les mots d'aujourd'hui avec de curieuses résonances. Chaque fois qu'il est question de drogue, il entend son ami opiomane Christian Bérard, son injonction tragique perçue à travers la porte de sa chambre, dans les couloirs du First Hôtel, boulevard Garibaldi :

« Jamais, Henri ! N'essaie jamais la drogue, même par curiosité, c'est terrible... »

Se veut libéré de toute nostalgie. Se retourne moins sur sa vie que sur celle des autres, ce qui n'empêche pas l'émotion. En regardant seul une « Soirée Renoir » sur Arte en 1994, après avoir revu *La Règle du jeu* et écouté un long entretien avec le cinéaste, il s'est surpris à applaudir à la fin. Pour ne pas pleurer.

N'admet pas que l'on fouille dans sa mémoire, à moins qu'il ne s'agisse de renseignements généreux collectés par des inspecteurs de la police poétique. Il suffit pourtant de le secouer pour en faire tomber des souvenirs. Il en est plein mais répugne généralement à cet exercice que l'écrivain Jacques Perret évoquait comme « le racontage de mézigue ». Mais l'oubli n'est-il pas l'une des formes de la mémoire, son négatif ? Cartier-Bresson, il faut l'interroger sur tout autre chose pour qu'il vous parle de ce et de ceux qu'il a connus. Toujours agir par la bande. Ce piéton de Paris a ses lieux de mémoire. Quand il franchit les guichets du Louvre, il pense à ce soldat allemand le visage en sang, affalé au bas de sa moto, abattu à ses pieds par un franc-tireur de la Libération. Quand il passe boulevard Saint-Germain devant la brasserie Lipp, il songe aux chaudes nuits de Mai. Mais il suffit d'un mot ou d'une image pour que revienne le spectre de ses compagnons de captivité et pour qu'il sente un nœud dans la gorge. Et là tout disparaît, notoriété, Leica, expositions..

Ni espoir ni désespoir, ni passé ni avenir, juste l'instant présent, il n'y a que cela qui l'intéresse. Il y a des jours où cette fameuse célébrité, que Prévert appelait « le denier du culte de la personnalité », lui paraît si encombrante qu'il rêve d'être transparent. Un passe-muraille plutôt que l'homme invisible. Un photographe, quand on le reconnaît, c'est qu'il est mort.

Sa confiance en l'homme demeure intacte, sa défiance vis-à-vis de la société totale. C'est ce qu'il aimerait que l'on retienne de la vision d'ensemble de toutes ses photographies. Rien ne le pousse à l'optimisme comme l'idée d'une continuité en art.

Admire le Picasso des débuts jusqu'aux années vingt. Pas un grand peintre mais un immense dessinateur doublé d'une sorte de génie. A envoyé une lettre coléreuse à Claude Picasso pour lui reprocher d'avoir vendu le nom de son père à une marque de voiture et son image à une agence de publicité. Fidèle à sa réputation, en a profité pour engueuler son ami le photographe René Burri et l'agence Magnum, coupables de s'être prêtés à cette funeste entreprise.

Suit passionnément l'évolution de la peinture contemporaine. Reconnaît son admiration pour Max Ernst, Balthus, Kokoschka, Truphémus, Avigdor Arikha, Sam Szafran, Georg Eisler, Fairfield Porter, Francis Bacon, Biala, Lucian Freud, Lidner, Bram Van Velde, Louis Pons, Saul Steinberg, Willy Varlin, Willem De Kooning, Calder, Nicolas de Staël…

Ne se sent pas concerné par l'art conceptuel. Aimait Marcel Duchamp pour son intelligence, son art de l'esquive et de la pirouette, son art tout court, sa finesse, son humour, son sens de l'autodérision. Mais il ne lui pardonne pas d'avoir engendré autant de bâtards. N'oubliera jamais ce mot de Doisneau, un jour que celui-ci l'avait vu oublier de recharger son appareil: «Attention Henri, tu vas faire de l'art conceptuel!»

La référence à la peinture lui est plus naturelle que toute autre. En toutes choses. En découvrant l'agence de l'architecte Louis Kahn à Philadelphie, il songea aussitôt à l'atelier d'un maître de la Renaissance. En plaçant Bach au sommet de toute création musicale, il ne put s'empêcher d'en louer la rigueur de la composition et la grâce de la géométrie. Elle est la prose et la poésie. Bach car sa musique est de loin la mieux dessinée.

Se rend régulièrement au Louvre depuis toujours et se laisse porter par ses pas. Assis sur son stick-siège de golfeur, que les douaniers prennent habituellement pour une canne-épée, il fait le plus souvent une halte devant *La Raie* de Chardin et *La Charrette* de Le Nain, pour les copier sur son carnet de croquis. Le Louvre est son lieu de mémoire par excellence. C'est là qu'il a appris la photo.

Fasciné par l'art roman. Avec le Quattrocento, le XIIe est son siècle de prédilection pour sa sobriété et son dépouillement.

A fait campagne contre l'érection de l'œuvre de I. M. Pei dans la cour Napoléon du Louvre, malgré la beauté de la pyramide. A jugé qu'elle n'était pas à sa place. A écrit au président Mitterrand pour lui exprimer son inquiétude. Craignait que l'introduction d'un corps étranger dans ce lieu soit fatale à ses proportions si justes et à son merveilleux équilibre. Se demandait pourquoi on voulait à tout prix remplir quelque chose qui ne demandait pas à l'être. La Cour carrée est la seule merveille du lieu. S'il veut bien reconnaître une vertu à la pyramide, c'est d'avoir dissimulé la disgracieuse façade Second Empire du

Palais. Reproche au « Grand Louvre » son côté nouveau riche. Ne supporte pas le didactisme des
musées, leur propension à en montrer toujours plus,
et fait grief à certains conservateurs d'être plus historiens d'art que visualistes. Comme il a de la suite
dans les idées, il est allé jusqu'à préfacer *Paris mystifié, la grande illusion du Grand Louvre*. Un texte qu'il
achevait par ces phrases cartierissimes :

« La démesure fascine un instant, mais elle
devient insupportable à la longue. Seule la mesure
ne dévoile jamais son secret. »

C'était en 1984. Quatre ans après, il récidivait,
dénonçant le manque de volupté et de résonance
harmonique avec l'environnement, son entrée unique
et souterraine symbolisant le centralisme du pouvoir
culturel. Et de suggérer que la pyramide, qui a de
tout temps invité à une méditation sur la mort, soit
transférée au Père-Lachaise...

Vit à deux pas du Louvre, tout en haut d'un
immeuble de la rue de Rivoli. Jouit d'une vue exceptionnelle sur le jardin des Tuileries lequel, n'en
déplaise à Pascal, réconcilie somptueusement l'esprit de finesse et l'esprit de géométrie. De Le Nôtre,
il a le classicisme et la rigueur, mais pas la sécheresse. Dans un cas comme dans l'autre, qualité française. Leur tête-à-tête permanent ne relève peut-être
pas du hasard. C'est son monde. Victor Choquet, qui
fut le grand collectionneur et propagandiste de l'impressionnisme en son temps, vivait au quatrième
étage de son immeuble. C'est donc de cette fenêtre
que Monet a peint quatre vues des Tuileries en 1876.
Un siècle après, du même point de vue exactement,
mais à l'étage juste au-dessus, Cartier-Bresson a
photographié des rangées de grilles, d'arbres et de
boulistes disposées en d'impeccables parallèles. On

n'en sort pas. Il veut d'autant moins en sortir que, quitte à passer pour un excentrique, il a tenté de faire classer le pommeau de la rampe qu'avaient caressé Monet, Pissarro et Cézanne en montant l'escalier pour se rendre chez Victor Choquet...

Ne déteste pas photographier et surtout dessiner de son balcon. Le jardin, les gens, le ciel, les oiseaux. Kertész en a fait autant pendant des années au-dessus de Washington Square, à New York. Un photographe à sa fenêtre n'est jamais simplement un homme à sa fenêtre.

Un errant et un enraciné. C'est ce qu'a déduit Max Leibowicz du thème astral d'Henri Cartier-Bresson né le 22 août 1908 à quinze heures sous le signe du Lion. Un solaire équilibré doublé d'un lunaire fortement perturbé. Un bohème que la pratique de la photo stabilise pour autant que s'y épanouit sa dilection pour le vagabondage. Un Français marqué par la présence de l'étranger, et qui n'aime rien tant qu'être français mais à l'étranger. Acteur et spectateur, il réalise la fusion des contraires : l'ouverture sur le monde et la fermeture sur soi, la volonté de témoigner et la propension à se situer en retrait, l'engagement et le dégagement. Quant à son obsession de la géométrie, elle s'expliquerait par la nécessité de fournir un cadre strict à sa sensibilité afin qu'elle puisse se manifester. Peu de courbes, des lignes de force avant tout. Juste de quoi structurer le réel, et le dépouiller pour l'enrichir.

Assure que, depuis longtemps, des notions telles que le péché et la culpabilité lui sont radicalement étrangères. Elles lui ont fait fuir le judéo-christianisme. Ne supporte pas la notion de peuple élu. Est convaincu que les grandes religions monothéistes sont responsables de notre décadence. Leur grande erreur ? Avoir séparé le corps de l'esprit, et avoir enfermé l'homme dans une conception dualiste le distinguant de la nature. Dans son esprit, il ne fait aucun doute que l'avenir spirituel de l'humanité se situe en Orient. Depuis les années soixante-dix, Cartier-Bresson a trouvé non la foi mais le chemin. Aussi n'a-t-il pas eu à se convertir. Bouddhiste tendance turbulent, il se discipline pour suivre l'enseignement d'un Maître avec sérieux et régularité. S'énerve quand on lui parle de spiritualité laïque car le bouddhisme n'ayant pas de Dieu, il se refuse à le considérer comme une religion. Plutôt une science de l'esprit, art de vivre idéal pour un homme de paradoxes. Le seul qui opère la transmutation des émotions sur le plan intérieur. Le seul qui lui permette de concilier agitation et méditation, mouvement et réflexion. Tout se passe à l'intérieur. « C'est un moyen qui consiste à maîtriser son esprit afin d'accéder à l'harmonie et, par la compassion, l'offrir aux autres », dit-il volontiers.

Jusqu'à la fin, il regardera, dessinera et prendra des photos. L'une des dernières, prise à la veille de l'extinction du siècle, est un autoportrait. Le premier remontait à 1933 : allongé sur un parapet en Italie, il y montrait son pied nu au centre de l'image. Le second révèle son ombre portée dans un champ trituré par celle des peupliers.

Impossible de nous débarrasser de certaines de ses photos. Elles nous hantent et nous obsèdent jusqu'à se substituer à la réalité. Qui regarde l'île de la Cité d'un certain point de vue ne voit plus l'île de la Cité mais une image de Cartier-Bresson. Sans lui, notre vision du monde serait plus pauvre. Il aura simplement changé notre regard sur la vie.

Depuis ses années de jeunesse, il sait quand et comment il mourra. Mme Colle, la voyante, le lui a dit par les tarots. Et tout ce qu'elle a prévu est arrivé. Mourra-t-il sur scène, comme Martin Munkasci se levant d'un bond pendant un match de football, à New York en 1963, le Leica à la main ? Cartier-Bresson conserve toujours le sien protégé par un mouchoir, au fond de la poche de son blouson, sait-on jamais...

Déteste les anniversaires. On meurt chaque soir, on renaît chaque matin. Mourir, entrer pour de bon dans la chambre noire. Ou simplement changer de costume, comme dit le Dalaï-Lama.

«En rit Ca-Bré» se dit délivré de ce spectre puisque c'est également l'ultime secret de l'art de l'épée. Il n'a pas dissipé l'angoisse vis-à-vis de la douleur. Il l'esquivera comme il a toujours fait, depuis le début de sa fuite en avant, en 1908. Mais il faudra bien qu'un jour il nous fausse compagnie pour de bon, fût-ce par une pirouette métaphorique bien dans la manière du KG845, l'ancien prisonnier de guerre.

Quand il partira pour ne plus revenir, on saura alors qu'il a réussi sa dernière évasion.

Sources et ressources

L'essentiel des informations contenues dans cet ouvrage repose sur des conversations de l'auteur avec Henri Cartier-Bresson et sur l'étude de ses archives privées, ainsi que...

LIVRES

Alvarez, José, *Le Livre de Léonor Fini*, Clairefontaine, 1975

Amo García, Alfonso del, *Catálogo general del cine de la guerra civil*, Madrid, Cátedra / Filmoteca española, 1996

Arikha, Avigdor, *Peinture et Regard*, Hermann, 1991

Baldwin, Neil, *Man Ray*, Plon, 1990

Baudelaire, Charles, *Mon cœur mis à nu*, Mille et Une Nuits, 1997

Berga, Ronald, *Jean Renoir, projections of paradise*, Londres, Bloomsbury, 1992

Berger, John, *Photocopies*, Éditions de l'Olivier, 1999

Bernard, Bruce, *De l'humain à l'inhumain. Le voyage photographique de George Rodger*, Phaidon Press, 1994

Bertin, Célia, *Jean Renoir*, Perrin, 1986

Blanche, Jacques-Émile, *Correspondance avec Jean Cocteau*, La Table Ronde, 1993

—, *Correspondance avec Maurice Denis*, Droz, 1989

—, *Mes modèles*, Stock, 1928

Bonnefoy, Yves, *Dessin, couleur et lumière*, Mercure de France, 1995

Borhan, Pierre, *André Kertész, la biographie d'une œuvre*, Seuil, 1994

Boudet, Jacques, *Chronologie universelle d'histoire*, Larousse, 1997

Bouqueret, Christian, *Des années folles aux années noires*, Marval, 1997

Bourdieu, Pierre (sous la direction de), *Un art moyen. Essai sur les usages sociaux de la photographie*, Éditions de Minuit, 1965

Bowles, Paul, *Mémoires d'un nomade*, Quai Voltaire, 1989

Braunberger, Pierre, *Cinéma-mémoire*, Centre Pompidou / CNC, 1987

Breton, André, *Entretiens 1913-1952*, Gallimard, «Idées», 1973

—, *L'Amour fou*, Gallimard, 1937

—, *Nadja*, Gallimard, 1964

—, *Signe ascendant*, Gallimard, «Poésie», 1999

Breuille, Jean-Philippe (*et alii*), *Dictionnaire de la photo*, Larousse, 1996

Brinnin, John Malcolm, *Sextet : T. S. Eliot and Truman Capote and others*, New York, Delacorte Press, 1981

Burri, René et Maspero, François, *Che Guevara*, Nathan / Photo Poche, 1997

Capote, Truman, *Les chiens aboient*, Gallimard, 1977

—, *Nouvelles. Romans. Impressions de voyages. Portraits*. Propos, Gallimard, «Biblos», 1990

Caracalla, Jean-Paul, *Montparnasse, l'âge d'or*, Denoël, 1997

Cartier-Bresson, Henri, *The photographs of Henri Cartier-Bresson* (avec des textes de Lincoln Kirstein et Beaumont Newhall), New York, The Museum of Modern Art, 1947

—, *Images à la sauvette*, Verve, 1952

—, *Les Danses à Bali* (avec un texte d'Antonin Artaud), Delpire, 1954

—, *D'une Chine à l'autre* (avec un texte de Jean-Paul Sartre), Delpire, 1954

—, *Les Européens*, Verve, 1955

—, *Moscou*, Delpire, 1955

—, *L'Homme et la Machine* (avec un texte d'Étiemble), Éditions du Chêne, 1968

—, *Flagrants délits*, Delpire, 1968

—, *Impressions de Turquie* (avec un texte d'Alain Robbe-Grillet), Centre turc du tourisme et de l'information

—, *Vive la France* (avec un texte de François Nourissier), Robert Laffont, 1970

—, *À propos de l'URSS*, Éditions du Chêne, 1973

—, *Henri Cartier-Bresson photographe* (avec un texte d'Yves Bonnefoy), Delpire, 1981

—, *Henri Cartier-Bresson* (avec un texte de Jean Clair), Photo Poche, 1982

—, *Photoportraits* (avec un texte d'André Pieyre de Mandiargues), Gallimard, 1985

—, *En Inde* (introduction de Satyajit Ray, texte de Yves Véquaud), Photo Copies, 1985

—, *L'Amérique furtivement* (avec un texte de Gilles Mora), Seuil, 1991

—, *Trait pour trait* (introduction de Jean Clair), Arthaud, 1989

—, *Double Regard* (avec un texte de Jean Leymarie), Le Nyctalope, 1994

—, *Carnets mexicains 1934-1964* (avec un texte de Carlos Fuentes), Hazan, 1995

—, *André Breton, roi soleil*, Fata Morgana, 1995

—, *Paris à vue d'œil* (avec des textes de Vera Feyder et André Pieyre de Mandiargues), Seuil, 1994

—, *L'Imaginaire d'après nature* (avec une préface de Gérard Macé), Fata Morgana, 1996

—, *Des Européens* (avec un texte de Jean Clair), MEP / Seuil, 1997

—, *Drawings 1970-1996* (texte de James Lord), Londres, Berggruen et Zevi, 1996

—, *Dessins 1974-1997* (texte de Jean Leymarie), Galerie Claude Bernard, 1997

—, *Tête à tête* (avec un texte de Ernst Gombrich), Gallimard, 1998

Chatwin, Bruce, *En Patagonie*, Grasset, 1979

Clarke, Gérald, *Truman Capote*, Gallimard, 1990

Clébert, Jean-Paul, *Dictionnaire du surréalisme*, Seuil, 1996

Clément, Catherine, *Gandhi, ou l'athlète de la liberté*, Gallimard, «Découvertes», 1989

Cochoy, Nathalie, *Ralph Ellison, la musique de l'invisible*, Belin, 1998

Courtois, Martine et Morel, Jean-Paul, *Élie Faure, biographie*, Librairie Séguier, 1989

Crevel, René, *Le Clavecin de Diderot*, Éditions surréalistes, 1932

Crosby, Caresse, *The passionnate years*, New York, Dial Press, 1953

Danielou, Alain, *Le Chemin du labyrinthe* Édition du Rocher, 1993

Dentan, Yves, *Souffle du large. Douze rencontres de Mauriac à Malraux*, La Bibliothèque des arts, s.d.

Doisneau, Robert, *À l'imparfait de l'objectif*, Belfond, 1989

Douarinou, Alain, *Un homme à la caméra*, France-Empire, 1989

Durand, Yves, *La Vie quotidienne des prisonniers de guerre dans les stalags, les oflags et les kommandos 1939-1945*, Hachette, 1987

Elton Mayo, Gael, *The Mad Mosaic, a life story*, Londres, Quarte, 1983

Ford, Hugh, *Published in Paris. L'édition américaine et anglaise à Paris 1920-1939*, IMEC Éditions, 1996

Foresta, Merry (*et alii*), *Man Ray*, Gallimard, 1989

Foucart, Bruno, Loste, Sébastien et Schnapper, Antoine, *Paris mystifié, la grande illusion du Grand Louvre* (préface d'Henri Cartier-Bresson), Julliard, 1985

Genette, Gérard, *Figures IV*, Seuil, 1999

Galassi, Peter, *Henri Cartier-Bresson Premières photos. De l'objectif hasardeux au hasard objectif*, Arthaud, 1987

Giacometti, Alberto, *Écrits*, Hermann, 1990

Gombrich, Ernst, *Histoire de l'art*, Flammarion, 1982

—, *Ombres portées. Leur représentation dans l'art occidental*, Gallimard, 1946

—, *Introduction à «Tête à tête», portraits d'Henri Cartier-Bresson*, Gallimard, 1998

Grobel, Lawrence, *Conversations avec Truman Capote*, Gallimard, «Arcades», 1987

Guérin, Raymond, *Les Poulpes*, Le Tout sur le Tout, 1983

Guiette, Robert, *La Vie de Max Jacob*, Nizet, 1976

Guillermaz, Jacques, *Une Vie pour la Chine. Mémoires 1937-1993*, Robert Laffont, 1989

Hamilton, Peter, *Robert Doisneau, la vie d'un photographe*, Hoëbeke, 1995

Herrigel, Eugen, *Le Zen dans l'art chevaleresque du tir à l'arc*, Dervy, 1970 et 1998

Hill, Paul et Cooper, Thomas, *Dialogue with photography*, New York, Farrar, Strauss and Giroux, 1979

Hofstadter, Dan, *Temperaments: artists facing their work*, New York, Knopf, 1992

Horvat, Frank, *Entre vues*, Nathan Image, 1990

Hugues, Langston, *I wonder as I wander: an autobiographical journey*, New York, Hill and Wang, 1956

Hyvernaud, Georges, *La Peau et les os*, Éditions du Scorpion, 1949

Janouch, Gustav, *Conversations avec Kafka*, Maurice Nadeau, 1978

Jaubert, Alain, *Palettes*, Gallimard, 1998

Julliard, Jacques et Winock, Michel (sous la direction de), *Dictionnaire des intellectuels français*, Seuil, 1996

Kincses, Karoly, *Photographs made in Hungary*, Actes Sud / Motta, 1998

Koestler, Arthur, *Les Racines du hasard*, Calmann-Lévy, 1972

Lacouture, Jean, *Enquête sur l'auteur*, Arléa, 1989

Lacouture, Jean, Manchester, William et Ritchin, Fred, *Magnum. 50 ans de photographies*, Nathan Image, 1989

Langlois, G. P. et Myrent, G., *Henri Langlois, premier citoyen du cinéma*, Denoël, 1986

Lemagny, Jean-Claude et Rouillé, André, *Histoire de la photographie*, Larousse, 1998

Lévy, Julien, *Memoir of an art galery*, New York, Putnam, 1977

Lhote, André, *Traités du paysage et de la figure*, Grasset, 1958

—, *Les Invariants plastiques*, Hermann, 1967

— *La Peinture, le cœur et l'esprit*, Denoël, 1934

Matard-Bonucci, Marie-Anne et Lynch, Édouard (sous la direction de), *La Libération des camps et le retour des déportés*, Complexe, 1995

Maupassant, Guy de, *Une partie de campagne*, Le Livre de poche, 1995

McKay, Claude, *À long way from home*, New York, Harcourt, 1937

Miller, Arthur, *Au fil du temps*, Grasset, 1988

Montier, Jean-Pierre, *L'Art sans art d'Henri Cartier-Bresson*, Flammarion, 1995

Morris, John G., *Des hommes d'images. Une vie de photojournalisme*, Éditions de la Martinière, 1999

Nabokov, Nicolas, *Cosmopolite*, Robert Laffont, 1976

Negroni, François de et Moncel, Corinne, *Le Suicidologe. Dictionnaire des suicidés célèbres*, Le Castor Astral, 1997

Nizan, Paul, *Aden Arabie*, Maspero, 1960, La Découverte, 1987

Pétillon, Pierre-Yves, *Histoire de la littérature américaine Notre demi-siècle 1939-1989*, Fayard, 1992

Pieyre de Mandiargues, André, *Un Saturne gai*, Gallimard, 1982

Pochna, Marie-France, *Christian Dior*, Flammarion, 1994

Puiseux, Hélène, *Les Figures de la guerre. Représentations et sensibilités 1839-1996*, Gallimard, 1997

Renoir, Jean, *La Règle du jeu*, édition d'Olivier Curchod, Le Livre de Poche, 1998 ; édition de Francis Vanoye Nathan,

1989; édition d'Olivier Curchod et Christopher Faulkner, Nathan, 1999

—, *Partie de campagne*, édition d'Olivier Curchod, Nathan, 1995

—, *Correspondance 1913-1978*, Plon, 1998

—, *Ma vie et mes films*, Flammarion, 1974

Retz, cardinal de, *Mémoires*, « Classiques Garnier », 1998

Revel, Jean-François, *Le Voleur dans la maison vide*, Plon, 1997

Rimbaud, Arthur, *Poésies*, Mille et Une Nuits, 1999

Roegiers, Patrick, *L'Œil ouvert*, Nathan, 1998

Roy, Claude, *L'Étonnement du voyageur 1987-1989*, Gallimard, 1990

—, *Nous*, Gallimard, 1972

Russell, John, *Matisse : père et fils*, Éditions de la Martinière, 1999

Saint-John Perse, *Vents*, Gallimard, « Poésie », 1960

Savigneau, Josyane, *Carson McCullers, un cœur de jeune fille*, Stock, 1995

Schaffner, Ingrid et Jacobs, Lisa *Julien Levy. Portrait of an art gallery*, The MIT Press, 1998

Schifano, Laurence, *Luchino Visconti. Les feux de la passion*, Perrin, 1987

Schumann, Maurice, *Ma rencontre avec Gandhi*, Éditions n° 1, 1998

Shakespeare, William, *Œuvres complètes* (trad. de *Henri V* par Jean-Claude Sallé), Robert Laffont, « Bouquins », 1997

Soupault, Philippe, *Profils perdus*, Mercure de France, 1963

—, *Le Nègre*, Simon Kra, 1927

Steiner, Ralph, *A point of view*, Middletown, Wesleyan University Press, 1978

Stendhal, *La Chartreuse de Parme*, Folio, 1998

Tacou, Constantin (sous la direction de), *Breton*, Éditions de l'Herne, 1998

Tériade, *Écrits sur l'art*, Adam Biro, 1996

—, *Hommages à Tériade*, CNAC, 1993

Terrasse, Antoine, *Bonnard, la couleur agit*, Gallimard, « Découvertes », 1999

Waldberg, Patrick, *Le Surréalisme. La recherche du point suprême*, Éditions de la Différence, 1999

Whelan, Richard, *Robert Capa*, Mazarine, 1985

ARTICLES

Albertini, Jean, «Une aventure politique d'intellectuels, *Ce Soir*», in *La Guerre et la paix. De la guerre du Rif à la guerre d'Espagne 1925-1939*, Presses universitaires de Reims, 1983

Assouline, Pierre, «Entretien avec Henri Cartier-Bresson», in *Lire*, juillet-août 1994

Baker Hall, James, «The last happy band of brothers», in *Esquire*

Bauby, Jean-Dominique, «Cartier-Bresson: l'œil du siècle», in *Paris-Match*, 8 novembre 1985

Bertin, Célia, «Un photographe au musée des Arts décoratifs», in *Le Figaro littéraire*, 22 octobre 1955

Boegner, Philippe, «Cartier-Bresson: photographier n'est rien, regarder c'est tout!», in *Le Figaro-Magazine*, 25 février 1989

Boudaille, Georges, «Les confidences de Cartier-Bresson», in *Les Lettres françaises*, 3-9 novembre 1955

Bourde, Yves, «Une année de reportage, le portrait d'un pays: *Vive la France*», in *Photo*, n° 38

—, «Nul ne peut entrer ici s'il n'est géomètre», in *Le Monde*, 5 septembre 1974

—, «Fleurir la statue de Cartier-Bresson ou la dynamiter?», in *Le Monde*, 17 octobre 1974

Brenson, Michael, «Cartier-Bresson, objectif dessin», in *Connaissance des arts*, août 1981

Calas, André, «Henri Cartier-Bresson a promené son Leica à travers le monde pour surprendre le secret des obscurs et des grands hommes», in *Samedi-Soir*, 25 octobre 1952

Cartier-Bresson, Henri, «Du bon usage d'un appareil», in *Point de Vue-Images du monde*, 4 décembre 1952

—, «S'évader», in *Le Monde*, 30 juin 1994

—, «L'univers noir et blanc d'Henri Cartier-Bresson», in *Photo*, n° 15

—, «Proust questionnaire», in *Vanity Fair*, mai 1998

Caujolle, Christian (propos recueillis par), «Des photos derrière les vélos», in *Libération*, 25 et 26 août 1984

—, «Henri Cartier-Bresson portraitiste», in *Libération*, 10 décembre 1983

—, «Leurres de la photographie virtuelle», in *Le Monde diplomatique*, juillet 1998

Charles-Roux, Edmonde, «Une exposition sans bavardages», in *Les Lettres françaises*, 24 novembre 1966

Cookman, Claude, « Margaret Bourke-White and Henri Cartier-Bresson. Gandhi's Funeral », in *History of photography*, vol. 22, n° 2, Summer 1998

Coquet, James de, « L'Inde sans les Anglais », in *Le Figaro*, 27 décembre 1947 et *sq.*

Coonan, Rory, « The man who caught the world unawares », in *The Times*, 20 septembre 1984

Dagen, Philippe, « Henri Cartier-Bresson raconte sa passion pour le dessin », in *Le Monde*, 11 mars 1995

Dellus, Sylvie et Dibos, Laurent, « Cartier-Bresson, le fils de famille », in *Canal*, février 1999

Dorment, Richard, « Where journalism meets art », in *The Daily Telegraph*, 18 février 1998

Dubreil, Stéphane, « Henri Cartier-Bresson en Chine », in *Du réel au simulacre. Cinéma, photographie et histoire* (collectif), L'Harmattan, 1993

Dupont, Pépita, « L'œil du maître », in *Paris-Match*, 29 février 1996

Eisler, Georg, « Observations on the drawing of Henri Cartier-Bresson », in *Bostonia*, Spring 1993

Eltchaninoff, Michel, « Le jeu se dérègle », in *Synopsis*, n° 2, printemps 1999

Elton Mayo, Gaël, « The Magnum Photographic Group », in *Apollo*, 1989

Étiemble, « Le couple homme-machine selon Cartier-Bresson », in *Les Nouvelles littéraires*, 7 août 1972

Fabre, Michel, « Langston Hugues », in *Dictionnaire des littératures de langue anglaise*, Encyclopædia Universalis / Albin Michel, 1997

Feaver, William, « Still leaving for the moment », in *The Observer*, 20 novembre 1994

Fermigier, André, « Un géomètre du vif », in *Le Nouvel Observateur*, 14 décembre 1966

—, « La longue marche de Cartier-Bresson », in *Le Nouvel Observateur*, 12 octobre 1970

François, Lucien, « Le photographe a-t-il tué le document ? », in *Combat*, 2 septembre 1953

Frizot, Michel, « Faire face, faire signe. La photographie, sa part d'histoire », in *Face à l'Histoire* (sous la direction de Harry Bellet), Centre Pompidou / Flammarion, 1996

Gayford, Martin, « Master of the moment », in *The Spectator*, 28 février 1998

Girod de l'Ain, Bertrand, « Henri Cartier-Bresson », in *Le Monde*, 9 décembre 1966

Gombrich, Ernst, « Henri Cartier-Bresson : his archive of 390 photographies from the Victoria and Albert Museum », Édimbourg, 1978

Guerrin, Michel, « La belle efficacité de *Vogue*, la beauté géniale de *Harper's Bazaar* », in *Le Monde*, 3 mars 1998

—, « La jouissance de l'œil », in *Le Monde*,

Guibert, Hervé, « Henri Cartier-Bresson de 1927 à 1980 », in *Le Monde*, 2 décembre 1980

—, « Rencontre avec Henri Cartier-Bresson », in *Le Monde*, 30 octobre 1980

—, « Les dessins d'Henri Cartier-Bresson », in *Le Monde*, 4 juin 1981

—, « Cartier-Bresson, photoportraits sans guillemets », in *Le Monde*, 10 octobre 1985

—, « Henri Cartier-Bresson, la patience de l'homme invisible », in *Le Monde*, 24 novembre 1983

Hahn, Otto, « Le fusain du plaisir », in *L'Express*, 3 juin 1981

Halberstadt, Ilona, « Dialogue with a mute interlocutor », in *Pix 2*, Londres, 1997

Helmi, Kunang, « Ratna Cartier-Bresson, a fragmented portrait », in *Archipel*, octobre 1997

Heymann, Danièle, « Cartier-Bresson ne croit plus à la photo », in *L'Express*, 2 janvier 1967

Hofstadter, Dan, « Stealing a march on the world », in *The New Yorker*, 23 et 30 octobre 1989

Hooge, Robert d', « Cartier-Bresson et la photographie mondiale », in *Leica Photographie*, mars 1967

Irving, Mark, « Life through the master's lens », in *The Sunday Telegraph*, 1er février 1998

Iturbe, Mercedes, « Henri Cartier-Bresson : images et souvenirs du Mexique », tapuscrit

Jobey, Liz, « A life in pictures », in *The Guardian*, 3 janvier 1998

Khan, Masud, « In memoriam Masud Khan 1924-1989 », in *Nouvelle Revue de psychanalyse*, no 40, automne 1989

Kimmelman, Michael, « With Henri Cartier-Bresson, surrounded by his peers », in *The New York Times*, 20 août 1995

Kramer, Hilton, « The classicism of Henri Cartier-Bresson », in *The New York Times*, 7 juillet 1968

Laude, André, « Le testament de Cartier-Bresson », in *Les Nouvelles littéraires*, 20 mars 1980

—, «Un travail de pickpocket», in *Les Nouvelles littéraires*, 8-14 décembre 1983

Lejbowicz, Max, «Astralités d'Henri Cartier-Bresson», in *L'Astrologue*, n° 13, 4e année, 1er trimestre 1971

Lévêque, Jean-Jacques, «Henri Cartier-Bresson : ma lutte avec le temps», in *Les Lettres françaises*, 29 octobre 1970

Lewis, Howard J., «The faces of New York», in *The New York Herald Tribune Magazine*, 27 avril 1947

Leymarie, Jean, «On the art of Cartier-Bresson», in *Bostonia*, Spring 1993

Lhote, André, «Lettre ouverte à J.-É. Blanche», in *NRF*, décembre 1935

Lindeperg, Sylvie, «L'écran aveugle», in *La Shoah, œuvres et témoignages* (sous la direction d'Annette Wievorka), Presses universitaires de Vincennes, 1999

Lindon, Mathieu, «Cartier-Renoir», in *Libération*, 21 mai 1994

Masclet, Daniel, «Un reporter... Henri Cartier-Bresson», in *Photo France*, mai 1951

Millot, Lorraine, «Leica, de l'image fixe à l'action», in *Libération*, 3 septembre 1996

Mora, Gilles (sous la direction de), «Henri Cartier-Bresson», in *Les Cahiers de la photographie*, 1985

Naggar, Carole, «Henri Cartier-Bresson, photographe», in *Le Matin de Paris*, 12 mars 1980

—, «Du cœur à l'œil», in *Le Matin de Paris*, 23 janvier 1981

Naudet, Jean-Jacques, «Henri Cartier-Bresson, le photographe invisible», in *Paris-Match*, mars 1997

Norman, Dorothy, «Stieglitz and Cartier-Bresson», in *Saturday Review*, 22 septembre 1962

Nourissier, François, «Henri Cartier-Bresson», in *VSD*, n° 1102, 8 octobre 1998

Nuridsany, Michel, «Cartier-Bresson : un classicisme rayonnant», in *Le Figaro*, 3 décembre 1980

—, «L'artisan qui refuse d'être un artiste», in *Le Figaro*, 26 juillet 1994

—, «Lucien Clergue : il faut trouver une autre formule pour le IIIe millénaire», in *Le Figaro*, 6 juillet 1999

Ochsé, Madeleine, «Henri Cartier-Bresson, témoin et poète de notre temps», in *Le Leicaiste*, n° 27, novembre 1955

Ollier, Brigitte, «Quelques lettres pour Henri Cartier-Bresson», in *L'Insensé*, printemps 1997

Photo, Spécial Cartier-Bresson, n° 349, mai 1998

Pieyre de Mandiargues, André, « Le grand révélateur », in *Le Nouvel Observateur*, 25 février 1983

Popular Photography, « The first ten years... », septembre 1957

Raillard, Edmond, « Le Mexique de Cartier-Bresson », in *La Quinzaine littéraire*, 16 avril 1984

Riboud, Marc, « L'instinct de l'instant », in *L'Événement du jeudi*, 20-26 août 1998

Riding, Alan, « Cartier-Bresson : a focus on humor », in *International Herald Tribune*, 13 mai 1994

Rigault, Jean de, « Un œil qui sait écouter : Henri Cartier-Bresson », in *Combat*, 18-19 octobre 1952

Roegiers, Patrick, « Cartier-Bresson, gentleman-caméléon », in *Le Monde*, 17 mars 1986

Roy, Claude, « La seconde de vérité », in *Les Lettres françaises*, 20 novembre 1952

—, « Ce cher Henri », in *Photo*, n° 86, novembre 1974

—, « Le voleur d'étincelles », in *Le Nouvel Observateur*, 17 mars 1986

Rulfo, Juan, « Le Mexique des années 30 vu par Henri Cartier-Bresson », in *HCB, Carnets de notes sur le Mexique*, Centre culturel du Mexique, 1984

Scianna, Ferdinando, « La photographie aussi est *cosa mentale* », in *La Quinzaine littéraire*, 1er avril 1980

Searle, Adrian, « Memories are made of these », in *The Guardian*, 17 février 1998

Shirey, David L., « Good fisherman », in *Newsweek*, 22 juillet 1968

Stewart, Barbara, « John Malcolm Brinnin, poet and biographer, dies at 81 », in *The New York Times*, juillet 1998 (voir également notice nécrologique anonyme in *The Times*, 15 juillet 1998)

Szymusiak, Dominique « Le regard de deux artistes », in *Matisse par Henri Cartier-Bresson*, Musée Matisse, Musée départemental, Le Cateau-Cambrésis, 20 mai-30 octobre 1995

Tabard, Maurice, « Essai sur la géométrie et la photographie », s.l.n.d.

Timmory, François, critique, in *L'Écran français*, 30 décembre 1946

Thrall Soby, James, « The Muse was not for hire », in *Saturday Review*, 22 septembre 1962

Tyler, Christian, « Exposed : the camera-shy photographer », in *The Financial Times*, 9 mars 1996

Whitford, Frank, «A man of vision», in *The Sunday Times*, 1er février 1998

Wolinski, Natacha, «Interwiew de Sarah Moon», in *Information*, 13 juillet 1994

ÉMISSIONS RADIO-TV

Adler, Laure et Ède, François, «Spécial Cartier-Bresson», *Le Cercle de minuit*, France 2, 20 mars 1997

Feyder, Vera, «Le bon plaisir d'Henri Cartier-Bresson», France-Culture, 14 septembre 1991, Compact Radio-France

Moon, Sarah, «Henri Cartier-Bresson, point d'interrogation», Take Five Production, 1994

Weathley, Patricia, «Pen, brush and camera», BBC, Londres, 30 avril 1998

THÈSES

Cookman, Claude, *Henri Cartier-Bresson*, University of Indiana, 1997

Dubreil, Stéphane, *Henri Cartier-Bresson en Chine. Deux reportages 1949 et 1958*, Université de Paris X-Nanterre, 1989

Kyong Hong, Lee, *Essai d'esthétique: l'instant dans l'image photographique selon la conception d'Henri Cartier-Bresson*, Université de Paris-I, 1988

COMMUNICATIONS

Delpire, Robert, «Intervention au symposium HCB», Londres, 23 mars 1998

Fresnault-Deruelle, Pierre, «L'*Athènes* de Cartier-Bresson (1953), De quelques effets de sens», *s.l.n.d.*

Sorlin, Pierre, «La Shoah: une représentation impossible?», in Colloque Cerisy

Tata, Sam, «Aku Henri», Montréal, s. d.

ARCHIVES

Archives privées d'Henri Cartier-Bresson
Archives de l'agence Magnum
Fonds Brunius, Bibliothèque du Film (BIFI)

Reconnaissance de dettes

Merci à Henri Cartier-Bresson de m'avoir permis l'accès à sa mémoire, ses souvenirs, sa conversation, ses amis, ses lettres, ses archives, ses sourires, ses indignations, ses paradoxes et ce supplément d'âme qui change tout, Henri qui savait que j'écrivais une biographie tout en ne voulant pas le savoir !

Merci à Martine Franck d'y avoir cru, merci à Marie-Thérèse Dumas, ainsi qu'à Marie-Pierre Giffey, de m'avoir toutes trois soutenu et encouragé pendant des années, avec autant de discrétion, d'efficacité que de gentillesse.

Merci à Anthony Rowley de sa patience amicale donc critique, ainsi qu'à mon agent François-Marie Samuelson et mon éditeur Olivier Orban de m'avoir suivi depuis le début malgré les risques de cette entreprise aventureuse.

Merci pour leur aide ou leur témoignage à Mesdames
Célia Bertin, Georgia de Chamberet, Vera Feyder, Kunang Helmi-Picard, Carole Naggar, Bona Pieyre de Mandiargues, Sophie Roy-Boxhorn, Alice Tériade, Helen Wright.

ainsi qu'à Messieurs
Abbas, Avigdor Arikha, Claude Bernard, Jean-Pierre Bertin-Maghit, Christian Bonnet, Claude Cartier-Bresson, Maurice Coriat, Robert Delpire, Laurent Dibos, Michel Drouin, Pierre Gassmann, Claude Gauteur, Philippe Godoy, Laurent Greilsamer, Ara Güler, Jean Leymarie, James Lord, Jean-Louis Marzorati, Raymond Mason, Bernard Morlino, Jean-François Mongibeaux, François Nourissier, Olivier Poivre d'Arvor, Sam Szafran.

Merci une fois de plus à Angela, Meryl et Kate d'avoir donné des couleurs à la vie pendant que je prenais cette photo noir et blanc longue de trois cent soixante-quatorze pages, merci à elles d'exister.

Index

DU MÊME AUTEUR

Biographies

MONSIEUR DASSAULT, Balland, 1983.

GASTON GALLIMARD, Balland, 1984 (Points-Seuil).

UNE ÉMINENCE GRISE : JEAN JARDIN, Balland, 1986 (Folio n° 1921).

L'HOMME DE L'ART : D.-H. KAHNWEILER (1884-1979), Balland, 1987 (Folio n° 2018).

ALBERT LONDRES : VIE ET MORT D'UN GRAND REPORTER, Balland, 1989 (Folio n° 2143).

SIMENON, Julliard, 1992 (Folio n° 2797).

HERGÉ, Plon, 1996 (Folio n° 3064).

LE DERNIER DES CAMONDO, Gallimard, 1997 (Folio n° 3268).

CARTIER-BRESSON, L'ŒIL DU SIÈCLE, Plon, 1999 (Folio n° 3455)

GRÂCES LUI SOIENT RENDUES : PAUL DU-RAND-RUEL, LE MARCHAND DES IMPRES-SIONNISTES, Plon, 2002.

Entretiens

LE FLÂNEUR DE LA RIVE GAUCHE, AVEC ANTOINE BLONDIN, François Bourin, 1988.

SINGULIÈREMENT LIBRE, AVEC RAOUL GIRARDET, Perrin, 1990.

Enquêtes

DE NOS ENVOYÉS SPÉCIAUX, (avec Philippe Dampenon), J.-C. Simoën, 1977.

LOURDES, HISTOIRES D'EAU, Alain Moreau, 1980.

LES NOUVEAUX CONVERTIS, Albin Michel, 1982
(Folio Actuel n° 30).

L'ÉPURATION DES INTELLECTUELS, Complexe,
1985. Réédition augmentée, 1990.

GERMINAL, L'AVENTURE D'UN FILM, Fayard,
1993.

Récit

LE FLEUVE COMBELLE, Calmann-Lévy, 1997 (Folio
n° 3941).

Romans

LA CLIENTE, Gallimard, 1998 (Folio n° 3347).

DOUBLE VIE, Gallimard, 2001. Prix des Libraires (Folio
n° 3709).

ÉTAT LIMITE, Gallimard, 2003.

Composition Interligne.
Impression Société Nouvelle Firmin-Didot
à Mesnil-sur-l'Estrée, le 5 décembre 2003.
Dépôt légal : décembre 2003.
1er dépôt légal dans la collection : janvier 2001.
Numéro d'imprimeur : 66462.
ISBN 2-07-041410-8/Imprimé en France.

129008